LOCUS

LOCUS

LOCUS

LOCUS

to

fiction

to 117

邊緣人的合奏曲

An Orchestra of Minorities

作者：奇戈契・歐比奧馬（Chigozie Obioma）

譯者：陳佳琳

責任編輯：翁淑靜

封面設計：張士勇

內頁排版：洪素貞　校對：陳錦輝

法律顧問：董安丹律師、顧慕堯律師

出版者：大塊文化出版股份有限公司

臺北市10550南京東路四段25號11樓

www.locuspublishing.com

讀者服務專線：0800-006689

TEL：(02)87123898　FAX：(02)87123897

郵撥帳號：18955675　戶名：大塊文化出版股份有限公司

總經銷：大和書報圖書股份有限公司

地址：新北市新莊區五工五路2號

TEL：(02) 89902588　FAX：(02) 22901658

初版一刷：2020年4月

定價：新台幣450元

ISBN：978-986-5406-58-5

Printed in Taiwan

An Orchestra of Minorities

邊緣人的合奏曲

奇戈契・歐比奧馬（Chigozie Obioma）著
陳佳琳 譯

獻給J.K.
我們不會遺忘

假使獵物說不出自己版本的故事，在這場獵捕行動中，掠食者將會是永遠的英雄。

——伊博諺語

就一般狀況而言，我們可以將人的守護靈視為他在靈界的分身——它與他在現世的本體互補互輔；畢竟沒有任何人可以獨立存在，他的身旁必然有守護靈陪伴著他。

——奇努瓦・阿契貝（Chinua Achebe）〈伊博宇宙學的守護靈〉（Chi in Igbo Cosmology）

屋瓦穆阿沙，屋瓦穆阿沙托！這是決定新生兒真實身分的首要因素。即使人類以物質形式存在於地球上，他們卻擁有守護靈與化身，因為宇宙法則要求一個形體必須要有另一形體相伴，因此所有人事物都是二元存在。這也是伊博族轉世概念的基本要義。你有沒有想過，為什麼新生兒第一次看到某個人，就有可能無緣無故剎那間討厭起那個人？……這往往是因為嬰兒可能認出此人在前世曾經是自己的敵人，而嬰兒也可能是第六、第七、甚至第八次轉世了！有時，一件物品或某次事件也有可能在同一世中重生。所以也會看到某人或許曾經擁有某個人事物，結果失去了它，但多年之後，此人卻又可能得到與之前類似的人事物。

——恩克帕（Nkpa）的僑巫奇（Njokwuji）巫師，錄音檔

伊博族宇宙圖表

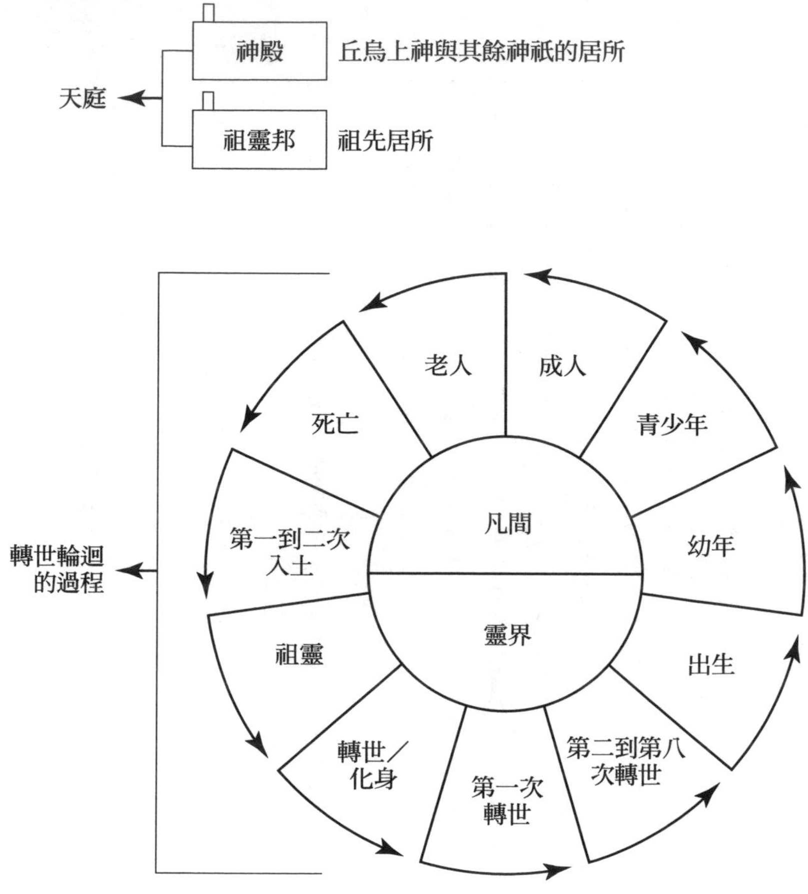
神殿
丘烏上神與其餘神祇的居所
天庭
祖靈邦
祖先居所
轉世輪迴
的過程
老人
成人
死亡
青少年
凡間
第一到二次
入土
幼年
靈界
祖靈
出生
轉世／
化身
第二到第八
次轉世
第一次
轉世

靈界 ←
- 惡靈
- 被詛咒的靈
- 遊魂野鬼
- 守護靈洞穴

凡間 ←
- 人類、動物、植物、森林、大地等等
- 自然元素（光、天空、水等等）
- 守護靈洞穴

伊博族宇宙的人類

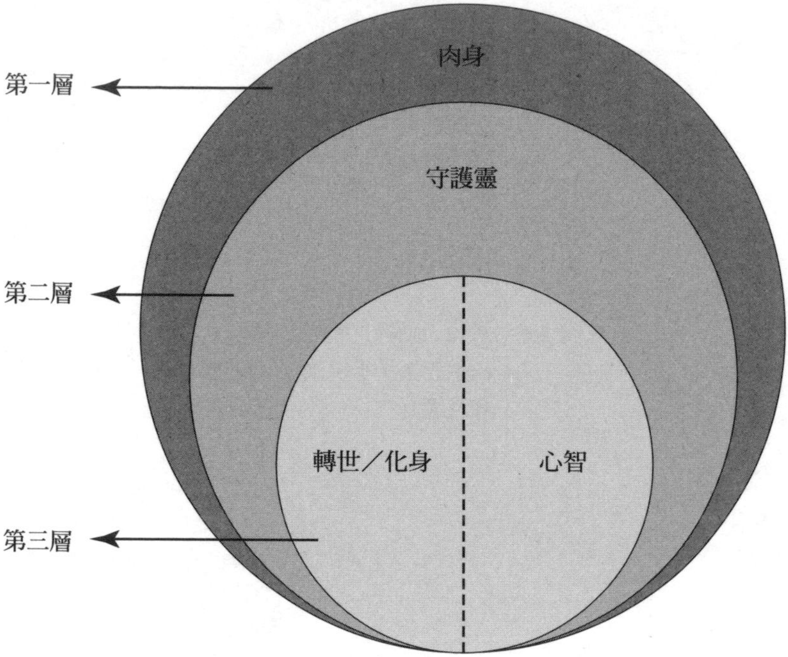

第一部

第一段誦文

歐巴席迪內魯。

我站在祢們面前，身處永恆明亮的天庭，浩瀚神殿中迴盪著長笛吹奏的悠揚小曲。

我正如其他守護靈，早已歷經多次輪迴，每一次都宿居全新的肉身個體。

我來得匆忙，猶如漫無目標的長矛般，飛行穿梭於廣袤的宇宙，畢竟我要傳遞的訊息太緊急了，生死攸關。

我知道，萬一守護靈的宿主死了，他的靈魂會上升，進入有範圍侷限的靈界，那裡早就擠滿各種靈體或無形之物。直到那時，祢們才會要求守護靈來到祢們居住的宏偉天庭，讓我們提出見證，同時請求祢們允准我們的宿主一路平安順遂抵達祖先的住所——祖靈邦。

我們之所以在此求情，是因為我們知道，人類靈魂將會以化身返回凡間，再度復活重生，但首先這靈魂必須在祖靈邦受到接納。

創世主丘烏上神啊，我承認自己不依牌理出牌，在我的宿主仍然在世時，就急於到此作證。

但我之所以在此，也因為耆老們說，我們隨身攜帶的刀刃，僅足以在森林砍柴。緊急狀況就必須採取極端措施。

他們說，灰塵躺在地面，星辰掛在天際，二者無法混為一談。

他們還說，影子或許源自人類，但人類不會因為影子離開他而就此死亡。

我是來為我的宿主說情的，因為他的行為，足以讓凡間的守護女神艾拉出手懲戒。因為艾拉嚴禁孕婦遭受人類或野獸的侵襲傷害。因為大地歸屬於祂，祂就是人類最偉大的母親，更是萬物生靈之尊，僅次於祢們，畢竟人類與守護靈完全不識祢們的性別或種類。

我來到此地，是因為我擔心艾拉會處置我的宿主，在這一世的生命循環中，宿主的凡世之名為奇諾索．所羅門．奧利薩。

因此我斗膽到此作證，聲明我目睹了一切，我要說服祢們與偉大的女神，萬一我擔心的事情成真，請明白，他完全在不知情的狀況下，犯了這滔天大罪。

我會用自己的話語陳述，它們再真切也不過。畢竟宿主和我是一體。他的聲音就是我的聲音。他的話語就是我的話語，與我並無二致。

祢們是宇宙的創始者，東南西北的守護神——這四大方位就代表傳統的伊博週。耆老以許多名字尊稱祢們，難以計數：丘烏上神、埃格布努、奧色布魯瓦、衣佐育瓦、艾卜比代克、加加納奧格武、雅古傑比、歐巴席迪內魯、阿巴塔—雅馬魯、依揚戈—依揚戈、歐卡奧米、阿夸屋路……等。

我恭敬站在祢們面前，帶著如國王般的勇氣與雄辯，大膽為我的宿主懇求，我知道祢們必然會傾聽我的聲音……

第一章　橋上女子

丘烏上神，第一次被派到烏穆阿希亞的守護靈，必然會震懾於眼前大地的浩瀚無垠。這個城鎮位於曾經育養我們偉大先祖的國度。守護靈隨著新宿主的轉世肉體進入凡間大地時，美景盡收眼底，一定會驚嘆連連。倏乎間，彷彿一隻無形的大手掀開了帷幕，放眼望去都是無止境的蓊鬱植被。你愈接近烏穆阿希亞，愈會被祖先土地的各種元素所誘惑：絕美山巒、歐步蒂密林——遠古人類就是在這裡狩獵維生。先祖耆老口耳相傳，知道此處存在了宇宙初始的爆炸遺跡，從那之後，世界才有了天、地、水與森林。歐步蒂密林成就了一處國度，它的豐美遠遠超越任何詩篇的文字描述。在這裡，就連樹葉都蘊含了宇宙誕生史。但除了偌大森林之外，人們對此處的龐雜水域更加著迷，其中最偉大的一條河，莫過於夷莫河與其繁複浩瀚的支流體系了。

大河蜿蜒於森林之間，支流之複雜唯有人類的血管才能比擬。人們時而在鎮上某個角落發現它汩汩湧出，宛若一道深刻的傷口，走了一小段距離後，它又驀然出現——或在山頭之後，或在巨型峽谷間，河川縱橫於層層疊疊的谷壑，緩緩輕流。如果我們一開始錯過了它，也只需經過本德，朝烏穆阿希亞前進，穿過恩瓦村之後，再行經一條沉靜的小支流，就能望見它誘人的臉龐。這條河在人類神話中占有一席之地，因為在他們的宇宙中，水體至高無上。人類知道，所有的河流都是母親，有能力孕育萬物。這條河便催生了夷莫市，其他鄰近城市則有傳奇偉大的尼日河流經。很久以前，尼日河氾濫，在一次永遠改變歷史的交鋒中邂逅了另一條大河貝努埃河，永遠改變了此區人類的歷史，及兩條大河成就的文明。

埃格布努，今晚我來到祢們耀眼的天庭作證，事情發生在七年前的夷莫河畔。當天早上，我的宿主一如往常到埃努古補貨。埃努古前一晚下了大雨，濕漉一片——建築物的屋簷滴滴答答，馬路坑洞泥濘不堪、大樹綠葉異常潮濕，蜘蛛網掛滿了水滴——人們的臉上與衣服甚至都下著小雨。他興致勃勃在市場晃悠，褲管捲到腳踝，免得在店面閒逛時沾到泥巴。市場非常熱鬧，從先祖時期開始，市場就一直是所有活動的核心。人們在此交換貨物，舉辦節慶活動，各種居民的溝通談判也會選擇在這裡舉行。在祖先的土地上，偉大母親之神艾拉的神殿往往座落於市場附近。在祖先的想像中，此類市集也會引來各種流離失所、為非作歹的惡靈。畢竟在凡間，沒有宿主的靈體就什麼都不是了。靈體必須宿居於肉身，才能對世間萬物造成影響。因此，惡靈只能不斷尋覓寄宿機會，永不饜足。祖先必須竭盡所能避開它們。我曾經看過一個絕望的靈體宿居到一隻死狗身上，透過某種奇門異術，它竟然成功擾動那團腐肉，硬是讓死狗蹣跚走了幾步，最後那隻狗還是癱在草地上嚥了氣。那畫面真的嚇人，再怎麼樣，守護靈都不應該離開宿主的肉體，或是不顧宿主睡著或無意識的狀態。那些飄零的靈體，特別是居心不良者，有時甚至試圖壓倒原有守護靈，或者趁守護靈離開，為宿主爭取權益時，伺機侵入。因此，祢，丘烏上神，也曾警告我們不要貿然進行這樣的旅程，特別是在夜晚！畢竟陌生靈體進入人類後，就很難讓它離開了！所以世界上才會出現精神病患、癲癇病人、作奸犯科，甚至殺害自己父母的人渣！他們就是被怪奇靈體附身，原來的守護靈無處可去，只能苦苦哀求，或試圖與入侵靈體談判，但通常無功而返。我已經見證許多次了。

我的宿主回到他的貨車，在筆記本登記自己買了八隻成年家禽——兩隻公雞與六隻母雞——一袋小米、半袋肉雞飼料，還有一個裝滿炸白蟻的尼龍袋。今天他花了比平常多一倍的錢，只因為他想買一隻羽毛潔白如綿羊的美麗公雞。當賣家將公雞遞給他時，淚水模糊了他的雙眼。霎時間，眼前的賣家，甚至那隻公雞，都成了朦朧的幻覺。賣家訝異地看著他，也許不知道為什麼我的宿主看見公雞時如此感動。此人不知我宿主為性情中人，對萬物都充滿直覺與熱情。他今天花了大筆鈔票買下這隻公雞，便是因為牠與他童年擁有的一隻小鵝極其神似。那隻多年前的心愛寵物也改變了他的一生。

艾卜比代克，買下珍貴的白公雞後，他開開心心地返回烏穆阿希亞。雖然他突然想起自己當天逗留在埃努古的時間比預期還要長，而且還沒餵家裡那群動物，也毫不在意。每次牠們餓到受不了，就會發出憤怒的咯咯聲，聽起來像是蓄勢待發，準備叛變，連遠處的鄰居也不斷抱怨，但他無所謂。與往常不同，今天他每經過一個員警崗哨時，就會大方塞給他們一些錢。之前他老會堅持自己賺得不多，但今天在警方還沒放下路障要求停車檢查前，他就會伸出窗外，手中拿著一疊鈔票。

✣

加加納奧格武，我的宿主在鄉間道路疾馳許久，經過了先祖墳頭與村莊，兩旁是肥沃的農田與茂密的樹林。天色逐漸暗下，飛蟲紛紛撞上擋風玻璃，爆裂的汁液沾得玻璃髒污不堪，讓他不得不停車兩次，把玻璃擦乾淨，但沒過多久，昆蟲們再次以全新力道撲上車窗。等到他抵達烏穆阿希亞郊區時，天空已經全黑，鏽跡斑斑的柱子勉強看得到「歡迎來到神之州，阿比亞」幾個大字。他的胃已然抽緊，因為他一整天都沒吃任何東西。他停車時，離夷莫河支流阿馬突河上的大橋不遠，前方是一輛車斗蓋了防水布的聯結車。

他一關上引擎，就聽見貨車車斗傳來腳步聲。他下了車，跨過圍繞城鎮的排水溝，然後走上一塊空地。這裡有幾個街邊攤販坐在水溝邊遮陽篷下的圓凳，大家桌上都放了煤油燈與蠟燭，把四周照亮。

東方天邊已暗，前後方馬路也是一片漆黑，他拿了一串香蕉、一顆番木瓜以及一袋橘子走回貨車。他打開車頭燈準備上公路，白天買的家禽在車後聒噪。他開上阿馬突河大橋時還在吃著香蕉。現在正值雨季最劇烈的時節，他聽說前一週此處河水氾濫，不幸淹死了一對母子。通常他不會將穿鑿附會的城鄉流言放在心上，但這則新聞不知為何卻久久縈繞在腦海不去，就連身為他守護靈的我，也無法理解緣由。他還在想著那對母子，車子也還沒抵達橋中央，此時，他瞥見路邊停了一輛車，車門大開。一開始他只注意到車子的深色內裝，駕駛座的車窗反射出一絲微弱的光線。但當他轉移視線時，他看到有位女子正打算從橋上一躍而下的恐怖景象。

雅古傑比，我的宿主連日以來確實心頭一直有溺水女子的身影，此時此刻，竟然讓他親眼目睹另有其人準備爬下欄杆，彎低身軀，試圖跳入河裡，這一切也太過巧合了。他一看見她，思緒大亂。他趕緊停車，跳了出來，衝進黑暗，大喊，「不！不！不要！拜託妳！別這樣！Biko Eme na!（請不要！）」

這突如其來的干預也讓女子嚇了一大跳。她迅速轉身，由於極度恐慌，她的身體輕輕晃動，隨即往後倒地不起。他上前將她扶起來。「不要這樣，媽咪，拜託妳！」他俯身對著她說。

「別管我！」女子因為他靠近而尖聲大叫。「走開！不要管我！」

埃格布努，我宿主被女子悍然拒絕後，隨即踉蹌退後好幾步，雙手舉起——這是先祖的後代用來投降或表示挫敗的動作——然後他說，「好，我停，我停。」他轉身背對她，但他無法就這麼離去。他擔心自己一走開，就不知道她會有什麼舉動，因為他自己也是個滿懷悲傷的人——他深知絕望是靈魂的惡疾，有能力摧毀早已殘破不堪的人生。於是，他再度面對她，雙手放低。「別這樣，媽咪。世上沒有什麼值得讓妳這樣尋死。真的不值得，媽咪。」

女子勉強自己站起身，一開始是跪著，最後抬起上半身，視線沒有離開他。她開口，「走開，不要理我。」

他在貨車車燈下瞥見了她的臉。它充滿恐懼。她的眼睛有點腫，應該是哭了好幾小時的緣故。他一看就知道眼前這位女子身心受盡深刻的折磨與創傷。因為每一位曾經遭受同樣苦難或目睹他人受苦的人，從一段距離以外就能看出磨難在臉上烙印的傷痕。當女人在燈光下顫抖時，他不禁納悶她失去了誰。也許是父母？丈夫？她的孩子？

「我現在就留妳獨處，」他又舉起手來。「我不會打擾妳的。我向創造我的上帝發誓。」

他回到貨車旁，但由於他看見了她內心的傷痛，就算只是從她面前匆匆走離，他也有自己彷彿棄她於不顧的感覺。他停下腳步，意識到自己的胃一路下沉，心跳焦慮狂亂。他再次與她面對面。

「可是，媽咪，」他說。「不要跳，妳聽見了嗎？」

他匆忙打開了貨車後車廂，將其中一個雞籠打開，眼睛透過車窗不斷瞥視，對自己低語她不會跳下去的，他抓起兩隻雞的翅膀，一隻手拿著一隻，趕忙走回去。

他發現女子仍然站在原地，朝他車子的方向看，神情恍惚。但是守護靈無法預見未來，因此不能預見宿主下一步要做什麼。丘烏上神，唯有祢與偉大的神祇們才擁有預知能力；我還知道，祢們將這種天賦賜予特定的一些巫師。但是由於祢警告過我們這群守護靈，絕對不得干涉宿主們的任何舉動，要讓人類行使個人意志，我便儘量不阻止他。相反地，我讓他的思緒開始產生聯想，提醒他，自己是愛鳥人，而且他的人生也因為這群有翅膀的生物改觀。我讓他曾經擁有的寵物小鵝瞬間出現在他的腦海，隨即消逝。但這並沒有什麼效果，因為在這種時刻，當人類被排山倒海的強烈情緒征服時，他會成為難以駕馭的頑固黑鳶，誰的話都聽不進去也不會理解，牠想飛哪裡就飛哪裡，恣意妄為。

「沒有任何人事物值得妳跳河自殺。真的。」他將雞高舉過頭。「如果從這裡跳下去，人肯定送命，屍骨無存。」

他衝向橋邊欄杆，雙手提著雞，牠們尖聲驚叫，激烈扭動。「就連這些雞也一樣，」他又說，接著在黑夜中將牠們扔下橋。

有那麼一會兒，他望著雞隻與空氣中的熱對流對抗，絕望地拍打雙翅，為自己的生命奮戰，最後仍然徒勞。一根羽毛飄落他手上，他趕緊將它拍開，當下感受錐心刺痛。接著，他聽見了牠們被河水吞噬的噪音，那是一連串水花飛濺的聲響。顯然女子也聽見了，此時此刻，他感到一股難以描述的連結，他與女子似乎成了一場祕密罪行的唯二目擊者。他仍然站在原地，直到聽見女子的驚喘，他抬起頭，又低頭凝視夜色中的洶湧河水，然後又回頭看了她一眼。

「妳看，」他指著河水。強風吹襲、呻吟，聽起來像是夜深人靜時遠處傳來的乾咳聲。「如果跳下去，就是這種下場。」

現在除了他的車之外，出現了一輛小心謹慎接近大橋的汽車，駕駛在幾步之遙的距離按了喇叭，說了一些他聽不清楚，但應該是白人的語言。我聽見了：「希望你不是流氓哦！」隨後車子就加速開走了。

「妳看見了吧，」他重複。

話說出口，他心情也隨之平靜，一般而言都是這樣的：只要一個人做了一些非比尋常的舉動，事情結束之後，他也會平心靜氣了，只想好好跟自己獨處。現在他只想到馬上離開現場，而且這念頭幾乎滿滿地占據了他的心。而我，他的守護靈，也在他的腦海告訴他，他做得已經很足夠了，現在也該離開了。於是他回到自己的貨車，在許多嘈雜的背景噪音中發動車子。他從後照鏡看見橋上女子，她渾身發光，就像準備踏入光明之域的靈體，但他沒有停車，再也沒有回頭。

第二章　孤獨寂寥

雅古傑比，先祖耆老們曾說過，登高必自卑。我逐漸明白，人的一生宛若一場從一端到另一端的競賽。有因必有果。所以人們在深受困擾時，在大多數的情況下總是會先自問「為什麼？」，即使是人類心靈最深的祕密與動機，若經過深入探索，也能被一一揭露。因此，丘烏上神，為了代表我宿主進行調解，我建議我們必須追溯橋上那晚之前，我的宿主又是如何經歷了嚴酷年歲的種種考驗。

他的父親九個月前才剛去世，過去他從未如此深沉感受喪親之痛。假使他有親朋好友相伴，或許會有所不同，他母親早已過世，小鵝也離他而去，妹妹也已經離家出走，如今，他真的孑然一身了。他的妹妹妮基魯與一名年長男子私奔，父親的過世更讓她深受良心譴責，反而近鄉情怯，避不見面。或許她這麼做是因為擔心我宿主會將父親的死歸咎於她。親人故世後的日子最是煎熬黑暗了。日日夜夜的心痛讓他一無所有的軀殼成了空屋，對家人的痛苦回憶就成了在這空屋出沒肆虐的大老鼠。每天早晨當他醒來時，都感覺自己似乎聞到了母親做飯的香味。白天他也覺得自己好像看見了妹妹走動的身影，若隱若現。到了夜晚，他則強烈感受到父親的存在，有時他甚至確信父親的確在場。「爸爸！爸爸！」他會對著黑暗呼喊，狂亂轉身。但他得到的回應只有沉默，而如此強烈的沉默，足以恢復他面對現實世界的信心。

他在這個世界闖蕩，步伐踉蹌不穩，危危顫顫，就像走在鋼索上。他對一切開始視而不見，沒有任何人事物足以撫慰他的心，就連奧利弗．德科克[1]的音樂都做不到。他原本總會在晚上或在院子工作時，拿他那部大型錄放音機播送德科克的錄音帶。就連他飼養的禽鳥也無法免於感受他的哀傷。他疏於照顧牠們，每天頂多餵牠們一次，有時甚至完全忘記。牠們會因此抗議騷動，他聽見了之後才趕緊餵食。他無法專心照料自己的動物，導致許多時候，牠們都成了鷹隼的手下獵物。

那陣子他都吃什麼？他只靠自家面前的一小片農田過活，這塊土地從家門口一路延伸到大馬路，種了番茄、秋葵與青椒。他父親生前種下的玉米，他則任其枯死，這還引來大批飛蟲，大啖腐爛的梗莖，才不會跑去攻擊其他作物。當農場剩下的莊稼無法滿足他的需要時，他會到圓環附近的市場採購，話說得越少越好。隨著時間過去，他變得沉默寡言，可以好幾天不說話——就連過去他暱稱為好夥伴的雞隻們，他也不再與牠們對話。他會在附近雜貨店買洋蔥和牛奶，偶爾到對街的「舒夫人食堂」吃飯。在那裡他也幾乎沒說話，只用緊繃善變的敬畏神情觀察人群，認定他們全擁有叛逆靈魂，只是表面保持輕鬆愉悅，但人人都想從後門進入他的世界。

很快地，奧色布魯瓦，他理所當然變得排他性很強，悍然拒絕其他人的援助。就連他離開學校後唯一保持聯絡的朋友艾楚格也無法安慰他。他不跟艾楚格聯絡。有一次，艾楚格騎著摩托車到他家院子前，敲了敲大門，喊著我宿主的名字，想知道他在不在家。但他假裝自己不在。或許艾楚格懷疑朋友確實在家，甚至打了我宿主的電話。我的宿主就讓手機響個不停，最後艾楚格可能自認沒趣也就離開了。他也拒絕父親僅存的弟弟——也就是自己的叔叔——要求他到阿巴與他同住的請求。當老人堅持時，他關掉電話鈴聲，兩個月都沒打開，直到有一天他醒過來，聽到叔叔開車進院子的引擎聲。

他叔叔當然是怒氣沖沖，但當他發現侄子崩潰瘦弱得不成人形時，他嚇到了。老人當著我宿主的面哭了。那一天，看見這位多年不見的長輩為自己哭泣，我的宿主變了。他發現原來自己的人生破了一個大洞。當晚叔叔在客廳沙發打呼時，他突然想到，母親去世後，這個破洞變得越發明顯。是真的，加加納奧格武。我，他的守護靈，也在現場目睹他望著難產生下妹妹的母親被人抬出醫院。這是二十二年前的事情，白人世界稱那一年為一九九一年。當時他只有九歲，過於年幼無知，完全不能承受宇宙交付他的沉重責任。直到當晚，他才發現自己習以為常的世界突然變得崎嶇蜿蜒，再也不筆直平坦。父親盡心教養他，帶他到拉哥斯玩了好幾趟，陪他去伊巴丹的動物園，以及哈考特港的遊樂園，甚至讓他到電動遊樂場，但一點幫助都沒有。父親什麼都做了，仍然無法修復他靈魂中的裂痕。

在那年年底時，大約是天庭的蜘蛛將牠繁複美麗的蛛網繞上月球第十三次時，他父親因為急於讓兒子開心，於是帶他回到自己的老家。他記得我的宿主很喜歡聽他小時候在內戰期間於歐步蒂森林獵野鵝的故事，於是帶著我的宿主在森林打獵——容我找時間再向祢詳加敘述，烏丘上神。就是在這裡，宿主抓到了那隻改變他人生的小鵝。

原本只打算留一天的叔叔看見我宿主的狀況，總共待了四天。老人上下打掃房子，照料家禽，開車帶宿主到埃努古買飼料和日用品。那幾天，口吃的邦尼叔叔仍然不斷勸我宿主，談話內容大部分圍繞在孤家寡人的可悲危險，以及對女人的需求。他的話再真切也不過，畢竟我已經在人類世界生活得夠久，我很清楚孤獨就等同於惡犬，在哀悼的漫漫長夜中，牠只會不間斷吠叫。這我已經見證許多次了。

1奧利弗・德科克（Oliver de Coque, 1947-2008），奈及利亞音樂家，生前至少錄製九十三張專輯，創作融合奈及利亞現代音樂與伊博族傳統曲風形成，被譽為金屬鈴鐺奧金（Ogene，打擊樂器）之王。

「諾索，如……如果你不快……快點給……給自……自己找個……個妻子，」邦尼叔叔準備離開的那天早上，對我宿主說，「你的嬸……嬸，就會……會親自幫你找一個。」叔叔搖了搖頭。「因……因……為你不能這樣下去了。」

叔叔苦苦相勸，很有衝擊力，他離開後，宿主重新調整思緒，有了新的想法。這麼說好了，這就像是讓他得以療癒的蛋，已經在某處祕密角落孵化了。他發現自己渴望著許久沒有想望的東西：女人的溫暖。這慾望轉移了他喪親的失落心情。他開始經常出門，常在聯邦女子學院附近走動。起初，他帶著不安的好奇心望著路邊食堂的少女。他注意到她們的麻花長辮、乳房以及外表。等到興趣越來越濃厚後，他找上某位少女搭訕，但她斥退了他。環境的折騰早就讓我的宿主對自己幾乎信心全無，他決定就此打退堂鼓。我在他腦海閃現想法：男人不可能第一次嘗試就可以找到合適自己的女子。但他不理會我的忠告。被拒絕幾天後，他上了妓院。

丘烏上神，上他床的女人年紀是他的兩倍大，頭髮蓬亂，梳著阿姨媽媽們的髮型，濃妝豔抹。或許男人們會覺得很誘人吧。她的臉型很神似烏若內澤雅——兩百四十六年前，此女與一位老宿主（阿林澤伊海）訂婚，卻在敬酒儀式前失蹤，原來是被奴隸販子帶走了。

女人在他面前脫光衣服，露出飽滿誘人的身材。但當她請他爬上她的身子時，他卻做不到。埃格布努，這對我而言也是非比尋常。因為突然間，他硬了好幾天的勃起，卻在終於得以饜足前瞬間畏縮。他突然敏銳意識到自己是徹頭徹尾的性愛新手，接著跑進他腦海的，則是一連串的畫面——母親躺在病床、小鵝要掉不掉地掛在竹籬、父親過世後僵直的遺體。他渾身顫抖，緩緩下床，懇求對方讓他離開。

「什麼？你這樣是在浪費錢嗎？」女人問。

他回答是的。他起身要拿衣服。

「我不東，你看你那根還挺得呢。」

「Biko Ka'm laa（拜託，讓我離開），」他說。

「你不會說英文嗎？我不會說伊博話，」女人說。

「好啦，我說我想走了。」

「啊，不好吧，我沒看過醬子的倫啦，我也不要你浪費錢。」

女人下了床，扭亮燈泡。他退後一步，眼神想避開她雄偉的乳房。「不怕，不怕。你放輕鬆啦。」

他站著不動。當女子拿走他的衣服並放回椅子上時，他的雙手不知該放哪裡。她跪在地板上，一隻手扶著他的陰莖，另一隻手抓住他的臀部。這官能感受讓他忍不住抽搐顫抖。女人大笑了。

「幾歲啊？」

「三十，欸，三十。」

「最好給我說實話喔，幾歲啊？」她捏捏他的陰莖尖端。他一面說話，一面喘息，但她把嘴塞了上去，將陰莖半含在嘴裡。我的宿主急忙喃喃說出二十四。他好想離開，但女子用另一隻手臂繞著他的腰，將他緊緊摟住。她用力吸吮時發出啪啪聲，他尖聲大叫，咬緊牙關，嘴裡只能含糊冒出一些毫無意義的話語。他彷彿看見黑暗中迸出虹彩光芒，卻同時感受到內心的冰冷。這複雜矛盾的感官體驗不斷在他的體內爆發，直到他大喊：「我要射了，我要射了！」女子轉開頭，但精液幾乎全噴上她的臉。他往後倒在椅子上，深怕自己會昏倒。他後來震驚疲憊地離開妓院，感覺自己彷彿扛了一袋玉米。四天後，他遇見那位橋上女子。

✣

衣佐育瓦，當晚他離開橋之後，不確定自己剛才做了什麼，只知道那很出乎他平日的行事作風。開車回家時，他心中是滿滿的成就感，他已經很久不曾有這種感受了。他靜靜地將十隻而不是十二隻新買的雞隻卸下，在手機手電筒的照明下，將籠子搬到庭院後，再打開在埃努古買的小米與其他雜貨。一切安頓好之後，他才驚覺大事不妙。「丘烏上神！」他大喊，一面衝進客廳。他舉起充電式照明燈，將開關打開，三支日光燈管散發微弱白光。他將亮度調大，但室內仍然昏暗。他傾身低頭看見其中一支燈管已經壞了，頂端甚至有一抹黑灰。他提起燈跑到院子，讓朦朧燈光照亮雞籠，此時，他再度尖叫，「丘烏上神！喔！丘烏上神！」因為他發現，自己扔下橋的雞，其中一隻便是那雪白色的珍貴公雞。

阿卡他卡，人類總是試圖扭轉現狀，這很普遍：他們會努力想挽回已經發生的事情，但一切向來無法回頭。就是這樣，我已經見證許多次了。我的宿主就與他的同類一樣，立刻跑出屋子回到車上，這時有隻黑貓已經爬上他的貨車，如警衛般四處張望。他趕走貓咪時，牠還大聲抱怨，隨即跑進鄰近的灌木叢。他上了車，開車進入黑夜。車子不多，他只在開進一處加油站時遇上了一輛擋路的聯結車。當他到了橋上，那位女子早已不見蹤影——她的車也不見了。他想她終究沒有跳河，因為如果她真的自殺了，那麼她的車一定還在原地。但當下他在意的可不是那位女子。他連忙跑下河岸，夜間的蟲鳴鳥叫在他耳際迴盪，手機手電筒的光線猶如蟒蛇般一口一口吞噬漆黑暗夜。走近岸邊時，飛蟲已經繞成了同心圓，將他的臉網住。他瘋狂揮手驅趕牠們，手機手電筒的光芒也隨著他的手勢移動，偶爾直落在水面，也照亮河岸邊幾公尺遠的空地。他的目光追蹤光線照亮的小路，但只看到空蕩蕩的河堤，以及一些破破爛爛的垃圾污泥。他直接走到橋下，聽見聲響時隨即回頭，心跳很快，等到他走近時，光線照到一個籃子，籃身已經破碎，暴露出彎曲的竹條纖維。他拔腿快跑，滿心期待。

他發現籃子裡什麼也沒有，便馬上將光線投射到橋下的水面，沿著遠處的河流搜尋，但一隻雞的影子也沒看見。他回想起自己扔下牠們的那一瞬間，牠們是如何慌亂拍打翅膀，在痛苦絕望中試圖緊緊抓住大橋欄杆，但怎麼樣也做不到。從他飼養家禽開始，他便知道家禽是最脆弱的物種。牠們幾乎無力保衛自己，從危險中脫身。正是這種弱點，讓他更憐惜牠們。一開始，他是因為小鵝愛上所有鳥類，但一次目睹鷹隼暴力攻擊母雞後，他便開始只疼愛脆弱的家禽了。

他在暗夜尋尋覓覓，地毯式的搜索彷彿人們在毛皮厚實的動物身上尋找小蝨子，最終，他還是心情沉痛地打道回府。今天晚上他雙手不聽大腦使喚的意外舉動，讓他最為難過。當人發現自己在渾然不知的情況下傷害其他生靈後，通常會陷入黑暗深淵，靈魂變得挫敗無助，屈服於悔恨羞愧，一心只想扭轉頹勢，將一切恢復原狀，以求心靈安慰。如果他弄髒了別人的布，他可能會拿著新布找上對方，說道，來，兄弟，這塊新布給你吧，因為我毀了原來那塊布。如果他弄壞了東西，他有可能會急於修補或更換。但假使事情難以挽救，或打破了無法修復的物品，那麼除了屈從於悔恨怨懟的魔咒之外，他也無路可走了。這真是一個難解的謎團！

衣佐育瓦，每當我的宿主需要解答超乎他知識範圍的疑問時，我便會冒險提供。當晚他就寢前，我在他的腦海留下烙印，請他好好思考第二天早上回到河邊的可能性，也許這樣還有可能找到兩隻雞。但他對我的建議毫不為意，還以為是他自己天馬行空的思緒，畢竟人類無法分辨自己的種種想法是否源自守護靈或者只是大腦出現的聲音。

那天我在他的心底多次閃現回到河邊的念頭，但他的理性卻不斷反駁，告訴他為時已晚，雞一定是淹死了。對此我回答：誰能確定呢？但接著腦子又出現一個聲音，都死了；我什麼也做不了。晚上到了，我看得出來他不願出門，我做了祢警示我們這些守護靈都必須避免的行為，奧色布魯瓦，除非在特殊情況下，我們萬萬不得出手。但我還是在宿主神智清楚時，離開了他的肉體，我這樣做是因為我知道，自己不只是他的守護靈，我還得即時幫助他，見證那些他能力無法企及的事。這是因為我視自己為他在神靈界的代表。我在宿主體內，留意他雙手雙腳的每一個細微動作。對我而言，宿主的肉體就是螢幕，上面會播放他的人生點滴。在宿主體內的我不過是個空容器，我裝載了一個人的生命，唯有靠著這生命，我才能成為實質形體。所以，我會從目擊者的角度觀察他的人生，他的生命就是我的見證。不過守護靈處處受限，因為我們聽不見也看不到超自然國度。但當守護靈離開宿主後，它就會開始敏銳察知人類領域之外的種種。

一離開宿主，靈界的喧囂給我很大的衝擊，那是一首震耳欲聾的交響樂，即便最勇敢的人類也會心生畏懼。它由眾多聲響組成——哭喊、號叫、怒吼等各式噪音。更不可思議的是，即使人類世界與靈界的距離僅有一葉之隔，我直到離開宿主的肉體，才會聽見這些聲音。在世間的守護靈新手或許會立刻被這種喧鬧壓得喘不過氣，甚至嚇得立刻跑回宿主體內，因為宿主的肉體就是最安靜的堡壘。我第一次到人間便是如此，我在奧格布尼克、恩戈多、艾齊—奧菲的守護靈暫歇洞窟，或甚至阿巴亞金字塔遇上的其他同夥也有過類似經歷。晚上更糟糕，因為那是靈體最活躍的時刻。

每當我在宿主有意識的狀態離開他時，我總讓自己的外出迅速簡短，讓他不會因為我不在場，就做出什麼我無法處理的舉動。但因為以毫無形體的方式到任何地方，都遠遠不如附身人類來得容易，我總是必須龜步穿越靈界的擁擠大廳，因為那裡有五花八門、形形色色的靈體如隱形蟲子般不斷蠕動。我的匆促有了收穫，我只花了七次眨眼的時間就抵達河邊，但我什麼也沒看見。第二天我又回去了一趟，到了第三天，我終於看見他扔下橋的棕色公雞了。牠的遺體已經腫脹，爪子朝上，在河面載浮載沉。河水浸濕了公雞羽毛，讓它成了一抹灰色，牠肚子羽毛已經掉光了，似乎是被什麼水底生物吃過了。牠的頸項拉得更長，皺褶更深，屍體也腫脹了。有隻禿鷹站在公雞浮在河面的一隻翅膀上，正在認真打量公雞。另一隻白色公雞則完全不見蹤影。

艾卜比代克，在我的許多次輪迴中，我逐漸明白，發生在人類身上的事，或許早在冥界中就曾發生過，宇宙萬物的發生都必然有其先例可循。這個世界就像古老耐心的無聲大輪緩緩轉動，萬物都在一旁隨時守候。人類遭遇的不幸厄運或許早已在等待他——可能在某條馬路中間，在高速公路上，或在某地的戰場，靜候最佳時機降臨。等到此人走到該面對的那一步時，他會被打倒，被弄得悶悶不樂，困惑不解，但還是有人會同情他，就連守護靈也為之心疼。但事實上，這個人早在前世就已經死過了，這死亡的現實不過被時間的面紗掩蓋，而此面紗終究也會揭示大白。我已經見證許多次了。

當晚他睡覺時，我再度離開他的肉體，這樣我才可以看望他了，因為人類睡覺時，靈體反而更加活躍。從這個位置上，我將死雞與禿鷹的形象送進他的潛意識，要將這種神祕事件傳達給宿主最簡單的方式，就是透過夢境——這是一個非常脆弱的場域，守護靈必須時刻謹慎，小心進出，因為它開放給所有的靈使用。踏入宿主夢境前，守護靈得先從宿主身上彈射而出，這也可防範其他惡靈趁機而入，找上守護靈大肆作虐。

我向他閃動那些畫面後，他在睡夢中抽搐，舉起一隻手，將手握緊成拳。我輕嘆，也鬆了一口氣，他總算知道那隻白公雞的下場了。

✣

加加納奧格武，他淹死禽鳥的哀傷讓他不再去想橋上女子。不過，隨著悲傷消逝，他又開始細細回想對方，讓她占據他整個心頭，在他的回憶裡，僅記得夜色中的她是中等身材，沒有那位妓女潔妲豐腴。女子穿了淺色襯衫與裙子。他還記得她開了一輛藍色的豐田凱美瑞房車，跟他叔叔的車很類似。然而，他的思緒就像好奇的蚱蜢，從她的外表跳到她離開大橋後的行為。他甚至開始責怪自己當天太快離開大橋。

接下來幾天，他專注照料家禽與花園，對她的思念與日俱增。他開車在城裡閒晃時，甚至會不經意尋找那輛藍色豐田轎車。幾週過去了，他又開始渴望那位妓女了。慾望如暴風雨般醞釀擴大，沖刷他乾涸的靈魂。終於有一天晚上，它驅策他上了妓院，但潔妲在忙。其他小姐搶著要他，其中一位將他拖進房間。女人腰很細，肚子有一道傷疤。和她在一起時，他感覺自己篤定又有把握，相較於上一次在這裡的恐懼與天真，早就煙消雲散。他不帶任何羈絆，向這位妓女屈服。宿主們做愛時，我通常避免目睹，因為過程真的很像死亡，但我保持冷靜，因為這是他的第一次。結束後，她拍拍他的背，說他表現得很棒。

儘管有了新的經驗，他仍然深受潔姐的肉體與熟悉的輕嘆聲吸引。讓他驚訝的是，雖然他已經與另一位女人有更深入的接觸，潔姐的雙手卻能帶給他更強大的歡愉。三天後他又回到妓院，避開熱情奔向他、為他心動的女子。這一次，潔姐有空了。她其實不太記得他了，她開始默默脫光他的衣服。他們還沒開始，她就接起電話，告訴對方兩小時後再來，當話筒那邊的男子似乎拒絕討價還價後，她又說再等一個半小時好了。

她談到上一次時，他們已經開始了，她大笑。「你不打開你的眼睛嗎？我上次你為口交耶。」他激情地與她做愛，靈魂隨之狂熱，全心投入。但當他癱在她身邊後，她就一把推開他，站了起來。

「潔姐，」他幾乎哭喊了起來。

「你是怎樣了？」女人回答。她開始穿起胸罩。

「我愛妳。」

埃格布努，女人停下動作，拍手鼓掌大笑。她打開燈，爬回床上。她用手捧著他的臉，模仿他說這些話時的陰鬱，笑得更厲害了。

「哦，小子啊，你別要這樣梭話喔。」她又拍手了。「看看這傢伙，說他愛我耶。這年頭沒有什麼好人會說這種傻話了喔。你不要說愛我啦。去跟你老母說。」

她語帶嘲弄，再次爆笑出聲。有好幾天，他走到哪裡，心底都記得她的狂笑，這讓他感覺全世界都在嘲笑他這個渺小、孤單的男人，但他唯一的罪惡只不過是渴望有人陪伴。這是他首度感受浪漫愛情的矛盾情結，這與他對鳥禽和家人的情感不同。那是種心痛的感覺，畢竟嫉妒正是站在愛與瘋狂門檻上的惡靈。他想讓潔姐屬於自己，所以對任何排在他後面的男人懷恨在心。但他不了解，沒有任何東西會真正屬於任何人。他赤身裸體來到這個世界，也會這麼離開人世。某些人事物還在身邊時，僅可稱得上是暫時擁有，一旦他不在人世了，它們也會隨之消逝。當時他還不知道，男人可以為了自己心愛的女人甘願放棄擁有的一切，可是，等他再回來找她時，她卻可能再也不渴望他。我已經見證許多次了。

✣

於是，被他尚未理解的道理擊潰後，他離開了妓院，決心從此再也不回頭。

第三章 覺醒

依揚戈—依揚戈，我多次流連人世間，曾聽過德高望重的耆老們表達深刻洞見，他們說，無論悲傷有多麼沉重，終究無法逼迫雙眼流出鮮血。無論一個人哭泣多久，會持續落下的也唯有淚水罷了。人可能會哀痛好一陣子，但他終究能從中成長茁壯。到時候，人會更堅強，甚至足以推倒高牆，獲得心靈的救贖。畢竟，不管夜晚多麼黑暗，它終究還是會迎來曙光，第二天，太陽神卡馬努就會在地平線驕傲展現祂宏大璀璨的光芒。我已經見證許多次了。

與橋上女子邂逅四個月之後，我的宿主幾乎已經不再難過。倒不是說他很快樂了，因為即使是最快活的日子，他的心情也總會被悲傷的面紗團團圍住。沒錯，他是活了起來，甚至接受自己總有一天也有可能快樂的事實。好友艾楚格經常來找他，鼓吹他加入「實現比亞弗拉主權國家運動」[2]。這個組織在伊博人年輕一輩間風生水起。艾楚格從中學時期就是宿主的知己，原本瘦弱的他也開始展露強健的二頭肌，一天到晚穿著無袖上衣或背心。「奈及利亞一蹶不振，」艾楚格用白人語言告訴我宿主，接著再用平日與我宿主交談的先祖語言強調。「Ihe eme bi go. Anyi choro nzoputa!（局勢惡化

2 實現比亞弗拉主權國家運動（MASSOB），由拉夫・烏瓦祖魯克（Ralph Uwazuruike）倡議，支持重建伊博族人的比亞弗拉共和國。一九六七年一月奈及利亞發生政變後，聚居在東部的伊博族在一九六七年五月宣布獨立，在該族軍事將領奧朱古上校（Chukwuemeka Odumegwu Ojukwu）領導下，成立比亞弗拉共和國（Republic of Biafra），建都埃努古（Enugu）。後因饑荒，經濟與軍事崩潰，奧朱古上校流亡海外，比亞弗拉重新併入奈及利亞。

了！我們要的是革命！）」在艾楚格的堅持下，我宿主也加入他的組織，每天晚上，年輕人會在汽車經銷商的一間門市裡集合，大家頭戴黑色貝雷帽，身穿紅色襯衫，四周圍繞畫著一半太陽的旗幟、地圖，與為比亞弗拉而戰的士兵頭像。我的宿主會跟著這群人一起遊行，大聲疾呼「比亞弗拉必須復興！」。他會與這群人坐在一起，聽汽車經銷商暨運動領袖拉夫．烏瓦祖魯克演說。在這種場合，我的宿主會開口說話，許多人留意到他燦爛的笑容，也注意到他笑點很低。這些同伴雖然不了解他的背景，卻也看到他開始療癒自己。

丘烏上神，由於我在比亞弗拉戰爭期間也曾經有過宿主，我很擔心與組織有所關聯，可能會讓宿主受到傷害。我把想法放入他腦海，提醒他這些活動有可能會以暴力坐收。但他腦子確有聲音肯定地回覆我，說他並不害怕。沒錯，他追隨組織很長一段時間，或許是被他無法定義的憤慨所感動吧。畢竟他從未經歷過這群人強調的屈辱歷史。他不認識任何被北奈人殺死的受害者。儘管組織的許多黑暗說詞，他都心有戚戚焉，例如，從來沒有伊博族人當選奈及利亞總統，或許也永遠不會成為奈國總統……但這一切對他個人並無太大影響。他對戰爭一無所知，只知道父親曾經參戰，也告訴他許多戰爭的往事。這些人義憤填膺演說時，父親曾生動敘述的戰爭記事便猶如受傷的昆蟲，在他記憶的泥淖中蠕動掙扎。

他參加這些活動主要因為艾楚格是他唯一的朋友。小時候經歷鄰居害死寵物小鵝的事件後，他從此摒棄友誼，在人性的灰色地帶徘徊留連，最後他認定人類世界過度暴力，不適合自己，才轉向長了羽毛的生物尋求慰藉。此外，加入這個團體後，他除了照顧家禽與農場，還有其他事情可忙，他也希望，在城市四處宣導比亞弗拉獨立為主權國家的必要性時，他或有可能與橋上女子重逢。阿卡他卡，其實這才是他的終極目標，因此，儘管遊行群眾益發激動熱烈，他仍然堅持參加。但經過一個月的抗議、與員警衝突、動亂及血腥行為，加上我不斷透過他的思緒強烈勸阻他，他終於像自疾駛中的汽車脫離的車輪，擺脫這個團體，滾入了一片空無。

他重回自己的平常人生，黎明時便被美麗神祕的禽鳥啼叫喚醒——這是他父親描述過最為諧調的交響樂，由一連串咯咯、呱呱與嘎嘎聲組成。他採收了新生雞蛋，記錄小雞的誕生，餵飽雞隻，望著牠們在院裡吃草，隨時準備好彈弓以保衛牠們，照護虛弱的病雞。那個月的某一天，他非常勤奮專注，將番茄種在庭院最角落的位置。他已經很久沒有走到這一區了，眼前的變化讓他震驚。除草時，他發現紅火蟻早已入侵，牠們深鑽入土，棲息在各個角落。看來牠們是靠一顆枯萎的木薯維生，不過也有可能是因為牠們的攻擊，讓木薯毫無生長機會。他在水壺將水煮沸，然後倒進土裡，把螞蟻全殺了。最後，他清理螞蟻屍體，開始播種。

他走回院子，清洗指甲縫的番茄籽，然後從筒倉舀了幾碗小米，將它們鋪在墊子上。他打開雞舍，裡面住了十多隻雞，大夥立刻衝出來擠在墊子旁進食。雞舍另有兩個籠子，專門飼養帶著小雞的母雞，另外還有三隻體型壯碩的肉雞，有隻肉雞甚至被雞蛋團團包圍。他摸摸每一隻雞，確定大家身體健康，此處大概養了四十隻棕母雞與十多隻白母雞。雞隻吃飽後，他站在院內觀察，用棍子戳戳牠們的排泄物，尋找寄生蟲。他在井邊檢查一隻肉雞的灰色糞便時，聽見有個女子在兜售花生。

埃格布努，我必須說，他不是對每個女人的聲音都有反應，但這女子的聲音卻讓他有奇特的熟悉感。儘管他不知道原因，但我知道它讓他想起了自己的母親。他看見一位豐腴黝黑的女人，似乎與他的年齡相仿，在烈日下滿身大汗，汗水沿著她的腿滴落，閃爍發亮。她頭上頂著裝滿花生的托盤。她算是窮人——這是新文明創造的新階級。在耆老先祖那一代，只有懶散、惰怠、體弱或作惡者會有所匱乏，無以為繼，但如今，大家都過得不好。只要你走上街頭，到鎮上的市場走走，就會看到衣衫襤褸的人們，手掌結了與石頭一樣堅硬的厚繭，渾身溼透，生活在赤貧之中。白人抵達時，確實帶來了一些好東西。當先祖子孫看到汽車時，曾經高興大喊。大橋呢？「太奇妙了！」他們說。「這不就是世界奇觀嗎？」他們如此形容收音機。子孫們不只忽略了可敬先祖的文明，甚至將它一手摧毀。大家蜂擁到大城市——拉哥斯、哈考特港、埃努古、卡諾——最後發現好東西根本供不應求。「給我們的車呢？」他們在大城市的閘口問道。「有車的沒幾個人！」「那麼可以打領帶，坐在辦公室吹冷氣的好工作呢？」「啊。它們只適合在大學唸書很多年的人，就算這樣，你們還是得跟其他資格相當的人競爭喔。」就這樣，子孫們沮喪回頭。去哪裡？回到他們一手摧毀的廢墟殘垣，靠著最低工資勉強維生，這個女人就是這樣，走遍了城市的大街小巷，只為了兜售花生。

他大吼要她過來。

女子轉向他的方向，舉起一隻手固定頭頂的托盤。她指著自己，說了一些話，但他聽不見。

「我想買花生，」他對她喊道。

女子開始沿著彎曲的泥土路走下坡，路上都是他的貨車胎痕，還有他叔叔轎車的輪胎痕跡。前一天的大雨使紅土變成黏在輪胎上的小泥球。天氣轉晴後，赭紅泥巴地仍然散發著一股遠古氣息，而且四處可見小蟲在路上挖洞的痕跡。小時候，他喜歡在下過大雨後，將蟲子踩在腳下，有時他會跟著好朋友——尤其是那位偷了小鵝的艾吉克——將蟲子放進透明的塑膠袋，看著牠們在封閉空間中扭動。

她踩著夾腳拖，雙腳與衣服一樣灰塵滿布。她胸前掛了一個小錢包，掛帶是美麗的編織蕾絲。她走了過來，腳踩著泥土。他在門邊牆上把手抹乾淨後回到屋裡，急忙環顧四周，首次注意到有一張大蜘蛛網掛在客廳的天花板，提醒他有高度潔癖的父親已經過世好一段時間了。

「午安，先生，」女人微微屈膝。

「午安，這位好姊妹。」

女人放下花生托盤，伸手到裙子口袋拿手帕。它早就被汗水溼透，上面甚至有幾點棕色污垢。她用它擦擦額頭。

「這個……這個多少錢……」

「花生嗎？」

我的宿主覺得自己聽出女人的聲音在顫抖——這是因為人們心裡早存偏見，因而誤判對方的行為動機。我也在聽，但我沒有聽見什麼顫抖。我覺得她很平靜。

「是的，花生，」他點頭。一股液體衝上他的喉嚨，在他的嘴裡留下了辛辣味。他的不安來自她聲音的熟悉度，這真的很奇怪，因為他完全不確定它為何似曾相識，但他卻因此深受吸引。

女人指著原本是番茄罐頭的錫罐，裡面裝了花生，說道，「小杯五奈拉，大杯十奈拉。」

「十奈拉的一罐。」

女人搖搖頭。「大哥，你要我一路走到這裡，只買一罐花生？唉呦，拜託託再買一點啦。」然後她笑了。

喉頭的感覺又來了。他第一次有這種感覺是在親人過世時。他不知道這是一種與消化相關的疾病，喪親者或極度焦慮的人就會出現這種胃部毛病。我已經見證過很多次了，最近一次是在我的前宿主埃金克伊西加身上，他曾經參加比亞弗拉戰爭，那已經是快四十年前的事情了。

「好吧，那就給我兩罐大的。」他說。

「嗯哼，謝了，這位大哥。」

女人彎腰將花生鏟進較大的錫罐，然後再將它們倒進一個透明塑膠袋。她正準備舀進第二匙時，他說，「我想吃的不只是花生。」

「什麼？」她低頭。

她沒有馬上看他，但他目不轉睛地盯著她。他讓眼神停留在她臉上，那裡的皮膚很粗，看得出來日子過得很苦。她的臉上有些污垢，乍看下以為是多餘的贅肉。然而，在這些髒污之下，他看得出來她美得驚人。她大笑時，酒窩變得很深，嘴唇甚至會噘起來。她嘴唇上方有一顆痣，但他沒有多看它，也不介意她龜裂的嘴唇，她不停地舔著它們，想讓它們看起來光滑些。最後，他的眼神停在她的胸部：這對豐滿沉重的乳房離彼此有點距離，卻又渾圓飽滿，隔著衣服，他還能看見她的胸罩肩帶突出在肩頭。

「Ina anu kwa igbo?（妳會說伊博語嗎？）」他問，當她點點頭時，他換成先祖的語言。「我想要妳多陪我一下，我覺得很孤單。」

「所以你不想要花生？」

他搖搖頭。「不，不只是花生。我也想和妳聊聊天。」

他扶著她站起來，當她挺直身軀時，他將嘴印上她的。阿嘎巴塔—艾魯馬魯，雖然他擔心她會反抗，但他的衝動是如此強烈，連他內心的理性之聲也被掩蓋過去了。他往後退一步，看出她的震驚，但她沒有抗拒，他甚至發現她眼中閃耀著喜悅光芒，於是他更用力靠緊她，對她說，「我想要妳陪我一起進去。」

「Isi gi ni?（你在說什麼？）」她笑得更起勁。「你真是一個怪人。」

「怪」這個字在烏穆阿希亞耆老的語言中並不常見，但他經常在埃努古的大市場聽到。

「妳是埃努古人？」

「對！你怎麼知道？」

「埃努古哪一區？」

「奧博洛—阿夫。」

他搖搖頭。

她背對他，動作輕快，雙手緊握。「你真的很怪，」她說。「你又怎麼知道我有沒有男朋友？」

但他沒有說話。他將她的托盤放在沾了雞屎的餐桌。當他將手放在她身上，輕輕把她拉近時，她低語，「原來這就是你真正想要的？」當他回答沒錯時，她溫柔地拍拍他的手，他一面解開她的上衣，她笑了。

丘烏上神，此時我已經認識我宿主許多年了。但我卻認不出那天的他。他彷彿被附了身，也許連他都認不清自己是誰。他原本離群索居，除了自己之外，對世界毫不在乎，他究竟哪來的勇氣邀一個女人與他同床？在他叔叔建議他找女伴之前，他壓根未曾想過男歡女愛，如今他竟然能夠為一個剛認識的女人寬衣解帶？我真的什麼都不懂了。我只知道他靠這無來由的蠻勇，將女人的衣服給脫了。

她緊緊抓住他的手許久，用另一隻手摀住嘴偷笑。他們走進他的臥室，當他關上背後的門時，他的心跳得更快，她說，「可是，我很髒耶。」但他幾乎沒在聽。當拉下她的內褲時，他只注意到自己略略顫抖的雙手。然後他回答，「不要緊的，媽咪。」接著，他將她拉上父親嚥氣的那張床，整個人被一種近乎憤怒的激情吞噬。這種強烈的情感也出現在女人臉上：痛苦與愉悅交替，讓她咬緊牙關；激烈熱情最後以笑聲告終；她的嘴一度噘成困惑的O形；她緊閉雙眼，彷彿沉入愉快疲憊的睡眠。表情流露了一切，直到他瞬間枯萎的那一刻，他幾乎沒聽見她說：「拿出來，拜託你，」就癱在她身邊，他解脫了。

這種行為很難用文字描述。他們沒有交談，只是不斷呻吟喘息，嘆氣咬牙。房內的一切為他們發了聲，床舖發出悲傷的哀號，床單也似乎緩慢而深思熟慮地說著話，彷彿孩子在誦唸詩歌。所有的動作都像在優雅慶祝一場節慶——如此迅速、突然、強烈，卻又帶著無比柔情。錯綜複雜的表情閃過她臉龐，到最後，只剩下愉悅歡樂。他躺在她身邊，輕觸她的嘴唇，搓搓她的頭髮，直到她笑了起來。這一刻，潛伏在他心中的恐懼煙消雲散。他坐起來，一滴汗水從他背上落下，他無法理解自己此時的感受。但他能從她臉上看出某種感激，因為她拉起他的手，緊緊握住，用力到讓他想要默默掙脫。然後她說話了。她用一種不尋常的心靈深度談論他，彷彿與他早是舊識。她說，儘管他的行為很怪，但她的守護靈向她保證他是「好人」。好人，她一次又一次強調。「世界上這種人已經所剩不多了，」她說。他早已精疲力竭，半睡半醒，但他能感受她聲音中的疏遠。接著她揚起頭，又低頭望著他的陰莖，看見它在床單上發洩過後許久仍堅挺無比。她驚喘，「你還是硬的？Anwuo nu mu O!（我都快累死了！）」

他想開口，卻只發出幾個音。

「嗯，我看你這麼快就睡著了。」

他點點頭，很尷尬自己突如其來的疲憊。

「我要走了，你好好睡覺。」她拿起胸罩開始要穿，先祖的可敬母親們不曾這麼做，她們不是在自己身上蓋一層布，在背後打結，遮住乳房，要不就讓它們完全裸露。

「好吧，拜託請妳明天再來，」他說。

她轉向他。「為什麼？你甚至不知道，也沒問我究竟沒有沒有男朋友。」

他的心智因這段話驚醒，但他眼皮仍然沉重。他語無倫次，說著一些她聽不懂的話，而我聽到的更令人費解：「如果妳都來了，那就再來一次吧。」

「你看，你連話都說不清楚了。我會來的。但至少讓我知道你的名字吧？」

「奇諾索，」他說。

「奇諾索，好名字。我是夢杜，你聽到了嗎？」她拍拍手。「我是你的新女友。我明天就回來，差不多這個時候。晚安。」

他朦朦朧朧聽見她離開屋子時的關門聲。她走了，帶走她獨特的氣味，只在他手上與腦子裡留下一絲餘韻。

✣

阿嘎巴塔—艾魯馬魯，耆老們說，沒有光，人就無法有陰影。這女人就是他人生中驀然出現的一道奇特的光，讓他周遭的一切有了黑影。他愛上她了。就這樣，她似乎才使了一記彈弓，便讓他的悲傷銷聲匿跡——解決了那隻在他人生正準備踏入暗夜時，無情吠叫的凶狠狗兒。他們的關係如此牢固，他就這麼被修復了。就連我和他的關係也改善了，因為一個人心平氣和時，就能與他的守護靈和諧交流。我說話時，他聽見了我，他用自己的意志，壓制了我意志中的陰影。假如他生在耆老先祖的年代，他們會說他的狀態穩定了，而我，他的守護靈，也隨之穩定了，這再正確也不過，onye kwe, chi ya e kwe.（可以說，心定氣自定。）

經歷過這種時刻的人類，再怎麼樣也不希望它結束。但遺憾的是，世間的一切總是不如人所願。我已經見證許多次了。因此，當他某天早上醒過來，發現兩人就這麼結束之後，他心心念念都是那個女人，這一點也不足為奇。他與她一起享受了四個市場週的幸福時光（等同於白人月曆的三週）。那天早上跟平常沒兩樣，過去這二十一天都是這麼過的。但畢竟人沒有預知未來的能力。我開始相信，這是人類最大的弱點。若是他們遠近都能看得一樣清晰明白，或他們能看到藏起來的人事物，甚至聽出弦外之音，就可以避免許多災難了。事實上，人類便有可能就此堅不可摧，所向無敵。

那週六，我的宿主整天都在期待情人抵達。他不知道再也不會有人走上那條離大馬路兩公里遠的田間小路。他一早就坐在前廊，盯著小路瞧，但時間慢慢過去，他從未預料過的現實已經從某處深淵爬起，讓他無法擺脫。他從未想過要跟夢杜要地址。他不知道她住在哪裡。有一次，他求她讓他開車送她回家時，她告訴他，萬一她阿姨發現她交了男朋友，絕對會嚴厲懲罰她。他對她的理解僅止於：她住在奧博洛—阿夫；服侍她的「阿姨」——這是一位與她沒有血緣關係的熟人；她沒有手機。除此之外，他什麼都不知道了。

週六過去了，第二天如巨大馬車般疾馳，帶著一聲巨響抵達。他趕緊熱烈歡迎，期待幾乎讓他渾身發抖了。但當他打開門時，門廊卻空無一人。除了舊馬車的鏽痕與類似金屬的噪音。第二天，熟悉的天空色彩繽紛，讓他想起自己與夢杜在廚房做愛的那一次，他首次聽見了空氣從陰道壓縮而出的聲響。那也是她第一次在他家洗澡；那天她還穿上了他買給她的衣服：一件安卡拉亮藍的裙裝，她用他浴室的水桶清洗，再掛在院子芭樂樹與籬笆間的洗衣繩晾乾。然後他們做愛，她問了他一些關於禽鳥的知識，他發現自己吐露了許多背景，當時他才頓悟，原來自己的生命故事有多沉重。到了日落時，他知道她再也不會來了。他躺了一整天，腦子一片空白，孤獨發呆，聽著雨滴落入水桶，或在地面發出打鼓般的聲響。

奧色布魯瓦，我自己也擔心了。對於守護靈而言，目睹宿主找到幸福，卻又讓它離他而去同樣很痛苦。我也專注傾聽女人是否來訪的動靜，有時他在農場或家禽區工作時，我會離開他的身體，站上門廊，看看能否看見她經過房子的身影，這樣我就能在他腦海閃現她的畫面。但我也看不到她的蹤跡。那天晚上，邪靈讓他不斷夢到她，第二天早上他一醒就心煩意亂。在夢中，他與夢杜在某處寺廟或古老教堂觀賞聖人壁畫。他仔細凝視某幅作品，那是一個人站在樹上的圖像，但他一轉身，她就不見了，取而代之的是一隻獵鷹。牠用黃色雙眼盯著他，嘴喙半開，大爪堅定抓住座位的邊緣。一開始他沒有說話，因為他知道那就是她。埃格布努，你知道在夢的世界裡，答案不是尋覓得來的——它是本來就存在的。於是，他看見了他一直在等待的她變成一隻鳥。當他準備伸手要抓時，他就醒了。

第二週快結束時，他心中一直萌發各種念頭，感覺像是某位先祖在他的腦子裡罵他，此時，他才意識到，一定是出了什麼事，讓他再也見不到夢杜。這是一大覺醒，加加納奧格武：確實，男人能找到一位愛他又接納她的女人，但只要這麼一天，她也可以從此沒來由地消失。要不是那天宇宙幫他一把，他這番沉重的覺醒或許可能永遠將他擊倒。人類擺脫痛苦的方法之一，就是做一些非比尋常的舉動，讓他永生難忘，它足以止血，讓人不再受苦，儘早恢復。

那天，他坐在廚房的地板，望著棕色公雞群啄食，母雞與小雞在旁邊閒晃，偶爾走到院子，吃吃鋪在麻袋上的玉米穀粒。他看到窗外有隻鷹隼盤旋，對雞群虎視眈眈，準備伺機而動。他很快拿了牆上的彈弓，從一旁的籃子挑出合適的石頭，撥開上面的紅火蟻，然後，他閉上一隻眼睛，躲在門後不遠處，將石頭放進彈弓的橡膠套，目不轉睛地盯著隼。大鳥在半空中停住，朝上方攀升，讓雞隻看不見牠。接著，牠將翼展拉大，瞬間朝庭院迅速俯衝，速度相當驚人。他跟著牠的身影，在牠試圖掠走一隻在柵欄附近進食的公雞時，將石頭拋射而出。

沒錯，他很擅長射石術，從小就在扔石頭，但大家很難理解他竟然可以精準擊中大鳥前額，這似乎是與生俱來的本能，彷彿源自某種神性。丘烏上神，我感覺這種行為彷彿在他出生之前，早於祢指派我擔任他的守護靈時，就已經排練多次。正是這舉動開始了他的療癒之路。因為他必須藉此報復那宰制他人生的力量，感覺總有一隻看不見的大手奪走了他擁有的一切。那個聲音彷彿說，「看，他快樂了這麼久，也該把他送回他歸屬的黑暗深淵了。」於是，就在第二週快結束時，他又重生了。

接下來的幾天大雨傾盆，我的宿主回憶起他小時候的某一年，那時他母親還活著，雨水毀了鄰居的房子，所以全家人到我宿主家借住避難。濕答答的那幾天，他們飼養的家禽無法到院子散步。他跟牠們一樣也幾乎什麼都不能做，只能退縮到自己習以為常的孤獨世界。丘烏上神，夢杜失蹤後的三個月裡，他也是如此渾渾噩噩，甚至連艾楚格也不想見。

依揚戈—依揚戈，先祖耆老總是說，孩子不會因為母親的乳房沒有奶水就死亡。我的宿主也是如此。他很快就習慣了夢杜的消失，開始外出張羅，忙碌日常事務。也因此，在毫無任何心理準備的情況下，他在三個月結束後的那天晚上到住家附近的加油站加油，準備按照平常離開的方式回家。他在加油站跟著眾人大排長龍，終於輪到他用加油機了，他打開油箱蓋時，卻看到一隻手從後面排隊的某輛車子冒出來對他揮手，一開始他不知道那是誰，因為他得先告訴女服務員他要買六百奈拉的汽油。

「那就是八公升，一公升七十五奈拉。」

「好的，小姐。」

女服務員在加油機敲了敲幾個鍵盤，數字開始轉動，他回頭一看，看見了那位橋上女子。丘烏上神，他怎麼會想到，在如此一個不吉利、不起眼的普通日子，他這段時間一直在尋尋覓覓的人兒，就這麼主動現身？雖然他眼睛盯著加油機，擔心自己會被唬弄，畢竟他聽說過廠商會更動數字，但與她的巧遇卻震撼了他，如毒蛇般棲定在他的心頭。他急匆匆將車子停到加油站角落，靠近一處街邊涵洞，無論他使用哪種時間計算——祖先的算法是四天一週，一個月有二十八天，一年有十三個月；或是後代們沿用的白人算法——距離他犧牲了兩隻家禽，嚇唬她放棄自殺念頭的那一晚，也已經過了九個月了。他等她過來時，腦子回顧那次與她邂逅後，發生在自己身上的一切。她將車停在他的貨車後，下車跟他打招呼時，他感覺自己久已消逝的渴望再度湧了上來。原來這段時間，它就像一枚舊硬幣，只不過是好好存放在心底的一處暗袋罷了。

第四章 小鵝

努加令告必阿力里，當人碰上會讓自己回憶起過去某段不愉快經驗的事情時，他會選擇在嶄新的經驗停下腳步，仔細思考該不該一腳踏進去。如果他已經跨出第一步，他有可能重新考慮是否需要繼續。就像我的宿主，人人都與自己的過去密不可分，更擔心會舊事重演，重蹈覆轍。因此，由於夢杜帶來的創傷依舊未癒，我宿主謹慎審視了自己對橋上女子的渴望。他注意到她變得很不一樣——眼前這位女子不太像他幾個月前在橋上巧遇的絕望女孩。她比他印象中還高挑，雙眼是優雅的弧線，額頭漫過的瀏海也閃亮發光。

她比他在心中擺了許久的畫面還要美。加好油之後，她走到他面前，跟他握手，以白人的語言自我介紹，她是妲莉．歐比亞。他也告訴她自己的名字。他對她起了戒心，不只因為她的外表，更因為她使用語言的方式，與他平日習慣大不同。他很好奇她為何能認出他。

「你車子上的標誌，『奧利薩農產』，」她笑著說。「我記得。一個月前，我就在奧比路口附近見過你。但你開得很快。我相信我會再次見到你的。」一輛汽車按了喇叭，要她退開，車子經過後，她說，「我一直在找你。那一晚很謝謝你。真的。謝謝你。」

「我也要謝謝妳，」他說。

剛才她說話時閉上了雙眼，現在她睜開眼睛。「我要去學校了。你可以到『比格斯先生』見我嗎？」

她指著對街的小餐館。「六點前方便嗎？」

他點頭。

「太好了，奇諾索。再見嘍，很高興又碰到你。」

他看著她走回車上，原來他尋覓她的蹤影時，自己早已渾然不覺地見到了她。

他在女子眼中看到了某些他無法名狀的東西。有時候，男人不能完全理解自己的感受——就連他的守護靈也做不到，這種時刻，它總是不知所措。因此，當他回家準備晚上的邀約時，這團迷霧就懸在他頭頂揮之不去。我和他只知道：她和他見過的其他人不同。她的口音聽來就是曾經住過海外，與白人生活過的那種人。她的舉止、外表更帶著一種慵懶與自信，與夢杜的邋遢截然不同，也不像混雜了穩重與熱情的奇特潔姐。而且，埃格布努，當人們遇到自己高度尊崇的人們時，他們的行動會更加矜持謹慎，他們會戒慎恐懼，並努力在這些高尚人士面前表現出自己最好的一面。我已經見證許多次了。

他回到家後，打開兩個裝了小米與玉米的麻袋，把穀物倒在地上，然後放出成年家禽。大夥兒衝出來，立刻跑過來又啄又吃。接著他忙著將大家要喝的水碗，放回籠內。他將父親留下的西裝拿出來，再去拿幾天前他從穀物袋剪下的海綿，刷去西裝污漬，將它掛在院內大樹晾乾。他梳洗了一下，正準備拿西裝進屋時，突然想起自己的頭髮一團亂，因為他已經快三個月沒剪頭髮了，上一次是夢杜堅持自己會剪髮，就拿剪刀幫他修了修，事後他瘋狂掃理院子，就怕動物們會將頭髮吞下肚。他匆匆開車到尼日爾路的理髮廳，從小他就在這裡剪頭髮。他的理髮師伊孔先生已經中風，他的大兒子陽日接手。輪到我宿主時，陽日才剛開始動手，電剪就突然停住了。陽日看到停電了，趕緊跑到店後面打開發電機，但它卻發動不起來。我宿主看了一眼鏡中的自己：他的頭有一半被剃得乾乾淨淨，另一半卻是糾結濃密的黑髮。他東張西望，下了旋轉椅，然後又坐回去。此時他已經焦慮躁動，盯著時鐘瞧——這是先祖的後代們如今用來測量時間的奇怪物品——它顯示他該出發與女子會面了。

陽日過了一會兒才進屋，他的手因為調整發電機都黑了，襯衫也已經被汗水浸透，褲子滿是髒污。「對不起，」他說。「發電機也故障了。」

我宿主的心往下沉。「燃油的問題嗎？」

不是，陽日告訴他。「是火星塞的毛病。我得把它帶去重新接線，真的很抱歉，諾索，我們等電力公司復電再把頭髮剪完。不然等我明天修好發電機也行。Biko eweliwe, Nwannem oh.（請你不要生氣，兄弟。）」

我的宿主點點頭，用白人的語言說，「沒問題。」他回頭看了看鏡子，盯著半邊被剪光的頭。陽日從牆上取了一頂帽子遞給他。他就這麼戴著帽子去餐館了。

✣

埃格布努，先祖與子孫最顯著的差異之一，便是後者採納了白人對時間的概念。白人早就認定時間是神聖的——人類必須服從它的意志。在既定的滴答聲中，人類會在約定的某個時刻抵達某個特定地點，或是某事件也將在既定時間開始。時間彷彿宣布，「兄弟們啊，有隻神手在我們之間，將目標設定於十二點四十分，我們必須服從它的命令喔。」一旦發生重大事件，白人也會先設定它的時間，例如，「在一九八五年七月二十日這一天，某某事發生了。」對我們偉大先祖而言，時間充滿靈性，卻又屬於人間。可以說，它完全不受他們控制，因為造就時間的力量，同樣也塑形了宇宙。當他們想分辨季節肇始，或斷定白天的變化，或是年歲的長度，先祖仰賴的是大自然的更迭。太陽升起了嗎？如果是，那麼白天已然降臨。今晚是滿月嗎？如果是，那麼我們必須穿上自己最體面的衣裳，清空我們的穀倉，準備迎接新的一年！假使我們聽到雷鳴，那麼乾旱就要結束，雨季即將來到。當然，睿智的先祖們也深信，人們確實可操控部分時間，讓它任由人類意志宰制。對他們來說，時間並非神聖；它不過是一種元素，就如同空氣，可善加利用。人可以用空氣撲滅大火，將飛蟲從他人眼睛吹走，甚至讓笛子發出樂音。時間也可依例遵循人類的意志。例如，先祖中的一群人表示，「我們是阿馬普族的長老，決定在日落時開會。」這個時間非常廣義，它有可能指日落初始，也可能是日落時分，或也可能是日落之後。但這些都不重要。重要的是，他們知道參加會議的人數。早到的人一面等待，一面聊天開玩笑，只要大家到齊，會議就可以開始了。

於是乎，她在既定時間的時鐘滴答聲中，早他之前抵達餐館。她看上去甚至比先前還美，深紅色唇膏讓他聯想到潔姐，以及一件豹紋洋裝。

他坐下來調整棒球帽，確定它好好遮住自己的頭髮，她說，「欸，諾索，我想問你：那天你為什麼還在那個時刻停在橋上？」當他準備回答時，她又舉起手，閉上眼睛。「我真的很想知道，真的。為什麼你會在那個時刻出現？」

他抬起頭，眼神看向她頭頂的天花板，避開她的視線。

「我不知道，媽咪，」他說。他的遣辭用字很小心，因為他很少用白人的語言說話。「好像冥冥中有什麼力量把我推到那裡，我正好從埃努古回家，然後就看見妳了。我心裡只告訴自己，要停車。」

他看向窗外，眼神刻意停在一個孩子身上，他正拿了棍子在路上滾摩托車輪胎，其他小朋友在後面追著他。

「那天你救了我一命。你永遠不會……」

她的手機響起，讓她住了嘴，她打開包著手機的手帕，一看到螢幕她就說，「啊！我本來跟我爸媽約好要出門的。但是我忘了。真是對不起，我得離開了。」

「好，沒問題……」

「你的家禽都好嗎？我想去看看。你住哪裡？」

「阿馬祖庫十二號，就在在尼日爾路附近。」

「好，請把電話號碼給我，」他靠向她，給了她電話號碼。「我會找一天過去，我再打電話給你，我們保持聯絡。」

由於我看得出來宿主體內那顆偉大種子就要萌芽紮根，知道它終將在他的靈魂茁壯結實，成為愛的果實。因此，我離開了他的肉體，開始跟著那位女子。我想知道她會怎麼做——會不會就此留在他身旁，不像夢杜那樣人間蒸發。我跟著她上車，在她臉上看到一種喜悅的神情。我聽到她說，「奇諾索，有趣的傢伙，」然後她笑了。我好奇觀察時，她體內飄出一股濃厚的煙霧。轉眼間，我面前出現了一位守護靈，它長得與女子一模一樣，只是它在隱隱發光，手腳掛滿了珠貝長鍊。它是這位女子的守護靈。儘管在靈界洞窟時，我曾被告知許多次，人類女性守護靈的感知比我們敏銳許多，我還是很訝異它還在宿主身體時就已經看見我了。

——靈魂之子，你想從我宿主身上得到什麼？這位守護靈的聲音跟通往祖靈邦路上的少女一樣細緻。

——艾拉之女，我沒有敵意，也不會為妳們惹麻煩。我說。

丘烏上神，我看見這位守護靈全身閃耀青銅金光，那是祢披覆在人類女兒守護靈身上的衣篷，它的雙眼純淨，裡面卻閃耀熠熠火光。它才剛要開口說話，它的宿主猛按喇叭，突然緊急煞車，大吼，「耶穌基督！你搞什麼啊，老兄。你不知道怎麼開車嗎？」衝向她的汽車急轉向另一條街道，她繼續前行，大聲嘆了口氣。或許已經放心宿主沒事，這位守護靈轉頭用靈界的深奧語言跟我說話。

——我宿主在她的心靈神殿樹立了一尊小雕像。她的意圖與奧西米里七條大河的水域同樣潔淨無染，她的願望如伊約奧查河河床底的粗鹽一樣精純無瑕。

——我相信妳，妮維碧菲，黎明之光的守護神，歐格伍吳之女；以及艾拉與柯摩蘇。我來訪只因為我想確定她也喜愛他。我會帶著妳的訊息撫慰我的宿主。願他們的結合在這個人生週期，以及第七與第八個生命週期，為兩人帶來充實與滿足。屋瓦哈阿沙，屋瓦哈阿沙托！

——艾西！她回答，然後沒有繼續駐足，便立刻回到宿主身上了。

奧色布魯瓦，這次溝通使我極度欣喜。我滿懷信心回到宿主，給了他女子也愛他的念頭。

✣

阿克瓦伍魯，即使我已經將她愛他的思緒灌輸給他，但他依然驚懼。我不能告訴他自己做了什麼。守護靈無法直接與宿主交流。就算我們開了口，人類再怎麼樣也無法聽懂。我們只能在他們的腦海閃現思緒，如果宿主認為這些想法很合理，他或有可能深信不疑。於是，我無助地望著他心跳加快，擔憂女子會與夢杜一樣離開他。有好幾天，他特別留意手機動靜，抗拒自己先打電話給她的衝動。然後，在第四天，他睡在客廳沙發時，他聽見車子開進院子的聲音。當時已經日落，萬物的黑影已經逐漸消逝。他透過窗戶往外看，發現妲莉的車停下來了。他大喊，「丘烏上神！」他才剛吃完午餐，塑膠碗還丟在旁邊的矮凳，裡面還有裝了花生的小袋子，以及一袋奶粉。他趕緊將碗丟到廚房水槽。接著他跑進臥室，穿上扔在床上的牛仔褲。他迅速瞄了一眼房間牆上的鏡子，幸好兩天前陽日終於為他剪好頭髮。他衝回客廳時，視線落在茶几上的藍色方糖盒，桌面甚至有個圓形的污漬。桌腳邊還擺了一個裝了針線與釘子的塑膠袋。他將這些東西收拾乾淨時，她已經在敲門。他再次回頭環顧室內，確定自己沒有遺漏其他東西，最後，他跑向門口，手撫著胸口想讓心跳慢下來。他打開門。

「妳怎麼找到我的？」她一進來他就問。

「難道你住在月球上嗎？先生？」

「不是啦，但是，媽咪，怎麼找到的？這裡很隱密，而且門牌也不清楚。」

她搖搖頭，溫柔微笑。然後她慢條斯理說出他的名字，就像個牙牙學語的小孩。諾—索。

「不請我坐一下嗎？」

他再度檢查室內，然後點點頭。她坐在靠窗的大沙發上，他只是站在一旁，眼睛盯著大門口。接著，她突然起身在客廳走動。他開始擔心她會察覺屋內的臭味。他觀察她的鼻子，看看她是不是會把它皺起來或甚至拿手摀住它。當下他更慌張注意到牆上有塊明顯的污漬。他很怕那是雞屎。他走過去擋住它，面帶微笑，掩飾自己的不安。

「你一個人住，諾索？」

「是啊，這裡只有我一個人。就我而已。我妹妹不會過來，我叔叔偶爾會來。」他連忙接話。

她心不在焉點點頭，在他說話時，她已經走進廚房。想到廚房的狀況讓他的心一沉。天花板的四個角落掛滿了被煤煙染黑的蜘蛛網，看起來就像是住了好幾隻黑色大蜘蛛。水槽全都是髒盤子，上面還擺了一塊從麻布袋剪下來的洗碗布，還有一塊綠色肥皂困在上面。讓他顏面盡失的其實本來就不是他的問題：水龍頭。它早就壞了，龍頭也拿走了，上面只隨意包了一個剪了洞的黑色塑膠布。他的煤油爐也很髒。它放在一塊發黑的木板上，還黏著他烤焦的雞皮，旁邊則是灑得亂七八糟的乾枯飯粒，還有幾片看起來像是番茄皮的東西。更糟糕的是，通往院子的後門角落擺了個快塞爆的垃圾桶，不斷飄出腐臭味。

埃格布努，萬一她打開燈，就會將徘徊在髒盤子附近的大批蒼蠅喚醒，到時他一定希望自己不如死了算了。還好他看見紗門稍微打開了。

「你養了好多雞喔！」她說。

他走到她身邊。她一隻腳還在門上，另一隻腳已經踏進院子。她往後回到廚房，朝他接近。

「你養了好多雞，」她又重複一次，應該是很訝異。

「是啊，我算是養禽戶。」

「哇，」她說，然後走出院子，睜大眼睛看著雞舍。然後，她一句話也沒說，回到客廳沙發上，旁邊放了她的皮包。他跟著她坐下，在她短暫張開雙腿時，瞥見了她的內褲。他坐在她身邊，憂心她剛才看到的一切。有一段時間她都沒有開口，只是持續用一種讓他不自在的眼神盯著他，他很想問她是否會因為他家的狀況看不起他，但字字句句就像卡在砲管裡的飼料，等著發射。由於不想要她繼續東張西望，他努力找話題聊天。

「那天晚上妳是怎麼回事？」他問。

「我準備尋死，」她的眼神落到地面。她的回答減輕了他的羞愧感。

「為什麼？」

她完全沒有猶豫，直截了當地告訴他，當天早上她醒來，便發現自己精心維護、打造的世界已經倒塌成了塵土飛揚的斷垣殘壁。她為了未婚夫的一封電子郵件整整崩潰了兩天，信裡宣布他已經與一名英國女子結婚。她告訴諾索，她完全無法承受這個打擊，因為她給了那男人自己生命中最寶貴的五年，這傢伙不只拿走她所有的積蓄，甚至騙了她父親的錢，只為了要到倫敦唸書，實現自己成為電影導演的夢想。但才搬到英國不滿五個月，他就結婚了。我宿主能從她的聲音感受到她的錐心之痛，她解釋自己對這場打擊毫無心理準備。

「我不知道自己還有什麼好堅持的——什麼都沒了。我在橋上見到你的前一天，只覺得好累、好疲憊。諾索，我曾經一次又一次想聯繫他，但他音訊全無。」

她去河邊並不是因為有勇氣或決心要自殺，只因為當她讀了那封電子郵件好幾百次後，只能想到這條河。她也不知道如果諾索沒出現，她最終是不是會從橋上跳下去。

我的宿主專注聽著她的故事，只開口說了一次話。他請她忽略那些已經開始哀號的雞群。

「妳的遭遇真的很讓人心痛，」他回答，儘管他並不完全理解全部內容。她可以靈活運用白人的語言，說了許多他聽不懂的字詞。例如，他不斷在想「情境」這兩個字，他感覺自己的頭腦就像一隻在天空徘徊的鷹隼，雖然盯著下方的母雞與小雞，卻無法決定自己要如何攻擊或該攻擊哪一隻。但我完全聽得懂，畢竟守護靈每一次的生存週期，都是一場學習經驗，它能取得宿主的思想與智慧，與此同時，它們也成為了守護靈的一部分。例如守護靈或許會知道狩獵技巧的複雜性，因為在幾百年前，它可能曾經有過身為獵人的宿主。上一次週期時，我引導了一位非常有天分的男人，他飽讀詩書，也擅長寫作，他是伊齊克・恩凱奧耶，是我現任宿主的舅舅。他在我現任宿主這個年齡時，便已經能充分掌握白人語言的每一個字。我便是從他身上取得許多我現在的知識。即使是現在，在我代表現任宿主說明時，我也會運用我當年習來的話語，透過他的雙眼判斷我看見的人事物，有時兩者融合成一體，我已經難以無法區分了。

「非常痛苦。我這樣說，是因為我也遇到許多折磨。我沒有父母。其實，我沒有家人了。」

「啊！真的好可憐！」她說，將她的手摀住自己大張的嘴。「真的很遺憾，很遺憾。」

「不，不，不，我現在很好。我很好，」他回答，良心正拉扯著他，畢竟他對自己的妹妹妮基魯隻字未提。他望著妲莉將重心放在大腿，身體朝他們之間的茶几靠近。她的眼睛緊閉，他認為她是在可憐他，他甚至怕她會為他哭泣。

「媽咪，我現在很好，」他更堅定地說。「我有個姊妹，但她在拉哥斯。」

「是妹妹還是姊姊？」

「妹妹，」他說。

「好吧。我來是因為我想要謝謝你。」當她將背包從地板拿起來時，淚流滿面的臉上露出了笑容。

「我相信是上帝派你來找我的。」

「好吧，媽咪。」他說。

「你為什麼一直叫我『媽咪』？」

她的笑聲讓他意識到自己粗鄙的笑聲，他努力克制自己，免得尷尬。

「真的，這很奇怪哦！」

「我沒有母親了，所以每個好女人都是我媽咪。」

「原來如此，對不起了，寶貝！」

「等我一下，」他說完話，就去上廁所。當他回來時，她說，「我是不是忘記告訴你，我好愛你的笑聲？」

他看著她。

「真的，我很認真。你是一個英俊的男人。」

她起身要離開時，他匆匆點頭，終於可以鬆一口氣，讓心臟在這意外的結局中開心跳動，原本他還以為整件事會是一場大災難。

「我連水都沒請妳喝。」

「不，不用，別擔心這個，」她說。「改天吧，我還有考試。」

他與她握手，她握住了，臉上堆滿笑容。

「謝謝你。」

人類的諸位守護靈，我們有沒有思考過激情在人類身上創造的力量？我們有沒有想過，為什麼男人會甘願跑過火場，找到他愛的女人？我們有沒有考慮過性對戀人的衝擊？我們想過這股力量的對稱性嗎？我們是否知道，詩歌在他們的靈魂中激發了些什麼，它對心軟的人類又會有什麼影響？我們是否曾經揣思愛情的地貌——何以某些關係會胎死腹中，有些遲緩弱智，無法成長，但有些卻能健壯發展，一路讓戀人延續到終老？

這些事情我曾經深思，我知道當男人愛上女人時，他會有所改變。雖然她心甘情願將自己交給他，一旦他娶了她，她就成了他的。女人成為他的財產，他也成為她的財產。男子叫她努顏，她叫他迪姆。也可以說她是他的妻子，而他是她的丈夫。這總讓我百思不解，埃格布努！有好幾次我曾經見識到，人們在愛人離開之後，試圖收回他們的心，彷彿想回收自己被盜走的財產。我以前的宿主埃梅胡伊不就是這樣嗎？一百三十年前，他殺死了那個帶走他妻子的男人。丘烏上神，當時我為他在天庭作證，祢也做出了判斷，雖然很悲哀，但是卻非常公正。如今，一百多年過去了，我又一次看見現任宿主的心被類似的火花點亮，我很恐懼，因為我知道這火的威力，它強大得無以復加，難以撲滅。當他陪她走回車上時，我也擔心它會將他推往一個我無力阻止的方向。我很怕等到愛在他心中完全成形，他將對一切盲目，對我的建議充耳不聞。我看得出來，它已經開始占據他了。

✣

歐巴席迪內魯，哦，女人究竟為男人的一輩子有什麼貢獻？在先祖後代接受的新宗教教義中，它說二人成為一體。這再真切也不過，埃格布努！但回頭看看睿智長老的時代，偉大的母親們是多麼不可或缺！雖然她們沒有制定社會律法，她們卻像是社會的守護靈，當規範被打破時，她們戮力重整秩序與均衡。萬一村莊有人冒犯艾拉，讓這位仁慈女神理所當然地發洩自己的怨懟不滿，用疾病、乾旱或災難性死亡表達憤怒，這些婦女先祖們會挺身而出，尋求巫師協助，解決眾人的困頓，因為艾拉會選擇傾聽她們的聲音——正如我在一百七十二年前目睹的那場戰爭。當時烏祖阿科利族與恩克帕族作戰，林子裡躺了十七名無頭士兵，是敵對雙方的婦女高聲疾呼，促成和平停戰，進而安撫了艾拉。所以才稱她們為odoziobodo（穩定的力量）。假使一小群婦女就能重建社會均衡，讓它免於潰堤，步入災難，那麼女人對男人的生活會有多麼巨大深遠的影響！正如偉大先祖所言，愛情改變了男人生命的溫度。原本日子過得冰冷凜冽的男人得到了溫暖安撫，得以脫胎換骨，他生活中的尋常小事都閃耀光芒，就算做著每天的例行差事也能歡欣甘願。他們也都很清楚，自己變得不一樣了。他們不需要跟外人談論，但他們的臉龐——人類全身上下最赤裸顯眼的特徵——會開始出現一抹光彩，旁人也會很快注意到。這麼說好了，假設有位男子跟同事一起工作，有可能會有人把他拉到一邊，對他說「你看起來很開心」或是「你是怎麼了」。情感越是強烈，旁人就越容易察覺。我宿主對妲莉有感覺，卻害怕自己配不上她而刻意壓抑。但他也決定，假使她肯屈就他，他絕對會全心全意，把自己整個人交給她。

家禽代替了人類同事，見證了我宿主的蛻變。女子離開他家之後，他欣喜若狂地拿飼料餵牠們。他找到了那隻尾巴乾癟扭曲的生病公雞，將牠帶到屋子前面，走到農場邊緣，遠離其他家禽的視線，就地將牠宰殺了。他讓牠的血流進地面的一個小洞，然後把牠放進大盆子，塞進冰箱。在浴室清洗自己之後，他將木板隔間的大型雞欄掃一掃，把家禽們特別討厭的綠頭蜥蜴趕進天花板的洞裡，接著他爬上梯子，拿了一塊沾了棕櫚油的抹布塞進洞口。忙完之後，他注意到雞隻把平常用來裝水的面盆踢翻了，它靠著茅草牆，裡面剩下一小窪水，水底的沉澱物如人類瞳孔般盯著他。他準備走過去時，踩到一根羽軸，它直接卡進泥巴地，將他絆倒。他撞到另一個空水盆，它飛到空中，裡面的東西——大團污垢、羽毛與灰塵——全都灑到他臉上。

丘烏上神，如果雞是人類，牠們絕對會嘲笑他當時的模樣：額頭與鼻子全覆滿了厚厚的污泥。要不是我在場目睹，我絕對會質疑宿主當下的反應，擔心他是否腦子有問題。因為，儘管他撞得很痛，不斷用手指反覆摸頭，確定沒有流血的傷口，但他還是興高采烈。他傻呼呼地站起來，還想著前一天妲莉坐在沙發時，稱讚他長得很帥。他低頭看見剛才自己跌倒的地面被磨平了，他的皮鞋也開了口。雞欄另一端站著一隻他剛才幾乎壓到的母雞，他摔倒時，牠歇斯底里地跳飛，猛烈拍翅，揚起灰塵與羽毛。他認出牠是會產下灰色雞蛋的兩隻母雞之一。牠仍站在原地咕叫抗議，其他夥伴也加入了。他離開雞舍，洗淨髒污，從頭到尾，直到他上床時，仍一直想起妲莉。

他進入無意識的睡眠狀態後，我便沒了他肉體的羈絆，我不用離開它，就能看見他醒著時我無法見證的事物。祢也知道，祢一手創造我們，我們是一群不需要睡眠的生物，我們就是一群能說活人語言的黑影。即使宿主在睡覺，我們仍能保持清醒，時時看望他們，陪他們對抗深夜時分仍在呼吸的神祕力量。人們睡覺時，靈界盡是清醒者的聒噪與亡者的呢喃。惡靈、鬼魂、遊魂、祖靈與短暫造訪世間的靈體都在黑夜迷瘖時伺機而出，自在行動猶如螞蟻大軍，無視人類世界的邊境，對牆壁與圍欄渾然不覺。兩個爭論不休的靈體甚至可能打架較勁，跑進人類家庭，進入他們的肉體，繼續在他們體內交戰。但有時它們只會走進人們的住處，在一旁觀看他們。

那晚，一如往常，靈體不斷喧囂，冥界的黃銅鼓聲清晰可聞，震耳欲聾。數不盡的哭喊、呼叫、哀號，在人間、靈界與陰陽廊道中四處可聞。遠方甚至傳來刺耳的長笛曲調，節奏十足，活力躍動。到了午夜前後，某個東西以迅雷極速穿透高牆後，它立刻形成一個灰濛濛的光環，幾乎難以察覺。一開始它似乎上升直至屋頂，但接著它開始回彈拉長，彷彿一條潛伏的大蛇。最後它搖身成為最可怕的惡靈——有著一顆蟑螂頭、身軀肥胖。我馬上衝到它面前，命令它離開。但它用充滿仇恨的眼神瞪我，死盯著我宿主無意識的肉體不放。它的嘴唇似乎有黏稠的液體黏住，還一直指著我宿主，但我堅持要它離開。它似乎不為所動，此時我開始害怕這邪惡的生物就要傷害我宿主。我呼喚祢的干預，說出一段咒語，讓自己更強大。這似乎阻嚇了它，它往後退，發出一聲咆哮後就消失了。

我在地球的許多週期都遇過這種惡靈，我最清楚記得的就是戰爭時，我當時宿居在埃金肯耶身上，他睡在烏穆亞的半毀廢棄屋，一次他入睡後，惡靈迅速現身，讓我嚇了一跳。我定睛一看，它連頭都沒有，只是不斷揮臂跺腳，指著原本是頭的樹樁。埃格布努，它可說連惡靈都稱不上！這讓我等守護靈非常畏懼。接著，透過某種變異神力，頭出現了！它掛在半空中，瞠目怒視，無頭靈甚至企圖用自己脆弱的雙手抓住頭，但是頭跑來跑去，自顧自地飄走，惡靈也隨之而去。第二天我從宿主的雙眼發現，原來該男子是敵軍，在強姦孕婦時被人斬首，結果成了惡靈。我的宿主埃金肯耶第二天早上親眼目睹男子屍體被大火燒光，對前晚的事件渾然不知。

當時我馬上跳起來，想追上那個惡靈，了解它何以針對我的宿主，但我看不清它往哪個方向走。在黑夜平原上也沒有發現它的蹤跡，空中沒有腳印，地面也沒有腳步聲。夜空點綴了明亮繁星，我還在宿主農場附近發現另有要事在忙的靈體。除了偶爾在遠方沿著道路疾馳而過的汽車引擎聲，我沒有看見人類的蹤跡。我渴望再多流連一會兒，但懷疑剛才看到的靈體是遊魂，正在尋覓可以宿居的人類軀殼，它或許會回頭找上我的宿主。我只得盡快回到宿主的院落，穿過後院的圍欄，穿牆進入宿主仍然熟睡的臥室。

✣

阿克瓦伍魯，第二天清晨，他被家禽的狂亂叫聲吵醒。其中一隻叫個不停，偶爾低沉吟叫，接著又開始拉高音。他推開毯子，走出大門時，才發現自己赤身裸體。他套上短褲以及一件皺巴巴的襯衫之後，到後院瞧個究竟。他將最後一袋飼料清空倒進大碗，把碗放在院子中的舊報紙上。當他打開其中一個籠子時，家禽們立刻朝向他撲去，轉眼間，大碗旁邊已經擠滿了這群聒噪的羽毛動物。

他往後退了一步，搜尋家禽身上有無不尋常的跡象。他特別注意到其中一隻母雞，牠先前翅膀卡到籠邊一根歪掉的鐵釘，由於企圖脫身，牠幾乎把翅膀撕裂了。上週他已經幫牠縫合翅膀，現在這隻母雞已經可以開始謹慎參與這場飼料大戰，翅膀下還看得見紅色縫線。他抓住母雞雙腳，檢查翅膀，手指撫過血管。準備放下母雞時，他的手機響了。他跑進屋內接聽，但當他走進客廳時，鈴聲已經停了。他看到來電者是妲莉，而且還發了簡訊，起初他猶豫了——就怕自己要看的訊息如報紙新聞都有期限。他將手機丟回餐桌，掌心捂著額頭，咬緊牙關。我看得出來前一天跌倒的傷口讓他不舒服。他從冰箱上方拿了一盒普拿疼，將剩下的兩顆藥放進手心，然後把藥放在舌上，走進廚房，直接拿了塑膠水壺喝水將藥吞下肚。

他又拿起手機看了留言：「諾索，晚上我可以過來看你嗎？」丘烏上神，他對自己微笑，對著空氣打了兩拳，大叫「讚啦！」，然後將手機放回口袋，還沒走回院子，才想起自己剛才只是自言自語，於是他站在紗門旁，在手機打了「好的」。

就要跟妲莉見面了，他神采奕奕，跑去撿了一些雞蛋，放進塑膠箱的蛋形小孔上。接著他又抓了那隻受傷母雞。牠因為害怕而不斷眨眼，當他摸摸牠的頭，一面檢查翅膀，看看它們是否飛得起來時，牠的嘴喙又開又闔。他清理了飼料托盤，將它裝滿，裡面有根看起來像斷裂牙籤的東西，他把它撿起來往背後丟。他又想了想，擔心會有家禽找來吃吞下肚，回頭開始找那根牙籤。他在小雞籠邊找到牙籤，將它撿起來丟到庭院外的垃圾場。最後將飼料托盤端到一個雞籠放妥。

等他餵完家禽時，雙手已經都是污泥與髒垢。它們卡在他的指甲中，他的右手拇指肉看起來彷彿長了刺。他剛才採收的一顆雞蛋沾了硬梆梆的糞便，他原本想用手指將它刮掉，結果糞便也卡在他的指甲縫了。他到浴室洗手時，想著自己的工作真的很怪，在新朋友看來絕對很卑微低賤。他擔心假使妲莉真正了解他工作的本質，有可能會不以為然，甚至覺得噁心討厭。

丘烏上神，正如我之前所說，這種因恐懼而帶來的反省經常發生，因為人們面對自己極度在意的人時，容易變得難為情。他們介意別人對自己的看法，進而不斷評估自己，接下來，此人只會出現更為內耗與負面的想法——儘管無憑無據——但最終他絕對會被搞得心神不定，心力俱乏。我的宿主並沒有沉溺於這些想法太久。他反而忙著準備妲莉的造訪。他將房子與露臺打掃得一乾二淨，拍去座墊與沙發的灰塵，清洗馬桶，噴上清潔劑，清理水箱後面的老鼠糞便。他扔掉了其中一個塑膠桶，以及另一個有裂縫的油漆桶。隨後，他在房子周圍噴灑了空氣清新劑。他才剛洗完澡，正在塗抹乳液時，就從窗戶看到她的車沿著田地中間的道路朝房子駛來。

依揚戈—依揚戈，當天晚上，我宿主對她的現身滿懷喜悅。她的髮型或許會讓女性祖先們側目，但在他眼中，她卻是光鮮亮麗，吸引力十足。他密切檢視她的鬈髮、腕錶、手鐲，她戴著一條綠珠項鍊，更讓他想起了他媽媽的妹妹，伊菲米亞阿姨。阿姨住在拉哥斯，已經與他失聯。他原本就覺得自己配不上妲莉，畢竟他沒見過什麼世面（他從來沒有去過什麼俱樂部或劇院），但此時此刻，他更瞧不起自己。她以最大程度的親善優雅對待他，但他卻感受到一股強大的自卑感。就這樣，他有一搭沒一搭地與她對話，只在需要回答時開口說話。

「你本來就想養家禽嗎？」妲莉這個問題問得比他預期得還要晚，這更加深了他的恐懼，他擔心她最終還是不會與他交往的。他點點頭，然後他突然想到，或許這不是實情。於是他說，「大概，不能算是吧，媽咪。是我爸開始有這個想法的，不是我。」

「你是說養雞鴨嗎？」

「對。」

她盯著他，臉上帶著克制的微笑。

「所以，是怎麼開始的？」她問。

「說來話長，媽咪。」

「天啊，我好想聽喔，拜託請告訴我。」

他抬頭看著她，說道，「好吧，媽咪。」

艾卜比代克，他告訴她小鵝的事，從他九歲時抓到牠開始，這場邂逅改變了他的人生，現在，也讓我向祢敘述。有一天，他的父親將他從城裡帶到鄉下老家，要他先睡一覺，第二天早上父親會帶他到歐步蒂森林。森林有一處隱蔽的水池附近住著一群羽毛如潔白羊毛的鵝群。多數獵人會避開這一區，因為那裡也有致命的毒蛇猛獸。水池屬於夷莫河的支流。我已經見證許多次了，很久以前，在阿羅奴隸販子開始肆虐阿拉伊博這一區前，這裡曾有河水潺潺流淌。但一場地震將它與大河其他支流隔開，它就此滯流，成為白鵜的家園。森林周圍九座村莊的居民從有記憶以來，鵜群就已經住在那裡了。

我宿主與他父親拿著一把戴恩長槍抵達那裡時，先停在一根腐朽的落木樹幹後面，地上長滿了雜草與野蕈。離樹幹不遠處就是那灘死水，水面有一半被樹葉覆蓋。旁邊是一小片被木頭碎片鋪蓋的潮濕泥巴地。白鵜往往在此處吃草憩息。牠們似乎被人類嚇到了，大夥慌亂拍翅，飛入密林更隱密的深處，只留下一隻母鵜與她的寶寶，另外還有一隻大鵜在田裡。第三隻鵜跳了幾下，開始橫渡水面，直到抵達另一頭的礁石，最後消失在綠林中。我的宿主欣賞母鵜。牠的羽翼豐厚，雙眼睜得很大，嘴喙是黃棕色的。牠移動步行時，會展開大翅，看來氣場非常強大。牠身旁的小鵜則截然不同：牠的脖子比較長，上面沒什麼毛，看起來像是被拔光的。媽媽準備離巢時，牠也邁開小腳搖搖晃晃想跟上。我宿主的父親準備就緒，原本可能就要開槍射擊了，結果眼前突然出現一個令人困惑的景象：母鵜在一處鬆軟的地面停下腳步，雙腳沉入泥巴，張嘴等待。小鵜繼續走進，將頭埋進母親等待的大嘴，連脖子都快看不見了。

我的宿主與他父親驚奇地望著小鵜將頭與脖子深探到母親嘴裡。在小鵜餵飽自己時，母鵜左右移動，努力想要平衡身軀。牠的腳陷得更深，猛烈拍打翅膀，連忙退後一步，腳爪時開時收。有那麼一會兒，我宿主還以為大鵜的喉嚨甚至要撕裂了，畢竟小鵜正貪婪地在裡面大快朵頤，母鵜脖子甚至可以看見小鵜嘴喙的動作。在小鵜掙脫母親，拍翅快步離開，生氣蓬勃彷彿重生後，我的宿主驚喜萬分。母鵝轉頭叫了一聲，幾乎快站不住了。最後牠挺起身軀，全身有一半都是泥巴，然後朝我宿主與他父親蹲著的方向快速跑來。

他父親開槍瞄準時，母鵝距離已經很近。槍響後，鵝向後跌倒，發出一聲巨響，留下地上一大團散落的羽毛。森林爆發出動物歇斯底里的逃竄聲，以及撲動翅膀的喧鬧。一切平靜後，我的宿主看見小鵝匆忙走向母親的屍體。

「我辦到了，終於讓我射中一隻歐步蒂鵝，」他父親站起來，開始走向死鵝。我的宿主謹慎地跟在父親背後，什麼話都說不出口。他父親撿起死鵝，欣喜若狂，準備回頭，死鵝的鮮血一路滴向地面，標誌宿主父親的足跡。他根本沒注意到小鵝慌亂地跟在他後面，不斷發出尖銳叫聲，多年後，我的宿主才了解那是鵝類的哭泣聲。他無法動彈，聽父親敘述自己多年來是如何渴望抓到歐步蒂森林大鵝：「大家都說不知道牠們究竟住在哪裡。怎麼會有人知道？因為沒什麼人敢冒險走到歐步蒂森林深處。人們都是看見牠們在天上飛而已，況且，你也知道要瞄準天上飛的鳥有多麼困難。這……」他父親突然轉身，看到他遠遠站在後面。

「奇諾索？」父親叫他。

他抬起頭，嘴唇噘了起來，幾乎淚流滿面。「父親，」他用白人的語言說道。

「怎麼了？怎麼回事？」

他指著小鵝。他父親低下頭，這才看見小鵝在沼澤移動，眼睛緊盯著兩個人類不放，一面為死去的母親哭泣。

「嘿，你可以把牠帶回家啊。」

我的宿主走向他父親，停在小鵝後面。

「你何不把牠帶回家？」他父親又說一次。

他瞥了小鵝一眼，又看看父親，腦子中閃過某個念頭。

「我可以把牠帶回烏穆阿希亞嗎？」

「嗯，」他的父親說，接著帶著死鵝走回剛才進入森林的小路，他手上的鵝屍有一半已經被深紅色的血液染紅。「去把牠抓起來，我們就離開吧。」

他猶豫不決，拖著腳步往前撲身，一把抓住小鵝瘦弱的雙腿。小鵝仍然悲鳴哀悼，靠著我宿主溫柔的雙手不斷拍翅，但他緊緊抓住牠。他抬頭望著一旁等待的父親，他手裡的死鵝還在滴血。

「現在牠屬於你了，」父親說。「你救了牠。帶著牠走吧。」父親轉身走回村子，他跟在後面。隨後，他告訴她自己有多愛這隻小鵝。牠常常突然暴怒，接著又冷靜下來，精神抖擻。有時牠會莫名抓狂，到處亂衝，或許是想要回到自己的森林。等到牠發現沒有任何逃跑的機會後，便會在原地挫敗轉圈。他焦急地觀察牠，鎮日惶惶不安，就擔心小鵝會發生不測，或是有一天會從他身邊脫逃。當小鵝憤怒地在屋內橫衝直撞，想要脫身逃走時，這種恐懼最為深刻。每一次奮力掙扎後，牠就會縮在椅子或桌子邊，彎著頭，高舉翅膀，似乎在表達自己的沉痛與沮喪。

「沒錯，」他回答她的問題：有時小鵝很平靜。他知道，正因為牠們屬於世間萬物，因此即使在受傷最重的時刻，就算無法自由自在，卻也能認份冷靜。小鵝也曾經與他同睡，彷彿成了他的好伴侶。當他第一次帶小鵝到烏穆阿希亞時，鄰居小朋友爭相目睹。起初他小心翼翼保護牠，不允許任何人碰鵝籠。幾位平常跟他踢足球的朋友若是沒經他允許就隨便動手摸小鵝，他甚至會跟他們打起來。

其中一位叫艾吉克的好友對小鵝特別著迷。艾吉克比其他人更常來看牠，偶爾我的宿主甚至會讓他陪牠玩。有一天，艾吉克拜託他讓他將小鵝帶回家給奶奶看，說道，「五分鐘，五分鐘就好。」奧色布魯瓦，我看見了那男孩眼中的神情，我很害怕，在眼神深處，我能看見嫉妒的小小火焰。因為我在人類的孩子身上見過很多次了：那是足以導致謀殺案與陰謀詭計的負面情緒。我在宿主的腦海閃過這些意念：不該把小鵝借人。但他聽不見我說話。他將小鵝交給朋友，深信對方不會傷害小鵝。

艾吉克把小鵝帶走了。日落時小鵝還沒回來，宿主焦慮異常。他到艾吉克與他母親同住的公寓敲門，但什麼動靜也沒有。他叫了艾吉克好幾次，卻完全沒人回應。大門從裡面鎖住了。從外面就能聽到小鵝的尖叫與拍翅，顯然牠不顧自己腳上纏著藤繩，奮力掙扎。他趕緊衝回家找父親。他們一同到了艾吉克家，雖然這次艾吉克的媽媽開了門，但她完全否認家裡有小鵝。

這女人的丈夫已經去世了，她曾經引誘我宿主的父親進入她的屋子，他們上了床。但父親不想填補心愛妻子的位置，他打算用餘生哀悼她，因此拒絕延續兩人的關係，這讓他與那女人間有了裂痕。儘管我宿主不知道這件事，但我知道，因為我曾在宿主睡著時，聽見他父親自言自語。有一天晚上，我看到了他父親的守護靈——那是個無憂無慮的守護靈，經常在房內飄浮，自以為是，傲氣十足——它告訴我，它離開宿主的身體，因為宿主要和鄰居發生性關係了。它說我宿主的父親與那女人經常在屋後或院子內卿卿我我。後來，我與這位守護靈變得非常熟稔，畢竟大家都會認識家庭其他成員的守護靈。如果在午夜時分進入一個家庭，你會發現守護靈——通常是男性——在一起聊聊天或只是到處走動。在宿主的一生中，守護靈會與同儕建立緊密關係。我也因此認識了許多人類的守護靈。

因此這一天，或許是因為她情感受傷未癒，女子當著我宿主與他父親的面砰地關上了門。

之後，我宿主對艾吉克和他的母親完全無能為力。他精神恍惚了好幾天，有時會突如其來衝到鄰居家發飆，但他父親會把他叫回家，威脅說如果他再這麼做就好好抽打他一頓。他無時無刻都在傾聽小鵝的動靜，拒絕吃飯，晚上幾乎不能睡覺。身為守護靈的我，看著他這般折騰受苦實在不忍心。但在這種情況下，守護靈什麼忙也幫不上，畢竟我們的行動與能力是有限的。睿智的先祖們曾說Onye ka nmadu ka chi ya（強者恆強，其守護靈也會更優越），而他們是對的。一個人的氣勢若比另一個人更強盛，它的守護靈也會更強大，因此，若是人頹喪無助，他的守護靈更是無計可施。

埃格布努，妲莉被他的故事感動了。雖然在他說故事時她都在講話，不斷發問（「他真的這麼說？」「後來呢？」「你看到牠了嗎？」），但我決定就不提了，畢竟我必須將重點放在這隻我宿主曾經全心熱愛的生物上。但有鑑於已經發生的事，以及我今天之所以站在祢們面前為宿主作證的原因，此時此刻，我仍然得將她曾經說過的話讓大家知道，看看我宿主為了想把屬於自己的東西取回，會如何逼迫自己走到喪心病狂的邊緣。她疲憊搖頭說道，「你一定很難過，一隻屬於你的小鵝，你曾經真心對待，掏心掏肺，就這樣被人帶走了。這一定很痛苦。」他只是點點頭繼續。他告訴她，到了第五天，他已經絕望透頂。他爬上後院大樹，想從那裡看清楚鄰居家的大院。他看見艾吉克坐在自家圍籬後的小圓凳輕撫小鵝。乍看之下，你會以為小鵝已經死了，接著他發現牠的翅膀在顫抖，因為牠很想逃離俘虜自己的人，但艾吉克迅速用力踏住綁著牠小腳的紅繩。小鵝努力掙扎，抬腿拍翅，但繩索讓牠無法脫身。我的宿主看見這一幕時，一個殘忍的想法浮現在他腦海。

丘烏上神，我一瞥見他的心思，便極力與它抗爭。我閃過這個念頭：如果他真的準備下手，他會遭受何等的毀滅與痛苦。他沒有理我，甚至開始想像小鵝的頭傷血流不止，雖然他也很害怕，但他卻能立刻將心情置之不理。祢們都知道，守護靈不能違背宿主的意願，也不能強迫宿主漠視自己的意志。先祖們也曾說過，假使一個人沉默無語，他的守護靈也該沉默無語。這是守護靈的普遍原則：唯有人的意志力才能驅策守護靈行動。這讓我陷入兩難，因為我就要無能為力地目睹他做出會為他帶來終生痛苦悔恨的舉動。他拿了家裡的彈弓，坐在一根彎曲的樹枝上，埋身於濃密的樹葉間。從那裡他看見小鵝還綁在剛才那張艾吉克坐的小凳邊。

故事講到這裡，我的宿主知道自己快讓妲莉發現他有嚴重暴力傾向了，因此他住了嘴，對她撒謊，說自己已經不再愛小鵝，畢竟牠已經不屬於他了。他說，因為牠喜歡上了艾吉克，所以他想把牠殺死，以報復牠的新主人。她點點頭回答，「我懂，請繼續。」他告訴她，他是如何朝小鵝拋丟石頭，完全沒有失準。它打中牠的腿骨，牠應聲倒地，發出悲傷痛苦的哀鳴。他趕緊爬下樹，心跳宛若停不下來的鼓聲，最後，他跑回自己的房間。那天稍晚，艾吉克帶著流血的小鵝跑來找他，哭著說如果不趕緊治療牠，牠就要死了。確實如此，他當天就收回小鵝，將牠帶回自己家中。過了幾天，某一天早上他醒來時，發現小鵝仰躺在房間中央，小翅膀緊緊裹著身軀，頭歪向一旁。牠的兩隻腳已經僵直，沒了生氣，爪子彎曲向下，甚至開始出現屍斑了。

加加納奧格武，小鵝的死讓我宿主心煩意亂。他告訴妲莉自己非常悲痛，開始對自己很嚴苛，好讓他父親不得不出手懲罰他。但這樣一點效果也沒有。學校老師也抱怨他不夠積極專心，一直翹課。他以各種叛逆行徑刻意挑釁大人，想讓他們出手修理他——特別是鞭打。當他受罰時，態度疏遠冷漠，接近享受的程度，老師們也有所警覺。他們通報他父親，父親早已厭倦日日懲戒他，因為他瘦得不成人形了。有一天，一心只想拯救兒子的父親，帶我宿主到城外一處家禽養殖場。我宿主對妲莉詳細描述了這座大農場：他眼前是好幾百隻不同種類的家禽。就在這些羽絮紛飛、啼吟交錯的氛圍中，他的心再度復活。他父親與他帶著一個裝滿雞隻與兩隻火雞的鐵籠回家，宿主的家禽事業就此開始。

✣

艾卜比代克，他講完故事後，兩人有一會兒沒有交談。他沉默細忖自己剛才那段話，研究是否有造成自己形象不佳的內容。她坐在原地沉思，或許是在重溫他故事的種種畫面。謹慎是他自尊的核心價值，它維繫了他生而為人的基本意義。所以，最至關重要的是他必須隱瞞自己過去的大部分細節，即使面對壓力，他的舌頭也得管緊。由於他說了太多關於自己的私事，他讓自己的思緒轉向前一週栽種的番茄，當她突然開口說話時，他想到自己還沒有為番茄澆水。

「這是一份很好的工作，」妲莉經過長時間的沉思後，開口說道。

他點點頭。「妳喜歡嗎？媽咪？」

「是的，我很喜歡，」她說。「你想念家人嗎？你妹妹人呢？」

這個問題再簡單也不過，但他許久之後才回答她。我在人類之間生活的時間夠長，我很清楚他們不願儲存那些曾經傷害過自己的人們的事情。這些東西被他們緊緊封存在密封罐，必須用力打開蓋子才得以回憶。或者，在最糟糕的情況下——例如他的祖母在戰時曾被敵軍士兵性侵——那密封罐一定得當場砸成碎片。因此，他只說，「她住在，呃，拉哥斯。我和她，其實，我們沒說話了。她的名字是妮基魯。」

「為什麼？」

「媽咪，她在爸爸去世前就離家了。她，妳知道，她……我該怎麼說呢？拋棄了我們。」他抬頭看見她直視著他。「她離家出走，因為她愛上一個大家都不願意她嫁的男人，他年齡很大，都能當她父親了。老實說，比她老了不只十五歲。」

「啊！她為什麼要這麼做？」

「我不知道，好姊妹。」他銳利地瞄她一眼，看看她是否對自己剛才叫她姊妹有沒有反應。然後他又說，「我不知道，媽咪。」

埃格布努，儘管此時他只能暫時告訴她關於自己妹妹的一些往事，但當人打開密封罐時，裡面冒出來的東西實在難以預期，幾乎可以算是勢不可擋。「孩子怎麼可以拒絕她的爸爸？」他父親曾經這麼問他，他回答不知道。而後，父親緩緩眨眼落淚。搖搖頭，然後咬緊牙關，發出嘖嘖聲，「真的超出我能理解的範圍，」父親的語氣更加苦澀。「應該說是超越任何人類能理解的範圍吧——無論是死人或活人。喔！妮基魯啊！Ada mu oh!（我的女兒啊！）」

回憶是如此沉重不堪，他只想改變談話內容。「我幫妳拿點喝的，」他站了起來。

「你有什麼飲料呢？」她也站起身。

「不用了，妳坐著就好，媽咪。妳是客人耶，應該是妳好好坐著，讓我招待。」

她笑了，他看見了她的貝齒——它們看起來好溫柔，整齊排列，就像孩子的牙齒。

「好吧，但偶想站著，」她說。

他看了她一眼，皺起眉頭。「我不知道妳也會土洋混合，」他笑著說。

她翻了白眼，用偉大婦女祖先們傳承下來的方式嘆了口氣。他拿出兩瓶芬達，遞給她一瓶。他仍然一箱箱買進芬達與可樂，就像他父親以前為客人做的那樣，當然，他幾乎從來沒有客人。他將其中幾瓶放進冰箱，把空瓶塞回箱子。

他指著餐桌，它周圍有四把餐椅，用了一半的蠟燭放在錫蓋上，蠟燭腳邊堆滿了蠟，看起來就像盤根錯節的老樹根。他將它推到靠牆的桌子邊緣，拉出一張椅子請她坐下。他看到她正望著牆上的月曆，月曆上是白人的神耶穌基督，祂頭上戴著荊棘冠冕，耶穌舉起的手指旁寫了幾段銘文，她無語地將它一一唸出，沒讓他聽見。她坐下時，他已經打開飲料，當他準備放回開罐器時，她抓住了他的手。

依揚戈—依揚戈，儘管過了這麼多年，我仍然無法完全理解那一刻發生的一切。看來，透過某種神祕的手段，她已經成功解讀他心中的意圖，顯然它們早已不言而喻，讓她一眼看透。她或許藉由某些神祕法術明白，他臉上的笑容其實源自於他的肉體與火山爆發般的強烈慾望拉鋸的效果。他們熱烈激情地做愛，一切是如此美麗而震撼，更展現罕見的巨大能量，時間近一個小時。他難以置信，卻又解脫欣慰，祢知道的，丘烏上神，祢曾經派遣我多次宿居人類，過著他們的生活，成為他們。祢知道我也見過許多人寬衣解帶、赤身裸體。但他們這場邂逅的強猛令我警覺。或有可能因為這是他們的第一次，他們倆都看得出——因為這確實是他的想法——彼此間存在一種不可言喻的深刻情感，沒錯，我也想起她守護靈的一段話：「我宿主在她的心靈神殿樹了一尊小雕像。」這一定是為什麼當一切結束，兩人汗水淋漓之際，他看見了她眼中的淚水。他躺在她身邊，對著她傾訴——她、他和我都聽到了，在人類之外的地方也能聽聞，因為那聲音彷彿對著人類與鬼靈的耳際歡聲雷動，無論亡者或活人，此刻或永恆，都異常清晰——「我找到了！我找到了！我終於找到了！」

第五章　邊緣人的合奏曲

阿岡瑙烏，戀人的日常生活往往始於分享彼此的相似點，因此，隨著時間推移，每一天與前一天難以區分。分開或在一起時，這對情人將彼此的話語放在心上；他們歡笑、談天、做愛、爭執、吃飯、照顧家禽、一起看電視、共同夢想未來。一天天過去，他們緩緩積累對彼此的回憶，直到兩人的結合成為彼此話語的總和；他們的笑聲、他們的愛情、他們的爭論、他們的飲食、他們飼養家禽的過程，以及他們一起做的所有事情的總和。當他們分開時，夜晚變得非常不受歡迎，他們對太陽下山絕望萬分，急切期盼分離他們的這種自然現象能迅速結束。

到了第三個月，我的宿主發現，他最珍視的是妲莉與他一起照顧禽鳥的時刻。儘管有很多家禽飼養的問題——例如雞舍的氣味、牠們走到哪裡就排泄到哪裡，以及縱使用心養大牠們，還是得狠心將牠們賣給餐廳等等——仍深深困擾她，但她還是很喜歡照顧動物。她毫無怨言陪著我宿主工作，不過他依舊擔憂她對自己職業的看法。他經常想起在埃努古家禽市場遇過的大學自然科講師，老師尖銳批評家禽業者的陋習，因為業者總是習慣用力抓緊禽鳥雙翅，學界認為這樣非常殘忍又麻木不仁。儘管妲莉正在接受訓練成為藥劑師，有時還會穿上實驗室長袍，但她並不會特別在意對待動物的粗魯作法。她可以輕鬆為禽鳥拔掉雜生的羽毛。如果她清晨來訪或在家過夜時，她也會樂意收集雞蛋。除了禽鳥，她也甘心照顧他，打理他家。她已經一手伸進他生命中最黑暗祕密的角落，試探觸摸其中的一切。他的靈魂多年來含淚渴求的，就是她了。

三個月來，他在橋上偶然邂逅的這位女子——也就是今晚我提早站在祢們面前為我宿主作證的原因——已經徹底改變了他的生活。有一天下午，妲莉突然來訪，帶了全新的十四吋電視機以及熨斗。她已經嘲笑他好幾週，說他是她認識的人裡面，唯一不看電視的傢伙。他沒有告訴她，其實他父母都在世時，他家是有電視的，但就在他與她重逢的幾週前，他為了夢杜失蹤大發雷霆，盛怒中將電視機砸得粉碎。後來當他意識到自己的所作所為時，便把它帶到附近的電器行，修理技師調整了半天，搖搖頭告訴他，他該買新電視機了，壞掉的零件成本還不如買新的。最後他決定將電視機留在繁忙高速公路旁的小電器行，與其他喪失功能的電器產品作伴。

除了帶進新的事物，妲莉還會確保他家維持乾淨。她經常擦浴室地板，一次傾盆大雨過後，有隻青蛙從排水管跳進來，她便找了水電工來裝紗網將管道口蓋好。她刷洗浴室牆壁的白色瓷磚，因為他已經好幾個月沒清洗那裡了。她買新毛巾給他，不把它們掛在門上，因為那裡一定灰塵很厚！也不將它們掛在門後彎掉的鐵釘上，因為釘子早就生鏽了，一定會把毛巾弄髒！她把毛巾安放在塑膠衣架上。就這樣，她一天天都在改善他的生活品質，就連好久沒聯絡的艾楚格，也發現了他生活中的巨大變化。

雖然我的宿主很感激這些，但直到三個月結束後，他才開始認真深究。當時妲莉得與父母一起前往白人的土地，英國。人總是要隔著一段距離，才能看清自己周遭的一切。甲可能因為被冒犯而厭惡乙，但過了一段時間後，甲卻有可能開始心軟。因為明智先祖也曾說過，遠方的烏杜鼓聲反倒更清晰可聞。我已經見證許多次了。於是，妲莉不在後，我宿主才更清楚她為他做的一切。正是在這段時間內，她曾經告訴他的所有事情變得更明確易懂。他也意識自己人生的變化。在她走進他生命之後，他的過去都彷彿成了遠古歷史！就是在這段日子裡，他熱切湧起一股想與妲莉結婚的慾望渴求。他站起身大喊，「我想娶妳，妲莉！」

依揚戈—依揚戈，我很難描述當晚我在宿主身上看到的欣喜愉悅。這世上沒有任何詩歌或文字足以完整形容。在他叔叔來找他，要他為自己找妻子之前，我早就知道了。那就是，從他母親去世的那天起，他就一直在尋覓生命中的下一個女人。身為他守護靈的我絕對全力支持。我見了這名女子，認同她對他的照顧，根據她守護靈的說法，也強調她深愛他。我深信一名妻子能重建他喪母後的心靈平靜，因為睿智長老們也曾說過，男子只要建立了房子與庭院後，就連眾神靈也會殷殷期盼他找到妻子。

他下決定兩天後，妲莉回到了奈及利亞。她與家人一抵達阿布札，便打電話找他，對著話筒低語。在她說話時，他聽見她置身的屋內有門開開關關的聲響，她立刻掛上電話。下一通電話打來時，他正在收雞蛋，拿木屑鋪禽舍的地板。當天稍晚等她抵達烏穆阿希亞後，事情又發生了。這一次，他才剛在一家由他供應雞肉與雞蛋的餐館吃完飯。他偶爾會來這間餐廳光顧。他們剛開始說話，她一聽到開門聲，又馬上掛了電話。

我宿主放下手機，在他放了鯡魚骨頭的燉湯塑膠碗洗手，付錢給餐館老闆的女兒，她總是習慣將頭巾折成鳥尾狀，這會讓他想起夢杜。他從塑膠罐拿出一根牙籤，走進大太陽下。他對著一名拿著小密封袋的小販揮揮手，小販嘴裡還在大喊，「乾淨的水！買乾淨的水！」雅古傑比，這種買賣水的行為向來讓我訝異。想必在大旱時期，我們的先祖也從未想過：水，這偉大的地球女神最豐沛的資源，竟然有一天會像獵人賣豪豬般被估價出售！他買了一袋乾淨的水，正準備將一奈拉的零錢塞進口袋時，手機又響了。他將它從口袋拿出來，原本想接電話，卻又將它放回去。他把牙籤吐遠，把水袋咬開，喝到水都空了，然後將它扔進附近的草叢。

我宿主有點生氣。但在這種情況下，憤怒往往會變成一隻多產的貓咪，不斷生養後代，也會出現嫉妒與懷疑的情緒。他走回車子時一直在想：為什麼他要把自己交給一個似乎不關心他的女人。我在他的腦海閃現念頭：沒必要對她生氣。也建議他等到她解釋，了解詳情再說。

他的思緒沒有呼應我的建議，只是坐進車內，沿著本德路走，氣沖沖地行經寫有鎮名的大柱子。他開過一處混亂的十字路口，有輛三輪車在他的貨車及另一輛車之間蛇行穿梭，要不是他拉了手煞車，就會出車禍了。我的宿主將車停在路肩時，另一輛車的駕駛用髒話辱罵他。

「魔鬼！」他對那人大吼。「你們這種人就是這樣送命的，開這種小不拉機的爛車子，還以為自己開的是豪華大轎車！」

他說話時手機又響了，但他沒有接。他開車經過自己許久沒有造訪的聖母大教堂，然後抄捷徑回到農場。他熄了火，拿起手機打給她。

「你究竟在搞什麼？」她對他怒吼。「怎麼了？」

「我沒有……」他回答，然後對著話筒用力喘氣。「我不想跟妳用電話溝通。」

「不行，一定要。我哪裡惹了你？」

他擦去額頭的汗水，把車窗打開。

「妳一直這麼做，讓我很生氣。」

「我做了什麼？嗯？諾索？」

「妳覺得我很丟臉。因為有人一走進房間，妳就不再跟我說話。」他可以聽見自己聲音提高，開始變得激動，她每次都抱怨這種口氣，說他太衝動了。但他無法阻止自己。「妳說，嗯？究竟是誰開門，讓妳不再跟我講電話？」

「諾索……」

「妳回答啊。」

「好啦，是我媽。」

「嗯哼，妳看吧？妳否定我的存在？妳不想讓妳家人知道我。妳不想讓他們知道我是妳的男朋友。妳看，妳明明就是在親朋好友面前否認我的存在，妲莉。」

她想回答，但他滔滔不絕，逼著她必須保持沉默。他等她再度開口，心情焦急擔憂，不僅因為自己的口氣透露了他的情緒，更因為他叫了她的名字，他只在對她生氣時才會這樣。

「妳還在嗎？」他問。

「在，」她停頓了一下後說。

「那就說話啊。」

「你現在在哪裡？」她問。

「我家。」

「那我現在過去。」

他將手機丟進口袋，心裡揚起無聲的喜悅。顯然她原本打算幾天後再來找他，但他希望她儘快過來。因為他很想她，就某種程度而言，這也令他惱怒。由於她不在身邊，他每天都越顯不安與煩躁，特別在他有了與她結婚的念頭後，這種焦慮更加明確。他和大多數人一樣，一旦產生了一個念頭，它便變得很說服力。起初人們會對自己的想法堅定不移，但過了一段時間後，他們的目光越來越銳利敏感，終究開始雞蛋裡挑骨頭，只看到自己念頭的缺陷與不足。也因此，過了好幾小時後，他開始敏銳地察覺到——彷彿之前這一切都被他刻意隱瞞——自己並不富有，長相普通，中學以後就沒有繼續就學。相較之下，她正準備完成大學學業，成為一名醫生（雖然，埃格布努，她告訴他好幾次，她是要當藥劑師，不是醫生）。他需要她過來，以某種方式讓他再度放心，讓他知道自己錯了，他不會配不上她，兩人事實上是平起平坐、地位相當。還有她也深愛他。儘管她並不知道，但她同意馬上過來找他，對他而言，這就是證明。

他下車走進小農場，停在一排排正在生長的番茄間，觀察另一邊的玉米。或許因為看見他，有隻兔子跑了出來，尾巴晃動著，用迅雷不及掩耳的極速衝進玉米田。牠走了幾步又停下來，抬頭東張西望，再繼續往前跑。此時他瞥見一件內衣背心——可能是被風從某處人家吹過來的——卡在一株玉米上，整棵植物都彎了，他拿走那件髒兮兮的背心，上面甚至停了一隻黑色大蜈蚣，他將蜈蚣抖掉，才剛準備把背心丟進磚牆後面的垃圾桶，妲莉就來了。

✣

依宙瓦，聰明先祖曾經運用他們的無上睿智警示我們，不管舞者是哪種姿勢，長笛會與他長相左右。當晚，我的宿主確實得到了他想要的：她來找他。但他是經過抗議才得逞——也支配了長笛手的曲調。當他走進屋內時，她站起來，手指抹過疲憊的臉龐。他一進來她就轉身，眼神低垂說道，「我不是來吵架的，我是過來跟你心平氣和討論的，諾索。」

他擔心她要說的話可能需要自己全心專注，於是先請她讓他餵飽動物。他匆忙跑進院子，想儘快回到她身邊。他打開用木條與鐵絲網做的雞舍大門。雞隻傾巢而出，熱情啼叫。牠們滿心期待，衝到芒果樹下，他先將麻袋鋪好——平常他都會在這裡鋪滿飼料——隨即走回屋內，將門靠在門擋上，好拉上紗門。他舀起最後一杯小米，將它收進櫥櫃，免得被雞吃光。最後他回到院子，將飼料倒在麻袋上。饑餓的雞群立刻撲了上來。

他回到客廳時，妲莉已經坐定，正在檢視她從白人國家帶回來，她稱之為「拍立得」的相機。她的手提包還放在身邊，而她簡單稱之為「高跟鞋」的鞋子也沒脫，似乎隨時準備離開。埃格布努，雖然人能從對方的表情分辨其思緒與精神狀態，但這年頭偉大先祖的後世女兒卻讓人很難判斷。因為她們總用與婦女祖先們截然不同的方式裝飾自己。她們不再悉心編織髮辮，也不佩戴珍貴珠鍊。現代女性可以用五顏六色妝飾臉龐，只消一把刷子即可，就算是傷心的女性，也會把自己弄得一副開開心心的模樣。妲莉那一天就是這樣出現的。

「你說，」我的宿主坐下後，她馬上開口。「你想見我的家人？」

他已經坐進最軟的沙發，因此他的身體沉得很低，幾乎無法將她整個人看個清楚，儘管他就坐在她面前。

意識到她聲音中的憤怒，他回答，「當然，如果我們要結婚的話……」

「所以，你想娶我？諾索？」

「沒錯，媽咪。」

他說話時她閉上了眼睛，現在她睜開了，它們看起來好紅。她在沙發調整位置，雙腿伸向他。

「你是認真的嗎？」

他抬頭望著她。「是的。」

「那麼就去見我的家人吧，如果你說你想娶我。」

埃格布努，從她口中說出來，感覺見她家人是很嚴重的行為。此時此刻，不需要透過神明的雙眼，就連凡人也看得出她心情沉重，她似乎將某種情緒深藏在心靈的隱蔽角落，不願透露。我宿主也看出來了，他拉著她，要她坐在他旁邊，問她為什麼不想讓他與她家人見面。聽到這個問題，她從他身邊抽開，甚至將臉別過去。此時，他看見她的恐懼了。她背對著他，他只能看見那對幾乎垂到她肩膀、可以讓他手指穿過的偌大耳環。但恐懼是人類最原始赤裸的情緒，無論它在哪裡現身，每一隻眼睛都能立刻認出它，不管當事人多麼努力，拿各種彩妝飾品掩飾，也難以遁形。

「妳為什麼難過，媽咪？」

「我不難過，」她甚至在他說完話之前就回答。

「那妳為何害怕？」

「因為不會有好的結局。」

「為什麼？為什麼我甚至不能認識我女朋友的家人？」

她看著他，眼神堅定，完全沒有眨眼。接著她又轉過頭。「我答應你，你一定會跟他們見面的。但我了解我的父母。還有我哥哥。我懂他們。」她搖搖頭。「他們很自大驕傲。結局不會太好。但你們會見面的。」

他聽到的一切讓他無言以對。他還想知道更多，但他不是一個會問太多問題的人。

「我回家後，會告訴他們你的事。」她的腳打起拍子，動作幾乎是彆扭的。「今天晚上，我今天晚上就會告訴他們。然後我們再看什麼時候讓我帶你去我家。」

話一說完，她也似乎卸下心中一塊大石，往後靠在沙發，深深吸了一口氣。但她的話已經刻印在他心裡。因為她說得如此斬釘截鐵：「結局不會太好。」「所以你想娶我？」「你們會見面的，我保證。」「然後我們看我什麼時候帶你回我家。」……這些話語很難抹滅。它們或許需要時間慢慢消化吧。當後院傳來一大聲響時，他嚇了一跳。

他立刻跳起來，轉眼間已經跑進廚房。他從窗臺抓起彈弓，打開紗門。但為時已晚。等到他跑進院子時，老鷹早已隨著氣流翱翔而去，猛烈拍翅對付上升氣流，有一隻黃白色的小雞被牠的利爪緊緊攫住。牠高飛時正好撞上洗衣繩，兩件掛在上面的衣服掉在地上。他朝牠發射了一塊石頭，但它根本沒打中，還差得很遠。他看見第一顆石頭失準時，立刻又在彈弓放了第二顆石頭。但此時老鷹早已飛進一處射程遙不可及的氣流，開始加速，牠的雙眼不再盯著地面，而是往前望著無邊際的天空。

丘烏上神，老鷹真是一種十分危險的猛禽，與花豹一樣致命。牠畢生只渴望血肉，窮盡一生追逐它，是鳥類中最令人費解的謎。牠等同至高無上的神祇，擁有強而有力的雙翅與無情殘忍的利爪。偉大先祖們認真研究牠與牠的近親，鳶，用許多諺語解釋牠們的特性，其中之一精確捕捉我宿主雞隻剛才的遭遇：每次攻擊前，鷹都會對母雞說：「讓妳的小雞緊緊貼近妳的胸口吧，因為我的利爪已浸透了鮮血。」

我的宿主緊盯著逃跑的鷹，忿忿不平，妲莉在此時打開紗門，走進後院。

「怎麼回事?你為什麼跑得這麼急?」

「有一隻老鷹,」他頭也不回地說。他指著遠處,但陽光逼著他瞇起雙眼。他舉手遮陽,仍然凝視老鷹逃走的方向。剛才怵目驚心的奇襲畫面在他心中仍生動驚悚,栩栩如生,他甚至無法相信攻擊結束了。而他無能為力,沒有即時拯救自己飼養的雞隻,只能眼睜睜看牠被撕成碎片。他用雙手與汗水辛勤照養的雞隻,其中一隻連一點掙扎打鬥的機會都沒有,就這麼從他身邊被帶走了。

他轉過身,看到其他的雞隻——除了那隻被偷走小雞的母雞之外——都蜷縮在雞舍的安全角落。失去寶貝的母雞步伐蹣跚,用他聽得懂的鳥類語言咒罵,表達自己的痛苦。他沒有說話,而是指著遼闊的天空。

「我什麼也看不見。」她用手遮住雙眼,又轉向他。「牠偷了一隻雞?」

他點點頭。

「我的天!」

他將目光轉向襲擊的證據:地面鮮血淋漓,到處都是落羽。

「牠抓走幾隻?怎麼會……」

「Ofu,」他回答,接著他提醒自己,他正在與一個不太用伊博語的人說話,隨即補充,「只有一隻。」

他把彈弓放在板凳上,跟著哭鬧的母雞繞著院子轉。一開始他準備抓住牠,結果失手了。接著他兩手直伸往前衝,一把抓住牠的左翅,將牠困在圍欄上。最後,他舉起牠的雙腳,手心感受到牠腳上的尖刺。母雞安靜了下來,高抬尾巴。

「怎麼會這樣？」妲莉一面撿起掉落的衣服問道。

「牠就是來了……」他住了嘴，撫摸母雞的臉頰。「牠直接飛下來，抓走母雞愛達的小寶寶。牠還是愛達剛孵出來的。」

他將愛達放回雞舍，慢慢關上門。

「真的很遺憾，親愛的。」

他拍去雙手的灰塵，走進屋內。

「常常發生這種事嗎？」等到他在廁所洗完手後回到客廳，她問。

「沒有，不會，不常發生。」

他想要就此住嘴，但丘烏上神，我推了他一把，讓他把心裡想的事情說出來。我懂他。我知道，要療癒挫敗者的心，就必須讓他們陳述自己成功的往事，才能平撫失敗帶來的創傷，更能讓他們對未來充滿征服與勝利的渴望。於是，我在他的腦海閃過老鷹通常不會過來這裡的想法。我建議他告訴她，這種攻擊並非時常發生。他罕見地服從了我。

「不，不是每次都會發生，」他說。「不可能。爸努！」

「呃，」她回答。

「我不能忍受。事實上，不久前才有人試圖攻擊我的家禽，」他說，對自己突然脫口說出白人那墮落的語言非常訝異。但他正在使用這種語言，為她敘述自己最近的勝利事蹟。她聽得目瞪口呆。他說，不久前，他放養雞群，幾乎大家都跑出去了，只留下一籠肉雞，他才剛開始在廚房水槽削山藥皮，偶爾檢查窗外的動靜，結果注意到有隻老鷹在雞群上方盤旋，虎視眈眈。他打開百葉窗，一把抓了彈弓，從窗臺拿了一塊石頭。他用嘴吹走石頭上的紅火蟻，接著，他的手撐開百葉窗，靜待猛禽攻擊。

他告訴她，老鷹或許是最警覺謹慎的鳥類，牠們可以連續盤旋數小時，瞄準目標物，儘可能在襲擊時講求效率與精確，所以一次攻擊就足夠了。他很清楚這一點，所以也在靜待時機，一秒鐘都不敢將目光從牠盤旋的位置移開。他把握了牠大膽縱身俯衝的那一秒，牠一把攫住一隻小公雞，立刻準備隨氣流而上。石頭導彈將猛禽撞在圍籬上，讓牠鬆開小雞，砰地一聲落到地面。牠撐起身體，一時找不到方向，牠頭昏了。

看見老鷹試圖想站穩，他趕緊跑進院子，將牠固定在牆上，不顧牠的猛烈拍翅與激動叫囂，他拖著大鳥的翅膀，走到院子盡頭垃圾桶邊的腰果樹。他強調，言語無法描述他當下的憤怒。正是這股盛怒讓他用繩索將老鷹翅膀緊緊綑住，牠頭部鮮血直流，繩子早已溼透。他將大鳥綁在樹上，這是對牠與牠其他同類的強烈宣示，看誰往後還膽敢挑戰人類用血汗金錢努力的成果。他走進屋內，帶了幾根鐵釘，汗水流下他的背部與脖子。當他回到院子時，老鷹發出奇特刺耳又難聽的哀鳴。他從樹後撿起一塊大石頭，將鳥的脖子靠著樹幹。然後，他拿了石頭將鐵釘打入老鷹咽喉，直到釘子另一端頂入樹幹，爆出木屑，甚至讓樹皮脫落了。他打開一隻翅膀，他的手與石頭已經沾滿老鷹鮮血，他再將翅膀釘入大樹枝幹。儘管他了解自己的所作所為極度殘暴，超乎尋常，但憤恨早已讓他喘不過氣，驅使他一心讓大鳥罪有應得：把牠釘上十字架。接著，他將死鳥的雙爪靠攏，釘在樹上。一切就此結束。

講完這個故事，他往後靠著椅背，沉浸在自己的幻想中。他從頭到尾都看著她，但當時的他卻感覺自己彷彿初次見到她。他意識到自己這段事蹟對她的衝擊，開始擔心她會認定他是有暴力傾向的男人。於是他趕緊抬頭打量她，但他無法判斷她在想什麼。

「我好訝異，諾索，」她突然說道。

「為什麼？」他的心跳加快。

「這個故事。」

是嗎？他納悶。從此以後，她就會這樣看他嗎？一個把老鷹釘在十字架，無可救藥的暴力人士？

「為什麼？」他又問。

「我不知道。但……其實……我真的不知道。也許是你告訴我的方式。但……我現在了解你了，你只不過是太深愛自己的禽鳥了。非常熱愛。」

艾卜比代克，聽到這裡，我宿主的思緒不斷轉動。愛，他心想。他才剛暴露自己有本事做出喪心病狂的暴虐行徑，但她竟然還能想到愛？

「你愛牠們，」她閉起眼睛說話。「假使你不愛牠們，就不會有你說的那些行為。今天也是這樣的。你真的很愛牠們，諾索。」

他感到莫名其妙，也點點頭。

「我認為你真的是個很棒的牧者。」

他抬頭看著她問，「什麼？」

「我叫你牧者。」

「那是什麼？」

「養羊的人。你還記得聖經故事嗎？」

他對她說的話有些困惑，畢竟他沒有多加聯想，男人不會對自己每天都做的事情想太多，畢竟那些都是例行公事。他從沒想過自己被世界擊垮了。禽鳥牽繫著他的心。牠們的地位猶如家中取暖的壁爐——他的心在裡面熊熊燃燒；牠們也是木炭燒盡後留下的炭灰。他愛牠們，即使牠們形形色色，各有不同種類，而他是單純的，獨一無二的。然而，正如每個付出愛的人一樣，他也希望得到回報。由於他不知道那隻小鵝是否曾經愛過他，他的愛也慢慢扭曲、畸形，成為他和我——他的守護靈，都無法理解的東西了。

「但我養的是家禽，不是羊。」

「無所謂，你仍然是位牧者。」

他搖搖頭。

「是真的，」她拉近他。「你就是禽鳥的牧者，你愛你的動物。你關心牠們，正如耶穌全心關愛祂的羊群。」

她說的話還是讓他一頭霧水，但他說，「妳說了算，媽咪。」

阿嘎巴塔—艾魯馬魯，那天，我宿主被妲莉那些話弄得糊里糊塗，即使他們做愛、吃燉肉與米飯、然後再次做愛，他坐在床上聽著農場與穀倉的蟋蟀唱歌，妲莉在一旁睡覺時，他還在思考。他也一直沒有忘記她說的那些關於她家人的神祕話語。他茫然瞪著牆，就在這時，他被她的聲音嚇了一跳。

「你為什麼不睡，諾索？」

他面對她，鑽進被窩。

「我要睡了，媽咪。妳為什麼醒了？」

她挪動位置，在黑暗中，他看見她乳房的輪廓。

「我不知道，我總是睡睡醒醒，我本來就是淺眠的人，」她用同樣微弱的聲音說道。「呃，諾索，我整天都在想，老鷹抓走小雞後，母雞們發出的那種聲音是什麼？牠們感覺像在……呃……合唱。」她咳了起來，他聽到她喉嚨有痰音。「彷彿同時說一樣的話，同樣的聲音。」他想插嘴，但她繼續。「聽起來很怪，你有注意到嗎，親愛的？」

「有的，媽咪，」他回答。

「告訴我，那是什麼？是哭聲嗎？牠們哭了？」

他深吸一口氣，他很難談論這種現象，因為它總是令他感動不已。這就是他如此珍視飼養家禽的原因：牠們這麼脆弱、不堪一擊，只能仰賴他全力保護牠們，維繫牠們的生命。就這一點，牠們便與野鳥截然不同。

「是真的。媽咪。那就是在哭泣。」他說。

「真的嗎？」

「確實如此。媽咪。」

「喔！天啊，諾索！難怪！因為那隻小雞被……」

「是的。」

「被老鷹抓走了。」

「就是這樣，媽咪。」

「太悲哀了，諾索，」她沉默了許久，然後說道。「但你怎麼知道牠們在哭？」

「我爸告訴我的。他總是說，它聽起來就像是葬禮時為亡者吟唱的歌曲。他稱它是格午—烏姆—歐比耶—衣荷。妳聽懂嗎？我不知道烏姆—歐比耶—衣荷的英文怎麼說。」

「是小東西的意思，」她回答。「錯，是少數人的意思。」

「對，對，對，就是這個意思。我爸也是這樣翻譯的。他就是說少數人。他還說這聽起來就像他們的『官弦樂』。」

「是管，管弦樂，」她糾正。

「對，就是這樣，他就是這樣說的，他總是說雞群很清楚自己只能這麼做，一起哭泣，發出那種聲音，嗚—哭哭！嗚—哭哭！」

後來，她倒頭睡著，他躺在她身邊，想著老鷹的攻擊以及她對家禽的觀察，隨著夜色漸深，他的思緒又回到她關於她家人的說法，恐懼悄悄滑進他體內，這一次，它甚至戴著陰險惡靈的面具。

✣

依揚戈—依揚戈，祖先們說，假使牆上沒有洞，蜥蜴就進不了屋舍。就算人心煩意亂，如果他不崩潰，他仍然能穩住心情，好好過日子。儘管我的宿主平靜的心情起了漣漪，但他仍然如昔心平氣和地工作。他將二十九顆雞蛋送到街邊餐館，開車到埃努古賣了七隻小雞，又買進幾隻棕色母雞加上六袋飼料。當他走過一位吹笛手身旁時，才買了一袋飼料。吹笛手跟在另一個人背後，此人全身塗滿彩繪，齒間咬著一把嫩綠的棕櫚葉。跟在他們後面的則有一群準備參加化妝舞會的人們，一位iru-nmuo

（化妝者）戴上畫有雙眼的可怕鹿角面具，隨著笛聲舞動，手上拿了一對鈸。祢也知道的，埃格布努，遇上祖靈時——加加納奧格武，特別是一位或多位先祖時——怎麼可能抗拒呢！加加納奧格武，我更不能退卻！因為我曾生活在偉大先祖的時代，化妝派對終日可見！我也無法克制傾聽神祕笛音的誘惑，畢竟那是曾經居住在地球上一群最厲害人類的創作。我衝出宿主肉體，加入狂喜的隊伍，無論大家來自何方，全都發出震耳欲聾的噪音，雙腳踏在陰陽廊道的柔軟土地起舞。但讓我更訝異的是，我看見了熱鬧市場的另一邊有一群矮小的化身靈；它們都是在分娩或受孕時便夭折死亡的嬰兒，或是很久以前就被殺死的雙胞胎。大家站在約四百公尺高的平臺玩耍，那裡是流星與鳥類飛行的神祕管道。這群靈體被人類理解之外的怪奇力量控制，彷彿站在地面，玩著古老遊戲。跳躍、彈指、拍手，笑聲宏亮開心，偶爾交換著早已不存在人間的遠古語言。丘烏上神，儘管我過去曾經目睹類似畫面，但我又一次被迷住了。上方雖有幾十個年幼靈體熱鬧玩樂，但它們下方的市場卻絲毫不受打擾，婦女討價還價，人們開車經過。參加化妝舞會的人群舞動身軀，對自己頭頂的熱鬧毫不知情，而上面的嬰孩靈體更不介意下方的人類活動。

我被這群嬉戲的靈魂迷住了，等到我回到宿主身上時，舞會人群早已不見蹤影。靈界的時間流動看似很長，但其實不過是人類的彈指瞬間罷了。也因此當我回到他身上時，他早已坐進貨車，準備開車回烏穆阿希亞。由於剛才分心，我沒見證到宿主在市場做的一切，為此我懇求祢的原諒，歐巴席迪內魯。

我的宿主在離烏穆阿希亞不遠處收到了妲莉的訊息，她說當晚會短暫停留他家，因為她得準備第二天的考試。那天晚上，當她穿著實驗室長袍抵達時，他正在看「誰想成為百萬富翁？」，這是她最喜歡的電視節目之一，也是她推薦他看的。

她脫下長袍，下面是一件綠色襯衫以及牛仔褲，讓她看起來像個少女。

「我直接從實驗室過來，」她說，「麻煩你把電視關掉，我們需要談談明天到我家的事。」

「電視？」他問。

「對，把它關了！」

「喔？沒問題，媽咪。」

他慢慢站起來把它關掉，但某種奇特的聲響越來越大聲。他停下來。

「不然，我們去後院吧，這裡很悶熱。」她說。

他跟著她走進院子，空氣中瀰漫著禽鳥的氣味。他們坐在一張長凳，她正準備開始說話，卻看見一堆漆黑的毛團在牆上，彷彿被黏住了。「你看！諾索！」他看到了。他從牆上摘下羽毛，聞一聞。

「是那隻笨老鷹留下來的，」他搖頭。

「怎麼還掛在那裡？」

「我不知道。」他將它揉皺，扔過圍籬，想起前一天的遭遇他就不由自主地又生氣了。

她深吸了一口氣往前坐，每一個字彷彿都經過深思熟慮。

「奇諾索．所羅門．奧利薩，你是很棒的人，是上天給我的大禮。你看看我，我經歷了一場煉獄。你在最糟糕的地方遇上了我，當時我人在橋上，因為，因為什麼呢？因為我厭倦被人狠狠拋棄，更討厭被人背叛說謊。但是，老天爺啊！祂就在那獨特的時機讓你現身，看看現在的我。」她攤開雙手，「你看我，看我是如何改頭換面。假使有人告訴我，或甚至我媽，說她的女兒會在家禽農場工作，觸摸農場家禽，誰會相信？不會的。諾索，你甚至不知道我是誰或我是哪裡人。」

她似乎在微笑，但他看得出來那不是微笑。她只是想掩飾內心的天人交戰。

「那我現在想說什麼？我為什麼要這樣說話？我要說的是，我的家人——我的父母，甚至我的兄長——有可能無法接受你。我知道這很難理解，諾索，但是，你要知道，我爸爸是酋長。他們會說農夫配不上我。就是這樣，他們會說……」

埃格布努，我宿主聽著她一遍又一遍重複同樣的話，試圖中和它帶來的衝擊，但終究被她的話撼動了，因為那就是他最害怕的。他早就看出蛛絲馬跡了。那一天在芬巴爾街錶店，她曾經告訴他，她出生在海外，「在英國。」她的父母和哥哥曾在當地接受教育，只有她一個人選擇在奈及利亞就學。「但是，」她補充，「我會出國念碩士。」他想起另一次。他們開車經過老城區，當時狂風暴雨，她問他是否上過大學。他有點受到打擊，心臟跳得很快。「沒有，」他回答時，舌頭彷彿都僵直了。但妲莉只是回答，「哦，我明白了。」事後，他想起了他們經過阿吉伊龍西社區時，其中一棟公寓頂樓有盞高大新穎的太陽能路燈。她說，「我家就在那附近。」

「我不打算讓你害怕，」她明白表示。「沒有人可以決定我想嫁給誰。我自己決定。我不是小孩了。」

他點點頭。

「親愛的，igho ta go?（你懂嗎？）」她歪著頭，看起來像是在微笑，又好像快哭出來了。

「我懂的，媽咪，」他用白人語言回答，很訝異她竟然開始用起祖先的語言。雖然他曾經聽過她在電話裡用這種語言與父母說話，但她幾乎從未用來與他對談。她提過自己不喜歡說方言，除了和父母在一起，因為在國外生活了好幾年，她覺得自己說不好。

「Da'alu（謝謝），」她親吻他的臉頰。她站起來，走進廚房。

稍晚他們吃晚餐時，她問，「諾索，你真的愛我嗎？」他才剛準備回答，她又說，「這一定是你想娶我的原因吧？」他低聲說了一些話，她又迅速加上，「一定是因為你愛我。」

他等了一會兒才回答，「真的。」他原以為她還要說些什麼，但她走進廚房洗盤子，順手拿了一盞煤油燈。他這才想到該把檯燈打開，但他卻還坐在桌旁，思忖她剛才的話，她回到客廳。

「諾索，我再問一遍，你愛我嗎？」

四下已經近乎漆黑，雖然他沒有看著她，但他知道，她等待他的回答時，已經閉上雙眼。每次她期待自己的問題得到回應時，總是習慣將眼睛閉上，似乎很擔心他說的話會傷害到自己。接著，等他回答後，她也總是慢慢吸收他所說的每一個字。

「你回答是的，但你是真心的嗎？」

她拿著燈走回室內，將它放在旁邊的凳子，把亮度調暗，讓兩人再度捲入烏黑的巨大陰影中。

「所以你真的愛我？」

「的確如此，媽咪。」

「奇諾索，你總是說你愛我。但你知道吧？在你娶一個人之前，你需要真正愛著她？你懂愛嗎？」他要開口了。「不，你先告訴我，你知道什麼是愛嗎？」

「我知道，媽咪。」

「真的嗎？老實說，這是真的嗎？」

「真的。媽咪。」

「那麼，諾索，愛是什麼？」

「我知道愛。我能感覺到愛。」他原本想繼續，但只說了「呃，」接著又陷入沉默。因為他擔心自己無法給她正確的答案。

「諾索？你聽見了沒？」

「當然，我感受到愛，但我不能對妳撒謊，說我了解它的一切。」

「不，不，諾索，你說你愛我，那麼你應該知道什麼是愛。你必須很清楚。」她嘆了口氣，發出嘖的一聲。「你一定要知道。」

加加納奧格武，我的宿主為此極度不安。儘管我就像每位良善的守護靈，經常鼓勵宿主利用我從天賦的殿堂奇歐蹟科花園精心挑選的天賦，儘量不干涉他的決定，但現在我卻非常想插手。可是，我被他訴諸的手段阻止了：沉默就是最有效的工具。我已經知道，在人類心靈平靜受到威脅時，必須先回以良性的沉默，畢竟眼下他正面臨令人沮喪的打擊，唯有緘默才能減緩它衝擊。一切風平浪靜後，他才喃喃說道，「好的。」

他靠上椅背，想起她曾經提過的一位同學，這位女子嘲笑一個與她初次見面後，便對她示愛的男人。當時他便一直在想，為什麼妲莉與莉蒂亞認為整件事荒唐至極，值得嘲笑。他也想起自己告訴潔妲他愛她時，她大笑的模樣。現在的他與當時同樣震驚。他抬頭打量她的輪廓，這才第一次想到，他尚未適當衡量結婚的意義。她得隨他搬進這裡，她會與他同搭貨車，將雞蛋送到芬巴爾街的麵包店，把雞肉雞蛋送到餐廳。所有屬於他的東西，也會全數屬於她。一切的一切。這樣說沒錯吧？是他所有的一切！還有，假使他及時將他的種子灑在她體內，那麼就會生出孩子，這孩子也將屬於他們倆！她的財產、她的車……他將受益於她在大學學習的一切，她的家庭、她的心，以及她所擁有的一切，也都將屬於他。這就是婚姻。

這全新的領悟讓他回答，「其實，沒有，我可以說……」

她睜開眼睛前，絕對曾經回答「好吧」。「但你……」她開始要說，卻又住了嘴。

「什麼？什麼？」他幾乎快抓狂了，只希望她將準備說出口的話說完。她總是這樣：話都快說出口了，又馬上閉嘴，把話語放進思緒的密封罐，等待以後再釋放，或永遠不讓它們出來。

「別擔心，」她幾乎是在耳語了。「你就下週日來我家吧。見見我的家人。」

奧色布魯瓦，祢知道守護靈就是寫下記憶的字體，是許多生命週期的移動積累。每一次事件，每一個細節都像一棵大樹，根深蒂固地落在永恆的明亮與黑暗中。但它無法記得每一次事件，唯有足以撼動宿主的事件才叫守護靈難以釋懷。我必須告訴祢，當晚我宿主的決定，讓我永誌難忘。起初，他等著她說出他害怕的話語，「不會太順利的。」但她沒說什麼。於是，他語帶猶豫地回答，「那就說定了，媽咪。我下週日與妳的家人見面。」

第六章　八月訪客

　　帊西底內路，祢派我到世間與人類生活，如今已然過了多次生命週期，我見證了各種人事物，我對人性已經非常熟稔。但我依舊無法完全理解人心。每個人都彷彿在左右擺動，無法下錨。這太奇怪了。就以恐懼與焦慮的流動為例好了：恐懼之所以存在，是由於焦慮；而焦慮的出現，又是因為人類無法預見未來。畢竟如果人有辦法看見未來，他會更平靜安詳。準備出門的旅者，可能會對旅伴說：「如果我們明天去阿巴，我們搞不好會遇到公路強盜，被搶走車子及我們所有的財物。」對方可能會回答，「那我們明天就不要去阿巴了。」

　　又或者有一位年輕女子準備結婚。如果她可以預見未來，她會在婚禮前夕對父親說，「父親，我不想讓家族蒙羞，污辱我們的姓氏。但我已經發現，如果我嫁給這個男人，他每天都會打我，把我當做比狗還不如的生物。」祢能想像，假如她心愛的父親相信她所發現的全是事實，內心會有多麼恐慌嗎？這位父親方寸大亂，大聲哭喊，「土菲亞！雅布魯格烏耶衣爾卡瓦拉！但願這種魔咒能憑空消失！妳必須馬上離開那個傢伙，我的女兒。他付的聘金呢？那隻山羊在哪裡？那三條山藥呢？還有杜松子酒與寶石收到哪裡去了？馬上退回去！上天不容我女兒嫁給這種男人！」但丘烏上神，他們不會這麼做的，因為大家都看不到未來。因此，在不知情的情況下，前面的那兩個人將在計畫的日子出發，遭到搶劫殺害，那位年輕女子也會嫁給待她比對奴隸更糟糕的男人。

　　我已經見證許多次了。

我宿主就是在這種情境下，在週日開車到妲莉家，對即將發生的一切毫無所悉。畢竟無法讓這一天提前，也無法阻止它的到來，他只能焦急等候。時間不是能傾聽請求的生物，也不會拖延。這一天要來就是會來，從遠古初始便是如此，人類能做的，就是等待。焦慮等待絕對是煎熬，或許等待時，會有種祥和的感覺，但這都是假的——這就跟暗潮洶湧是一樣的概念。

他已經兩天沒見到她了，他很想她。他開車進入她家街道，試圖想像她家人會是什麼模樣，屋子又長什麼樣子。街道兩旁的電線桿比烏穆阿希亞其他地方的電線桿矮得多，猶如洗衣繩排列整齊密集。幾隻小麻雀坐在另一排電線桿的傳統分配器上，似乎大家一致同意站在電纜上發呆。牧者，他突然想到，這職業會比較高貴嗎？禽鳥養殖業者？他就要這樣稱呼自己的職業嗎？這聽起來會比較厲害，能讓一切進展更順利嗎？

他看見她家在路的盡頭，宏偉壯麗，非常醒目。他曾經不經意闖進這條叫做「格局」的隱蔽小巷。此處道路平整，甚至還有人行道，延伸到遠處全是住宅建築。他要找的七十一號就在路的盡頭，所以這條路算是死巷。它的牆壁是棕黃色的，不如其他屋子的牆壁高聳，但屋頂有許多細鐵絲網。有個黑色塑膠袋似乎是要證明強盜膽敢闖入的下場——被尖銳的鐵絲勾住，讓晨風不斷拉扯，它的一個把手甚至緊緊抓住鐵絲，漲大的身軀在陣風吹襲下一直發出吁喘聲。

奧色布魯瓦，他不知道自己為什麼盯著塑膠袋，看到忘我——不就是個無論如何奮力掙扎，都難以脫離現狀的東西嗎？這讓他更有興趣了。他將車停在龐然大門前，關了引擎，望著後視鏡的自己。前一天下午他已經剪好頭髮，他對著鏡子整理與襯衫顏色搭配的領帶，今天稍早他拿了妲莉買給他的熨斗好好燙過它了，燙熨真是一門奇妙科學，拿炙熱的物體表面壓在一塊布料上，瞬間整平。他聞聞西裝，質疑自己今天的決定，昨天他洗好它之後，將它曬在洗衣繩上。他原本打算曬一下就把它收進屋內，結果他睡著了。一聽到雨聲，我便衝進院子，但其實我什麼也不能做。守護靈無法影響處於無意識狀態的宿主。於是我只能無助地望著他的西裝被大雨打溼，一直到石棉屋頂傳來轟隆聲，他才驚醒。在那瞬間，我立刻將西裝外套閃現在他的腦海，他跑出去時發現西裝已經濕透了。他將它收回屋內，掛在客廳椅子上。雖然他穿上它時，它已經乾了，但它仍然飄著一股臭霉味。他脫下西裝，拿在手上，免得妲莉介意他為何沒穿西裝。

他再次發動引擎前，看了看大門上的金屬結構。門上有一尊耶穌像，祂固定在一塊木頭上，朝兩旁伸出雙臂。當大門的附屬小門打開時，他正盯著神像看。有位頭戴黑色貝雷帽、身上穿著褪色藍色制服的男子走了出來。他的褲管高低不一，一邊捲到膝蓋，另一邊在膝蓋以下。

「先生，有什麼事嗎？」男子問。

「我是妲莉的客人。」

「客人？」男子微皺眉頭，眼神掃過貨車，完全忽略他肯定的語氣。「你是在哪裡認識我家小姐，先生？」男子用白人語言問。

「什麼？」

「我問你怎會認識我家小姐？」男子走到貨車前面，雙手放在車頂，彎身看著車上唯一的乘客。

「我是她的男朋友。我叫奇諾索。」

「好吧，先生，」那人放開手。「他們在等你嗎？」

「是的，就是我。」

「啊，歡迎光臨，先生。歡迎。」

男子匆匆走進小門，然後他聽見金屬與鉸鍊的叮噹聲。其中一扇門扉發出尖叫，就這麼打開了。雖然他知道妲莉的父親是一位尊貴有地位的酋長，也非常有錢，但他沒想到她家竟然如此富可敵國，也完全沒料到自己會看見與實物大小相當的雕塑——一隻兇猛嚇人的雄獅，它的一隻腳懸在半空中，其他三隻腳則踩在噴泉地面。眼睛與嘴巴大開，冒出源源不斷的清水，再注入一盆大碗。他花了好一會兒才想起來，她曾經說過，她爸在法國旅行時拍了相片，並誓言要在烏穆阿希亞的自家豪宅複製。他不斷在想自己是否聽過這裡有籃球框？或是她有沒有提過家裡有多少輛車？而且車子全都停放在一處鋅板搭建的車庫中？他全都不記得了。他數著：黑色吉普車，第一輛；白色吉普車，第二輛；第三輛是他不認識的車子；接著第四輛是妲莉的奧迪轎車；還有第五、第六輛車子；喔，另外還有一輛有大車輪的車子，第七輛！還有一輛賓士，這是第八輛了，他的車就停在它旁邊。他再仔細數過一次，八輛，就這樣了。

他下了車才發現剛才那位大門警衛一直跟著他，甚至站在他車旁，等他下車。

「我可以幫忙拿你準備帶進去的禮物，先生。」

這時他才想到，他忘了把禮物拿下來了。他停下腳步，趕緊轉身回車上。儘管此時他把禮物袋丟在家裡院子長凳的畫面早已鮮明出現在他心中，但他還是像瘋子般在貨車裡找上找下。

在這裡，埃格布努，我必須說，我真的很想提醒他忘記禮物了。但我沒這麼做，也因為祢曾經諄諄教誨：讓男人成為男人吧。守護靈的作用是處理更崇高的事務，它們或有可能對宿主產生重大影響，畢竟守護靈也得處理人們無法應付的超自然問題，因為人類的能力有限。但當我現在回顧那初次造訪的結局時，我卻為當年的疏漏深感遺憾，真希望我一開始就提醒他了。

「先生，先生，沒問題吧？」警衛一直問。

「沒，沒事的，」他聲音有點顫抖。

他考慮了一下，想著自己是否應該趕緊回家拿東西，但他又憶起她曾苦苦懇求他一定不能遲到。準時二字如火焰般在他腦海不斷閃爍。他記得她說：「我爸爸喜歡守時的男人。」看他急忙走向大宅，丘鳥上神，我也鬆一口氣了。

✣

艾切陶比席科，剛才他原本自信滿滿抵達這裡，等到他與妲莉家人同桌坐定時，一切的把握與自負已經崩盤了。妲莉等在門口，瘋狂對他低語，說他遲到了。「十五分鐘！」然後她伸手到他背上，拿掉他完全沒想到會出現的東西：一根羽毛。就連我也沒看見。當她將潔白羽毛塞到他手心時，他幾乎要哭出來了，她指向餐廳。「沒有了吧？」他問。她低聲問他為什麼要拿著西裝，他將西服舉到她臉上，示意她聞一聞。

「天哪！」她說。「你不要穿那件臭東西！把它給我。」她立刻拿走，將它摺好還給他。「從頭到尾都拿在手上，你聽到了沒？」

他被客廳的金碧輝煌打敗了。他做夢也沒想過人世間會有這種光線存在。他也不知道人們還能在自家擺聖母像。地板的大理石、天花板的設計，全都令人瞠目結舌。樹枝狀的水晶吊燈與壁爐架、各種我在前宿主雅加齊位於殘酷白人的國度——美國維吉尼亞州的宅邸——曾見過的華麗陳設，全都出現了。假如這棟豪宅令他如此敬畏，那麼裡面居住的人們則絕對會將他努力保持的冷靜鎮定摧毀殆盡。他看到她父親了，在他眼中，此人幾乎龐大得無所不在，她父親的臉頰有些紅斑，讓他聯想到音樂人布徠．奇米齊（Bright Chimezie）。她母親讓他放心了點，因為她與妲莉彷彿同一個模子刻印出來的。但當她哥哥走下樓梯時，他卻立刻希望自己不在場。他看起來就像美國黑人音樂家——鬢角修得無懈可擊，下巴稜角分明，臉上還有濃密的落腮鬍。回應他的「下午好，兄弟」時，此人只回以淺淺微笑。

女僕端著托盤，為他們送上各種餐點，隨著每一分一秒，我的宿主只越來越留意到讓自己的信心更崩潰的事物。等到餐點全部上桌，眾人入座進餐時，他早已潰不成軍。第一個問題出現了，他結結巴巴開口，久久無法說出一個完整的句子，只能讓妲莉代替他發言。

「諾索經營一家家禽養殖場，而且獨力經營。」妲莉介紹。「他養了很多雞，全供應餐廳，也有在市場上出售。」

「對不起，先生，」她父親彷彿完全沒聽見她說話，又問了一次。「你說你做什麼的？」

他原本準備開口，卻開始口吃，因為他真的很害怕，所以他住了嘴，他看著妲莉，她與他的眼神交會。

「爸……」

「讓他回答問題，」她父親說，臉轉向他的女兒，不打算掩飾自己的憤怒。「我是問他，又不是問妳，他有長嘴巴，不是嗎？」

他很擔心妲莉與她父親槓上，於是從桌子底下用腿輕輕碰她，想暗示她住嘴。但她抽開腿，然後，他的聲音劃破了餐桌的沉默。

「我是農夫，雞農，我有一塊地在種玉米、甜椒、番茄及秋葵。」他抬頭看著她——他已經準備好使用她提供給他的工具——他說，「我是禽鳥的牧者，伯父。」

她父親丟給妻子一個困惑的眼神，這讓我宿主很驚惶，怕自己可能說錯話了，他感覺自己此時此刻四肢都被緊緊束縛，然後赤身裸體地被人推上某處村落的中央廣場，完全無法掩飾自己。他原本不打算看她哥哥，但當他望向對方時，他發現此人正努力壓抑笑聲。這讓他更慌亂了。他是按照妲莉的說法表達自己的啊？難道這樣不對嗎？她說「牧者」二字聽起來更體面——至少就他聽來，也確實如此。

「我懂了，」父親回答。「那麼，先生，禽鳥的牧者，你的教育程度是？」

「爸……」

「不行，小莉！不行！」她父親提高音量，他的脖子一側出現了一條爆出的青筋。「妳一定要讓他發言，否則今天的餐聚就此結束，懂了沒？」

「是的，爸。」

「很好。現在，先生，ina anu okwu Igbo?（你說伊博語？）」

他點點頭。

「那我該說伊博語嗎？」她父親問，有片蔬菜貼著他的下唇。

「沒必要，伯父，請說英文。」

「很好，」她父親說。「你的教育程度是什麼？」

「我中學唸完了，伯父，」

「所以，」她父親一面說，一面叉起雞肉。「有畢業證書。」

「沒錯，是的，伯父。」

男人又看了妻子一眼。「先生，我不是故意讓你難堪，」她父親說，聲音變得低沉。「我們不會刻意讓客人尷尬；我們是基督教家庭。」他指著房間一側玻璃書櫃裡的木架，上面擺了好幾幅耶穌基督與門徒的肖像。

我的宿主抬頭看著木架，點頭說道，「是的，伯父……」

「但我必須問這個問題。」——「是的，伯父。」——「你有沒有想過，我女兒已經準備當藥劑師了？」——「有的，伯父。」——「你知不知道，她現在正在讀大學的藥學系，未來也會繼續在英國深造？」——「有的，伯父。」——「年輕人，你有沒有思考過，你這個沒受過什麼教育的農夫，能給我女兒什麼樣的未來？」

「爸！」

「妲莉，妳給我閉嘴！」她父親怒斥。「Mechie gi onu! Ina num? A si'm gi michie onu!（閉嘴！妳給我安靜！）」

「小莉，妳是在幹嘛？」她媽媽說話了。「Iga ekwe ka daddy gi kwu okwu?（可以讓妳爸說話嗎？）」

「我讓他自己發言，但你們有在聽他說什麼嗎？」妲莉說道。

「有，但妳不要開口，聽見了沒有？」

「是的，」妲莉嘆了口氣。

她父親又開始重複剛才說過的話，字字句句擊中他的心。

「年輕人，你究竟有沒有徹底想過？」——「有的，伯父。」——「深刻思考你會與她過什麼樣的人生？」——「有的，伯父。」——「我知道了。」——「是的，伯父。」——「所以，你認為娶一個地位比你高的女人是正確的決定嗎？」——「我明白的，伯父。」——「你再離開去想清楚。回去思考你是不是真的配得上我女兒。」——「好的，伯父。」——「我今天就說到這裡。」

「好的，伯父。」

她父親緩慢沉重地靠著餐桌站起來，離開了房間。過了一會兒，她母親也跟在後面離開了，一路搖搖頭，在我宿主看來，她臉上的無奈表情是在憐憫他。她先走到廚房，手裡拿了一疊髒盤子。妲莉的哥哥什麼話也沒說，可是剛才宿主的每一個答案，他都嗤之以鼻，顯示自己的憎惡，他站了一會兒，拿了一根牙籤，發出笑聲。

「連你也這態度嗎？楚卡？」妲莉已經開始啜泣。

「怎樣？」楚卡問，「喂喂喂，不要隨便批評我喔！又不是我叫妳帶個窮農夫回家的。」他笑到抽搐。「不准再叫我名字，」話說完，他也朝妲莉父親的方向前進，他走上樓梯，嘴裡還叼著牙籤，一面走一面吹口哨。

依揚戈—依揚戈，我的宿主還坐在原位，羞愧得無地自容。他的眼神盯著面前的餐盤，他幾乎沒碰裡面的食物。他聽見妲莉母親用先祖語言對丈夫說，「老公，你對那個年輕人太苛刻了，你應該婉轉一點的。」

他抬頭看著愛人，她仍然紋風不動，右手不斷摸著左手。他知道她感受到的痛苦與他一樣深沉。他想安慰她，但他無法振作自己。畢竟人被羞辱時，就是這樣：麻木、無感，彷彿被麻醉了。我已經見證許多次了。

他的目光落在一幅巨大的畫作，上面有個人緩緩上升到天際，下面有整村的居民抬頭仰望。因為他的心思偶爾會有奇特的堅持，此時此刻，不知為何，他感覺這個升上天堂的人就是自己。

他費盡氣力起身，摸摸妲莉的肩膀，在她耳邊小聲安慰，要她別再哭了。他溫柔拉著她，但她不斷掙扎，眼淚與口水落上她的洋裝。

「不要管我，不要理我，」她說。「你讓我一個人靜一靜。這是什麼家庭，呃？究竟在幹什麼？」

「沒關係的，媽咪，」他嘴唇沒動，因此也想知道這些話是如何冒出來的。

他雙手放在她的頭上，輕柔地將手指滑下她的脖子。然後他彎腰低頭深深親吻她。在他們走出大門之前，他看了那幅畫最後一眼，注意到他先前沒看到的東西：下方人們正在為升空的人大聲喝采歡呼。

✣

丘烏上神，我親眼目睹恥辱對一個人的衝擊。它讓我的宿主感受壓抑的恐懼，深怕他會就此失去妲莉，就像那些曾經一度屬於他，卻又離他而去的人事物。隨後幾天，她努力強迫家人重新考慮，卻處處碰壁，這股恐慌更是與日俱增。幾天成了幾週，到了第三週時，妲莉家人仍然心意不改。一次，妲莉與父母吵架後，他決心要從自己開始改變，有所作為。那天早上都在下雨，中午時出了太陽。她直接從位於烏圖魯的學校過來，心情苦澀低落。當她開車到農田小路時，他正在小農場忙。他在農場的最遠端，父親曾在那裡豎起一道籬笆——它在白人口中的二〇〇三年時，因為一場強降雨倒塌了。離籬笆兩呎遠的地方，有一條長長的水溝，流經街道，一路延伸到主幹道。當他看著她下車走向房子時，他突然注意到她沒看見他。他丟下鋤頭與山藥，立刻跑回屋內。

他進屋時還戴著髒兮兮的遮陽帽，身上的襯衫長褲及農場拖鞋全是泥巴與雜草。

他發現她的臉用手腕遮住，對著牆壁。

「媽咪，kedi ihe mere nu?（怎麼回事？）」他問，緊張時他總是習慣用母語。「妳為什麼在哭？為什麼？媽咪？嗯？發生什麼事了？」

她轉身擁抱他，但他因為自己身上髒，往後退了一步。她離他只有一吋遠，雙眼爆紅。

「他們為什麼要這樣對我？為什麼？親愛的？」

「到底發生什麼事？嗯？告訴我。」

她告訴他，她父親追問她是否繼續跟他見面，甚至口出威脅。她媽媽出面制止，說她父親太嚴厲了，但他仍然不放過她。

「沒關係，」他說，「會沒事的。」

「不！諾索！不！」她再次拿手拍牆。「不會沒事。怎麼可能沒事？我再也不要回那個家了。我不要！死都不回去，那是什麼家庭？」

她的憤怒讓他的心更亂。他不知道該怎麼辦。先祖們以至高智慧說過，人類在拯救他人時，也在救贖自己。如果此時此刻他無法拉她一把，那他也準備隨她落入深淵了，到時就不妙了。他看著她朝門口走了幾步，停下來，將手放在胸口。然後她回頭面對他。「我有……我帶了一些我的東西，我要住在這裡了。我要住下來了。」

她開門走出去，他跟著她走上前廊，望著她打開後車廂，拿了一個閃亮的「迦納人一定得滾」的不織布大包。她從後座還拿了一雙鞋與一個尼龍袋。他帶著喜悅望著她，內心雀躍不已，知道自己終於有伴了。

但那一週的大部分時間，她的手機不斷響起，有時響得很久，但每一次，妲莉就只是盯著螢幕，然後對我的宿主說，「是我爸」或「是我媽」。每次他都求她接起電話，但她不肯。因為她就與多數偉大的先祖婦女一樣，擁有無比堅定的意志力。她只會對我宿主的懇求發出噓聲，將注意力轉向別處，再也不在乎他人的指責，什麼都不怕了。我的宿主很佩服這一點。每當她這麼做，他都會回憶起自己的母親也有類似的特質。

第二週過了一半，她父母到學校找她，他們等在教室外面，但她不理會他們，反而跟同學莉蒂亞一起離開了。她回家告訴他這件事之後，他開始擔心她為了他，對家人懷恨在心。儘管他持續尋求挽回頹勢，但連他也沒辦法，她對他的愛似乎越來越強烈了。感覺她已經把自己所有的愛都投注在他身上了。這段時間內，她曾經在做愛時哭了兩次。這幾天她為他烤蛋糕、寫詩送給他，唱歌給他聽。有一次他睡著時，她從牆上拿了彈弓跑進院子，嚇跑了一隻徘徊不去的老鷹。部分的他希望這種美好時光可以延續，畢竟雖然他們還沒有結婚，但他卻感覺兩人已經是夫妻了。他希望自己能成為她人生的中心、邊界，甚至終點。他原本無所冀望自己可以擁有這個女人，如今真的已經完完全全屬於他，他再也無法承受失去她的痛苦。但隨著他對她的感情投入越深，他也對她目前的行為暗自憂心。

這段期間她還陪他去埃努古，在那令人難忘的清晨，他早早醒來，她身穿一件安卡拉印花長袍，戴著一條小頭巾，手裡一面拿著小湯匙攪拌茶杯，一面看著桌上的家禽紀錄。

「妳要去哪裡？媽咪？」

「早安，親愛的。」

「早安，」他說。

「沒有，我想一起去埃努古。」

「什麼？媽咪……」

「我想去，諾索，我在這裡無所事事。我想多認識你與家禽。我喜歡這樣。」

他震驚得說不出口。他看看餐桌，那裡有個塑膠盒，裡面幾十顆雞蛋都裝好了。

「是從肉雞那裡拿的？」

她點頭。「我大概是六點收的。大家甚至還在生蛋。」

他笑了，因為她喜歡照顧家禽的其中一個誘因，就是可以收集雞蛋。她對雞生蛋的過程很著迷，她很驚訝牠們生蛋的速度竟然可以這麼快。

「媽咪，好吧，但奧格貝特市場是……」

「沒關係的，諾索，沒關係的。我又不是雞蛋。我告訴過你了，我不喜歡你把我當雞蛋，處處小心翼翼。我和你一樣，我想去。」

他仔細打量她，看得出來她是認真的。他點點頭。「好吧，那我先去沖澡，」話說完，他就趕緊跑去淋浴了。

當天稍晚，他們送雞蛋到街上的餐館，他答應對方等他從埃努古回來再收錢。他們在公路上奔馳時，他知道自己從來沒有這麼開心過。就在阿馬突河大橋上時，她向他透露，在橋上與他初次見面的那晚過後，她仍然傷心欲絕，於是去了拉哥斯找叔叔住了兩個月，那陣子她經常想起他。而且每一次想到他的奇特行為時，她都會笑出聲。他也告訴她，後來他是如何回河邊尋找自己的珍貴禽鳥，結果遍尋不著，他當時很氣自己。

「前幾天我在想，」她說，「怎麼會有人這麼熱愛禽鳥？為什麼？」

他看著她。「我也不知道，媽咪。」

他說了這些話，才頓悟他或許知道她為什麼愛他了：因為他拯救了她。就像他對那隻小鵝一樣，他接納了她，悉心呵護。這個想法是如此響亮明確，他甚至馬上瞄向她，確保她沒聽見什麼。她正看向窗外，望著馬路另一邊的茂密森林，它們已經慢慢退位給越來越密集的人類村莊了。

他對在埃努古市場遇到的幾個熟人介紹她是自己的未婚妻，大家都很開心。賣飼料的以西柯倒棕櫚酒給他們喝，這可是眾神的飲料。有些人與他握手，熱情擁抱她。從頭到尾，我宿主的臉龐都被微笑點亮，因為他未來的空白牆壁已經被暖色系油彩點綴得繽紛亮麗了。當他們離開市場，手裡提著採買的物品時，太陽已經完全現身了。

他與妲莉從停車場附近的路邊小販買了油豆。滿身大汗的妲莉買了一瓶汽水。她讓他試試，味道很甜，除此之外他無法描述它的味道。她嘲笑他。

「真的是鄉下人耶，是蘋果口味的啊，你一定從來沒吃過蘋果。」

他搖搖頭。他們裝滿了一整籠的禽鳥，買了兩袋肉雞飼料，以及半袋小米，兩人坐進車內，準備開回烏穆阿希亞。

「我又不是白人，我會當個正正當當的非洲男人，吃我的油豆。」

他打開包裝，塞了好幾口，用讓她發笑的方式咀嚼。

「我告訴過你，嚼東西時不要跟山羊一樣啦！」她彈指大笑。

但他沒理她，搖頭晃腦自顧自地吃。

「也許有一天我們會一起出國。」

「出國？為什麼？」

「讓你可以見見世面啊，不要這麼土裡土氣的。」

「哈，好吧，媽咪。」

發動了引擎後，他們就上路了。貨車才剛離開城市，他便覺得不舒服。他的胃不斷翻攪，他開始放屁。

「天啊！」她大喊。「諾索！」

「對不起，但我……」

另一個響屁硬是蓋過他的聲音。他匆匆把車停到路肩。

「媽咪，我肚子痛，」他氣喘吁吁地說。

「什麼？」

「妳有……有衛生紙嗎？」

「有，有，」她伸手去拿袋子，還沒來得及拿出來，他就從貨車門把下方的置物袋拿了一條手帕，朝灌木叢狂奔。丘烏上神，當他跑到森林的隱蔽處時，他幾乎用撕的將褲子脫下，然後他便「一瀉千里」，它們狂洩的速度簡直是強而有力，我很震驚，從他長大之後，我就再也沒見過他這樣了。

他站起來時，額頭濕成一片，彷彿淋了雨。姮莉已經下車，站在灌木叢入口，手裡拿著用了一半的衛生紙捲。

「怎麼回事？」

「我超想拉屎的，」他說。

「天啊！諾索？」

她突然大笑起來。

「妳為什麼笑？」

她笑得幾乎說不出話來。「你看你的臉……你在流汗。」

他們開了十五分鐘的車後，他又得衝下車，這次他帶上了衛生紙，但他把力氣用盡，變得虛脫疲乏。之後好一會兒，他還是只能跪在地上，緊緊抓住一棵樹。我從來沒見過這種事發生在他身上。雖然我已經學會要檢視他的內臟器官，但我仍然找不出問題出在哪裡，雖然他確信自己是腹瀉沒錯。

「我應該是拉肚子了，」回到車上時，他告訴姮莉。

她笑得更厲害了，他加入她。

「一定是那個油豆，不知道他們在裡面加了什麼。」

「就是啊，不知道加了什麼。」她笑得更開心。「所以我才不會隨便亂吃東西，你這就是典型非洲人。」

「我覺得好累喔。」

「我想也是，多喝點水和我的汽水，然後好好休息。我來開車。」

「妳要開我的貨車？」

「是啊，為什麼不？」

即使他很驚訝，但還是讓她開了車，他們恢復行程好一段時間後，他沒有解放的衝動了。但一旦那感覺又來，他便立刻拍打儀表板，她一停好車，他便迅速衝下車，有一次甚至差點絆倒。他趕緊爬起來，如脫韁野馬般衝入灌木叢。最後他滿頭大汗回到車內，她則努力克制笑聲。他大口大口喝水，緊緊抓住空瓶。他跟她說了一個父親曾經講的故事：有個人跟他一樣，在公路邊的野林解放，結果被一條巨蟒吞下肚。他爸甚至還說，有一首歌就是在描述這段故事，「Eke a Tuwa lam ujo.（歌名是〈耶柯塔瓦拉午喬〉。）」

「我好像聽過這首歌。但我什麼蛇都怕，巨蟒、眼鏡蛇、響尾蛇……每種蛇都怕。」

「的確如此，媽咪。」

「你現在感覺怎麼樣？」

「很好，」他說。現在已經過了打破四顆可拉果[3]的時間，快到烏穆阿希亞了。「差不多三十分鐘都沒拉，我想應該是停了。」

3 可拉果（kola nuts）。可拉樹是生長在非洲雨林的常綠喬木，其果實可以提煉咖啡因，是製造碳酸飲料可樂的原料之一。

「沒錯，但我也已經笑到沒力了。」

兩人默默開車，經過兩旁蓊鬱的森林，他腦海不斷轉著思緒，突然間，體內又湧上強烈的感覺，他再次衝進灌木叢。

✣

奧色布魯瓦，她悉心照顧我的宿主，直到他完全恢復正常。第二天她去了學校。回家後，她和他一起坐在院子的長凳，徒手為一隻生病的家禽拔羽毛，讓牠的皮膚可以通風。他們之間放了一個裝滿羽毛的舊托盤。他抓住禽鳥的一隻腳。她則盡力工作——這是她這輩子做過最奇特的行為，所以她非常好奇，沒怎麼說話，兩人忙碌時，他強迫自己談論家人，以及他有多麼想念他們，還有她需要與家人和解等等。他的措辭小心，感覺像是他嘴裡藏了一位牧師。接著，她告訴他，那天父母又到學校找她了。

「諾索，我不想看到他們。就是不想。」

「妳有認真想過嗎？妳知道這甚至會讓眼前的情況更糟嗎？」

當他這麼說時，她開始扭動鳥腿上的一根羽毛，並盤腿坐在地上的墊子。

「怎麼會？」

「因為，媽咪，就是我，是我讓這種情況發生的。」

母雞抬起被鬆開的腳，在墊子拉了一坨屎。

「哦，天啊！」

他們笑得開懷，他放開母雞，牠趕緊跳向雞舍，悲傷地咯咯叫。埃格布努，或許是笑聲使她軟化了，因為當他事後解釋她的行為可能會讓她家人更鄙視他，畢竟一切都是因他而起時，她沉默不語。當晚他們睡覺時，她突然在吊扇的叮噹聲中說道，他說的是事實。她會回家的。

她就像一位前往憤怒敵方的使者，還帶上裝滿水的葫蘆求和，第二天便乖乖回家了，但三天之後，她又回來了，而且，那顆葫蘆還被怒火燒得面目全非。她父親為自己即將舉行的六十歲慶生會發出了許多邀請，但沒有邀請他。她父親說他沒有資格參加。於是她憤而離家出走，堅定表示自己再也不會回去。她大發雷霆，跺腳吼叫，「他怎麼能這麼做？怎麼可以？如果他們拒絕邀請你，」她說，「我向創造我的神發誓，」——她用食指拍拍舌尖——「對，我向創造我的神發誓，我自己也不參加，絕對不會。」

他沒有回嘴，默默承受她加諸在他身上的包袱。他坐在餐桌旁，一面挑著白豆堆的泥土與小石頭，藏在豆中的小蟲子趕緊逃竄，有的還留在桌面，有的停在鄰近的牆上。等他挑完豆子後，便將它們倒進鍋內，放在爐子上。他從椅子上拿起她丟棄的漂亮請柬，開始閱讀上面的文字。

> 謹邀請————先生與————女士以及府上全福，撥冗參加奈及利亞國阿比亞州，烏穆阿希亞衣別庫邦尊貴的酋長，醫生，路克·歐柯立·歐比亞的慶生會。活動將於七月十四日在阿吉伊龍西社區的歐比亞大院舉行……

她已經進去他的舊臥室，那裡的牆壁被他的童年塗鴉弄得髒污不堪，它們多半是白人的神、祂的天使、他的妹妹以及他的小鵝。她把這房間拿來當自己的書房，與他同睡在他父母的臥室。他在客廳大聲朗讀邀請函，讓她能聽到他的聲音。

「拉哥斯街十四號，二〇〇七年七月十四日。現場將提供佳餚美酒，音樂國王奧利弗・德科克更將大駕光臨。派對將於下午四點到九點舉行。」

「該我說話了，我才不在乎。」

「活動主持人將由獨一無二的奧蘇非擔任。」

「我不在乎；我不關心；我不會去的。」

「去吧，都去吧。」

✣

依揚戈－依揚戈，先祖們在人類的道路總是睿智的，他們曾說，人的生命建立在轉圜上，它可以朝這方向或反方向旋轉，人的生命也會瞬間發生巨變。只須一眨眼，原本挺立穩固的世界或有可能癱臥，原本躺在地上動也不動的世界，則彷彿死而復活般又突然站了起來。我已經見證許多次了。幾天後的一個下午，我的宿主忙完工作回家就發生了。當天午餐後不久，他便出門送四隻大公雞給市中心的餐廳，妲莉在家唸書。他生命中的狂風驟雨越來越令他困擾，擔心天有不測，在他如此順心如意時找機會打擊他，奪走他的快樂，用悲傷取而代之。小鵝死了之後，這種憂懼就潛伏存在——它總是能占據人類的心靈——因此，他深信妲莉終將被迫離他而去。儘管我持續在他心底閃現與它對峙的念頭，但他仍然鎮日憂心忡忡，深信她總有一天會放棄他，回到家人身邊。這種憂慮狠狠啃囓他，以至於今天當他開車回家時，不得不在車上播放奧利弗．德科克的音樂，免得整個人陷入絕望深淵。車上的音響只有一個擴音器能聽音樂，偶爾被嘈雜的街道噪音壓過去就聽不見了。當奧利弗的男中音消失時，鉛塊便沉沉落在他心上。

稍晚他進家門時，妲莉坐在後院，望著禽鳥吃她放在麻袋上的玉米，一面就著檯燈的光線，坐在樹下的長凳唸書。她換上了一件襯衫和短褲，臀部渾圓有緻，頭髮抹了髮油，還戴了一條頭巾。她一聽見紗門聲就站起來了。

「你猜，你猜，親愛的？」她說。

她用手緊擁著他，幾乎踩到一隻雞，雞嚇得倉皇而逃，展開雙翅。

「怎麼了？」我的宿主問，我跟他一樣驚訝。

「他們說你可以去了。」她用雙手摟住他的脖子。「我爸爸，他們說你可以去了。」

他完全沒料到這個轉折。雖然略感欣慰，但他實在不太理解原因，他大叫，「哦，那很好啊！」

「那你要去嗎？親愛的？」

他不能看她，所以他沒有看她。她慢慢湊近他，抓住他的下巴，抬起他的臉面對她。「諾索，諾索。」

「嗯，媽咪？」

「我知道他們對你的態度很差，他們讓你無地自容。但是，你要知道，這些事總會發生。這裡是奈及利亞，窮者恆窮，Onye ogbenye（窮人），在社會無法被人尊敬。我爸跟我哥？他們很自大，就連我媽也不太贊同我爸的態度。」

他沒有回應。

「他們可能覺得你很丟臉，但我不會。我不能……」她盯著他的臉。「諾索，怎麼了？你為什麼都不說話？」

「沒什麼，媽咪。我會去的。」

她擁抱了他。在寂靜中，他聽到夜間昆蟲傾巢讚嘆夜色的聲音。

「為了妳，我會跟妳一起去參加慶生會，」他又說。當他說話時，他看到她閉上眼睛，直到他說完才將它們睜開。

第七章 恥辱

埃格布努，遠古先祖說，老鼠不可能在光天化日下走進沒有誘餌的捕鼠器，除非牠被自己難以拒絕的東西吸引。埃格布努，難道魚看見空蕩蕩的金屬鉤伸入水底，就會一口吃上鉤嗎？一定是被鉤上的東西誘惑吧？人們不就是這樣，才會被誘入一個他不願意陷入的處境？就拿我的宿主為例，如果不是因為妲莉家人表達懺悔，加上她父親甚至簽了一張寫著他名字「奇諾索・奧利薩先生」的請柬，他又怎麼會同意去參加慶生會呢？雖然我承認，就某種程度而言，他下定決心，不惜一切代價，就要讓妲莉快樂，而且，他也很想看奧利弗・德科克的現場表演，但直到最後一刻，他都很戒慎恐懼。他決定參加慶生會，於是調整了自己的心態，但有一部分的他原本是根本不打算妥協的。而我，他的守護靈，也對於他是否應該出席左右為難。就我對人類的了解而言，我擔心對方家人對他的態度——排斥嫌惡——完全不可能就此憑空消失。但當我看見這女人為他的生命帶來的療癒與和諧，我也很希望兩人能維持現狀。更何況守護靈擋不住宿主的意志與心願，在這種情況下，它唯一能做的就是儘量說服宿主。但假使宿主抗拒接受，守護靈也不能逼迫宿主違背意志；它必須從善如流。聰明先祖也經常說，假使一個人同意做某件事，他的守護靈也必須同意。讓我矛盾的第二個原因是，我深信妲莉愛他，尤其因為我見過了她的守護靈。我堅信如果他娶了她，他的人生會就此完整，因為先祖們也說，男人要等到娶了女人，生命才是真正的圓滿完整。

慶生會前一天，他們到昂多加油站附近的大型超市買要送給她父親的賀卡。他在克羅瑟街的路邊服裝店買了一件伊博族傳統長袍。儘管妲莉建議印了黑色獅子頭的那幾件比較好看，但由於某種他無法解釋的原因，他完全被紅色吸引了。他們出了店，朝一處購物中心前進，購物中心二樓裝了某間教堂的擴音機，正在播送牧師證道，此時，他突然看見夢杜站在一間汽車工坊外面。她站在一堆汽車輪胎和一位修車師傅之間，師傅身穿藍色工作服，戴著黑色大護目鏡，手裡拿一把焊槍，火花四射。夢杜則是一襲綠底紅葉的飄逸長袍，不知他的雙手曾經褪下它多少次，再與她熱情做愛。她才剛賣完花生，用一塊布將托盤固定在頭巾上。埃格布努，那一瞬間，他就像一條塗滿了油的小魚，很想就此滑離他當下的世界。他站在原地，不確定自己該怎麼做，更不知道當初她為何離他而去。但夢杜甚至沒有轉身。她將托盤放妥，隨即朝另一個方向走去，進入擁擠的市場。他想喊她，又擔心她可能聽不見，因為焊接的噪音太大了。他的心不斷躍動，只能轉頭看著妲莉的背影，她也不知道他沒跟上她。他沒有意識到，剛才他望著夢杜時，修車師傅焊接的火焰也同時映入他視線，如今視覺暫留的效果讓他的視線一片模糊了，一時間，他眼前彷彿都被厚實的黃色絲質面紗覆蓋了。

✣

丘烏上神，那天妲莉為了幫她父母準備第二天的盛大場合，沒有和他一起回家。除了照顧一隻喙長出異物的生病母雞，用泡過溫水的乾淨毛巾擦牠，其餘時間，他都在想夢杜。他還是不知道當初發生了什麼事，是誰伸出隱形大手，將她從他身邊偷走。如果剛才他只有獨自一人，他是會跟夢杜說話的。他想了很久，納悶她為何毫無徵兆就離開他，畢竟她似乎是愛他的，他已經深深紮根在她心底。人類的子孫，務必當心啊：你永遠不能相信另一個人。沒有人是意志堅定，堅不可摧的。真的沒有！我已經見證許多次了。手機振動時，他還在沉思。他接起電話，打開訊息，上面寫著：他們真的希望你來，親愛的！甚至我哥也是！我愛你，晚安。

第二天他抵達她家時，才發現自己是第一位客人。妲莉出門迎接他，要他隨她進屋。但他沒有聽見。他坐在為賓客搭建的兩座大型遮陽篷下的一張塑膠椅，另有一處則鋪了紅地毯的高臺，這裡會提供給政要貴賓使用，他們的主桌則是舞臺邊的一張長桌，上面覆蓋刺繡花布。一群汗水淋漓的男人在桌邊忙碌，兩位穿著同款襯衫與短裙的女子正在裝飾一個大蛋糕──上面有妲莉父親手持權杖的仿真雕像。

他拿起一份放在座位上的節目表，正準備好好研究時，卻感覺背後椅子動了一下，他還來不及分辨後方來者，或甚至回頭看時，有隻手拍拍他的肩膀，一顆頭湊到他耳邊。

「所以你還是來了，」那顆頭說。

一切發生得如此迅速，突如其來的驚嚇讓他頓時失去反應能力。

「你畢竟還是來了，」他認出來了，是楚卡。楚卡在說白人語言，帶著與妲莉類似的外國人腔調。「有些人，有些人就是給臉不賞臉，一點羞恥心都沒有，老頭那天待你那麼差勁，你竟然還敢來？」

楚卡將手臂按在我宿主的肩膀，把他拉近。我聽到宿主腦子裡大喊，他離我還不夠近嗎？遠處上方有個聲音讓他抬起頭，他看見妲莉在她房間的陽臺。

「對她揮手，告訴她你很好，」楚卡說。「揮手！」

她說了一些他聽不見的話，但我猜應該是在問他是否一切還好。他只能聽從楚卡命令，她也對他揮揮手，送給他一個飛吻。他本以為她哥哥躲在自己背後，沒想到楚卡大喊：「妳男友在跟我說甜言蜜語呢！」

當場我宿主認為他看見女友臉上閃過微笑般的神情，顯然她很相信自己的哥哥。

「太好了，謝謝你，楚卡，」她喊道。

楚卡剛才對妹妹說白人語言，現在他則轉而用先祖語言攻擊：「像你這種人渣窮鬼，到底要我們如何解釋才會聽得懂別人的話？嗯？我很困擾耶。」楚卡用力掐緊我宿主的肩膀，他痛得扭動身軀。「你現在給我聽好了，窮酸鬼，我爸要我告訴你，如果我們再從你這裡聽到任何動靜，你麻煩就大了。你知道你在玩火嗎？你根本是抱著一團烈火吧。你是在跟老虎的女兒談戀愛耶。」楚卡深深吸了一口氣，用力將它呼在他脖子上。

「哎呀，今天穿得很體面呦，窮酸鬼，」楚卡拉扯我宿主肩膀的長袍。「看起來料子不錯耶。我再說一次喔：你不准開口，什麼事都不做。不管我妹妹怎麼說，你絕對不可以加入我的家人。我再重複一次，不管我妹妹怎麼說。你聽見了沒有？」

加加納奧格武，那時，我認識宿主已經有二十五年又三次滿月了，但我從未見過他如此尷尬受傷，彷彿楚卡直接拿鞭子抽打他。最讓他痛苦的是，他不能報復反擊。當他年紀還小時並不害怕打架：事實上，他一直活在恐懼中，雖然他沒有惹麻煩，但當他被挑釁時，只能用上自己的拳頭。但在這種情況下，他是沒有任何行為能力的。就算傷痕累累，他也只能點頭回應。

「很好，窮酸鬼，不客氣了。」

不為什麼，但他總是記得最後那幾句話，綜合了先祖與白人的語言。「很好，窮酸鬼，不客氣了。」

先祖們經常說，有計畫的戰爭甚至連有傷兵殘將都不會意外。但奇襲卻足以擊潰最強大的軍隊。因此他們總用自己的睿智話語警示，假使一個人早上醒來發現連母雞這種無害生物都在追他，那麼他便應該拔腿就跑，因為他不知道這隻母雞是否在晚上會長出尖牙利爪。也因此，我的宿主在整場慶生會上，就這麼頹喪挫敗地坐在一旁。

楚卡離開不久，賓客開始魚貫入場。邀請函寫時間是下午四點到九點，但第一批客人約在五點十五分才抵達。妲莉就曾經抱怨會這樣──「你就等著瞧吧，大家都是依照奈及利亞的時間觀念。所以我才討厭參加這種活動。我告訴你，如果不是為了我爸，我根本不會參加。」他望著周圍身穿不同服裝的賓客慢慢坐定，男士們多半穿著飄逸的傳統長袍，他們的妻子則打扮得同樣豔麗，腰間纏繞花布，手上拿著花俏的長夾或手提包。孩子們坐在最後兩排，等到大部分的座位都坐滿後，空氣中便洋溢著香水與體香劑的味道。

坐在他左邊的人開始找他聊天。連問都沒問，男子就指著歐比亞家的大房子說，他妻子是「在皇宮」做飯的廚師之一。「我妻子也是，」他回答，打算讓對方就此閉嘴。但接下來男子又提到出席人數，再聊起炎熱的天氣。我宿主漫不經心地聽著，過了一會兒，那個人似乎注意到了。等到此人隔壁坐了一對夫婦後，他的注意力就從我宿主身上轉開了。

我的宿主很高興自己終於可以獨處，開始評估狀況：剛才有一隻手把他拉過去，差點讓他摔下椅子，接著，那張嘴問他為什麼要來，叫他笨蛋，稱他河馬，嘲笑他的服裝，恥笑他對妲莉的愛，最後為他帶來致命一擊：喚他窮酸鬼。如果剛才像現在這樣坐滿了賓客，這一切都不可能發生。這些人來得太晚了。晚到連他最喜歡的歌手盛大入場——這可是奧利弗．德科克，伊博國度的偉大演唱家，伊博族音樂的至高領袖——都沒了意義。賓客站起來為這位歌手歡呼時，他沒有動作，悶悶不樂。主持人暨名演員奧蘇非介紹奧利弗．德科克時，他也該感覺熱血沸騰，但此時，那些話聽起來就像胡言亂語。奧蘇非的笑話應該要很好笑才對，例如，他說自己在拍知名電影《倫敦的奧蘇非》時，白人亂叫他的名字，把他叫成「奧蘇灰」。但現在這段話聽起來就像是小孩鬼扯，旁人竟然還捧腹大笑，他非常驚訝。他面前那個大胖子怎麼可以笑成那樣？胖男人身邊的女人甚至在椅子上笑得東倒西歪。奧蘇非不斷大喊「威努！」，眾人大聲回應「耶！」時，我的宿主一點反應也沒有。等到高官顯要介紹完畢，奧利弗．德科克登臺高歌〈人民俱樂部〉時，他整個人就像枯木般動也不動。就連德科克上臺時間也延遲了。

令他更惱火的是，他左邊那個傢伙手舞足蹈，而且又想起他的存在，時不時對著他評論現場觀眾、音樂、奧利弗．德科克的才華等等，無所不聊。但我宿主這塊枯木就只是點頭、喃喃回答，心不甘情不願。對方渾然不知他完全不能發出任何聲音。宿主現在才意識到，此命令應該是直接來自慶生會的主人，也就是妲莉的父親。沉浸在這些思緒中的他，聽見有人敲敲他的椅背。他被嚇得魂飛魄散，一轉身才發現罪魁禍首是坐在他背後的男孩。男孩的腳撞到他椅子了。

✣

依宙瓦，有時候宇宙似乎會面無表情，嘲笑捉弄人類。它把人當玩物，任憑自己擺布。坐下，它會這麼說，等到人坐下後，又立刻命令他站起來。它一隻手給人食物，另一隻手卻逼他吐出來。我在人間生活了許多週期，多次見證這種神祕現象。例如，就在宿主被這男孩（只不過是個小鬼！）嚇得六神無主，回頭看那位偉大歌手後，一隻手伸過來敲了他一下，他還沒來得及反應，就聽見：「親愛的，他們快叫我們了，來吧，你過來。」這個動作來得太快了，他沒來得及思考，何況她在眾目睽睽下呼喚他，叫他親愛的，他馬上站起身。他自己也被她的美貌震懾了，她今天打扮得絕美嬌豔，一長串的珠鍊掛在脖子上，手鍊也是珍珠打造。他身邊的賓客都稱她是大小姐。如果他仍然不識趣地坐在這群人之間，就太不得體了。所以，他跟在她背後，迎向眾人的喝采歡呼。

人們看著她與他離開時所說的話，簡直就像命運開的天大玩笑。「看看他，兩人真是天造地設！」一個男人說。「沃柯瑪！」另一個人稱讚道。「恩怡括瓦！」一名女子大喊。有位男子站在每兩排就擺置的大型風扇旁，看見他走過來時，給了他等同於對待酋長的問候手勢，伸手對著他。他雖然很震驚，也有點勉強，但還是用手背碰了男子三次。「恭喜你！」男人低語。宿主點點頭，他的手彷彿突然有了自己的想法，甚至拍了拍對方的肩膀。此時他才意識到，一切發生得太快，他的身體似乎開始突變，成了一個他完全無法操控的倨傲物品。

每走一步，他的手都與她的緊緊相扣，妲莉將他越帶越遠了。他沒辦法，畢竟慶生會在宅邸的寬敞前院舉行，人人都對他們行注目禮，甚至奧利弗．德科克也暫停了演唱，對他們問候致意：「看看未來的公主與她的白馬王子正從我們面前大步走過呢。」妲莉對他揮手致意——他也回以揮手——同時也對現場的各國政要、富商名流、酋長、醫生、律師、三位從德國與美國兩大白人國家特別飛過來的男士致意（其中一位還帶來了一名金髮的白人婦女）。另有來自阿布札的參議員茱烏梅卡．愛克、州長奧吉．卡盧的代表。而他，這個窮酸鬼——這個以飼養家禽維生，種植番茄、玉米、木薯與甜椒的農夫，只會殺紅火蟻，將棍棒戳進家禽糞便找蟲子當雞隻食物的傢伙——也對這些貴賓揮手致意。

他們走進宅邸時，經過了許多賓客，兩名女子一面照鏡子，一面在臉上塗粉；一位男子（國外來的貴賓之一）全身傳統伊博族服裝打扮，正在用菸斗吞雲吐霧；另外有名警察拿了一把步槍走動巡邏；還有兩名少女穿著飄逸的長袍，在有羅馬柱的寬敞露臺下方看手機；另有一名打領結的小男生打翻芬達汽水了。

一進屋內，妲莉就將嘴唇按在他濕漉漉的臉頰。每次她塗深藍色或鮮紅色唇膏，就會這麼對他。

「你開心嗎？」她問，還來不及等他回答，她就說，「你又出汗了！你有沒有帶手帕？」

他說沒有。他還想多說一點話，但她已經走進去，他跟在她後面。一進去，他就發現楚卡站在樓梯中央，震驚地望著他。他們走過楚卡時，話掛在他嘴邊，沒有說出口。

「怎麼回事，親愛的？諾索？」他們走經楚卡後，她停下腳步問他，現在他們已經進了一間小書房，四面都是書櫃。

「沒什麼，」他說。「水，可以給我水嗎？」

「水？好啊，我去拿。」走到門邊時，她回頭問，「我哥，他沒對你怎麼樣吧？」

「我？沒有，當然沒有，他沒有。」

她盯著他看了一會兒，似乎不太相信，然後她走出書房。她一出去，他就快哭出來了。他心神不定地坐上一張小旋轉椅，面對著窗戶。他現在俯瞰外面的角度猶如天上老鷹，奧蘇非正在跳舞，偶爾打斷奧利弗．德科克。丘烏上神，人類有時候就是這樣的：害怕自己在公開場合蒙羞，但這種恐懼卻更足以摧毀他的自信，讓他無地自容。因為焦慮帶有種子，每一次的場合與行動都會授粉結果，只要有人用挑釁言語針對弱者，弱者就會失去鎮定，四肢不斷顫抖。脆弱心靈驅動著他，讓他的所有言行舉止更為怯弱。他會唾棄自己，就此陷入萬劫不復之地，這我已經見證許多次了。

現在已經焦慮萬分的他，早已心事重重，妲莉的腳步將他嚇了一跳。他拿起杯子把水喝光。

「好了，親愛的，我們出去吧。他們很快就會叫我們了。」

「妲莉，妲莉！」她母親叫道，客廳傳來腳步聲。

他的心一沉。我感覺自己有壓力得做一些事，於是我在他的腦海閃過要他別害怕的思緒。盡你所能對付這些人。於是，他踏踏腳，腦子出現一個聲音說：我不會害怕。

我與宿主溝通時，妲莉回答母親：「媽咪！我要出來了，」媽媽回答，「Ngwa（快），Ngwa（快），好啊，快點，」那聲音幾乎被擴音器傳出來的主持人說話聲蓋過去了。

「我們走吧，」妲莉說，一面牽起他的手。「輪到我們坐主桌了。」

他還想說話，但只能擠出一聲悶悶的「哦」。而後，他感覺自己彷彿被人用輪椅推出門，他發現自己已經在客廳與歐比亞酋長面對面。今天他身穿華麗的傳統長袍——上面別有象牙徽飾，紅色帽簷各插了兩根鳶羽——先祖們也會如此，因為他們深信鳥類就是生命的象徵，取得鷹羽的人，便象徵自己也成了偉大崇高的鳥類。在酋長身邊傲然行走的妻子身上與脖子上也如先祖婦女們戴著珠鍊。她還拿了一把扇子，手鐲多到都數不清了。

妲莉與他走到她父母面前時，他向他們鞠躬致意，因為妲莉也屈膝行禮。她父親揮動手杖，她母親則揮舞自己手中的扇子，同時面帶微笑。丘烏上神，經歷了後來發生的那些事情之後，我的宿主總是記得她父母在這次見面時，並未表達出任何不悅。

我宿主慌亂緊張，只能加入隊伍，慢步跟隨眾人前進，彷彿被一條無形的繩索拖著走。他身邊是來自白人國家德國的男子及他的白人妻子，這名女子打扮得與先祖婦女們並無二致。他們旁邊則是妲莉的叔叔，這位知名醫生曾經在比亞弗拉戰爭中，縫補了無數被砲彈擊中的傷殘士兵，叔叔正揮舞著鑲有象頭的枴杖。奧蘇非在此時甚至對麥克風大喊：「來了！他們來了！壽星與家人登場！」我的宿主不敢用力踏步，他的身體似乎成了一袋膿液，唯有妲莉的手才能讓他有點生機，一直到他們走進會場，迎接人群嘈雜的歡呼掌聲時，他才開始隨著大家輕快跳舞，不顧楚卡臉上的蔑視，他甚至不斷逼近我宿主，離他僅有一、兩吋。但我宿主越來越害怕，他不想繼續了。於是，大家在遮陽篷下找前排座位坐定時，他縮回手——政要們坐在主桌後面——低聲對妲莉說，「不，我不行，不行。」她原本緊緊握住他的手，但當奧蘇非呼喚她時，她離開他，隨家人與其他貴賓坐到第一排。宿主則匆匆坐進他們後方的空位。

埃格布努，被冷落的人——那些認定自己被低賤者瞧不起的人類——或靠運氣，或靠努力工作，或靠守護靈與外界進行有力協商，向來好運連連，或取得一定的影響力。他進一步將自己的財富或影響力與對方相較，開始認為自己絕對得回擊那些看不起他，卻又不足以與他匹配的傢伙。因為他被挑釁了！這會破壞他心靈的平衡，動搖他的理性，他得馬上扭轉現狀才好！出手反擊勢在必行！這是一定要做的！儘管在先祖時期，這種人很少——多半因為他們懼怕艾拉的憤怒——但我在他們的後代中多次見證過這種情況。我在楚卡身上就看到這種心態，因此當我宿主坐下來後，有位攝影師靠在他耳邊，低聲對他說：「老兄，楚卡要你跟我來。」我一點也不訝異。

我宿主還來不及多想，男子就走開了，似乎我宿主理應就該按照指示行事，他的背脊傳過一陣顫慄。假使帶話者能帶著這麼大的把握傳信，對自己帶來的命令胸有成竹，那麼他背後的指使者會多麼有力？此人的憤恨又多麼可怕？他趕緊起身隨對方走，以為人人都注意到他在主桌的奇怪行徑，因為他不識大體才罪有應得。男子繞過宅邸，行經一群準備燉菜和大鍋飯的婦女。他們很快走過一群滿頭大汗，正從小貨車卸下飲料的工作人員。然後，兩人穿過一扇小門，旁邊有個警衛亭。男子轉身指著小崗哨。「進去吧，老兄。」

我總是希望在這種情境下，守護靈能擁有更多力量，透過超自然的手段保護自己的宿主。我也希望我宿主能在這種時候，睿智追隨阿巴拉和阿法的道路，就像三百多年前我的巫師宿主。此人來自諾比，名叫伊蘇魯耶，天賦異稟，擁有極致的人類超能力。他力量無比威猛，幾乎等同於半人半靈，伊蘇魯耶能夠掙脫肉體，成為一個無形體的存在。我曾見證他兩次召喚神祕力量，爬升到天際，原本或許需要兩個市場週才能走路抵達，開車也得一整天的距離，此人轉瞬就能移動抵達。但我現在的宿主就與他這一代的人類沒什麼兩樣，在這種情況下完全無助——猶如一隻被老鷹抓住的小公雞。他只能乖乖聽從指令，跟著神祕人走進小屋。

另一位身材媲美摔跤手的傢伙就站在屋內，眉頭深鎖。他身上掛著一件藍色背心，上面圖案是隨時準備炸開的爆裂物，其繽紛火花如油漆漬般撒滿整件衣服。「寄個小東西打擾偶們老大聚會？」孔武有力的傢伙用支離破碎的白人語言問。

「對啦，」攝影師在小屋外說。「但老大要我們不碰喔，聽命行事就好。」

「沒問題，」壯漢說。他指著一件藍色卡其色襯衫及一條褲子，宿主知道今天的看門守衛就是這身打扮，「穿上去。」

「我？」我宿主心跳得厲害。

「就你啊，不籃誰？你聽好了，呃，小哥，我可沒時間回答問題喔，快穿上衣服，我們要走了。」

依揚戈－依揚戈，這種時候，我宿主的腦袋總是一團渾沌，完全無法提供答案。他該和這個人爭論嗎？當然不行：難道他想讓自己的腦袋被劈開嗎？他可能跑不過這傢伙，就算他跑了，回到慶生會的他也將面臨更多羞辱。當下最好的作法就是服從這怪咖的命令，此人就這麼莫名其妙將他當嘍囉使喚，於是，他乖乖脫下自己的袍子，成了守門警衛。

壯漢很滿意，說道，「跟我來。」但他的意思是，「走在我前面。」那人離開時，手裡拿著馬鞭——幹什麼？隨時可以抽他嗎？這種可能性簡直是百分之百。壯漢與他一路走回剛才他跟攝影師走過來的小路，只是現在他穿得不一樣了——沒了端莊得體的服飾，而是與他的真實身分相副，一身卑微低下。適得其所這四個字不斷在他耳際迴盪，他甚至深信有人在他耳邊小聲說著這四個字。當他們經過人群時，他看到殘羹剩餚被丟進塑膠袋，放上貨車準備載走。他聽到妲莉父親的聲音從擴音器傳出來，他們走過遮陽篷後面時，涼亭邊的擴音器不斷傳出聲音，隨著他們走出大門。

「去跟警衛站在一起，」壯漢拿著鞭子，指著大門說。「這才是你的工作。」

✣

雅古傑比，妲莉後來就是在大門邊發現他滿身大汗，指揮進出大院的汽車找停車位，解決車主糾紛，幫忙卸下賓客的禮物（一袋米、幾條山藥、幾箱昂貴的葡萄酒，一部全新電視），當獅子雕像的絲帶斷裂時，他與一位工作人員還拿了新的絲帶綁妥。

當她看到他時，他無言以對——這種時刻，人的內心話早就被掏空了。他根本無法回答下列問題，「是誰這麼對你的？你的長袍呢？在哪裡……什麼？」他只能用蒼老無奈的聲音回答，「以全能上帝之名，請帶我回家吧。」慶生會還在熱烈進行，奧利弗．德科克正發出類似白蟻爬上枯木，令人費解的嗓音，人群就像是無知的羔羊般喧鬧叫囂。所有的這一切，在他的貨車開出大門時，早就隨風而逝。他的記憶成了隨機，彷彿被精心策劃的陣風搧動偶然間吹進了他的腦海，如今成為過去。當他開上烏穆阿希亞嘈雜的街道時，妲莉一路哭泣，但他不在乎了。即使在這片死寂中，我也看得出來，他很清楚妲莉與他一樣，深深受了傷害。

✣

丘烏上神，他的遭遇如此沉痛，讓他無法擺脫其中任何一個小細節。記憶縈繞不去，彷彿圍著甘蔗的小蟲，爬進他心靈的每一處縫隙，用牠們烏黑的氣息填滿他全身。妲莉哭得厲害，直到那晚他們做愛完，她沉沉睡去才停止啜泣。夜色已深，他躺在她身旁，透過昏黃的煤油燈光，他凝視她的臉，就算在睡夢中，他也能看出她的憤恨與同情——他很少看到她這種神情。他父親曾經告訴他，人在無意識狀態的神情才是他們的真正面容。

稍早，他在大門工作時，曾想過如何報復她哥哥對他做的一切。但他知道自己辦不到。他能怎麼做？揍他嗎？你怎麼可以修理你深愛女子的兄弟？他還想到，每次遇到楚卡時，他就只有挨打的份，無力反抗，也不能回擊。妲莉家人把他當成膽小的鐵匠，逼他憤怒地打造出武器，但他卻又不能以這武器發動攻擊。

然而，埃格布努，他知道唯一可能的解決辦法，就是他立刻離開她，結束這一切。他內心非常清楚，這個念頭早就用暗淡的臉龐與殘酷的眼神盯著他瞧。但他一直忽略它，不把它當一回事。它卻完全沒有離開，今天，他開始思考，這些事情帶來了深沉的恐懼與憂慮，最終會讓妲莉氣餒，離他而去。妲莉睡前自己提出了這個問題。

「諾索，我很害怕，」她突然說。

「怎麼了？媽咪？」

「怕他們最終會成功讓你離開我。你會的，對不對？諾索？」

「不，」他說，聲音比他原意大聲許多，而且更激動。「我不會離開妳。永遠不會。」

「我只希望你不要因為他們離開我，因為我不會讓任何人幫我選擇我該嫁給誰。我不是小孩了。」

他什麼也沒說，只是想起他指揮大門口的交通時，慶生會坐在他旁邊的人看見他，滿臉困惑。男子開了賓士車窗，「剛才你不是坐在我旁邊嗎？」他找不到話回答。「結果，你是……什麼？警衛嗎？」他搖搖頭，男子大笑，說了一些他聽不懂的話，然後關了車窗就離開了。

「你確定嗎？諾索？」她的聲音很緊張。

「就是這樣，媽咪。不會的。他們不能這麼做，」他回答，他的心因為自己強烈的語氣而悸動了。他不知道，埃格布努，命運是一種陌生的語言，人類與守護靈是永遠學不會的。他又抬起眼睛，看見一滴眼淚從她臉上滑落。「沒有任何人能逼我離開妳，」他又說。「誰也不行。」

第八章 幫手

瑟布魯瓦，我站在這裡向祢作證，我明白祢是偉大造物主，祢理解人類的程度，或許遠超過他們對自己的認識。所以祢也知道，人類對羞恥心的態度猶如變色龍。一開始，它似乎有所偽裝，受辱者的良善靈魂，只要遠離讓他蒙羞的人就能得到撫慰。前者會忘卻一切，直到他再度遇上那些邪惡之人。接著，羞恥才會如女人胸衣般一層層褪去，顯露其真實本質：邪惡。是的，我宿主可以躲避所有人，遠離烏穆阿希亞，甚至全世界，曾經發生在他身上的一切都會顯得不重要又毫無意義了。乞丐可以在一個不知道自己真實身分的國度，將自己偽裝成國王，外界也會尊崇他。但我宿主遇到的獨特困境是：妲莉目睹了他的屈辱。她看見他穿上警衛制服，汗流浹背指揮交通。這衝擊是他無力挽回的。像他這種知道自己限度、了解自身能力的人，非常容易崩潰。因為驕傲會在人的四周築起一道牆，可是恥辱又足以刺穿這道牆，徹底粉碎、打擊內在自我。

不過，我與人類已經生活在一起很久了，我清楚，當一個人的世界開始瓦解時，他會努力挽救自己的處境。睿智先祖許久之前也曾經說過，如果要找黑羊，最好是在白天，夜幕降臨之前，一旦天黑就不好找了。所以，在他對妲莉發誓永遠不會離開她之前，他就已經開始在思考對策了。但他想不出任何有價值的解決方案，連續好幾天，他猶如一條受傷的蟲子，在絕望泥淖中蠕動。到了第二週的第四天，他打電話給叔叔，徵求他的建議，但線路太差，宿主幾乎聽不到他的聲音。在老人的口吃與斷續的電話線路間，他很認真地試圖理解。他聽到了，他最好還是離開妲莉。「你還是個男孩，」他叔叔一遍又一遍重複。「你仍然是一個男……男孩。才……才……二十六歲。呃。就……就忘了這個女……女……女人吧。還有很多很多女人呢。很……很……多。你……你有聽懂嗎？你是不……不……不可能說……說服他們接受你的。」

依揚戈—依揚戈，我很高興叔叔給他忠告。他在妲莉家被那樣對待後，我也很有所感。聰明的先祖就常說，人受到的侮辱會延伸到守護靈上，所以我也等同被妲莉的家人羞辱了。我當然知道這不是她的錯，也希望她能找到解決危機的辦法。所以我沒有重申他叔叔的立場。我也想到，我宿主是人間少數有幸運天賦的人，他總能隨心所欲，得到他想要的任何東西。在他出生之前，當時他還是靈體，我們一起在天庭展開旅程，準備讓肉體與性靈融合，讓他這個人成形（我將在接下來的證詞詳細說明），我們照例去了奇歐蹟科的偉大花園，走在碧綠樹木間，小徑閃閃發光，天上還飄著精心排列的燦爛雲朵。靈界的黃鳥體型猶如成年男子，牠們在雲間飛翔，從陰陽廊道飛出來。大片牧草點綴了通往凡間的道路兩旁。宿主在投胎前經常造訪花園來尋找天賦。這些天賦是那些不幸的人類歸還的，例如死於分娩、嬰兒時期夭折，或是流產的胎兒。我們到花園時萬頭鑽動，數以百計的守護靈與它們可能的宿主聚集在茂密植物與糾結林木間，但我的宿主仍然發現一根小骨頭。幾位守護靈立刻聚集過來，透露它應該來自某隻主要居住在靈界大森林的野獸，阿馬荻歐哈也在那裡以白色公羊的形體生活。它們告訴我們，找到這根骨頭後，若我的宿主好好保存，他的一生都可以隨心所欲，想要的東西全都可以得到。它們說因為他發現的那根骨頭屬於天庭獨一無二的動物，只要生活在森林，牠便從不匱乏。

加加納奧格武，在我宿主的一生中，我可以明白說出此幸運物帶來的無數實例，但我不想偏離證詞。當時我有信心這根白骨會為他帶來助益。當他決定自己必須全力贏得她家人的支持時，我也很開心。他擔心她為了他，選擇繼續遠離家人，這只會使危機升級，於是他懇求她回去。

「你不懂，諾索，你就是不懂。你認為他們只是不喜歡你嗎？嗯？好吧，那你能告訴我為什麼嗎？你能告訴我他們為什麼不喜歡你嗎？你能告訴我上週日他們為什麼那樣對待你？還是你忘記他們對你做了什麼？那才六天前的事，你忘了嗎？諾索？」

他沒有說話。

「沒有答案？你能告訴我為什麼嗎？」

「因為我很窮，」他說。

「對，但不只如此。爸爸可以給你錢。他們可以幫你開一家大公司，甚至幫你擴大家禽事業。錯了，不僅如此。」

他沒有考慮過這些可能性，埃格布努。他被她的話吸引了，抬頭看著她。

「不是因為你窮。錯了。因為你沒有大學學位。你懂嗎？諾索？你究竟懂了沒？他們這些自大的傢伙從來沒想過，有人可能孤苦無依。而且奈及利亞的日子並不好過！有多少沒爹沒娘的人可以上大學？甚至連公立學校都沒得上？就算你的大學入學考試有三百分，你又要去哪裡籌錢上大學？嗯？告訴我，你要怎麼付學費？」

他盯著她，舌頭麻木了。

「然而，他們還口口聲聲地說：『妲莉，妳要嫁的人是個文盲。』『妲莉，妳讓我們很難堪。』『妲莉求妳，我衷心希望妳不會想嫁給那個土包子。』這真的，真的非常非常糟糕。他們的所作所為，真的非常差勁。」

等她回到他的舊房間讀書後，他坐了下來，頹然如一片濕掉的可可葉，擔心那些他之前從未想過的重點。他為什麼不考慮自己有可能重返學校？畢竟這可能是唯一的解決辦法。他打了自己一拳，丘烏上神，他之前沒有想過這一點。他沒有意識到自己是在逆境中長大，早已聽天由命了。也因為如此，他過著與多數同儕截然不同的人生：近乎隱居的農村生活，隨之而來的是他逆來順受、不疾不徐、小心翼翼的個性。沒有人惹他的話，他絕不會輕易動怒。如果說他這個人今天有任何的成就，就是這種閒散悠哉的個性，夢想未來對他而言也彷彿奢求，所以他的叔叔才希望他至少能對女人有所渴望。如今妲莉也激勵他重返學校，他才發現，原來這種懶散是自己的弱點。後來，在她睡著後，他一個人坐在客廳沉思。他可以到阿比亞州立大學註冊，讀一個學位。再不然，他也可以半工半讀。既然他對禽鳥的熱愛已經吞噬了他原本上大學的夢想，他甚至可以研習農業。

這些想法給了他許多力量，讓他內心充滿喜悅。它們代表了真正的希望——他終於有了方向，讓他離與妲莉結婚的那一天又近了一些。他走進廚房，拿藍色水壺倒了一杯水，回憶起家裡沒有自來水的那一次。藍色水壺是當時僅存裝有飲用水的三個水壺之一。街上有一家人擁有兩個大水箱，也在賣水，他們因故外出兩週，於是許多人得開車到其他地方取水，或飲用以大碗、水盆甚至皮鼓收集到的雨水。水不好喝，但他又喝了一杯。

他坐在客廳時，離開妲莉的想法讓他憶起自己的奶奶妮恩．阿格巴索，她會坐在客廳盡頭的舊椅子——如今那裡放了積滿灰塵的錄音帶與錄影帶——講故事給他聽。他想像自己現在看到了她一面說話一面眨眼的模樣，彷彿那些話都是她不得不吞下肚的苦藥。這是她晚年養成的習慣，他也是到那時候才比較認識她的。她跌倒後髖部骨折，無法繼續務農，沒拿楞杖就不能行走，於是搬來與他們同住。那段時間裡，她重複告訴他同樣的故事，但每當他坐在她身邊時，她都會說，「我告訴過你偉大祖先奧門卡拉與恩克波圖的故事嗎？」他的回答不是「有」就是「沒有」。但就算他回答「有」，她也只是嘆口氣，接著眨眼告訴他，奧門卡拉是如何拒絕一名白人男子帶走自己的妻子，結果被地方首長吊死在廣場。（丘烏上神，我見證了這個暴行，當時目睹的村民也受到很大的衝擊。）

他現在猜想，奶奶一次又一次告訴他同一個故事，是要他在任何情況下，都不該輕易屈從投降。他知道自己可以選擇在壓迫下畏縮恐懼，就此失去妲莉。不，他大聲說，他無法想像其他男人的嘴印上她的乳房。光是那畫面就讓他顫抖。他第一次中學認證考試不及格後就輟學了，當時只通過了歷史、基督教知識及農業這三個次要科目，沒有數學，沒有英語。他的大學入學考試更糟。當時他父親病情惡化，他只好應付家禽事業日漸增長的需求。雅古傑比，祢知道我在這裡描述的都是白人文明的教育項目。我宿主跟他這一代多數人一樣，對本國人民的教育、伊博文化與博學先祖的歷史一無所知。

經過一連串的挫敗後，他告訴父親自己不願意繼續學業了。他可以經由家禽事業以及小農場維繫自己與未來家庭的生計，假以時日甚至擴大經營，讓自家事業具有小型企業的規模。但他父親一直堅持要他重返學校。「奈及利亞的處境一天比一天艱難，」他的父親這麼說，當時父親已經時日所剩不多。「就算有了學士學位，也快沒用了，因為大家都是學士。你連學士都沒有，又該怎麼辦？農夫、鞋匠、漁夫、木匠……我告訴你，每一行都需要學位。這就是奈及利亞的未來，真的。」

就是這類談話，以及我經常閃現的思緒，讓他後悔自己當初就該聽父親的話——我常用一句諺語強調：老人蹲下來的視野，孩子就算爬到樹梢也看不見。後來他督促自己，取得普通教育高級程度證書。他在喀麥隆街的某處大樓參加額外課程，那裡有四名年輕大學生擔任老師。考試的那幾週，課外中心成了一處奇蹟中心。就在科目考試前幾天，老師們開始帶著洩題試卷來上課。幾個月後，考試結果出爐，八門科目中，他通過了六科，生物學甚至拿到A，而且他幾乎沒有準備。其中一科，經濟學，由於考試機構表示出現了「普遍的不當行為」，因此阿比亞多數的考試中心都被取消資格。確實如此。在實際考試日前三週，他已經拿到一份試卷，就算成績沒有被取消，他也會拿到A。要不是那個月的某天早上妹妹失蹤，父親就此一蹶不振，抑鬱不起，他會選擇在那時回到學校就讀。父親為妻子哀悼多年後，好不容易內心平靜下來，又受到那麼大的打擊，悲傷猶如一群老螞蟻，爬進父親生命中最鬆軟熟悉的小洞，幾個月後，他父親就過世了。隨著父親的遺體，他重回學校的念頭也就此被埋葬了。

✣

歐巴席迪內魯，隨著時間過去，妲莉持續違抗父母，拒絕與他們交談，我宿主的恐懼與日俱增。但是他又擔心如果他直說，她也會不開心，因此他保持沉默，不讓她知道自己紊亂糾結的心情。但恐懼只有被驅趕時才會消失不見，它就像一條老毒蛇，蜷曲在他不安的內心。有天早上他帶她去公車站搭車到拉哥斯開會。公車開走前，他緊緊擁抱她，兩人額頭碰額頭，說道，「我希望自己不要在妳回來之前就消失了，媽咪。」

「什麼意思，親愛的？」

「妳家的人，希望他們不要綁架我。」

「拜託喔，你怎麼會這麼想？你怎麼會認為他們會做這種事？他們不是魔鬼。」

她怒氣沖沖，這讓他很失望。他開始自省，質疑自己是否反應過度，納悶他那些戒慎恐懼的漫漫長夜不過是在自找麻煩，杞人憂天。「我開玩笑的啦，」他說。

「好吧，我可不喜歡這種笑話，他們不是魔鬼。沒有人對你做任何事情，可以嗎？」

「妳說了算，媽咪。」

他儘量不去想那些讓他害怕的事。他忙著在小農場除草，打掃房間。照顧一隻腳受傷的公雞。前天晚上他在馬路對面找到牠。牠跳過院子的高柵欄，掉入後面的灌木叢，踩到了他認為可能是破瓶子的東西。這讓他想起小鵝，他也曾經讓牠脫逃，結果牠出了家門，立刻跳上籬笆。他追在牠後面，看見牠在籬笆上左顧右盼，他很緊張，心跳急促，很擔心牠飛走後就再也不回來，他淚流滿面懇求牠。當時是清晨，他父親正在刷牙（不像先祖們咬著小木棍清洗，而是真正的牙刷），結果父親聽見兒子驚慌失措喊叫，立刻衝了出來，白色泡沫滴下鬍子，手裡還拿著牙刷，看見自己焦慮的兒子。他望著籬笆與男孩，搖了搖頭。「你無能為力，孩子，」他說。「牠很害怕。如果你走近，牠一定會跑。」我在一邊旁觀，知道他父親也一樣害怕，遂將這念頭放進他的腦子。於是宿主不再哭泣，開口說話，聲音跟耳語一樣溫柔，他對著小鵝喊道，「拜託，拜託你，永遠不要離開我，不要離開我，我救了你，我是你的主宰。」然後，奇蹟似地——或者因為小鵝看見籬笆的另一頭有別的東西，也許是鄰居的狗——小鵝展開羽翼，彎身蹲下，趁著風勢匆匆飛回院落，回到了他身邊。

艾楚格來時，他還來不及將受傷公雞放回雞舍。那天一早他就發簡訊給艾楚格，艾楚格也回覆，接受教育是最好的辦法。「如果你回去完成學業，他們絕對會接受你，」艾楚格說。艾楚格下了摩托車，與我的宿主站在前廊，望著農場。我的宿主簡單解釋那場慶生會，自己又是如何被莉妲家人羞辱。說完之後，艾楚格搖搖頭，說道，「沒事了，兄弟。」我宿主抬頭看著朋友，點頭同意。埃格布努，這種表達方式在先祖後代間極為常見，主要都是以白人語言溝通，這讓我很困惑。某人的生計存亡受到威脅，而他的朋友——他視為安慰者的好友——聽他細數經過之後，只是簡單回覆，「沒事了。」接著兩人隨即陷入沉默。這三個字很特殊，幾乎能包山包海。一位剛死了孩子的母親，被人問及她是否還好，只簡單回答：「沒事了。」這三個字出自我們的驚懼與好奇，它創造出一個過渡期：儘管說話者知道自己正經歷一段不愉快，但他／她也希望自己能儘早復原。這個國家許多子民都是處於這種狀態。你希望趕緊從疾病中恢復嗎？沒事了。你有東西被偷了嗎？沒事了。當人走出這種「沒事了」的狀態，進入更讓他滿意的情境時，他卻會立即發現自己又處於另一種「沒事了」的狀態。

艾楚格再度搖搖頭，又重複了那三個字，拍拍我宿主的肩膀，交給他一袋書，說道，「我趕時間，我們要去GRA參加集會。」在艾楚格離開之前，我的宿主抱怨，說自己至少五年內都無法取得學位，而且還是在沒有罷工的狀況下，萬一真有罷工，他很可能七年都拿不到學位。「至少先開始吧，」艾楚格騎上摩托車，「一旦起了頭，你就會認真對待了。」艾楚格已經快拿到化學系學位，他不再多說，最後做出結論，「萬一沒辦法，就忘了那女孩吧。雙眼終究只能流淚，不能流血啊。」

他朋友離開後不久，就開始下大雨了，白天的雨勢延續到夜晚。當烏穆阿希亞下起傾盆大雨，看來毫無歇止的跡象時，他躺在客廳，研讀他從艾楚格那裡拿到的大學入學考試參考書。他靠著窗簾縫隙透進來的昏暗天色看了許久的書，雙眼慢慢闔上。在他昏昏欲睡，彷彿一片游移於沉睡與清醒間的落葉時，他聽見了敲門聲。一開始他還以為那是雨水在重擊大門，但後來他聽見一個熟悉有力的聲音呼喊：

「可以打開門嗎？現在？」

然後敲門聲又來了。他跳起來。透過窗戶，他看見楚卡與兩位穿雨衣的男人站在他的門廊。

加加納奧格武，看見這群人，他還以為自己進入了催眠狀態。在我陪著他的這些年間，我從來沒有見過類似的遭遇發生在他身上。真的很怪，之前他還拿來開玩笑，那不過是個瘋狂牽強的玩笑。結果在大白天時，他的笑話竟然就成真了，她哥找了一群人站在他家門口？他讓他們進了屋子，驚懼恐慌，胸口驚悸。

「楚卡……」男人們進來時，他正準備開口。

「閉嘴！」其中一人喊道，那是慶生會上帶他到大門服務的壯漢。即使是現在，這傢伙也是全副武裝——鞭子不離身。

「我不能閉嘴。不行。」這些人往前逼近，走到最大的沙發，他往後退了一步。「我不能閉嘴，因為這裡是我家。」

鞭子男朝他衝過來，但楚卡舉起手說道，「不行！我之前說過了，不准動手動腳。」

「抱歉，老大，」那人一面說話，一面往後退，走到房間中央。

他看著楚卡撥開雨衣帽子，甩甩頭髮，繞了一圈檢查室內，最後穿著濕答答的雨衣坐在沙發上。男人們站在沙發旁，皺眉盯著我宿主瞧。

「我是來請你讓我妹妹回家的，」楚卡用之前的平靜語氣，以白人語言說道，「我們不打算惹什麼麻煩，完全不想。我的父母，她的父母，非常擔心。」楚卡低頭凝視地板，看起來像在沉思，在隨後的短暫沉默中，我的宿主甚至聽見楚卡的雨衣水滴落上地毯的柔和拍打聲。

「一旦她從拉哥斯回來，我們就請你確保她可以在兩天內回家，」楚卡說，他的眼睛望著地板。「兩天內。兩天。」

他們的離開就跟剛才的抵達一樣突兀，砰一聲關上背後的門。儘管還沒天黑，但雨雲已使地平線陰沉昏暗，那群人得開了大燈才能開車離開。他望著他們倒車退出他家農場小徑，兩道車頭燈的光芒猶如兩個黃色圓盤緩緩退至遠處。他們走了以後，他跪在地上無所適從，不知所措，淚水瞬間潰堤。

✣

埃格布努，如果一支箭指向一名手無寸鐵的男人胸口，此人必須聽命行事。要是選擇反其道而行，那就是愚蠢危險的舉動。英勇的先祖們說過，我們從懦夫的房子指向勇者的廢墟。因此，無力反擊者必須利用溫柔的舌頭對拿著弓箭的人說，「你們要我過去嗎？」假使對他有威脅的人回答「是的」，他就一定得聽從對方的話，解除當下的危機。妲莉哥哥離開後，宿主決心聽從對方的命令，他會說服她回家，她不在身邊時，他也要找到解決自己缺失的作法，這才是所有問題的根源。他會重返校園，接受教育，找到能與她匹配的工作。丘烏上神，我已經明白了，當一個人蒙羞時，他的羞恥心能造就他的行為舉止，他的絕望與頹喪會塑造他的意志決心。過去對他曾經意義重大的人事物，再也不那麼重要了。例如，他站在院內望著自己飼養的家禽，牠們屬於他曾經悉心打造的遠景：八座禽舍，七十隻禽鳥，如今，他看出這事業是如何卑微下賤。之前看到羽毛時，他會拿起來嗅聞欣賞，如今在他眼中，它們全成了垃圾廢物。有人可能會問，他現在究竟在做什麼？這樣說好了，他在回應，丘烏上神。他的思想心智正在為改變做好準備。他衡量了事情的先後輕重，決定萬一必須孤苦終身，特別是失去妲莉，其後果會比其他任何事情都要糟糕。在一個充滿珍奇寶物的店裡，她就是最璀璨耀眼的。雞鴨鵝這些家禽根本渺小無用。為了得到她，他絕對可以捨棄牠們。畢竟，他曾看到有人賣掉土地，只為了送孩子出國唸書。為什麼？只要孩子能當醫生，土地又算得了什麼？這些人或許已經想清楚，有一個富有的兒子，遲早就能取回土地，甚至兒子可以為他買下更大的土地呢。

於是，當他結束這些心路歷程，大約是楚卡跑來找他的兩天後，有天早上他就這麼出了門，沒有餵雞，也忘了撿蛋，他到大街的聯合銀行分行買大學入學考試的申請表。他在擁擠老舊的銀行跟人們一起大排長龍，隊伍一路延伸到入口，他不得不求排隊的人騰出空間，好讓他擠進大廳。離開時，他已疲憊不堪，滿身大汗。

依揚戈—依揚戈，我有必要詳細告知祢，他回家這段路的經歷。就是在這個時刻，造成他人生挫敗的漆黑種子開始深深紮根。回家時，他走在一輛校車旁——由於路上塞車，校車放慢速度——瞪著裡面穿制服的學生，大家都在打瞌睡，睡得東倒西歪。有幾個人的頭靠在座位上，有人頭向旁邊傾斜，有人低著頭，有人把頭倚著窗戶。其中有一、兩個好像是清醒的：有個頭髮是黃沙色的白化症女孩，泛紫的下唇長了一個膿包，茫然地盯著他看；另外還有一名光頭男孩。他漫步往前，把資料夾在腋下，行經一些店家，幾個攤販吆喝著要他過去光顧。其中一名賣舊衣的女子叫住他，「優雅的先生，來買漂亮的襯衫牛仔褲吧，看看有沒有你的尺寸。」他剛走過女人的篷子，就感覺褲子口袋有東西在振動。他拿起手機，看見是艾楚格找他。

「呃，哈囉……」

「凱，瓦內！我一直在找你！」艾楚格參雜先祖與白人的語言。

「怎麼了？我在銀行，所以沒開手機鈴聲。」

「好，沒問題。你在哪裡？在哪裡？我們在你家哦。我和賈米克，賈米克．恩沃吉。」

「真的？丘烏上神！E Si Gini?（你說什麼？）賈米克？怪不得你說英語。」

他聽到有人在說話，艾楚格用笨拙的白人語言問這個人是否想和他說話。

「寶貝所羅！」聲音出現在電話中。「賈—米—克！」

「拜託，快，快回來！我們在等你喔！快點。」

「我快到了，」他說。「快了。」

他將手機放回口袋，腳步加速走回家，思緒飛快。他好久沒看到或聽到這個人的消息了，現在這位伊貝庫高中的老同學賈米克竟然就在家中等他。他過了馬路，行經貧民窟，那裡有一條大水溝，旁邊有幾堆黃土，到處可見水窪。他小跑步，手裡還拿著資料夾，一路飛奔回家。走到大門時，他抬起頭，看到艾楚格與老同學就站在門廊上。門廊邊停著艾楚格的山葉機車。他沿著小農場的礫石小路朝他們走去。當他走近時，他壓抑住大喊的衝動。他沒有認出這位有著寬闊臉龐，蓄著大鬍子的男人。但他發現自己完全無法控制情緒，大喊出聲，「賈米克．恩沃吉！」那個人戴了一頂繡有白色公牛頭的紅色棒球帽，一襲白色襯衫牛仔褲打扮，朝他走過來，掌心用力拍他。

「真不敢相信！老兄！」男人說。

他立刻在男人的聲音聽出一丁點外國口音，這是曾經生活在黑人世界之外的人們的說話方式，他女友與她家人就是這樣說話的。

「艾楚格告訴我你住在海外，」他用白人的語言說，他們以前在學校就是這樣的，當年只要說「非洲話」就會受到懲罰。因此，除了跟艾楚格，他向來都用白人語言與同學溝通，儘管幾乎大家都會說先祖的語言。

「啊，是啊，老兄，」賈米克回答，「我已經在國外生活很多年了。」

「呃，我要走了，諾索，」艾楚格開口了。他輕輕挪了自己的黑帽示意。自從他加入「實現比亞弗拉主權國家運動」後，他就開始戴起帽子。艾楚格與我宿主握手，「我只是在等你回家，因為我一看到他，就想起了你的問題。賈米克可以幫你。」

「你要走了？」

「是啊，幫我老爸辦點事。」

他望著賈米克，此人身上傳來一股應該是昂貴香水的味道。賈米克抱抱艾楚格後，艾楚格便跳上摩托車，踩了兩次踏板，一股濃煙噴出。「我走了，」他說，然後就騎車離開了。

「再見，」他對著艾楚格背後大喊，然後轉向他面前的男人。

「哇，賈米克本尊呢！」

「是啊，老兄！」賈米克說道。

他們再度握手。

「請進。來吧。」

我的宿主領著客人進了屋。在那瞬間，他腦子突然閃過：兩天前，楚卡就坐在賈米克現在坐的沙發，那件雨衣讓他看起來就跟電影裡的惡棍沒兩樣，他對我宿主的威脅與現在的回憶一樣尖銳鮮明。

「老兄，你家可真大，只有你住嗎？」賈米克問。

我的宿主微笑了。他打開窗簾，讓光線進入屋內，坐下來對著客人。「是的，我父母去世了，你記得我妹妹嗎？她當時年紀還很小。」

「呃……」

「妮基魯，她結婚了。所以現在這裡只有我住。還有我女朋友，你住在哪裡？」

賈米克微笑。「賽普勒斯。你知道這個地方嗎？」

「不知道，」他說。

「我想也是。它是歐洲的一個小島。非常小的國家。很小，但是很美；非常美，老兄。」

他點點頭，「那很好，兄弟。」

「哦，對了，你還記得我們的同學喬納森．奧比奧拉嗎？他曾經住在那裡，」賈米克指著遠處的一棟老房子說。他摘下帽子，在腿上拍拍它。「寶貝所羅，我們要不要去喝啤酒閒聊？」

「好啊，好，兄弟，」他說。

埃格布努，兩個人在這種地方相遇，也有一段曾經共同擁有的過去，通常的狀況是他們會想要時間暫停，以便回憶失落的那一段時光，就某種程度而言，他們都被自己曾經存在的時空或一起穿過的制服牽絆了。除非過去的人事物重新出現眼前，否則實在很難想像時間竟然如此飛快。賈米克發現我的宿主長高許多，但仍然很瘦。另一方面，我的宿主則是很訝異過去矮小光頭的賈米克竟然只比自己矮了約半吋，毛髮茂密無比，大鬍子幾乎覆蓋了他整張臉。他們注意到彼此與過去的不同之處，接著便開始討論上次見面後，兩人各自不同的人生走向，而今天又是如何的機運讓兩人再度重逢。或許還可以藉此重新建立情誼，再度成為莫逆之交。這我已經見證許多次了。

於是他們離開了宿主家，走到鄰近街道的「辣椒湯」小館，坐在一樓的長椅。陽光越顯炙熱，走進餐館時，兩人早已滿頭大汗。他們坐在吊扇下方，旁邊就是音響，正在放送低沉的樂音。他幾乎等不及要坐下來了，因為剛才走過來的短暫路途上，賈米克已將自己居住的賽普勒斯描述得精采誘人，感覺就是個樣樣都井然有序的好地方。電力固定；食物便宜；如果你是學生，看病完全免費，醫療機構充足；而且就業機會「就像水一樣源源不絕」。學生可以擁有吉普車或E級賓士。事實上，賈米克說他自己也帶了一輛跑車回奈及利亞，他已經將它送給父母了。前往餐館的路上，他觀察到賈米克走路有風，步步都像在表演，把沿途的一切都視為觀眾——無論是停著的卡車、老舊的酒吧、腰果樹、修車廠，還有那位在對街卡車下忙碌的修車師傅，甚至是無雲的晴朗天空。賈米克說話也帶著同樣的自在節奏，輕巧有力，所以他說的每一句話都深深打動了我宿主的心。

好一會兒兩人沒有交談，他仔細吸收剛才賈米克說的話，後者則忙著在手機上回覆訊息。他的目光停在牆上的「明星啤酒」廣告月曆，另外還有一張他認識的幾位美國摔跤手海報，他的腦子浮現了這些人的名字：胡克・霍根（Hulk Hogan）、終極戰士（the Ultimate Warrior）、巨石（the Rock）、送葬者（Undertaker），以及清除者（the Bushwhackers）。

「艾楚格說你想開始上學？他說你有一些問題，我可能可以幫你。」

我的宿主陷入沉思，此時他的心底彷彿被一隻可怕的大手攪動。「是啊，賈米克，沒錯，好兄弟。我是有問題。」

「告訴我，寶貝所羅。」

他想開口，但從前他母親喚他的小名又出現在他的回憶，讓他一時頓住了。在那早就被他遺忘的歲月裡，他看見自己站在房裡，看著她大笑鼓掌，唱著「寶貝所羅，寶貝所羅，所羅，寶貝所羅，寶貝所羅，所羅」。

他拿起啤酒，喝了幾口讓自己平靜一點。它的味道很怪——他很少喝酒——他卻覺得自己該把它一口喝光。畢竟請客時，就得主隨客便。接著，言語爆發了，彷彿一只沒了軟木塞的酒瓶，所有的情緒——恐懼、焦慮、羞愧、悲傷和絕望——全都傾巢而出。在一連串的話語中，他將最近直到兩天前發生的事情全都告訴賈米克，說他連在自家也受到威脅。「所以我才告訴艾楚格我得盡快回到學校。事實上，我別無選擇。我很愛妲莉，兄弟。我真的很愛她。自從她走進我的生命，我就不一樣了。一切都變了，賈米克，我告訴你，從頭到尾，每一件事都變了。」

「啊，這滿嚴重的耶，老兄，」賈米克在椅子挺起身。

他點點頭，又喝了一口酒。

「老兄，你為什麼不離開她？」賈米克問。「這是最簡單的解套方法啊，不然你壓力這麼大。」

埃格布努，聽到這裡，我宿主沉默了。在這一刻，他想起了叔叔的忠告，甚至是艾楚格也曾經輕描淡寫帶過。他聽說，如果其他人都在說一些與當事人立場相左的建議，當事人就必須重新思考自己為何堅持。如今部分的他似乎已經成了一團陰影，他想屈從，更接受眼前唯一的出路，那就是徹底離開她。但另一部分的他又堅決不這麼做，而且我宿主完全無法壓制這部分的他，因為它積極熱情。而我，他的守護靈，就夾在中間，我希望他能擁有她，卻很擔心這可能會讓他付出慘痛代價。我早已明白，當守護靈無法決定宿主該選擇哪一條最適合的道路時，它最好保持沉默。因為在沉默中，守護靈會完全屈服於宿主的意志。就是這樣，人才之所為人。這總比引導宿主走上毀滅之路好得多。因為遺憾悔恨就是守護靈的毒藥啊。

他將兩手撐在桌上，說道，「兄弟，不是這樣的。如果我願意，我當然可以離開，但我非常愛她。賈米克，為了娶她，我什麼都可以犧牲。」

加加納奧格武，後來我的宿主深陷痛苦深淵時，我經常回頭思考，納悶這些話是否導致了後來發生的一切。我的宿主說完之後，賈米克的臉抽搐了幾下，但沒有立即回應。他先是環顧四周，點點頭，又喝了一口啤酒，最後說，「哎，愛情啊！有沒有聽過德班傑的〈你讓我墜入愛河〉？」

「沒有，沒聽過，」宿主回答，繼續滔滔不絕，免得賈米克想繼續討論歌曲，因為他也很想擺脫自己沉重的心情。「我非常愛她，為了她，我什麼都願意，」他這次比較克制了，剛才似乎透露太多，費了太多氣力。「我想回學校讀書。之前我父親病重，後來他就過世了，因此我才輟學幫他發展事業，沒有上大學。」

「我明白了，」賈米克說。「我知道你不是因為不夠聰明才輟學。你很出色優秀，老兄。你當年不是都得第二、第三名嗎？僅次於基奧馬．翁武內利？」

「是啊，」他回答，也想起往事。但他眼前必須考慮的是現在與未來。「我已經取得證書，如果我回學校，我相信他們不會認為我是文盲的，他們會接受我入學的。我非常肯定。」

「那是肯定的，寶貝所羅，」賈米克回答，他的眼睛已經出現淚光。「真的。」

「就是這樣，兄弟，」他說。這是幾週來他首度感到欣慰，他只是簡單敘述自己的困擾，如今一切似乎都有答案了。

「你也說賽普勒斯的就學管道很順暢，讓我可以在三年內取得學位，我也想去那裡。」他放鬆地說，他發現自己想說的都說完了，因為他全都告訴賈米克了。

「非常好，寶貝所羅，很好！」賈米克立即從座位站起來，與他擊掌，然後又坐下來，賈米克盯著自己的手心。「那是汗水嗎？」

「是的，沒錯，」他說。

「哇，哇，哇，寶貝所羅！你的汗還是流得跟耶誕節的山羊一樣厲害嗎？」

他大笑了。「是的，我的兄弟賈米克。我還是很會流手汗呢。」

「太強了，寶貝所羅。」

「是啊，」他說。

「你已經找到解決方案了，老兄！」賈米克搖著手指說。「你找到了。你現在可以好好回家睡大覺了。」

他笑了。

「賽普勒斯就是解答。」

✣

依揚戈—依揚戈，誠然，正如祖先中的偉大巫師常言：在祢們所創的世界，假使某人很想要一樣東西，而他的雙手不停止努力，最終他是會擁有它的。當時，我與宿主一樣，都認為與老同學的相遇正是宇宙終於要將他日夜渴望的東西交到他手上的機運。畢竟當晚他回家時，與朋友分享的酒精，及心中甜如蜜的感受讓他的步伐微抖。他睡覺時，耳際彷彿傳來母雞的尖叫聲，才讓他開始消化這一切：地中海上的小島，正如他小時候閱讀的古希臘那般美麗。而且還能輕易被大學錄取。「不用考大學入學考試！」賈米克不斷重複。「你只需要本來的證書就好。」這個時機太完美不過，他可以在九月份開始，離現在四、五週的時間。感覺好不真實。何況學費可以負擔——「它比所有奈及利亞的私立學校都便宜，」賈米克誇口。「我們這裡的學校太誇張了。什麼聖母學院、修院，那裡比這裡好得多。」還有呢？他只需要支付第一年的學費以及宿舍費用，到了第二年——事實上，甚至到了第二學期——他就可以兼職打工，應付接下來的學費與住宿。

即使是現在，隨著他慢慢入睡，他仍然能看見賈米克眉飛色舞描述的畫面，這很有催眠效果。他讓自己的思緒停留在賈米克的建議，他說，假使他在他們結婚的頭幾年出國，對夫妻的關係更是健康有益。賈米克很有說服力，他堅持這會讓她的父母更尊重他。他還想到賈米克對這國家所說的最後一句話，它更加深了他的寄望，「從那裡到歐洲的任何地方或美國都很方便，搭船就好，而且很便宜。兩小時就到了！土耳其、西班牙，還有許多國家。這不僅是取悅姮妮的最好機會……」他糾正他，把名字說對。「哦，抱歉，姮莉。這也是你體驗美好生活的最佳機會。事實上，聽著，如果我是你，我會在不告訴她的情況下，將一切安排妥當。看你父親留給你的大房子。你做得到的，老兄。給她驚喜！」賈米克的臉幾乎都皺起來了，好像被自己的話激怒了。「讓她驚喜，老兄，到時你就知道了。你會發現，你不僅會得到她的尊重，而且，我告訴你，」——賈米克用舌頭舔了舔拇指，發出喘息聲——「我向全能的上帝發誓，姮莉一定會愛死你的！」

賈米克自信肯定的語氣，讓宿主大笑，心情也放鬆了。想到剛才那一幕，他又笑了，他拿起放在床邊椅子上的牛仔褲，從口袋裡拿出賈米克寫的筆記，他帶了筆與紙，臉上帶著微笑說，「我是一個務實的人，來討論現實面吧，」然後他開始把他剛才所說的都寫下來。

兩學期學費，3,000歐元

一年住宿，1,500歐元

銀行開戶，1,500歐元

維護費，2,000歐元

共計8,000歐元

加加納奧格武，那天晚上我宿主的內心如奧馬巴拉的水域純淨平靜。他看了好幾次那張紙，將它摺好。他關掉燈走到窗邊，心臟瘋狂跳動。儘管月色明亮，但他看不見外面有什麼。馬路對面的房子乍看之下像是著火了，屋頂上是一片朱紅烈焰，甚至升起濃煙。但他很快就發現，那不過是路燈投射，而那道煙也只是別人在料理晚餐罷了。

第九章　跨越門檻

阿格巴拉代克，偉大先祖曾經謹慎地表示，祕密播種後總會豐收最甜美多汁的果實。因此，我宿主與老同學見面後幾天，非常認真保護他愉悅歡樂的心情。他暗地安排各種計畫，沒有告訴妲莉，她已經從為期一週的拉哥斯之旅回來了，就在他與賈米克見面三天後。他將父親的舊公事包藏在床底，裡面收著他蒐集的入學資料。他將自己的心依附在公事包上，彷彿它承載了他的一切，他的人生。

公事包的東西越放越滿，其他令人開心的事情也在發展中。他不須說服妲莉回家，她便自己回去了，因為楚卡騙她，說他們的母親生病了。這解除了他的恐懼，他就怕自己無法按照楚卡的警告說服她回家——他不希望她與家人的關係越來越緊繃——所以他也對她隱瞞了楚卡的造訪。就在他開始和賈米克計畫未來的兩週後，她回來找他，她的心境完全不一樣。那天她直接從教堂過來，輕鬆愉快。

「親愛的，我不敢相信耶，」她快樂拍手，坐到他腿上。「你能猜到爸爸說了什麼嗎？」

「什麼，媽咪？」

「我告訴他們，你買了大學申請表格，準備重返校園。所以他們說，假如你真的可以進大學，那會是很好的第一步。這表示你認真想要出人頭地。」

埃格布努，他驚呆了。他覺得某個隱形人似乎曾經從他的背後偷看，發現了他的大祕密。他原本下定決心，聽賈米克的建議，不讓她知道他的計畫，不希望她阻止他，他只告訴她自己買了表格。然而，他也知道不能對她隱瞞太久。因此，當他每天有計畫、有方向地努力時，他也一直告訴自己，遲早得跟她透露。但每天他總是將這一刻延遲到未來，告訴自己，今天不說，等明天再看看吧。但這個明天妲莉在學校待了一天，發燒回家，他會告訴自己，那就再等明天吧，她會整天在家休息，到時簡單多了。但遺憾的是，那個明天他接到了一通電話，說她叔叔中風了。那就週末好了，他腦海有這麼一個聲音，也許等教堂禮拜結束後。如今，彷彿背後有煉金師作法，今天就是那個週末了。她說的話此時此刻觸動了他一直認真保守的祕密核心，他決定據實以告。「媽咪，就是這樣沒錯！」

「什麼，親愛的？」

「我說，我完成了，」他說得更大聲。他讓她站起來，然後站起來，微微擺動身體。「我已經去上學，然後回來了。」

她大笑了，「怎麼可能？是你在做白日夢還是靈魂出竅了？」

「妳等著瞧。」

他走進房間，從妹妹房間床底下拿出公事包。他吹走一隻躺在公事包的褪色徽飾上的蜘蛛，並將公事包拿回客廳，放在桌子上。

「裡面有什麼？」她問。

「芝麻開門！等會妳就看到了。」他在公事包上揮揮手，她笑得東倒西歪。他將它打開，把資料遞給她。他已經按照所花費的金額排好資料，所以當她從最底部開始看起時，他趕緊說，「不，不，媽咪，從這裡開始。」

「這一份？」

「對，那一份。」

他坐下來看著她仔細閱讀文件，心情緊張。

她大聲讀出文件大標：「錄取信。」她抬起頭。「哇，諾索，你有學校了！」她站了起來。

他點點頭。「繼續讀下去。」

她回頭看那份文件。

「賽普勒斯國際大學，萊……萊夫─科─薩？」

「萊夫科薩。」

「萊夫科薩，哇。這是在哪裡？你是怎麼申請的？」

「這是給妳的驚喜，媽咪。妳繼續看。」

她將整份文件看完。

「喔，天啊！工商管理？太好了！」

「謝謝妳。」

「真不敢相信，」妲莉說。她雙手高舉，轉了半圈，又面對他，吻了他一下。

「妳先把全部看完，媽咪，」他抽開身。「然後妳就可以親我了。妳看。」

「好吧，」她說，然後發現文件間的小冊子。

「護照？」

他點點頭，她翻了一翻，臉上發光。

「簽證呢？」

「下週，」他說。

「你要去哪裡？阿布札？」

「阿布札。」

他看到她臉上開始出現陰影，他僵住了。

「妳把它看完吧，媽咪，拜託。」

「好吧，」她說。「住宿通知，」她看了他一眼。「你已經找到宿舍了？」

「是的，媽咪，妳先看完吧。」

但她把資料扔到桌上。

「諾索，你計畫離開奈及利亞，可是到現在才告訴我？」

「我希望是驚喜啊。妳知道嗎，媽咪，妳去拉哥斯後，妳哥來這裡找我。不，妳先聽我說。他帶了幾個兄弟來嚇唬我。事實上，我也毫無選擇。我必須做點什麼。先聽好，我很幸運地找到我以前的同學，他就住在賽普勒斯這個美麗的國家。他跟我介紹了很多事情，生活費、學費都很便宜，也很容易找工作。如果我上暑期學校，三年內就能拿到學位。所以我才申請的。」

「你遇到的這個人是誰？」

「他的名字？賈米克．恩沃吉。其實他四天前剛回賽普勒斯。他是我小學和中學的同學。」

她又如他所願拿起文件，同時檢視課程，然後她的目光回到檔案夾。

「等等，我還是不明白。」

「好的，媽咪。」

「你說你要娶我，卻準備離開奈及利亞？」

「不是這樣的，媽咪。」他張開嘴想解釋，卻找不到適切的文字，過去的幾天與幾週內，他精心構思，認真權衡，決定自己要為她放棄一切，自信滿滿，突然間，這些全被剷平了。為了重整心緒，他靠近她，坐在沙發的扶手。

「為什麼不是？這是國外的學校耶。」

他拉著她的手。「我知道它在國外，但實際上，這是最好的作法。妳想想，再兩年半，我就有個如假包換，貨真價實的學位。妳能想像嗎？媽咪？而且，妳還是可以隨時來看我啊。妳明年六月畢業，到時候，我也要唸第二年了。妳可以來跟我住。」

「天啊！諾索，你是說……」她的手心緊緊按著額頭。「算了，就算了吧。」

「不，媽咪，不行。妳為什麼不把話說完？怎麼了？」

「算了。」

「聽著，我這麼做，都是為了妳，只因為妳。其實，我從來都不想回學校唸書，但這是我唯一能和妳在一起的方式。唯一的選擇，媽咪。」

他將手放在她的肩膀上，輕輕將她拉向他。「妳知道我愛妳。我非常愛妳，但看看他們會對我做些什麼。看看他們是如何羞辱我。他們真的讓我丟盡了臉，而且，誰知道？或許這只是開始而已，妳不知道，我也不知道。我一定要去，媽咪……」

整個晚上他們都能聽見響亮激烈的啼叫，那些噪音已經吵鬧到足以令他分心了。他走到廚房，從窗臺拿了彈弓與石頭，隨即跑了出去。所有的雞隻都乖乖待在雞舍，就在他靠近其中一隻時，一隻紅色大公雞硬是跳上鐵欄，悲憤哭啼。牠跟新來的公雞打架，新的公雞羽翼豐潤整齊，雞冠呈鋸齒狀。

從他買進牠的第一天起，便展現出不尋常的好鬥特性。他打開雞舍門想抓住牠，可是牠一躍而起跳到牆上，試圖找到使力點，結果失敗了。我的宿主絆了一跤，整個人趴到地上，結果這隻公雞帶了其他兩隻雞想逃跑。他追了上去，牠立刻跳上芭樂樹下的長凳，他伸手要抓牠時，牠又跳上水桶激動啼叫。他很火大，他繞著水井轉圈，盡可能加快速度，一把抓住公雞。

他用麻繩將公雞綁在樹上，看見妲莉走進院子。傍晚低垂的夕陽將她的影子投射在牆上，黑影如此龐大，他只能看到一半。

「諾索，」她開口，嚇了他一大跳。

「是的，媽咪。」

「你到底做了什麼？」

「沒什麼，」他說。

他轉身抱著她，胸口的心跳仍然未止，但當他緊貼她的胸前時，卻感覺她的心跳得比他的還要厲害。

✣

阿嘎巴塔－艾魯馬魯，有時人要等到將自己的所作所為告訴另一個人之後，才能徹底理解自己的行徑，縱觀全貌。這我已經見證許多次了。雖然我宿主在過去一小時內清楚解釋自己賣掉大院與禽鳥的理由，但直到他說完了，才開始看見自己這些決定的缺失。當然，丘烏上神，祢早已確立守護靈的主要作用，我們要護衛宿主，確保可預防的災難不會降臨於他們身上，讓他們可自在實現自己的運命，這也是祢之所以創造人類的原因。我們絕對不能違背宿主意願，強迫他們。所以，儘管我也擔心他賣掉了自己大部分的財產，但我完全沒有出面干預。也因為我相信，那位現身幫助他的朋友就是他的好運大禮，也就是我的宿主在奇歐蹟科花園發現的那根小白骨。

但現在，當他聽見驚喘聲，看見妲莉臉上的恐懼時，他開始憂慮自己是否倉促下了決定。他的心蒙上一層寒霜，過去的幾週內，它原本對未來充滿希望，心情愉悅溫暖。但在他透露自己祕密進行的所有活動內容後，妲莉說，「我無話可說，諾索，我說不出話來了。」

她走回他之前的臥室，把門關上，他坐在客廳盯著資料夾，來回審視出售大院的合約，恐懼盈滿他的心。父親買房子時，他才不到十歲，當時母親懷著妹妹。他的父親曾說，隨著更多孩子出生，他們需要更大的房子。他還以為自己早就忘了這一段，現在他才發現一切彷彿昨日清晰。媽媽摟著他，他在空蕩蕩的房間駐足，父親則與賣方在屋內走動。後來，他從母親身邊掙脫，跑到後院芭樂樹下，被它給迷住了。他想爬上去，但大腹便便的媽媽喊住他，要他下來。他清清楚楚聽見她的聲音，彷彿她正站在他背後。「不行喔，寶貝所羅，不要爬。不行，我不喜歡人爬樹。」「為什麼？」他問，仍然背對母親，打算違抗她的命令。「不為什麼，」然後他聽見她嘆息，每次有胎動她就會這樣，最後，她用他長大後才逐漸了解那是認命的口氣，說道，「如果你真這麼做，我就不喜歡你了。」

他腦子還在想這件事時，妲莉從房間走出來，說道，「諾索，我們去『坦娜』吃飯吧，我餓了。」一起初，他無法分辨母親與妲莉的聲音，但妲莉逐漸走近客廳，在地板跺腳。「諾索！我在跟你說話！」

「呃，媽咪，好，好，我們去吧。」

他們走得很慢，彷彿某位超越人類意志的權威人士命令他們不得開口。兩人默默穿過狹窄街道，行經生鏽灰沉的柵欄與塞滿垃圾的排水溝。另一邊有條坑坑巴巴的道路，幾隻鳥兒坐在一棟未完工的建築鷹架上。他凝視著牠們，此時，妲莉用只超過耳語一點點的音量說，如果她早知事情會發展到這個地步，她會離開他。

「妳為什麼這麼說，媽咪？」

「因為我不值得你這樣犧牲。這一切……實在太過頭了。」直到他們走進餐館，他才開口，因為她的話讓他很不安。餐廳人聲鼎沸——穿著襯衫的上班族，兩位女士，一旁的音響播放著節奏緩慢的歌曲。他想對她的話提出強烈質疑，更想堅持她確實值得他這樣犧牲。但他沒有。儘管他已經後悔，知道自己做得過於倉促，但他很清楚自己現在已經無法回頭了。他把自己從父親那裡繼承的大院賣了。兩學期的學費與一年的住宿費用已經付清。返回賽普勒斯的賈米克還拿走了兩千歐元「維護費」，他請賈米克用這筆錢幫他開戶，這樣他旅行時就不用帶太多現金了。公事包另有六百歐元，這是他僅剩的現金，他在銀行留了四萬兩千奈拉，還會加上賣掉禽鳥的餘款。

當他們在餐館的角落坐下時，她又重複剛才的話。

「妳為什麼這麼說？」他問。

「因為，諾索，你為了我，毀了你自己！」我的宿主認為她的語氣充滿憤恨。說完之後，她環顧四周，她也意識到自己太激動，聲音也太大了，她壓低聲音又說，「你毀了自己，諾索。」

丘烏上神，這預料之外的宣示對我宿主帶來震撼性的衝擊，他感覺彷彿讓什麼東西劃破了靈魂，將它一分為二。為了穩住自己，他堅持，「我沒有毀了任何東西，更沒有毀了我自己。」

「你有，」她說。「伊博雷骯維吉。」

他很訝異她竟然說出伊博方言，一時說不出話來。

「你怎麼能將一切都賣了呢？諾索？」

「我這麼做是因為我不想讓他們把我們分開。」

「我知道，但是你把自己所有的一切都賣了，」她轉頭看他，他看見她又開始哭了。「為了我，全都為了我。為什麼，諾索？」

他用力吞嚥口水，他現在才意識到自己行為的現實面，當一切化成言語後，竟然擁有毀滅性的巨大力量。

「不，我能取回它們的……」他說，但他看見她在搖頭，雙眼因為淚水而模糊了眼淚。他住嘴看著餐廳，生怕周圍人們發現她在哭泣。「我賣了它，是因為要上學，我要去海外，才能成功達到目標。總有一天，我會加倍賺回這一切，十倍都有可能，我會在那裡找到工作……」

餐點送上來了：他的番茄燉飯與她的炒飯，還有一份肉派。一切歸於平靜後，我在他的心中閃現念頭，要他用更有力的諾言向她保證。我讓他回憶起自己下決定前，全盤考慮過的所有重點。我提醒他去想想那個賣光土地，把兒子送出國的男人。衣佐育瓦，我提醒他，他不是曾經考慮過，等到他拿到學位回國娶她時，她父親或有可能替他找工作，讓他可以買家禽，蓋全新的雞舍。那麼，老家呢？說到底，它又能值多少錢？儘管它占地遼闊，但阿穆祖庫可是烏穆阿希亞地價最差的區域。他等不及要服務生走開，對方一走遠，他辯說，「我也是為我的人生付出代價，更為了我心愛的女人。如果我拿到學位，找到好工作，我可以買到比現在好十倍的大房子，媽咪。妳看這條骯髒的街道。我們甚至可以搬到別的地方，甚至是埃努古，那裡好多了。總比我任憑他們將我們分開更好。」

但妲莉只有搖搖頭，這情景讓他永遠難忘。她沒有再多說什麼，吃得也很少，伸手抹去順臉頰流下來的淚水。她的悲傷令他非常困擾，他沒想到她會對他的決定有如此強烈的反彈。他們走回家時，他牽著她的手，當他們走近房子時，她抽開手。「你又出手汗了，」她說。他在褲子擦擦手心，吐痰在路邊的排水溝。

她獨自走遠，離他一段距離時，他看著她婀娜多姿的臀部曲線，每一步都從她緊身裙清晰可見。此時，有位摩托車騎士經過，「正妹，妳好嗎？」她對著那人發出噓聲，接著大笑。男子騎遠了，引擎發出噪音。我宿主的心彷彿被撕裂成半，他快步走向她。她轉過身看著他，沒有說話，他瞥向那位消失的騎士，望著對方背後空蕩蕩的街道，感覺自己的世界頓時被掏空了。他突然想到，這可能才是她最害怕的：一旦他離開，其他男人也會來找她搭訕。在那當下，他真希望幾天前就發生這件事，畢竟當時他還沒有把房子賣掉。

那天稍晚他們回家後，當他伸手要脫她的衣服時，她將相機塞到他手裡，把自己脫得精光，要他替她拍照。他拍下第一張照片時，兩手不斷顫抖，照片馬上印了出來。這是她的全身照，豐滿柔軟的乳房盯著鏡頭瞧，乳頭緊繃堅硬。她說，照片是要給他的。「這樣每當你想做的時候，你都可以看著我的照片。」他躺在她身邊後，他納悶她這麼要求，是否因為剛才那位叫住她的騎士。一種奇特的恐懼淹沒了他，讓他一整晚無處脫逃。

✣

丘烏上神，先祖說，創造騷癢感的眾神，也給了人類能夠抓到癢處的手指。儘管妲莉的悲傷讓他的喜悅千瘡百孔，但那天晚上他們回家，她要他與她做愛後，他又感覺好多了。她說她之所以難過，是因為她會非常想他，他向她保證，在她能去找他之前，他會經常回來。他說，會很快拿到學位，然後就大功告成了。他說這些話時非常激動，畢竟他也害怕在這段過渡期時，她得一個人過日子，暴露在其他男人窺探的目光中。第二週他前往阿布札時，他的話已經奏效，她不再自怨自艾，她開車送他到公車站，然後就回家找她爸媽了。

他前往阿布札申請簽證的前一天晚上雨下得很大，第二天早上主要幹道全都因為暴風雨關閉。路中央出現了巨大水坑，足以吞噬阿比亞州的大型公車。司機繞路走得比較久，等他抵達阿布札，天都快黑了。他搭了計程車到賈米克推薦他住的廉價旅社，就在庫布瓦附近。他們也認識賈米克。他們叫賈米克「火雞人」。「他是個大好人，很好的人，」櫃檯人員說話時有嘔吐物的味道。他也很同意對方的說法，當他提著行李進房時，突然想到自己還沒有送賈米克任何謝禮。這段期間，他們跑網咖、移民局、到高等法院公證以辦理出生證明、為他的房子找買家，但我宿主卻只請了他喝四次啤酒而已。

他很焦慮，心裡也怪自己竟然如此大意，這種疏忽甚至會被對方解讀為忘恩負義，於是他決定立即打電話給賈米克。他刮了一張從旅館外面小販那裡買的環球電話卡，將號碼輸入手機。撥通電話後，賈米克沒有接電話，隨後一個外國人聲音傳來，接著是英文翻譯。他聽了那段話以及說話的方式。然後他又試了一次，這次，賈米克接了。

「哪個白痴會在晚上這個時候打電話給我？」

他彷彿被人從背上打了一記悶棍。他想保持沉默，這樣賈米克就不會發現是他笨到不記得彼此位於不同時區，但他實在太尷尬了，無法按照自己想要的方式控制自己。

「我問你是誰？」

「真對不起，兄弟，」他說。「是我。」

「啊，啊，寶貝所羅！」

「是的，是我。真的很抱歉……」

「不，不會，不會，老兄。不要對不起我。我今天才到的。我在……」

賈米克的聲音消失在一堆無法辨認的雜音後，再來就是一連串不和諧的回音。然後線路又斷了。

「賈米？你在嗎？在嗎？」他問。

「有的，寶貝所羅，你聽得到我嗎？」

他們的談話斷斷續續，有語音告知通話時間就快要結束。線路清晰後，賈米克說，「……所以我才尚未打電話給你。可是，所羅門，你還沒簽證嗎？」

「我現在在阿布札。今天才到的。」

「哇，寶貝所羅！帥喔！」

「這……」

電話又斷了。他把手機放在房內唯一的桌子上。那裡放了電視、聖經、一張護貝的頻道表，後面則印了旅館餐廳的菜單。房間一處角落，就在關上的窗簾邊，有一隻小蟑螂緊緊抓著牆壁，牠的觸角向後彎曲。當他脫衣服時，手機響了，他看了螢幕，那是妲莉。

「我只是想確定你安全抵達了，」她說。

「是的，親愛的。但路況很糟。太糟了。」

「這要怪奧吉．卡盧，你的州長。」

「他是個瘋子。」

她笑了，他聽出背景某處傳來公雞叫。

「妳在哪裡？」

「在你家。」

他猶豫了。「為什麼？媽咪？妳在那裡做什麼？我說妳餵完動物後就應該回家了。」

「諾索，你都出遠門了，我不能把牠們丟下。我又不是白人，也不是沒感情的雞蛋。」

她的話打進了他的心坎。

「我愛妳，媽咪，」他說。他有好多話想說，但他遲疑了，她所做的一切令他非常驚喜。「妳自己餵嗎？」

「當然，」她說。「我還撿了雞蛋。」

「有多少？」

「七顆。」

「媽咪，」他說，當她回答，「怎麼？」他沉默了。因為他不知道為什麼自己突然感動得流淚。

「如果妳真的不想要我離開，我明天就回去。我會把房子的錢還了，不賣了。我會叫賈米克把學費還給我。全部取消。媽咪。畢竟，我也還沒入學，對吧？」

這些話竟然如此迅速脫口而出，連他自己也很震驚，他說話時，字裡行間凝結著某種緘默。他知道，他將這些說出口，完全是為了她。他等著她回應，腦袋如羽毛般飄然。

「我不知道該說什麼，」過了好一會兒她才回答。「親愛的。你是一個好人，非常好的男人。我也愛你。我支持你的決定，因為神給了我一個好人。」他聽見她深深嘆息。「去吧。」

「我該去嗎？媽咪？如果妳說不，我現在就對創造我的神發誓，我不去了。」

「真的，去吧。」

「好吧，媽咪。」

「你知道那隻母雞又下了粉紅色的蛋嗎？」她說。

「是愛比吉利嗎？」

「是啊，我把蛋煎了，好甜好好吃。」

他們都笑了，後來，在那通電話結束許久之後，他真心希望自己沒有做出離開的決定。在那天剩下的時間裡，我宿主原本滿心的喜悅被遺憾的面紗掩蓋了。而我，他的守護靈，卻認為他的決定再正確也不過，我深信這種犧牲將進一步鞏固妲莉對他的愛，而不是走向毀滅。丘烏上神，如果我看得到未來就好了！要是我能看見即將遭遇的一切，我就不會有這麼愚蠢的想法了！

第二天傍晚，在他抵達大使館時，心中的喜悅又回來了，在回旅館的計程車上，他一面看著護照的簽證，以及從賈米克推薦的旅行社買來的土耳其航空機票，一面啜泣。他回到旅館後，感覺自己有了充滿神性的體驗，他父親臨終前曾說，他確信自己的妻子，也就是我宿主的母親，正在天上默默眷顧兩人的孩子。我宿主想起自己曾經真的逃過一劫：四年前他搭了一輛開往阿巴的公車要去看望叔叔，但在最後一刻他下了車。因為就在公車準備出發時，一名乘客拎著裝有獸肉的麻袋趕上車。我宿主抱怨自己無法忍受這種氣味，於是他下車搭另一班。結果當天晚上他在晚間新聞中看見這輛公車幾乎撞得面目全非。九名乘客只有兩名倖存。他不知道，而且連我都沒察覺的是，如果不是那位帶了肉的男人上車，逼得我的宿主得下車，或許我的宿主就會遭遇不測，英年早逝。他認定賈米克的出現也是出自這種原因——某位善意的大神在他最需要的時刻，出手相助。正如我之前提過，我，他的守護靈，認定這就是他在奇歐蹟科花園獲得好運禮的結果。

回旅館的車程很久，因為路上塞車塞得厲害。他閉上眼睛想像未來。在海外一棟漂亮豪宅中，住了他與姮莉。他想像他們有了一個孩子，一個小男孩，而且他手裡還捧著一顆大足球。儘管這些想像模糊不完全，但它們撫慰了他的心靈。有很長一段時間，他迷茫頹喪，在繁重庸俗的人生尋尋覓覓，飽受折騰，但如今他終於擁有豐沛的希望，感覺萬物會在未來欣欣向榮，蓬勃茁壯。到了旅館他打電話給姮莉，但她沒接。當他躺在床上等她回電時，他打瞌睡了。

✣

翁耶克魯瓦，他辦好簽證回到烏穆阿希亞後，他的旅程變得更篤定，由此衍生的焦慮和恐懼也更為明確。他出門前的最後一週，時間彷彿花豹追逐獵物般極速飛逝。要到拉哥斯搭機的前一天晚上，他發現自己必須使盡全身氣力才能安撫姮莉。過去幾天她的哀傷如雨季萌芽的芋頭，日日迅速繁衍，那時他們已經將他賣不出去的物品放上貨車，其中多半屬於他父母。艾楚格也來幫忙，他接收了紅色的充電燈。我宿主直接送他了。姮莉沒有留什麼給自己。她反對他將自己的東西全部賣掉。由於他的貨車要停到阿巴的叔叔家車庫，她甚至問他為什麼不將東西全留給叔叔。現在，當他們開始整理最後一個房間——也就是客廳的物品時，她崩潰了。

「這對她來說並不容易，」艾楚格說。「你應該懂的，所以她才會這樣。」

「我明白，」我宿主說。「但我又不是上天堂，不是離開這個世界。」他把她拉過來，吻了她一下。

「我當然不是這樣想，」她啜泣。「不是這樣。只是，這幾天我一直做夢。全是惡夢。你什麼都賣光了，只為了我與我的家人。」

「所以妳又不想讓我去了嗎？媽咪？」

「不，不，」她說。「我說你該走了。」

「你看吧？」艾楚格張開雙臂。

「我很快就會回來的，我們就可以在一起，媽咪。」

聽到這裡她點點頭，勉強擠出微笑。

「好啦！」艾楚格指著她的臉。「她開心了。」

我宿主大笑，緊緊擁住她，與她深情接吻。

在這種時刻，埃格布努，當人即將離開伴侶一段時間時，他們做任何事情都是匆忙激烈。他們的心會將這一切吸收，存放在一個獨特的小瓶子裡，因為這些是必須永銘於心的時刻。也因此，在他們收拾完行李後，她捧著他的頭，對著他的臉龐說話，這是他永遠記得她的畫面之一，而且反覆回味，一次又一次。

他離開她身邊後，淚流滿面跑進屋裡。除了牆壁，裡面什麼都沒了。一時間，他幾乎認不出任何房間。就連院子也沒了之前的模樣。有隻紅頭蜥站在五天前他家禽還在的地方，一根皺巴巴的羽毛黏在牠身上。當他們將第一批物品放上貨車時，他意識到，就某種程度而言，人的生命可以拿他所擁有的東西來定義衡量。他停下動作，觀察周圍。這是一個大型院落，歷史悠久，曾經飼養活力充沛的禽鳥，這裡原本全都屬於他。還有那一片小農場以及上面的作物收成，全都曾經是他的。還有家具、老照片——黑白相間的銀板攝影作品。他父親擁有的黑膠唱片幾乎裝滿了一整個黃麻袋、舊收音機、包包、風箏。他甚至還繼承了幾樣奇特的物品，例如父親一九七八年開的第一輛車留下了一扇鏽跡斑斑的車門（後來車子在奧吉河附近撞壞了）、父親的獵槍（他就是用它射中我宿主小鵝的母親）、兩個煤油爐、冰箱、餐桌邊的小書架、父親床頭櫃放的牛津大字典、掛在父親臥室牆上的伊柯洛鼓、他祖父的金屬公事包（裡面甚至放了一件縫縫補補，少了幾個鈕扣，還沾有血跡的比亞弗拉軍服）、幾把彎刀、父親的工具箱、妹妹沒帶走的衣服仍然安放在她的櫃子、幾十份瓷器、木杓、研缽、塑膠水罐、住了好幾隻蜘蛛以及牠們後代的舊咖啡罐，甚至還有那輛漆了農場名字的貨車（多年來它就是他父親唯一的車）。這是他成長呼吸的土地。但他還擁有許多無形的物品：芭樂樹的枝葉在下雨時創造的雨幕、那名曾經爬上他家籬笆為了自保的小偷（只為了要躲過一位威脅要對他施以私刑的憤怒暴徒）、對暴亂的恐懼、父親對他的夢想、許多次的耶誕節、跑遍國內數不清地點的度假回憶、那些對未來一直說不出口的渴望、無法擺脫的憤怒、時間的積累、生活的樂趣、死亡的悲傷——所有的一切，他都曾經長久擁有。他環顧身旁，看向籬笆，望進水井，遠眺芭樂樹，他突然想到，這個大院曾經是他的一部分。從這一刻起，他就如一隻活在當下的生物，但尾巴卻永遠延伸到過去。正是這種思緒讓他最為心碎，他哭了，最後，艾楚格幫他鎖上一切，把鑰匙交給新屋主。

✣

加加納奧格武，我的宿主也為了那位未經世事，不知道自己前世的小男孩哭泣。他出生時——更確切地說，重生之時——就像海面平淡空白。但一旦他開始成長，他就會取得記憶。一個人之所以生活，全靠他歲歲年年經驗的積累。所以在只剩下他一個人時，當其他人事物全都離他而去時，他就會開始深入鑽研內心世界。人的真實狀態就是他獨處時。因為當他獨自一人時，他內心深刻的情感及動機就會一湧而上，強化了他的存在。因此，當一個人孤獨時，他的表情是完全不一樣的，那是一張他人永遠見不著或遇到的臉龐。所以，當另一個人出現時，原本的表情就會如觸角般退縮，以便為他人呈現不一樣的面貌，全新的一張臉。就這樣，在前往拉哥斯的夜車上，我宿主兀自陷入回憶，臉上則帶著外界永遠無法看到的表情。

雖然坐在他右手邊的乘客臭氣沖天，讓他徹夜未眠，但他還是斷斷續續睡了幾次，將頭靠在行李袋休息。他的夢都很生動，其中之一，他與妲莉一起走過教堂通道，幾位聖人、耶穌基督，及祭壇後方牆上的聖母像，全都耀眼明亮。那是她經常對他提起的教堂。薩姆森神父雙手緊握念珠站在面前，頭上有傷疤的祭壇男孩在神父辦公室旁演奏低音鼓。他可以看到她母親身著華麗精緻的禮服，正在他們面前微笑跳舞。還有她的父親，以及楚卡，他的鬍子更長了，襯托他光亮細緻的肌膚，他們倆也都面帶微笑，而且都穿著西裝。他高興檢視自己：他穿的西裝和他們穿的一模一樣！現場有三個男人，再加上艾楚格。但，第三個男人是誰？臉胖胖的，頭很圓，頭髮形狀跟小島很像……賈米克，是賈米克，是那個幫了他大忙的人！他也穿著同樣的藍西裝與黑領帶。他正在手舞足蹈，站在我宿主背後隊伍中的最後一個位置，隨著婚禮歌曲的節拍滿頭大汗，熱烈舞動。

我的妻為神賜予，
我的夫為神賜予，
因為神的賜予，
它將持續到永恆。

他醒來看見公車正行駛在一段公路上，兩旁森林與車燈夾道，各種汽車、卡車與聯結車從他們身旁疾駛而過，照亮了黑暗。他坐起來，想起了前一晚，那是妲莉最難熬的一晚，因為她四周緩緩陷入黑暗，彷彿落入瓶中的雨水。他知道她白天過得很勉強，內心掙扎不已，更努力掩飾自己的悲傷，他不得不反覆勸她別再哭了。但夜幕降臨，她生病了，渾身大汗，彷彿得了瘧疾，但她卻要他跟她做愛，因為這是他們的最後一天。他慢慢脫下她的內褲，他的心跳得很激烈。等到她再次裸露，她準備就緒，她便閉上雙眼，臉上露出愉悅的微笑，眼瞼上卻掛著淚滴，他解開了自己的短褲。然後，他輕柔握著她的手，她將手摟著他的脖子，他和她做愛了。過程中她緊緊抱著他，讓他忍不住射在她裡面，精液從她體內流溢而出，滑下他的腿。

當他再次睡著時，我飄出他身上，每次他熟睡時，我就會這麼做。我看到公車上擠滿了守護靈與遊魂，喧鬧震耳欲聾。有一縷幽魂彷彿薄霧般現身，看起來就像是黑布上的小污漬，它坐在一位睡在前排的年輕女子身旁，她的頭靠在隔壁男人的肩膀上。幽魂站在她面前啜泣，「不要嫁給奧科利，拜託，不要嫁給他。他很邪惡，他殺了我。他都在撒謊。千萬不要，不要這麼做，戈琪，否則我的靈魂將永遠無法安息。他殺了我，才能擁有妳，戈琪，拜託不要。」說完這些話後，它就開始用一種碎裂哀戚的尖叫聲哭號。接著，它不斷重複自己的懇求，我望著它好一會兒，這才頓然想到，它可能已經這麼做很久了，也許好幾個滿月過去了，我為此難過，因為被肉體及守護靈拋棄的遊魂，永遠無法昇華、進入祖靈邦，再也不能轉世。這真是太可怕了！

接下來的旅程，我的宿主都在睡覺，當他醒來時，公車已經駛入奧喬塔公園，現場很混亂，公園地面坑坑洞洞，在大白天全成了恐怖的噩夢。雨不大，賣麵包、橘子、手錶、水的各類攤販都躲在鋅板搭成的小篷下躲雨，公園的名字就用紅漆印在鋅板上。幾名婦女用塑膠袋蒙住頭。冒雨賣水的攤販衝上車，我的宿主很快下了車，擔心自己會有口臭。他記得妲莉提醒他要記得在起飛前漱漱口，否則他的口臭會跟著他一路抵達賽普勒斯。

他還沒來得及將兩個大行李袋從公車上拿出來，兩名計程車司機已經衝上前要搶走行李，他讓第一位身材矮小、面容憔悴，腫著雙眼的先生把東西拿走。此人竟能動作迅速，將行李搬起來，著實讓他嚇了一大跳，我宿主還來不及反應前，司機先生已經走出停車場了。他跟在對方後面，兩手提著另一個行李袋，隨著司機穿過壅塞的車流，在按喇叭的汽車與公車間穿梭，此時雨水已經落下，空氣充斥各種噪音。遠處有座橋升起，再過去就是大河了。似乎到處可見飛鳥，而且非常多。司機停在一棟未完工的大樓前面，露臺坐了幾個人。他坐進兩輛計程車中的其中一輛，它的後面保險桿凹得厲害，甚至有一面後照鏡不見了，只剩下一半塑膠殼。司機將他的行李袋扔進後車廂，接著拿走我宿主手上的行李，也將它扔上沾滿泥灰的備用輪胎上，然後再用力壓緊後車廂蓋，直到它關上，他示意要我宿主上車。「機場！」他聽到司機對露臺的某人說。然後，他就上車了。

第二部

第二段誦文

笛肯那哈，衣克巫米。

請讓我的第二段誦文，以來自天庭的語言，當做奉獻給祢們的供品。

就請接受它，將它視為恩柏羅古—歐吉，四瓣可拉果。

我必須讚揚祢們賦予我們的特權，成為人類的守護靈，今日得以站在眾神殿堂，為我們的宿主作證。

先祖們說，把手洗乾淨的孩子，就可以與長輩們一起進餐。

埃格布努，我宿主的手是乾淨的，請讓他陪長輩們吃飯吧。

衣佐育瓦，讓鷹棲息，讓隼棲息，只要牠們其中之一不願讓對方棲息，但願阻擋的那一方翅膀碎裂！

現在，在我宿主離開先祖土地時，他的故事就要改變，因為在河岸發生的一切，永遠不會與在房子裡發生的事情一樣。

母親放進孩子手裡的燃燒木頭不會傷害他；

樹必須長出陰囊才能與女人成婚；

蛇必須生出跟牠自己一樣長的後代；

願祢們的耳朵能繼續留步，傾聽我代表宿主作證的證詞，因為我就要懇求祢別讓艾拉懲罰他。

加加納奧格武，假如我擔心的事真的發生了，就把它當成值得憐憫的無心之罪吧。

但願我的說詞能說服祢們諸位，他並無惡意傷害那位女子。

埃格布努，現在人類的國度正值黑夜，我的宿主睡了，這進一步證明，那樁罪行完全是無辜的。

因為不會有人在乾涸的湖中捕魚或沐浴在火燄中。

因此，雅古傑比，我將大膽繼續說下去！

第十章　扒光羽毛的鳥

可奧美，我曾聽過祖靈邦的已故先人納悶，為何後代子孫背棄了應有的行為準則。我看著他們為現狀悲嘆。我也聽過偉大的先祖婦女們感嘆自己女兒們的打扮方式與模樣也不如其母親了。偉大威嚴的母親們自問，何以我驕傲穿戴的服飾，女兒們不再穿上？為何再也不見大自然的天然粉彩？寶螺為什麼都埋沒在奧西米里河畔，無人問津？為什麼？她們泣訴，為什麼後代子孫們再也不願敬拜神祇呢？忠誠的先祖們遠眺自己曾經居住的國度，從姆博西到恩克帕，從恩卡努到伊格伯雷，細數人類為守護靈與神祇創造的神殿，但如今，為什麼祖靈與守護靈的祭壇早被他們遺忘？為什麼孩子們要接受那些不懂得自身文明的外族人的作法？為什麼他們荼毒了與祖先的血緣關係，將自身先祖神靈拒之暗夜門外？女神艾拉為何得不到年輕鳥兒的豐潤羽翼，讓烏龜沒有塞滿嘴的肉乾可吃？這群耐心十足的先祖莊重自持，卻又暗暗憤慨，為什麼阿曼迪奧哈的祭壇如骷髏的喉嚨般乾燥，但母羊卻能安然吃草？他們不明白的是，白人們早已用他們的魔法產品迷住後代子孫，其實德高望重的先祖父母們早就忘記，當他們還在世時，這種趨勢就已經開始了。

三百年前，我曾寄宿在一位宿主身上，當時白人將鏡子引進諾比——居住此地的人民與其他地方的人同樣英勇聰敏。但他們被鏡子迷住了，女人們對它依戀無比，最終，這物品為他們帶來了極致苦痛。但我必須說，即使如此，一百多年來，人們並沒有完全棄絕祖先的生活方式。他們接受了許多東西——鏡子、丹麥槍、菸草——但他們並沒有摧毀祖靈聖地。不過，後世子孫們確實深信白人的魔法更有力量。他們尋求白人的力量與智慧。他們開始想要白人擁有的一切，例如我宿主抵達拉哥斯那晚踏入的飛機。先祖子孫看到它時驚嘆不已。他們會問：這是什麼？為什麼白人如此強大？人類怎麼可能在天空飛翔，遠比鳥兒飛得還要高？這些都是我不明白的。許多週期前，我擔任一位偉人的守護靈，他被當成獻祭的活人，全身捆綁，帶到了白人的土地。他、他的俘虜者以及其他奴隸，在浩瀚的奧西米里汪洋航行，也就是我們今日甚至在丘烏上神的神殿都能看見的廣袤水域，無止境在地表延伸。他們橫渡海洋的旅程持續了幾週，由於時間太久，我厭倦鎮日望著大海，但即使如此，我也很驚訝大船竟能在水上移動而不會下沉，畢竟人類是無法就這樣站在水面的。

想像一下吧，埃格布努，後代們聽到睿智祖先的這句諺語時，會有什麼感受：不管人跳得多高，都飛不起來。他們在搖搖頭，認定先祖們其實懵懂無知前，應該先思考，為什麼祖先們會這麼說？為什麼？因為人本來就不是鳥。但後代們確實看見了飛機，他們更震驚於先祖的睿智早就被白人巫術顛覆了。人類每天搭各種形狀的飛機飛行。我們看見各種散發銀光的飛行器填滿天空。人們甚至能在天上作戰！我在地球的許多週期中，我的宿主埃金肯耶·依衣席卡迪於白人稱呼的一九六九年時，差點在烏穆阿希亞的空域被這種武器殺死！此外，先祖也曾說，人不可能與在遙遠國度的人們對話。胡說！後代尖叫抗議，他們現在能與遠方友人清晰交談，彷彿彼此就躺在同一張床上。而且還不只如此。

白人宗教的魅力，他們的發明與武器（例如他們能將樹木與人炸成碎片），會讓祢們明白為什麼後代寧可放棄先祖文明。他們不理解威嚴先祖與白人的行事方式天差地遠。祖先回顧過去，邁向未來。他們依靠的不是自己眼底所見，而是其先祖前輩所見。他們認為，宇宙需要認識的一切早就被探索發現了。所以，他們無法理解，現代人們何以能大言不慚地說：我找到了這個，或我發現了那個。某人聲稱自己至今所見都微不足道或僅是無心插柳的成果，這便是極致傲慢的展現。假如你問先祖，為什麼山藥要種在土堆，不能把它當成種子？他會回答，因為這是我父親教我的。如果有人告訴你，他不能用左手跟老人握手，你問他原因，他會回答，因為這不是我的傳統。先輩的文明取決於對已存在事物的維護保存，而非發現新事物。

祖靈邦的長老們，伊博國度的先祖，雨林的黑色人種，黑人智慧的守護者，請聽我說：白人的巫術讓祢們哀號、哭泣並抱怨後代子孫。白人踐踏了祢們的傳統。祖靈受他們的引誘，與他們共眠。對他們而言，祢們國度的神祇已經對他鞠躬屈服，他剝了他們的頭皮，鞭打大祭司，絞死祢們的統治者。他馴服了祢們做為圖騰的動物，囚禁了你們部落的靈魂。他對祢們的智慧吐口水，祢們英勇驍戰的神話在他面前只能沉默。

依揚戈—依揚戈，為什麼我對祖先說得如此直率？因為搭載我宿主與其他人的這個飛行物，簡直壯觀得難以言喻。在飛行過程中，就連我宿主這位鳥類愛好者也在思考它究竟是如何飛上天的。在他看來，飛機的推進似乎得靠它的翅膀。它在雲端飛馳而過，越過了雨季結束時水天一色的大地。下方就是奧西米里，這偉大的海域包圍了整個世界，也含有鹽分，那正是祢神聖的淚水，丘烏上神。

出於好奇，我離開宿主的身體，從飛機裡頭飛了出來。我立刻淹沒在由噪音和靈體組成的荒原。在地平線上，我看到了無形生物——那是靈魂的化身、守護靈和其他——大家似乎正在旅行，不是往下降就是以驚人速度上升。遠方有一大團灰色生物體爬過了某個光亮球體，那是太陽。我儘量不去注意它們，我要好好看看這架飛機，它不會如鳥兒撲翅，我在它上空盤旋，隨它急速前進，所以我也必須以超凡的速度跟上。我從未好好打量這個東西，它讓我嚇壞了。我立刻回到宿主身上。他還在認真研究飛機獨特的魅力，因為它裡面可以容納人類、電視、廁所、餐點、座椅，人類房子擁有的配備，它幾乎應有盡有。不過，他的思緒多半是在想念妲莉。

他很快就睡著了，醒來時，四周似乎同時發生許多事。人們鼓掌歡呼，擴音機傳來人聲，飛機已經在地面滑行，速度減慢了，他能察覺自己已經不在天上，也能感受地面傳來的震動。機艙非常明亮——來自外面的光線以及艙內的燈光。他拉上窗戶，明白了騷動的原因。喜悅在他心底爆發。他想到如果自己的父母仍然活著，一定會很驕傲。他想到了人在拉哥斯的妮基魯，不知道她在做什麼。他帶著些許悲傷納悶，她是否生了她那個年長丈夫的孩子？當人類子孫想到不開心的事情時，其思維模式與心情愉快時完全天差地遠。因此他才會特別想到妹妹丈夫的年齡。也許他可以在這裡——土耳其的伊斯坦堡——打電話給她，結局或許會不同。她可能會恢復對他的信心，畢竟他是她哥哥，她僅存的家人。但他該怎麼做？他沒有她的電話，也沒有她丈夫的電話。她偶爾在特殊節慶如耶誕節、新年或復活節時打給他，也曾經在父親忌日時用付費電話打給他。那天她在電話那一端哭了，這讓他非常震驚，也很希望能恢復彼此關係。但這些都不重要了。每次她都以「我只是打來看看你好不好」做結尾，他知道她將再度回到那片虛無之中。

突如其來的掌聲與人聲讓他回到現實。人們的臉上堆著微笑，忙著從機艙行李隔間拿出背包、拉上手提行李把手。大家各有自己喜悅的原因，但從眾人鼓掌以及不斷說著「讚美主」與「哈利路亞」，他知道大家都很高興飛機安全降落了。他想這可能是因為最近奈及利亞發生了一連串的空難。就在不久前，一架載有政要的飛機墜毀，機上人員幾乎全數罹難，其中包括蘇丹索科托與前總統的兒子。不到一年前，另一架飛機墜毀也讓知名女牧師賓博・奧杜科亞不幸喪生。但他更認為，這些人之所以開心，是因為他們遠離了飽受磨難的祖國，終於抵達全新陌生的國度。飛機帶著大家離開有著貧瘠匱乏人民的大地，那裡雖然是他的故鄉，卻成為人民最大的敵人，到處可見綁匪、殺手、貪心賄賂的員警，不給錢就開槍殺人。更不用說蔑視同胞的領導者，每天都是暴動，人民長期罷工，汽油短缺、找不到工作、排水溝堵塞、道路坑坑巴巴，橋梁隨時會坍塌、街道雜亂無章，四處都是髒污垃圾，電力更是時有時無。

✣

奧利薩賓尼維，偉大先祖說，當人類踏上未知土地時，他便再次成為純真兒童。他必須隨時發問，也要懂得尋找方向。因此，大家走下飛機時，我宿主一時毫無頭緒，不知如何才好。人人從飛機直接走進機場，放眼望去遼闊龐然，擠滿形形色色的人潮。一開始他想起了自己的行李，他把沒賣出去、沒被燒毀或拿到叔叔家的其他物品都收在裡面，但後來一直有人告訴他可以在賽普勒斯拿行李。所以他現在身邊只有妲莉準備的隨身包，裡面是他的入學通知、她的信、照片，以及他需要在新國家新學校出示的重要文件。來自祖國的其他黑人同胞也隨他踏入這片混亂，消失在移動的人流中。無論是左是右，或前或後，大家的身影一閃而逝。他走到大廳中央，屋頂垂掛著大鐘。他停在一對黃皮膚的老夫婦後面，他們站在原地盯著時鐘看，彷彿正瞪著吊在樹上的死人屍體。他後面出現一輛小車，對他狂按喇叭。他閃到一邊，它繼續往下開，沿途不斷按喇叭，因為它試圖在擁擠大廳搶出一條小徑，這裡簡直就像烏穆阿希亞的市場，只是大廳偶爾會傳來班機抵達與離開的廣播聲。他轉身朝剛才同胞們的方向前進。

他走了近半公里，沿途看見許多新奇古怪的事物，這真是腦力激盪的最佳機會，這時候，他遇上一位留著長鬍子、戴墨鏡的傢伙。他問那個傢伙自己該去哪裡。對方跟他要了登機證。他拿出他們在機場遞給他的紙條。

「你飛往賽普勒斯的班機會在七點前起飛。現在才三點，你得等一等。要我就會去找地方放鬆一下，對吧？」

他向男子道謝，那人走開時手舞足蹈，開心得很。「放鬆一下，」男子剛才是這麼說的。而且還得等好幾個小時，畢竟世界上有許多事是人為無法控制的。有一些力量必須集結，經過一定的時間，遵循必然的準則，最終才會有所作為或運轉。眼前就是很好的例子。為了離開這裡，他必須與其他也付了機票錢的人集結，才能抵達同一個地方。等到集合之後，大家就要登上飛機。會有人在機艙等待他們，也會有人駕駛飛機。但我們別忘了，埃格布努，七點時，時鐘才會滴滴答答響起。它就是在召喚他們——他與所有人。在先祖時代，大家會聽見負責召集人們的村民大喊，要大家集合。我之前也提過，白人文明便取決於時鐘。萬一沒了時鐘，他們的世界就什麼都辦不到了。

那麼等待時鐘滴答作響前，他又能做什麼？放鬆。但我，他的守護靈，卻無法鬆懈，因為我能察覺靈界似乎有點狀況，可是我又分不清那是什麼。我宿主在眾人聚集喝酒抽菸的地方找到座位。他坐在那裡看著小隔間，那裡有個留鬍子的男人彷彿中邪般恍惚走動。這讓他想起父親去世後，他也留了鬍子，當時他有好幾週沒刮鬍子，有一天他在鏡子看見自己，嘲笑自己許久——久到他納悶自己是不是瘋了。

他旁邊有個白人女人在睡覺，她的眼皮跟小孩一樣會抽搐。他看了她幾分鐘，盯著她脖子上的青筋，以及她長長的藍色指甲。她讓他想起潔姐，納悶她是否還在當妓女。他坐在那裡時，丘烏上神，我短暫離開他的身體。我渴望瞧瞧此處的靈界模樣，但我宿主的心智狀態不穩，所以剛才無暇分心。我一走出來後，便看見這裡靈體出沒，有些形狀怪誕，那樣貌讓我永遠難忘。其中一位猶如古代遊魂，也是我曾見過見過最蒼白的形體。它站在一名形銷骨立的白人背後，此人癱坐在輪椅上，茫然瞪視前方。有個幽魂則獨自坐在機場地板，就算人來人往也沒影響它。一個孩子踢著球通過它的無形軀幹，但它甚至不為所動。它只是不停搖頭，比手畫腳，嘴裡喃喃說著陌生的語言。

當我回到宿主身邊時，他已經離開座位，在機場閒晃了許久，才偶然遇見兩名剛才坐在他前排的奈及利亞男子。他們正走出一家燈火通明的商店，手裡拿著機場許多人都拿的一個彩色袋子。從他在飛機上聽到兩人的對話，以及其中一名男子的舉止，他知道此人已經在賽普勒斯生活一段時間了。那個他認為住在賽普勒斯的男子穿著樣式簡單夾克與牛仔褲，也塞了耳塞。另一位男子跟我的宿主一樣高，身上則是一件羊毛衫。後者有點不修邊幅，眼睛的一側還有睡痕。他看來似乎內心受盡折磨。我宿主加快腳步朝他們走去，想從他們那裡問出自己下一步該做什麼。

「對不起，兩位大哥，」他跟在他們後面喊。

當他走到他們面前時，穿夾克的男子將背包從一邊肩膀挪到另一邊肩膀，伸出他的手，彷彿本來就在等待我宿主。

「打擾了，你們是奈及利亞人嗎？」我宿主問。

「是，沒錯，」男子說。

「要去賽普勒斯？」

「是的，」男子說，另一人點點頭。

「你沒去過嗎？」另一人問。

「沒有，我從來沒去過，」我的宿主回答。

男子看著另一個人，此人用一種古怪的死板眼神瞪著我的宿主，剛才幾位同機的乘客從身邊走過。

「我也從來沒去過，事實上，兄弟，我真希望有人在我離開奈及利亞時警告我。」

「為什麼？」我宿主問。

「為什麼？」男子問道，然後用指著穿夾克的男子。「第迪以前去過，他說那裡不是什麼好地方。」

我的宿主抬頭看著一直點頭的第迪。

「我不明白，」我宿主問。「你說不是好地方是什麼意思？」

另一個人低笑回應，然後再次搖搖頭，彷彿自己剛說出了聽眾聽不懂的宇宙真理。

「就讓第迪告訴你吧。我從來沒去過，我只是從拉哥斯飛來時坐在他旁邊，他告訴我很多事情。」

第迪向我宿主描述了賽普勒斯，內容極其驚悚駭人。第迪只在我宿主問一個問題時頓住——「你是說完全沒有工作機會？」「沒有，你不會是認真的吧？」「但它不是歐洲嗎？」「沒有英國或美國大使館？」「他們會把你關進監獄？」「怎麼會？」——但即使在第迪講完後，我宿主也不太盡信。

「你懂了吧？我死定了。對！就是這樣，天啊！」另一個人哀號，剛才第迪說話時叫他萊納斯。萊納斯雙手摀著額頭。

我宿主轉身背對那兩人，喃喃自語，這不可能是真的，他好煩，他想知道有白人居住的海外國家怎麼可能找不到工作？也許是因為當地的奈及利亞學生太懶散了。如果這地方如第迪口中描述那般糟糕，那麼第迪為什麼還要回去？這一切與他朋友賈米克描述的完全矛盾。賈米克曾向他保證，一旦他抵達賽普勒斯，他的生活會變得更美好。賈米克更保證，不久後他就能輕而易舉買到房子，而且從那裡移民到歐洲或其他國家會更方便容易。

當第迪繼續描述許多人都被騙去賽普勒斯的經歷時，宿主只用自己一半的耳朵傾聽，另一半則與他腦中的聲音對峙。丘烏上神，我告訴他，他的決定是正確的。也許，他心想，他最好現在打電話給賈米克，找他討論一下，不要等到在賽普勒斯機場見面時再說。沒錯，他想起賈米克特別要他在抵達伊斯坦堡後打電話給他。所以儘管第迪還在說話——他現在講到某個傢伙一到賽普勒斯就發現自己被騙了，至今仍然像瘋子般在當地流浪——我宿主移動雙腿，示意他想離開了。第迪一住嘴，我宿主就說，「我去打電話給我朋友好了。我去打電話。」

另外兩人搖搖頭，且第迪臉上還帶著意有所指的微笑。我宿主走到電話亭，決心要跟賈米克確認，第迪告訴他的故事全是假的，目的只為了要嚇唬萊納斯。搞不好第迪就是要欺騙萊納斯，而這一切虛假的情節全是陰謀的一部分。跟這些人打交道他得小心點。我對他的推理很激賞，因為我在人類之間生活得夠久，我知道，兩個不認識對方的人，在任何場合見面都有各種不確定性，甚至可說多少都存在懷疑的成分。例如約在市場見面，進行交易，有時恐懼會油然而生：他會騙我嗎？這袋穀物、這杯牛奶、這支手錶值這麼多錢嗎？假如是一名男子剛與自己有興趣的女子邂逅，他就會想知道：她會喜歡我嗎？她有沒有可能跟我喝一杯？

我宿主就這麼做了。在慌亂中，他要問的問題猶如斷肢噴出來的鮮血，完全無法抑遏，他腳步蹣跚走到機場另一端的電話亭，站在兩名身穿白西裝的白人男子後面，他們散發昂貴的香水味，而且兩人都提著同樣的塑膠袋，大家人手一袋，上面還寫著「免稅」，而他根本不知道那是什麼意思。西裝男講完電話後，他進了電話亭，掏出自己寫了賈米克號碼的小紙條，撥了電話。但傳回來的只是一連串雜音，偶爾還有語音訊息宣布此號碼為空號，接下來就是一堆不熟悉的外國話。他重新再撥一次，結果還是一樣。

衣佐育瓦，自從我與他在一起後，從未看過他像現在一樣震驚。他將肩膀的背包放到地板，又撥了一次號碼，前一週賈米克才給他這個電話。他本來還想繼續，但轉身一看，後面已經大排長龍，大家的表情都很不耐煩。他掛上話筒，眼睛盯著手上的紙條，一面穿過擁擠的機場。當他走回剛才與那兩人說話的地點時，早已不見他們的蹤跡。取而代之的是一名留著大鬍子的白人，他浮腫的雙眼瞪著周遭，彷彿看到某人縱火。艾卜比代克，就是在此時此刻，我第一次看到了即將遭遇的未來。

✣

歐巴席迪內魯，當時我不太確定自己看到了什麼，我宿主也不知道。我只知道——他只知道——事情不太對勁，但這並不足以造成恐慌。世界上問題叢生，常有突發狀況，卻不能解釋為災難迫在眉睫。先祖們說過，蜈蚣雖有一百多隻腳，也不表示牠跑得很快。萬物總有不協調、前後不一的狀況，黑暗隨時可能吞噬光明；但這不表示夜晚已經降臨。所以我沒有提出警示。我讓他繼續尋找那兩個人，當時離班機起飛只剩下一小時了，他發現他們時，兩人在人工瀑布旁盯著電腦。他彷彿後面有花豹追趕，快跑到他們跟前，氣喘吁吁。

「我們剛才去那裡吃飯，」第迪指著一處寫著白人文字「美食街」的區域。「你打電話給朋友沒？」

我宿主搖搖頭。「我試了好幾次，沒有接通，完全沒接通。」

「為什麼？讓我看看號碼。正確嗎？國家代碼？總共要有十一個數字喔。」

他拿出紙條，第迪仔細看了一看。「就是這個號碼？」

「是的，兄弟。」

第迪搖頭。「但這不是賽普勒斯的號碼啊。」他揮舞著紙條。「這根本不是賽普勒斯的號碼，相信我。」

「我不懂。」

第迪靠過來，指著紙條上的數字。

「賽普勒斯使用土耳其的國碼＋９０。這上面是３４，根本不對。」

我宿主無法動彈，彷彿卡在氣流中的飛鳥。

「但他打了好幾次電話給我。」他說。

「用這個號碼？相信我，這不是賽普勒斯的電話，」第迪說。「他有沒有給你可以見面的地址？」

他搖搖頭。

「沒有地址，啊，對了。他有交給你什麼信件嗎？你是怎麼拿到簽證的？」

「他寄了入學通知給我，」我宿主回答。「我帶到大使館辦簽證。」

他打開隨身包，匆匆遞給第迪一張紙，他與萊納斯盯著它看。

「嗯哼，他的確有聯繫學校。這是真正的入學通知。」他原本想開口，但第迪繼續說，「他也交了學費，因為這是一封無條件入學的通知信。我這麼問，只因為我見過很多人招搖撞騙，他們假裝自己是學校代表，拿了他們的錢。但他們根本沒付學費就把錢給吃了。」

依揚戈─依揚戈，我宿主愣住了，他想說點話，好讓自己腦子裡面結成硬塊的思緒融化，但它們怎麼樣也無法解凍。他默默從第迪手中拿回文件。

「但我想這個叫賈米克的傢伙終究是騙子，」第迪搖著頭。「兄弟，我懷疑他還是唬了你。」

「怎麼會？」我宿主問。

「你有直接聯繫學校嗎？」

他想說他沒有，但他發現自己搖頭了。第迪臉上露出微笑。

「所以你沒有？」

「就是這樣啊，我拿到了有學校封印的入學通知書，事實上我還看到了他的學生證，我們一起到網咖看學校網站。賈米克真的是那裡的學生。」

第迪沉默無語，萊納斯旁觀這一切，嘴巴微開。我宿主盯著他們，整個人幾乎在發抖。

「嗯，」第迪回答。

「他付了學費，是因為學校只接受土耳其銀行的支票或國際匯票。他們不接受奈及利亞的銀行匯款，」我宿主解釋，他看見剛才那個在睡覺的女人從他們面前走過，還拖著行李。「因為他要回來，所以我就換了奈拉，把錢都給他了。」

他原來準備繼續，但此時第迪已經瞠目結舌，就連另一個人也搖頭說話了，「你不能把所有的錢都交給他。」

第迪指著遠處一個大門，許多從奈及利亞搭機的乘客已經開始排隊，他說，「啊，我們要登機了。」第迪拿起背包，將它掛在肩上。我宿主望著萊納斯拿起自己的東西。不知為什麼，他突然想起那隻小鵝——在牠似乎回憶起媽媽及故鄉時——牠就會衝到窗邊，有一次為了逃跑，牠看見窗外的大樹，以為自己可以直接衝出去，結果一頭用力撞上窗戶，當場腦震盪，倒地不起。

「你不來嗎？」第迪問，我宿主抬起頭，似乎看見躺在牆腳的小鵝，牠的頭彎曲，翅膀攤在地面。

他眨眨眼，閉上眼睛，睜開雙眼時，看見第迪彷彿被數不盡的光芒圍繞。

他點點頭。「我跟你們一起，」他跟著他們。

「也許到了埃坎機場就能見到賈米克了。」第迪說。「別害怕，好嗎？不怕。」

另一個人也點點頭。「不要發抖，不會怎麼樣的。不要怕！不怕！」

他也跟著點點頭重複，彷彿自己也真心相信了，「我不害怕。」

✣

阿克瓦伍魯，偉大先祖經常說，還含著水的蟾蜍就連一隻螞蟻都吞不下去。我曾經見證過，人心神不寧時，會被困擾他的問題吞噬。我宿主就是這樣。因為在整個飛行過程中，他的思緒都被剛才那兩個人告訴他的話塞滿了，他們就坐在他後面。他坐在機頭附近，周圍的白人比之前那架大飛機還要多。這些人都很年輕，他想他們也應該是學生。就連坐在他旁邊的那名棕色長髮的女人也應該是學生。從頭到尾她都避免與他眼神接觸，只是不斷盯著手機或光鮮亮麗的雜誌。但當他坐在那裡時，恐懼成了一隻窩居在他心底的老鼠，在他腦中翻來找去，啃咬著一切細節。他從窗戶往外看，發現自己離目的地越來越近，他所看到的一切似乎更強化剛才那兩人的嚴肅話語。他抵達伊斯坦堡時，看見許多高樓大廈，還有幾座壯觀的海上長橋，現在他只看見了沙漠、山脈，以及大海。等到他發現自己隨著其他乘客走下飛機，步入落日餘暉時，所有的思緒都已經萌發成最真切的恐懼。

他覺得機場很小，很像奈及利亞的機場，只不過更乾淨整齊，但又不如伊斯坦堡機場的華麗精良。它看起來很廉價，沒什麼特色，多少符合第迪的描述。他一看到剛才那兩位剛認識的朋友，就趕緊走過去找他們，他們先前對他說過的話讓他在飛行途中如坐針氈。但他們已經跟另一個人在一起，這第三個人自我介紹，說他叫傑伊，傑伊正在談論自己的德國遊記。他們站的地方聚集了許多人，大家都看著一處黑洞將行李吐出來。他的兩個行李箱也出來了，掛鎖完好無損，重量也沒有變輕。之前有聽說奈及利亞機場地勤人員會偷乘客行李，至少這沒有發生在他身上。他拖起行李跟著那兩個人走。他們還在聊天，這次是在比較兩國女性的態度——就是第迪口中的賽普勒斯或「這座小島」，以及傑伊的德國。他雖然在聽，卻忍不住回憶自己在伊斯坦堡機場電話亭的遭遇。

一走出機場，黑暗便輕巧優雅地降臨，空氣中瀰漫著一種獨特的氣味。機場前停了好多車子迎接他們。人人說著土耳其文，比手畫腳指著多款黑色賓士，向他招手。

「他們是計程車司機，」第迪說，他戴上帽子，滿臉開心，就是一副回家的模樣。在他身上完全看不出來他稍早詳盡描述的島上慘狀。第迪仍然掛著奇特的微笑，正在與其中一位司機說話，此人竟然是白人，但是又不太一樣，他這張臉的皺紋超出了正常範圍，他的膚色雖然白，卻似乎又帶有某種不尋常的深色。他的頭髮有一半是黑的，但鬢角又是灰色。

「那是我們的公車！」第迪停住與司機交談，指著一輛緩緩靠近他們的大型公車，車內燈火通明，車身寫著「近東大學」，下面則是土耳其文。

「我們要走了，」第迪轉向他。「我們的公車來了。」

我宿主抬頭望著公車，點點頭。

「不用擔心，兄弟。就在這裡等你的朋友吧。我相信他會來的。」

「是的，他會的。謝謝你，第迪，上帝保佑你。」

「別客氣，你就在這裡等，如果他不來，就搭坐下一班CIU公車。那就是你的校車。它一樣走這條路線，只是可能晚一點。賽普勒斯國際大學。只要上車，給他們看你的入學通知就好。你放在哪裡？」

他的腦子匆忙運作，從他的隨身包拿出文件，但就在此時，賈米克寫著所有花費及電話號碼那張小紙條掉下來了。

「很好，」第迪撿起來。「祝你好運了。兄弟。也許我們會去看看你。記好我的電話。」

宿主從口袋掏出手機要打入號碼，但當他打開手機時，螢幕並沒有打開。

「電池沒電了，」他說。

「沒關係，我們得走了。再見。」

加加納奧格武，此時我宿主已經開始相信他從第迪那裡聽來的事情都是真的。雖然他開始等人，但他不認為賈米克會出現。儘管守護靈看得見宿主的內心，但有時很難判定他的所有想法從何而來。現在就是這樣。他從下飛機到現在看到了：機場的品質、司機的行為、土地的荒蕪，以及溝通問題。這些全驗證了他的憂慮。我將以下思緒推進他腦子：現在失去希望還為時過早。我將他父親的座右銘投射到他心裡——永遠向前，不要後退——但它反而擊中了他那圍繞著恐懼而樹立起來的內心大門，立刻回彈。他反而思念家鄉，想念妲莉，不知道她正在做什麼。他想起了自己賣雞的痛苦——當他將棕色肉雞的籠子交到買家手上時，幾乎哽咽了。他看看手中兩個沉重的行李袋，裡面是他如今所有的財產——他沒賣掉，或是沒送給妲莉、艾楚格與慈善機構的物品。如今它們更加深了他對眼前狀況的疑懼。

他不斷揮手擺脫計程車司機的進逼，他們一直跟他說他聽不懂的語言。夜幕降臨後，這些人繼續向他大喊，直到多數汽車離開停車場，仍然不見賈米克的身影。他等了近兩小時，才想起賈米克曾告訴他，抵達學校的頭兩晚，他可以免費住宿，接下來就能選擇學校宿舍了。這些都是賈米克說過的話，當時一切仍風平浪靜，如今處處波濤洶湧、只有恐懼、折磨以及越來越看不清楚的希望。

✣

丘烏上神，從機場到鎮上的道路正如烏穆阿希亞到阿巴的旅程一樣漫長，不過道路比較平緩，沒有受到侵蝕或坑洞的破壞。沿途他凝視著這個國家以及它陌生的風景。他用雙眼記錄每一處風景時，那些人告訴他的種種細節猶如捕鳥人的手拔掉一根根羽毛，等到沙漠出現眼前時，他已經像一隻被拔光羽毛的鳥兒般垂頭喪氣、赤裸虛弱，只能在恐懼的平原戰戰兢兢，亦步亦趨。計程車繞著圓環轉時，他突然想起賈米克提過沒有樹的事情，他這才發現，一路上他一棵樹都沒看見。他只看見一望無際的山脈，有一處還掛了一面巨型旗幟。他想起來自己之前見過這面旗子，可能是在阿布札的土國大使館吧。

「學校。學校。到了，」當他們到達一處短磚牆，上面寫有學校名字時，男子說道。

他看到學校了。幾棟獨特的建築物排成一列，在黑夜中就像一條平靜河流包圍著他們。這附近仍然有他在機場聞到的奇怪氣味。男子將車停在其中一棟大樓前，這是一棟四層樓建築，前面有張桌子，坐了三個人。他們背後有一面世界地圖——這是白人眼中的地球。他付給司機二十歐元。男子找給他一些土耳其里拉與硬幣，也幫他拿下行李。三人其中一位灰髮男子站起來迎接他。他看起來應該是來自遙遠國度——一個叫印度的地方。我以前的宿主伊齊克．恩凱奧耶也認識這樣一位老師。印度人說他叫阿蒂夫。

「奇諾索，」他說，握住對方的手。

「奇—諾—索？」男子說。「你有英文名字嗎？」

「所羅門，叫我所羅門。」

「這我比較容易發音，」我宿主從沒見過像這個人的微笑方式，他的眼睛似乎完全閉上了。「你有要求接機嗎？」

「沒有，我在等我的朋友，賈米克．恩沃吉，是你們CIU的學生。」

「喔，好的，他在哪裡？」

「他沒有來。」

「為什麼？」

「我不知道，我真的不知道。你知道他在哪裡嗎？你能幫我找到他嗎？」

「找他嗎？」男子說，然後轉頭回答其他同事的問題，一名瘦弱的白人女孩用當地語言跟他交談。阿蒂夫再次回頭，說道，他說，「抱歉，所羅門，你朋友叫什麼名字？如果他是這裡的學生，我可能認識他。這所大學目前有九名非洲學生，八位就來自奈及利亞。」

「賈米克．恩沃吉，」他說。「他念商業管理，是商學系的。」

「賈米克？他有其他名字嗎？」

「沒有。你不認識嗎？賈米克。賈—米—克，恩—沃—吉。」

阿蒂夫搖搖頭，轉身回到桌前。宿主將他的行李丟在地上，在他等待土耳其女孩不再與男子說話時，他的心都碎了。第三個人是大鬍子壯漢，他打開一瓶飲料，飲料冒出泡泡，滴在他的手上，男子大喊了一些聽起來像我的媽啊之類的話，然後大笑，他們彷彿都忘記了我宿主的存在。

「他的名字是賈米克．恩沃吉，」他輕輕地說，確保自己盡可能清楚地說出姓氏。

「好的，」女孩說。「我們正在看名單，但沒有找到這個人，你的朋友。」

「我也不知道有這個人，而且我看了商學系，唯一的奈及利亞人是培申斯．奧蒂瑪。」

「完全沒有人叫賈米克？」我的宿主問。他抬頭望著眼前兩位人士，此時此刻，他的生命就取決於他們手上了。但他從他們的臉上，他們研究學校資料的眼神，就知道自己毫無救贖的餘地。「賈米克．恩沃吉，真的沒有類似的名字嗎？」他又問了一次，這一次，他的話被自己輕微的喘息聲扭曲了，他的腸子開始翻攪。他將手放在肚子上。

「沒有，」男子回答時，最後一個音似乎還加上了「喔」。「我能看看你的入學通知嗎？」

埃格布努，他從兩天前離開烏穆阿希亞時就跟著自己的隨身包拿出那封信，雙手顫抖不已。他望著對方檢視那張粗糙起皺的文件，看進男子每一次眨眼，暗忖他臉上的每一種變化，對方一舉一動都讓他非常害怕。

「這封信沒問題，我看到你已經付清學費。」他直視我宿主，然後抓抓頭側。「讓我問你一個問題：你有付宿舍的費用了嗎？」

「有的，」我宿主稍稍鬆了一口氣。接著他解釋自己如何將兩學期的住宿費交給賈米克處理。他拿出了那張賈米克寫下的費用分攤表，上面是密密麻麻的數字。「我花了一千五百歐元支付一年的住宿費。還付了第一年的三千歐元學費，兩千歐元的維護費。」

他不知道說了什麼，讓阿蒂夫很訝異。他打開另一份檔案，開始瘋狂地在名單上尋找宿主的名字。女孩也加了進來，甚至另一個拿著飲料的男人也跟著幫忙。他們全都站到阿蒂夫肩膀後面仔細看個清楚。一輛計程車慢慢朝他們駛來。此時，阿蒂夫抬頭告訴我宿主，他手上的名單找不到宿主的名字。還有另一份檔案也是校園公寓名冊——那裡都是非洲學生，因為他們不太喜歡宿舍提供的土耳其在地餐點——裡面也沒有我宿主的名字。學校補貼的住宿名單中，也沒看見我宿主。

阿蒂夫尋遍所有資料，完全找不到我宿主的名字，但他仍然告訴我宿主沒關係，不會有事的。埃格布努，阿蒂夫可是對著一隻被拔光羽毛的禽鳥說話啊，如今，我宿主只能赤裸裸地面對這個世界了。阿蒂夫帶著他走過校園時，還在安慰他。他們走向一棟四層樓的建築，跟剛才報到的那棟大樓相似，然後走上樓梯到了他的臨時住所，他可以在那裡住上五天。接著，阿蒂夫與這位飽受毀滅衝擊的苦主握手，安慰我宿主，說一切都會沒事的。然後，就像地球每個角落的人類族群經常發生的那樣，那個被扒得精光，陷入痛苦絕望又悶悶不樂的男人，只對阿蒂夫點點頭，向他道謝。我已經看人類這麼做很多次了。阿蒂夫告訴他，「先放輕鬆，睡一覺再說。晚安。」我宿主也覺得當下這是最好的建議，於是也點點頭回答，「晚安了。明天見。」

第十一章 異域旅人

宅奇陶科，先祖們曾以世故成熟的智慧說過，以自己的母語說話向來就不困難。由於我宿主到了一個我不熟悉的地方，因此我必須重述這裡的一切，與未來幾天發生的點點滴滴，才能讓我今晚的證詞更有分量。我請求祢們的耳朵耐心傾聽。

✣

雅古傑比，我已經說過，宿主對未來的期待將流於匱乏，希望也化為空虛。如今我更要問：一個人的明天究竟是什麼？難道就是要將其比喻為瀕危動物，儘管從獵人手中驚險逃出，卻停在一處深不見底的洞口。牠不會知道地底是否荊棘四布，更不會知道是否有更惡毒的野獸蟄伏其間。但再怎麼樣，牠都必須縱身而入，毫無選擇。畢竟不這麼做，就只有毀滅一途。如果人選擇不走進明日的大門，就得面對死亡。那麼，進入未知的明天之後呢？人就必須面對眾多可能，丘烏上神，多到數不清了！某人或許會開心起床，因為前一天主管告訴他即將升遷，他熱情擁抱妻子，出門上班。他上車後，沒看見某個處於驚嚇狀態的小學生跑到路上。就在一秒鐘，只消一眨眼的時間，此人撞死了原本大有前途的小男孩！這世界立刻賦予他沉重的負擔。這可不是平常的負擔，因為那是他無法自行解除的。它會伴隨他的餘生。我已經見證許多次了，但這可不就是這個男人要面對的未來嗎？

第二天早上，我宿主在新的國家醒來，知道這裡一切都不一樣，也不清楚到底自己還會有什麼遭遇。他知道這裡的電力從不間斷，於是他讓手機整晚充電。儘管大部分時間他都是清醒的，但整晚他都沒有聽到公雞鳴叫。在他的祖國，到處都是噪音：機器運轉聲、孩童尖叫玩鬧哭泣，汽機車狂按喇叭、人群歡呼鼓譟、教堂傳來的鼓鳴與歌唱，清真寺麥克風傳來的宣禮員呼喚，還有遠處方興未艾的派對……處處活力十足。但這個國家的平靜令人憎惡，幾乎沉默過頭了，彷彿家家戶戶每分每秒都在舉行葬禮，而且是只能私下交談的葬禮。儘管四下寂靜，但他睡得不好，天亮後，他甚至感覺自己該睡個回籠覺。前一晚，他的腦子似乎有人在開狂歡大會，無論是他喜歡或不歡迎的思緒全都盡情跳舞，讓他完全無法闔眼。

他走出房間時，看見了一個黑人，此人上半身赤裸，在廚房水槽洗手。

「我叫托比。我是埃努古人。現在在這裡念電腦工程博士，」男子自我介紹，走離窗邊白花花的陽光。

「奇諾索．所羅門．奧利薩。工商管理，」他說。他與那人握手。

「昨晚阿蒂夫帶你過來時我有看見，但我不想打擾你。我和一些學長住在另一間公寓。五號公寓。」男子透過窗戶指著一棟樓。它有黃色牆壁，兩側豎立著紅磚柱，四層樓的建築物前面有寬闊的陽臺。在他指著的一處紅色鐵欄杆陽臺上，有個頭髮蓬鬆，裡面塞著一把大梳子的黑人站在牆邊抽菸。「那裡住了三位奈及利亞人，他們都是上學期來的。都算是學長了。」

我宿主警覺了起來，內心燃起了一線希望。

「你知道他們的名字嗎？全名？」他問。

「是啊。怎麼回事？」

「你能……」

「一位是本吉，本傑明。另一為是迪梅吉，小迪。他比大家都早來，第三位是約翰，他也是伊博族。」

「沒有人叫賈米克？賈米克·恩沃吉？」

「喔，沒有，沒有賈米克，」男子說。「這是什麼名字啊？」

「我不知道，」他平靜回答，在那短暫的一刻，他的心原本已經飛往那間公寓，如今又被打了回來。但他一直盯著那裡，看見那位本吉已經回到室內了，另一個男人以及一名女子正走出門。

「你能把我介紹給他們認識嗎？我想看看他們有沒有人認識賈米克。」

「發生什麼事了？你需要什麼？你可以告訴我。」

他凝視著這位赤裸著上身，全身毛茸茸，雙眼深深藏在大框眼鏡後面的傢伙，心底考慮是否該把事實告訴對方。但他腦子有個聲音，甚至在我還來不及反應前，就一直催促他將自己的遭遇全盤托出。或許這個人可以幫他。他小心翼翼，一五一十交代清楚。起初他用白人語言，但說到一半時，他問對方是否會說伊博語，對方給了他肯定的答案，對宿主的問題似乎不太高興。總之，我宿主彷彿得到了一張比較柔軟的床，開始鉅細靡遺解釋，等到他說完後，那個人告訴他，他肯定被騙了。「我非常確定，」托比說，然後描述他聽過的許多騙局，比較其間的相似點。

「等等，當你打電話給他，呃，你發現的號碼是假的？」托比問。

「是這樣沒錯。」

「我敢說，他也沒有去機場吧？」

「沒錯，兄弟。」

「你明白我的意思了嗎？他一定是騙子沒錯。但是，我們先設法找到這個人。有可能他不是我們想像的那樣。也許他喝得太醉，忘了去機場——這個小島常常有人辦派對！你也知道這有可能。我們去買一張電話卡，這樣你就可以打電話給他，直到他接起來為止。走吧。」

公寓以外的全新國度給他帶來了前所未有的震撼。地面鋪滿了看起來像磚塊的東西，它們全都被壓進土裡，花瓶處處可見鮮花，許多房子的陽臺也用花朵裝飾。這裡的建築物與奈及利亞很不一樣，就連阿布札也沒見過這種建築風格。此處的工匠技術似乎更加精巧細膩。遠處一座幾乎完全由玻璃製成的長方形建築物引起了他的注意。「英國樓，」托比說。「我們都在那裡上土耳其文。」他還在說話時，兩個拉著大袋子的白人男孩，其中一位還在抽菸，對著他們喊叫。

「老兄！阿卡達斯。」

「阿卡達斯，你好嗎？」托比說，走過去跟這些人握手。

「說英文啦，」白人說。「不要說土耳其話。」

「好，英文，英—文，」托比的口音很重，他的聲音變了，模仿起這些人的腔調。我宿主看著他們，心想住在這裡是不是就要這樣：難道每次跟這些人說話，聲音語調就要改變？托比重新加入他後，我還以為他會問托比一堆問題，想解答塞在腦子的各種疑問，但他沒有。雅古傑比，這就是我這位宿主的奇怪特質，我在人間的許多週期中，也曾見過一些這種人。

他們買電話卡時，托比說學校會在週一開學，有些新生也陸續報到了。他說校園在週日晚上會人山人海，離今天還有四天。

他們走到一棟建築物，它有兩扇玻璃門，裡面販賣各種物品，他想這裡應該是某種大型超市。走進去時，托比轉向他。「這裡是萊瑪超市，我們可以在這裡買sim卡。你可以用它打電話給賈米克。」

依揚戈－依揚戈，托比對我宿主說話時，非常有威嚴，彷彿他是被交付給托比照顧監督的孩子。我將這個男人視為天意派來拉我落難宿主一把的好幫手。宇宙就是這樣運作：當一個人走到絕境，幾近崩潰時，宇宙會出手相救，通常是借助另一個人的力量。這便是何以開明先祖們常說，人也可以成為另一個人的守護靈。現在，托比就是他的人類守護靈，他帶我宿主買電話卡，打開sim卡的包裝，認真檢查，彷彿確保自己挑出了一顆好蘋果，才能將它交給他負責照顧的幼兒，「可以了，沒問題。沒有問題。你現在可以把它刮開了，就像我們國家的MTN或GLO卡。」

我宿主在超市外刮開儲值卡，站在一片荒涼黏土色的空地旁，托比說那就是沙漠。他輸入賈米克的電話號碼，接通時，他閉上雙眼，直到線路傳來迅速說話的人聲，然後是一段重複聲明：「你撥的號碼是空號，請查明後再撥」。當他把手機從耳邊拿下來後，他抬頭看了托比一眼，托比靠得很近，也聽見了那奇怪的機器人聲。輪到我宿主點頭了。

他讓托比決定下一步，托比說他們應該去「國際學生辦公室」。

——那裡是什麼？

——有個名字叫黛荷的女人。

——她會怎麼做？

——她可能會幫我們找到賈米克。

——她會怎麼做？他的號碼是空號。

——也許她認識他。她是負責所有外國學生的承辦人。如果他是這裡的學生，她一定認識他。

——好吧，那我們走。

✣

丘烏上神，我宿主越來越絕望，我也越來越深信不疑，他擔心的事情已經發生。他隨托比到了國際學生辦公室。他們穿梭在美麗的花園小徑，植被豐富的異國大地在他眼前開展，但他的內心卻暗自啜泣。到處可見年輕的白人，其中很多都是女性，但他連看她們一眼都沒有。在他這種處境下，妲莉就像詭譎黑影，在他心頭縈繞不去，也像某種鋼造結構，在他黑暗心靈的地平線上閃爍光芒。辦公室位於一棟寫著「行政大樓」三層建築物的一樓，國際學生辦公室的主管黛荷帶著令人放鬆的微笑接待他們。她的聲音聽起來很像一位歌手，但他一時想不起來歌手名字。在她面前，托比必須說白人語言，所以腔調很怪異，也因此更侷促慌張。他們坐在她對面的椅子，宿主說話時，黛荷也轉動自己的椅子，接著她開始翻閱桌上的檔案。她找到要找的東西了，她說，我宿主的錄取流程確實是由島上某位人士辦理的，但她只透過電子郵件與此人通信。她寫下了對方的電子郵件，跟我宿主手上的一模一樣：jamike200@yahoo.com。黛荷拿出一份資料夾，裡面放了宿主的檔案，托比似乎很確信自己會找到相關線索，他開始翻閱文件，一面說出自己的發現：

宿主認為自己已經支付的學費，其實只付了一部分，只有一學期而已，而非兩個學期。因此總共付了一千五百歐元的學費，不是三千歐元。關於宿主認為自己早已付清的住宿費，正如阿蒂夫所說，什麼錢也沒付。還有所謂的「維護費」。根據賈米克的說法，學校要求學生將錢存入一個經過核實的銀行帳戶，以確保你在學校期間有足夠的生活費使用，這樣就不需要非法打工——這完全不是事實。

似乎這位黛荷女士也對「維護費」一頭霧水。「我從沒聽說過，」她說，困惑地盯著他們瞧。「學校沒這項收費。他騙了你。所羅門。真的。他騙你。我很抱歉。」

埃格布努，他接受了事實，原來學校真的沒有替他開什麼帳戶，奇特的是，他竟然也感到一絲安慰。黛荷告訴他們，「不用擔心。」於是兩人便彷彿高舉這面寫著這幾個字、令人心安的標語，離開了辦公室。這幾個字對急需協助的人而言，總是能稍加平撫——就算是短暫一會兒也好，足以讓人深深感謝對方，我宿主和他朋友就是如此，於是兩人放鬆不少，領走了我宿主的資料夾，裡面有他入學通知書的正本以及學費收據，這是唯一有賈米克名字的文件，上面的日期是二〇〇七年八月六日。

他們站在我宿主的系辦大樓，查韋烏立工商管理大樓的前廊休息時，他想起八月六日的前一天是八月五日。他不知道自己為什麼突然記得這一天，因為他並不總是像白人一樣，用年月日記得所有事情，他習慣像先祖般，以事件活動來紀錄每一天。不知道為什麼，那幾天就此深刻烙印在他的腦海。就在那一天，他收到自己賣掉老宅大院的錢：一百二十萬奈拉。買主將現金裝在黑色的尼龍袋。他和艾楚格睜大眼睛認真數錢，他的雙手顫抖，語不成聲，無法接受自己的所作所為。他還記得，艾楚格隨對方離開後，賈米克打電話告訴他，他已經代墊了學費，接下來他該儘快把餘款與住宿費匯給他了。

奧色布魯瓦，身為無時無刻必須看護他的守護靈，只要我想到他和這個人的往來經過及隨之而來的遭遇，就非常懊惱後悔。更令我不安的是，我竟然一點也沒有起疑。就算我曾對賈米克有過一丁點兒的疑慮，也因為此人表現得如此無私慷慨而煙消雲散了。我的宿主——還有我——本以為賈米克不是認真的，他不會真的答應先用自己的錢支付學費，讓我宿主不用急著賣屋子與家禽，慢慢等到價錢好一點時再脫手。就這樣，他難以置信地開車到喬斯街網咖，找到賈米克提過的簽證文件，也就是那封所謂的「無條件入學通知書」，現在充其量看起來不過是螢幕上的幾個字罷了。這封信當初就是發自他們剛認識的那位黛荷女士。

當宿主與托比經過了一群在空地上玩耍的白人女學生以及幾名抽菸的白人男子時，他回憶起八月五日那一天，等網咖員工將信列印出來後，他便直接帶了錢去銀行，請銀行將等值於六千歐元的錢匯給賈米克．恩沃吉——住在賽普勒斯的賈米克．恩沃吉。手續辦了很久，交易完成後，他帶著收據回家，上面載明銀行以一比一百二十元奈拉的匯率將他的錢換成了歐元。他瞪著銀行職員歪歪斜斜的在那筆金額下方畫了橫槓：901,700，剩下的餘款為 198,300。他還憶起自己從銀行開車回家時，心裡對賈米克感激涕零，同時也憂慮即來的離別，更因為背叛了父母而惶恐不安。

現在，我宿主打心底質疑所有人的動機，但他在托比身上看到了願意協助他的真誠態度。於是，丘烏上神，他就讓此人引導他，這便是他能回報的代價了。托比這種人士往往能透過協助孤軍奮戰的新朋友得到終極救贖，這我也已經見證許多次了。

托比說他們應該去扎拉銀行一趟，他知道它位於萊夫科薩市中心，就在老清真寺旁。

「我們去那裡做什麼？」我宿主問。

「我們把錢的事情問個清楚。」

「什麼錢？」

「那個笨賊賈米克說的什麼維護費，他本來應該用你的名義開戶的。」

「好吧，我們也該去一趟，謝謝你，兄弟。」

於是他們搭上前往市中心的公車，它跟前一天在機場接送學生的大型公車很類似。車上有一些土耳其或是土裔塞島人，他想這裡應該多半是這些人才對。有位女士將一個粉紅色塑膠袋放在腿上，另一位金髮小姐則戴著墨鏡。假如今天時空不同，他絕對會盯著她欣賞。另外有兩名穿短褲、T恤與浴室拖鞋的男人站在駕駛座後面跟司機聊天。一對黑人男女坐在托比和他後面。托比認識他們；他們是搭同一班飛機過來這裡的。這名叫博多的男子與名叫漢娜的女子認為拉哥斯比萊夫科薩好上十倍。托比向來說話大聲，開始與對方熱烈交談。托比不同意他們的看法，他認為光是北賽普勒斯電力從不中斷、道路平坦就已經大贏祖國太多了。而且這裡的貨幣也比較強勢。

「他們是一美元對多少里拉？一比二。那我們的呢？一比一百二十！很扯吧?!一百二十多奈拉！而且是普通貨幣喔！歐元甚至是一百七十！哪有比較好?!」

「他們的錢哪能跟我們的比？」博多回答。「他們是刻意在貶低我們。你自己看看，一百奈拉能買什麼？回我們祖國，甚至可以買電視。我們的錢只是後面的零比較多罷了。而土耳其人到現在還把一千叫做一百萬。」

「是沒錯，迦納也是啊……」

「你看吧！」

「那是因為他們把零取消，重新制定匯率，」托比繼續。

丘烏上神，我宿主心不在焉，決定自己不要插嘴。他心想，只有一切順遂的人才有資格進行這種瑣碎閒談吧。他自己則差得遠了。他一頭闖入全新的世界，彷彿困在濕木的昆蟲，處處受限、憔悴脆弱。所以他最好還是專注在公車外的風景，還有公車門上的那些外國文字。他看見才剛上車的兩名土耳其女孩，她們是在一處類似汽車展售區的地方上車的，因為那裡寫著「超級汽車」的標誌。他也注意到這些女孩應該是在竊竊私語他與他的同胞，因為她們一上車就朝這方向看。其中一位甚至向他揮手，另一位女孩則靠了過來。我宿主內心開始咒罵，因為他不想跟任何人說話；他只想窩在濕木中，但太遲了。女人們以為他會和她們攀談，於是走了過來，站在空座位間的走道。其中一位揮舞著她畫有粉彩的手指，用土耳其文對他說了些什麼。

「聽不懂，」他回答，雖然他沒怎麼說話，但還是被自己沙啞的聲音嚇了一大跳。他用雙眼示意托比，他馬上轉過來。

「你說土耳其文嗎？」女孩問。

「一點點。」

女孩笑了。她說了一些托比也聽不懂的話。

「好吧，不說土耳其語。英語可以嗎？」托比問。

「哦，只有我朋友會英語，」她轉向另一個躲在她背後的女人。

「我們能，嗯，碰碰你們嗎？」

「頭髮，」另一個女孩說。

「對！」第一個女孩說。「我們能摸頭髮嗎？」

「摸？」托比問。

「是！摸！觸摸。我們能摸摸你的頭髮嗎？我們覺得它很有趣。」

「妳想摸我們的頭髮？」

「對！對！」

托比轉向他，看起來他很願意讓女孩們觸摸自己的頭髮。他膚色黝黑，毛髮跟沙漠植被很像，所以女孩們才想摸摸看。托比覺得無所謂，我宿主也覺得自己應該沒關係。反正他那些傾家蕩產，用老家跟禽鳥換來的一百五十萬奈拉至今仍不見蹤影，還有什麼更重要的事呢？反正他都已經麻煩這麼多了，讓自己跳進更大的火坑又怎麼樣？就讓這兩名女子——白皮膚、說著詭異變調的白人語言——摸摸她們覺得有趣的頭髮。雅古傑比，當托比低頭讓小姐們用手伸進他捲曲沒梳的亂髮時，我宿主也把自己的頭放進了她們手中。兩雙細瘦白皙，塗了五彩指甲油的小手，就這麼在先祖後代的頭上游移。她們格格嗤笑，一面摸一面問問題，托比回答得很迅速。

「對，頭髮還可以長得更長。如果我們不剪的話。」

「為什麼是鬈的？」

「我們會梳，而且還會上乳液，」托比說。

「就像巴布．馬利（Bob Marley）？」

「沒錯，我們的頭髮可以變得像巴布．馬利，如果我們不剪的話。」托比回答。

她們轉向那名來自奈及利亞的漢娜。

「那個女生，那是她的頭髮嗎？」

「沒有，那是接髮。巴西人髮型。」托比說，轉向漢娜。

「這些土耳其人是太閒了吧？告訴她們不要再弄我們的頭髮了。」漢娜說。

「黑人女子的頭髮也這麼長？」

托比大笑。「對，很長。」

「那為什麼還要接髮？」

「為了好看。因為她們不想綁傳統的非洲辮。」

「原來如此，很謝謝你。我們覺得真是太有趣了。」

✣

歐萬耶提里哈，我曾經居住在一位活不過十三歲的宿主體內，當時第一批白人抵達伊希姆波西。先祖嘲笑白人的愚蠢長達好幾天，依揚戈─依揚戈，我也清楚記得──因為我的記憶並不像人類──先祖覺得可笑的原因之一，便是覺得白人的「銀行」概念太瘋狂了。祖先們質疑，任何有理智的人類，怎麼可能將自己的錢，甚至自己賴以維生的積蓄全都拿到別人那裡存起來。睿智者老們認定這簡直是愚昧至極。但如今，他們的後代卻欣然這麼做，讓我更無法理解的是，到頭來，人們能竟然能將原來那筆錢全部收回，有時候甚至比最初放進去的金額還要多！

我宿主和他朋友就是到了這種地方──銀行。在他們走進去之前，宿主想起了他的小鵝；有一天他放學回家，發現牠躺在籠子裡，眼睛緊閉浮腫。他父親出門去了，家裡只有他一個人。他好害怕，因為他鮮少看見牠這樣睡覺，而且根本沒吃他買來的白蟻與穀粒。但就在他打算敲敲籠子前，小鵝就站起來昂首大叫。當下，他還因為自己過於提早焦慮害怕而覺得好笑。

於是，他心平氣和坐在這個看來與奈及利亞當地銀行很類似的銀行裡——室內也同樣以各種植物裝飾，陳設得富麗堂皇。他告訴自己，就看他們會發現什麼好了，不要這麼早擔心害怕。他與托比坐在水族箱旁，裡面的金黃色與粉紅色的小魚悠遊在進口鵝卵石與人工珊瑚間。輪到他們時，托比上前與櫃檯人員說話。他用了一些我宿主根本說不出口的言語，向對方解釋情況。

「所以，如果我沒聽錯你的意思，你是想知道你朋友是否在這裡開了帳戶？」男子流利的口音類似妲莉與她哥哥。

「是的，先生。另外，我們想請你查一位賈米克・恩沃吉，我朋友把錢交給他。看到這張收據了嗎？賈米克幫他付了學費。」

「對不起，先生，我們只能幫忙檢查你朋友的帳戶，不能查別人的。可以將他的護照拿給我嗎？」

托比將我宿主的護照交給對方。男子在鍵盤打了幾下，偶爾停下來跟過來張望的女性同事說笑。加加納奧格武，這個女人跟瑪麗・巴克利斯長得一模一樣。瑪麗來自野蠻白人國度，兩百三十三年前曾經非常渴望我當時的宿主雅加齊。瑪麗・巴克利斯的家人擁有大片土地，就住在我宿主雅加齊被奴役的農場旁。他主人同時擁有許多奴隸，瑪麗的父親幾年前就被殺了，她對我宿主雅加齊特別感興趣，也試圖引誘他上床，送了他不少禮物。但他害怕和她上床，萬一這麼做，他就會在殘酷的白人土地被當場吊死。有一天晚上，她從死氣沉沉的丘陵緩步走來——白天時，山上四處可見白人稱之為渡鴉的怪奇大鳥。其他四名奴隸假裝睡著了，這名陌生的白人女子對低賤奴隸宿舍的難聞氣息毫不畏怯，她整個人被一股我從未見識過的肉慾驅使，堅持如果沒有得到雅加齊，她就要自殺。於是那天晚上，這名出生在偉大先祖國度，甚至曾經夢迴故鄉的年輕男子，就這麼與她同床，盡情沐浴在她強烈豐富的肉慾中。

如今，過了這麼多年後，我彷彿又看見瑪麗的灰濛雙眼盯著她的同事，咬著那顆蘋果，在上面留下了她的齒痕。

「先生，這間銀行沒有這個帳戶。」

他把護照遞回來，轉身與那位神似瑪麗．巴克利斯的女子說話。

「抱歉，你能檢查另一個人的帳戶嗎？」托比問。

「不行，對不起。我們是銀行，不是警方，」男子有點在咆哮了。女人又咬了一口蘋果，走遠後，他拍拍自己的頭。「聽懂了嗎？這裡是銀行，不是警察局。」

托比還要發問，男子轉身離開，跟在女人後面。

我宿主和朋友默默走出銀行，走進市中心，兩人就像剛收到這個初來乍到的新國家發下的嚴峻通知。這個陌生國家彷彿一名絕望少女，朝宿主撲身過來，炫耀她空洞的魔法。他用夜行者的眼神望著她，這些高聳建築、古老樹木、聚集在道路旁的鴿子、閃閃發亮的玻璃建築，一切猶如虛無幻影，就像傾盆大雨中的模糊畫面。民眾看著他們：孩童指著他們，老人坐在椅子上抽菸，女士們似乎無動於衷。托比被廣場上跳來跳去的鴿子吸引了。他們走過商店、銀行、手機行、藥局、古代廢墟與殖民時期建築，上面掛著的旗幟與初抵先祖土地的白人建築物掛的旗幟非常類似。宿主感覺自己身體的一部分彷彿被鐵釘戳刺，不斷流出鮮血，沿途留下血跡。幾乎在每棟建築物前都有人對著空氣吞雲吐霧。他們在某處歇腳，托比叫了一點吃的，另外還有可口可樂。他們已經汗流浹背，宿主也餓了。他都沒有說話。埃格布努，沉默往往是心碎者可以撤退匿藏的堡壘，在那裡，他才能與他的思緒、靈魂以及守護靈交流。

他在內心誠摯祈禱；腦子有聲音不斷禱告，希望能儘快找到賈米克。他將心思轉移到妲莉身上。他不應該離開她的。托比和他此時到了一間鞋店，鞋子展示在托盤與桌上，他的視線抓住了商店旁玻璃門上的文字：INDIRIM。宿主還想到那名如今擁有他家大宅的新屋主。他想像男子與家人入住，卸下卡車運來的物品，將行李箱與家具拖進仍然空蕩蕩的屋內。宿主離開前，曾經回頭凝視父親的老房間：空無一物，有道牆都是刮痕與裂縫。陽光總是映照在朝東的那一面牆，床頭原本就放在那裡，從百葉窗朝外看還能望見院內水井。有一次爸媽忘記鎖門，他曾經瞥見他們在做愛，但那裡已經空空如也了，當時他心頭浮上一種詭異奇特的感覺，父母過世時，他也曾經有過同樣的感受。

加加納奧格武，餐點送上來時，他正在回憶自己與妲莉最後一次做愛的畫面，他鬆開她之後，精液滑下他們的雙腿，她開始啜泣，說他此時此刻離開有多麼殘忍——「因為現在你已經成為我的一部分了。」他的心思轉向食物，但丘烏上神，容我繼續描述那次做愛之後發生的事情。本來我沒想起來，因為直到現在，我發現原來那很關鍵。祢知道的，如果我們將宿主的所有行為都集中在一次證詞中，那怎麼樣也說不完。因此，作證者必須精挑細選，將最相關的內容一一陳述，讓證詞有血有肉，賦予生命——這才能成就宿主的一生。此時此刻，我認為自己有必要回溯。那天晚上，在他空蕩的臥室裡，他將頭靠著牆，她的眼淚從他的肩膀流到胸前，他說，這是最好的決定。「媽咪，相信我。相信我，會很美好的。我不想失去妳。」「但你不需要啊，諾索，你沒必要這麼做。他們又能拿我怎麼辦？」他抱著她，他心跳很快，他將嘴唇放在她的唇上吸吮，彷彿把它當成笛子，直到她全身顫抖，無法言語。

雅古傑比，他現在吃著托比稱之為「烤肉串」的東西——是由一位身材高大的白種男人送上來的，他將食物丟上小托盤時，青椒掉了出來，那人說理面有「奧科查」。托比熱情回應，說他知道奈及利亞足球員傑伊－傑伊．奧科查。我宿主雖然沒說話，卻擔心這種反應會吸引此處其他白人，他們被烈日曬得黝黑，因為這裡很熱，比他記憶中的烏穆阿希亞還要熱。他避開了其他人的目光，將食物給吃下肚，儘管味道不錯，但想也奇怪，因為他認為這國家的人民許多食材都不願煮熟。我宿主帶著嘲諷的意味想著，這裡的人應該是很重視食物原味吧？似乎只要把它們洗乾淨就好。洋蔥？可以，只需切碎，加入餐盤就行。番茄？當然好，從花園摘下來後，拍掉上面的泥巴，用清水洗淨，把它們切半，就可以上桌了。鹽巴？一樣——其他調味品或胡椒也是。大概他們覺得烹飪很浪費時間，該拿來做其他的事情，例如抽菸、用小杯子喝茶以及看足球。

有人找托比聊天，但我宿主只是望著窗外的車流。汽車移動緩慢，故意停下來讓人們過馬路，沒有人按喇叭，大家行色匆匆，而且幾乎每一個過馬路的女人都有一個牽著她手的男人。他又思念起妲莉。他離開拉哥斯後，就再也沒有打電話給她。現在已經整整兩天，第三天也過一半了。他心碎地想到，自己違背了他在提出出國唸書時所做出的承諾。她現在不知人在哪裡，在做些什麼？他彷彿看見慶生會那天，在他受到屈辱前，她坐在書房的模樣。接著他意識到，無論是賽普勒斯，或是海外國家，都代表著全新又意外的美夢，每個有抱負理想的孩子都會想來一試身手。孩子與父母散步時，或許看見魔術師在小巷中娛樂人群。他會看到一個人站在一處平臺，手握拳指著空中，對著擴音器喊著虛假的承諾，臺下觀眾卻熱情歡呼，搖旗吶喊。

——爸爸，那是誰？

——他是政客。

——他做什麼？

——他只是個想成為阿比亞州州長的平凡人。

——爸爸，我以後也要當政客！

他現在發現，自己這些遭遇，不過是一場誘惑，任何人在追求美好事物的過程中，一定會遇上它，而它也這麼翩然出現他面前，唯一的目的就是讓他回去，要他卻步，逼他放棄。但他下定決心不會讓它得逞。他激動地對自己宣示，結果他正在吃的肉塊掉到桌上了。「奈及利亞現在是幾點？」他問，尷尬地想轉移人們對他的注意。

「現在是三點十五分，」托比眼睛盯著我宿主背後的掛鐘。「所以現在奈及利亞是五點十五分了，他們早我們兩小時。」

就連是托比也一定也很驚訝吧，他想。什麼？奈及利亞時間？托比有所不知，事到如今，為了消化發生在身上的一切，我宿主連開口也很痛苦。他仍然無法相信賈米克計畫了一切。怎麼可能？當艾楚格告訴他，此人或許可以幫他時，他不是才剛跟妲莉分開嗎？賈米克怎麼可能會想要設計他？賈米克怎麼知道他會決定賣掉房子與家禽？他從來沒跟賈米克有過節，為什麼會被陷害？或者是他根本記不得兩人的過往了？

他仍然無法接受現實給他的試煉，結果，腦子有個聲音冒出來，說他曾經對賈米克做過不好的事情。那是一九九二年，他在教室前方，沒有粉刷的牆壁貼著舊月曆。他只有十歲，跟羅穆盧斯與欽武巴坐在一起。他們正在討論街頭足球賽，突然，欽武巴跺跺腳，拍拍雙手，指著窗外走向他們的男孩。這傢伙拿著一件看來像是襯衫的東西，背上掛著書包，「大奶妹喔，大奶妹來了！」他加入其他人的叫囂，笑窗外的男孩是女生，跟大家一起用惡意的眼神打量對方的特徵：肥滿的屁股與大腿、歪歪斜斜的牙齒、如乳房般下垂的胸部以及短胖的身材。過了一會兒，男孩走進教室，他們三人異口同聲大喊：「熱烈歡迎大奶妹！」他現在才想起來，這個戴眼鏡的小男孩被他們的攻擊嚇壞了。他邁開笨重的步伐，氣喘吁吁走到座位上，一隻手蓋著眼鏡，應該是要掩飾他怯懦的淚水。

他認真回憶年輕時的賈米克，因為自己曾經霸凌他而啜泣，他不確定賈米克的所作所為是否為了報復他。從過去扔來的大石，現在能壓垮他嗎？

「所羅門，」托比突然說。

「怎麼了？」

「你不是說朋友帶了賈米克到你家？」

阿嘎巴塔—艾魯馬魯，不知為何，我宿主的心臟開始狂跳。他往前靠著桌子，「沒錯，怎麼樣？」

「沒什麼，沒什麼，我只是有個想法，」托比說。「你打電話給你這個朋友了嗎？賈米克會不會人在奈及利亞？他知道賈米克父親住在哪裡嗎？是不是……？」

我宿主彷彿被閃電擊中了。托比還在說話時，他瘋狂摸索口袋裡的手機，托比頓了一下，看見他的機智帶來了效果，繼續說道，「沒錯，我們打給他，確定賈米克是否在這裡。你是我的兄弟，我還跟你不熟，但大家都是出門在外的遊子，人在異國他鄉，就不能讓兄弟流離失所。我們快找到人吧。」

「謝謝你，托比。願全能的上帝代我庇佑你，」他說，「你說我該撥哪些號碼才能直接跟奈及利亞聯絡？」

「先打00，然後加號，接下來是2，3，4，區碼的0不用打，接下來打平常的號碼就好。」

「好的，」他說。

「喔對不起，對不起，只要從加號開始就好，00是另一種撥號方式。」

「好的。」

丘烏上神，他立刻打給艾楚格，後者聽到他的遭遇非常震驚。艾楚格正在一棟大樓附近處理發電機，所以我宿主幾乎聽不到他的聲音。但從他能聽到的點滴判斷，艾楚格向他保證，確定賈米克已經離開國內。但他知道賈米克的姊姊開了一間賣書包和涼鞋的商店。他會去問清楚賈米克的下落。

講完後，他放下手機，鬆了一口氣，也驚訝自己竟然沒有先想到該打電話給艾楚格，真不知道陷入絕境的人，腦子是如何運作的，也許，這時候不思考比較好吧。因為這種時刻，人類心靈或許會產出某種金玉其外、敗絮其中的果實，被蟲子啃咬得慘不忍睹，傷害難以估算，陷入無以復加的浩劫境地。

埃格布努，這種浩劫讓人很難平復心情，往往會欲振乏力，再也無法有所作為。但其實一切早成定局，當事者已經沒有動力繼續前進了。

托比很滿意我宿主打了電話，點頭肯定。「到時就知道了。看賈米克是否還在奈及利亞，對你撒謊。」我宿主點點頭。「你打電話時，我還想到，也許我們可以先去報案，再回學校。讓我們先報案，讓警方追蹤賈米克。他可能已經回來賽普勒斯了，只是人在其他城市。警方有人民的紀錄，很有機會可以找到他。」

我宿主抬頭望著這位拯救他的好人，深受感動。「那就這樣吧，托比，」他說。「我們走。」

第十二章　矛盾的黑影

席米力塔塔，是的，如遠古先祖所言，一條腐爛的魚，臭味會先從牠的頭部散逸出來。我已經開始懷疑，我宿主已經遇上我跟他最擔憂害怕的事情。但是當下我也不可能明白，畢竟我們與宿主都看不到未來。守護靈無法不讓宿主面對挫折失敗，只能在這種時刻努力鼓勵他們，向他們保證一切都會好轉，我們必須向他們保證，埃格布努，破鏡可以重圓。我只能盡力幫助他重新振作，畢竟他也已經崩潰得不成人形，因為，他馬上接到艾楚格回電，艾楚格去了一趟賈米克姊姊開的商店。他沒有告訴對方出了什麼事。只是謊稱賈米克給了他一份合約，他想向他報告最新情況。但那女人告訴他，賈米克旅行去了。接著艾楚格問她賈米克的電話。「讓我震驚的是，」艾楚格向宿主報告，「她說賈米克不准她給任何人他的電話。我真不敢相信自己的耳朵，諾索。然後我拜託她打電話給他，他真的接了，不知道他對她說了什麼，總之她一臉懷疑地看著我，然後告訴我他很忙。」艾楚格此時住了嘴，因為我宿主呼吸沉重，手也開始發抖。「我真的很抱歉，諾索，這真的讓人太難過了，看來我們都被賈米克騙了。」

阿嘎巴塔－艾魯馬魯，托比在警察局前也聽到艾楚格的回覆，一直猛搖頭，要我宿主將自己僅剩的歐元換成土耳其里拉。不用全換，但至少換一部分，因為他們需要在城裡租公寓。宿主手邊剩下五百八十七歐元，他拿給托比四百歐元，托比走進一座玻璃建築物，門上的「DOVIZ」閃閃發光，托比再出現時，手裡帶著一疊土耳其里拉。他們在警局附近還見到兩名非洲學生，其中一人淚流滿面。

怎麼回事？這名心神不定的女子正在找一個為她申請萊夫科薩某所大學的男子，此人叫詹姆斯，本該在機場接她卻沒有出現。她的白皮膚朋友與妲莉母親長得很像，也在一旁證實了這件事。他想問她們這個詹姆斯有沒有可能是賈米克，或也許甚至是假名，但女人們絕望地匆匆離去，她們離開後，托比丟給了他一個意味深長的眼神，但沒有多說什麼。

他步伐急促走進警察局，胃部翻攪。這裡與奈及利亞的警察局不太一樣，國內總是擠滿又餓又兇的暴力份子，歷經風霜，貧病交迫，對外人毫不客氣，但在他面前有三個跟銀行一樣的櫃檯。大家井然有序或坐或站，排隊等待自己被叫到名字。每個櫃檯有兩名警員服務民眾，他們背後的牆上就像剛才他在銀行看到的那樣，有兩位男士的大型肖像，其中一位是地中海型禿頭男，另一位神情極其嚴肅。托比無意間發現他視線的方向。「賽普勒斯總理塔拉特與土耳其總理艾爾多安。」他點點頭。

輪到他們時，主要是托比發言。這是他讓托比主導的主因：托比無法讓人忽略自己的存在，儘管他認為自己只是在輕聲細語，但其實他聲音非常宏亮，給人一種他完全知道自己要說什麼的感覺。托比詳細解釋過程。員警遞給他們一個檔案板，托比把他所知的事情都一五一十寫在上面了。

「在這裡等，」警察說。

等待時，宿主的心臟跳得厲害，他的胃彷彿也莫名其妙膨脹起來。

「我相信那惡魔絕對還在島上，他們一定會找到他的，」托比搖頭。「事情不可以這樣惡化下去，看剛才那位無辜女孩，這些惡棍，太過分了。到處招搖撞騙。我們以前認為他們只會在網路上騙白人，結果他們竟然連自己的同胞都騙，希望他們走投無路！」

他不知道為什麼自己很希望托比繼續說下去，因為聽著那些話也讓他安心多了。托比嘆了口氣，起身到大門邊的飲水機，拿了塑膠杯替自己倒水，一口將它喝光。我宿主很羨慕他。此人沒有走投無路、失去所有，而且錢都還收得好好的，還在一所歐洲的大學念電腦工程。托比很幸運，值得忌妒，他的人生沒有什麼好傷心憤怒的，而且，他為我宿主背負的十字架，最快或許日落或明天前就可以擺脫了。托比讓他想起了白人宗教那本神祕典籍中的古利奈人西蒙——這位無辜男子，湊巧與耶穌同路。和西蒙一樣，托比因為因緣際會，與我宿主安置在同一間公寓——但他出自良心，而非羅馬士兵的命令，甘願為我宿主承擔十字架。不過，不久後他就可以解脫了，我宿主就快要獨自承擔一切了。但時間還沒到。

「你看這種行為是如何影響我們的，」托比從飲水機走回來時說道。「看我們的經濟發展，我們的城市。沒有電力，沒有工作，沒有乾淨的水。一點都不安全。什麼都沒有。物價翻倍，什麼都比不上人家。你進學校時，以為四年就可以畢業，結果卻花了你六、七年的時間，這還得靠神的力量。接下來，你還得找工作找到白頭髮都長出來，就算找到了工作，卻有可能連薪水都拿不到。」

托比此時住了嘴，因為處理他們案件的員警帶著一張紙出現在辦公桌前，但他才一出現又轉身離開。托比說的都是真的，讓我宿主也心有戚戚焉，他還希望托比多說一點。

「你知道最讓我困擾的是什麼嗎？」宿主搖搖頭，托比盯著他，想知道他的答案。

「就是這些笨蛋騙子賺的錢，全都浪費了。他們從來就不會好好利用。這就是輪迴。拉哥斯大街那個利用老婆騙錢的傢伙？他死得很慘。這個賈米克，一定會罪有應得。」托比彈彈手指，他回視托比的雙眼，在裡面看到了一股熱情，幾乎等同於走投無路的人們，渙散又沒有焦點。「等著瞧，你會見證一切，他不會善終的，絕對不會有好下場。」

托比不說了，他又回到飲水機前，托比說了這麼多，讓我宿主感覺人生重新有了朝氣。有時候，某人停止說話許久之後，那些話語仍餘音繞梁，不絕於耳，彷彿有什麼隱形精靈使力，不斷讓它們重複再重複。他那些話就是這樣。這個賈米克，一定會罪有應得。等著瞧，你會見證一切，他不會善終的，絕對不會有好下場。在隨之而來的沉默中，我的宿主沉思這段話。他真能看到賈米克自食惡果嗎？但他甚至不知道賈米克人在哪裡，如何聯繫他時，又該如何見證？是否在未來的某一時刻，他會在某處見證賈米克受苦，見證他為自己帶來的羞辱付出慘痛代價？他真心希望如此。他將托比的話拿來禱告——畢竟托比的襯衫下掛了一條玫瑰念珠，他還說，要不是他的父母希望他成家立業，他很想當神父，但他是家裡唯一的男孩。這位當不成神父的人也衷心為他祈禱，連他自己都還做不來，為此，我宿主默默在心裡吶喊阿門。

當他們離開車站時，太陽斜斜挪移，朝山巒傾斜，美麗的山脈在城裡各個角落都能看見。托比說，「你看，還是有希望的。警察還是能找到他。至少現在他們已經找到他的紀錄，他們知道他是誰了。他會被找到的。一旦那白痴回到島上，警察就會把他關起來。他會——我對創造我的神發誓——把你的錢還給你。所有的錢。」我宿主點頭同意。至少賈米克有點下落了。有些問題已經得到解答，就目前而言，這已經足夠了。值此乾旱時期，至少有個骯髒水窪已經成了活水。他檢視托比從警方那裡匆促寫下的六項資料：

一、賈米克．恩沃吉

二、二十七歲

三、二〇〇六年起為近東大學學生
四、本學期未註冊
五、上次入境賽普勒斯是八月三日
六、離開賽普勒斯為八月九日

托比向他保證，眼前這六個細節就夠了。它們出自可靠來源，他看托比也問了幾個問題，員警一一回答了。

——他去哪裡了？

警方或國家不會有這種紀錄。

——他什麼時候會回來？

他們也不知道。

——警方會不會認識任何知道他下落的人？

警方不會記下這些事情。

——萬一他出現，他們會怎麼做？

他們會拘留審問他。

——如果他不回來，他們會去找他嗎？

不會，他們只管轄賽普勒斯，又不是地球警察。

然後托比和他就不知道還能問什麼了。所以托比將賈米克的資料清楚寫在一張乾淨的小紙條上，把它交給他。他讓托比決定他們下一步該做什麼，現在才剛過五點，他們也該回到臨時宿舍了。托比建議明天等他自己註冊課程、認識指導老師後，就去一趟近東大學。他們稍早在前往市區的路上時，曾經遠遠看見這所學校。他們會到近東大學問是否有人認識賈米克，或知道他的任何下落。等到打聽完之後，他們就得去城裡找公寓，雖然我宿主只住了一晚，但托比已經住了四個晚上，新學生只允許在臨時宿舍住一週。托比進一步建議，他們可以合租公寓，直到我宿主的財務問題解決——托比強調——他會盡一切努力確保不讓惡勢力占上風，他的兄弟不會被困在這陌生的國度。

我宿主覺得自己也別無選擇，只能默許。更甚之，與托比分享膳宿費用更具感激意義，托比說過，學生自己租公寓很貴。他覺得自己對這位替他做了這麼多的人有責任義務。他同意分擔房租，他感謝托比。

「不要客氣，」托比說。「我們是兄弟。」

埃格布努，正如先祖所言：人在附近看見自己走丟山羊的影子，並不表示他可以抓到牠或讓牠復活。人有了一些希望，也不代表被摧毀破壞的人事物就能有挽回的機會。因此可以理解的是，他們上公車前，我宿主衝動地走進公車站旁的一家賣酒小店，買了兩瓶烈酒放進隨身包裡，托比非常困惑，讓我宿主認為有必要合理解釋自己的行為。

「我不是酒鬼。只想尋求一點心靈平靜。因為發生這麼多事。」托比點頭。「我懂的，所羅門。」

「謝謝你，我的兄弟。」

✣

奧色布魯瓦，我自然會簡單陳述我宿主回去之後做了些什麼，但他們在路上撞見的一幕對兩人造成不小衝擊，值得我現在離題討論。對我宿主而言，從面對絕境開始，他便回想起自己的大院、小農場、兩週前妲莉種的秋葵——想必它們已經快要開花，還有他那些家禽。他思念她睡在他舊床上的模樣，憶起自己某天下午凝視被書本圍繞的她。他又想到她是如何在命運安排下選擇了他，將自己獻給他。他突然飄入這些愉悅開心的美景，此時托比拍拍他，對他說，「所羅門，看，快看那裡。」他看見窗外有個黑人，黝黑得非比尋常，簡直像個淋了柏油的活動雕像。托比原本一直在跟另一位乘客聊天，此人說這個怪人已經在島上遊蕩好一段時間，非常有名，甚至在土耳其及賽普勒斯流通的報紙《非洲》上有過專題報導。「這份媒體的標誌，」這位學生強調，「就是一張猴臉。」沒人知道此人的真實姓名，但他們認為他是奈及利亞人。他到處流浪，提著一個簡單的公事包，走遍城市的大街小巷，公事包似乎就裝了他所有家當。公事包早已因歲月摧殘磨損不堪。此人不與任何人交談，沒有人知道他吃什麼，每天如何度日。我宿主突然想起來，第迪可能在機場曾經提過這個人，埃格布努，他看著這怪人消失在遠處，這畫面深深震撼了他。他擔心這人或許也遇上與他類似的景況，最後就這麼發瘋了。他更怕自己到頭來也會變成這副模樣。

抵達校園公寓後，他回到自己房間。裡面什麼也沒有，只除了他放在地上的行李，以及他掛在兩張椅子間的襯衫。那天早上他用的毛巾還掛在上下鋪的一張床上。他想這房間本來應該是要住兩個人。他坐在另一張椅子，打開飲料，才發現他根本不知道為什麼要買酒，只覺得自己該喝一點東西，白色飲料看起來就像棕櫚酒——神聖先祖的飲料。它們花了他十五里拉，相當於一千五百奈拉。他站上椅子，檢查櫥櫃，裡面應該可以放他的行李。除了灰塵以及軟趴趴的蜘蛛網纏了一把舊牙刷，櫃子裡什麼也沒有。牙刷毛已經硬到不敷使用。想來，他做的一切已經失去意義了。曾經有人告訴他——他不記得是誰了——逆境對人最糟糕的影響，就是讓人變得不像本來的自己。那個人還警告，這才是最終極的挫敗。

許久之前他人的警告記憶猶新，讓他此時只能放下白色酒瓶，爬到上鋪休息。它光禿禿的，沒鋪床單，他試圖涉過腦中擁擠的思緒，可是怎麼樣也做不到。一大堆聲音同時找他對話，他感覺耳朵都要塞爆了。他爬下床，拿起一個酒瓶。「伏特加，」他對自己低語，用手擦擦濕掉的酒瓶標籤。他又喝了一大口，接著再一口，直到眼睛泛起滾燙的淚水，他打了嗝，馬上放下瓶子，坐在椅子上。他聽見托比在空蕩蕩的公寓走來走去，打開水龍頭。他的腳在地板上傳來砰砰聲。水龍頭又打開，接著是尿尿的聲音。然後，托比漱口、咳嗽。遠處傳來教堂歌聲，接著又是腳步聲，房門打開了，有人輕輕躺上床鋪。他聽不見托比的動靜，一切靜默後，宿主將思緒轉移到他想要它們去的人身上：賈米克。

艾卜比代克，他一直在想著這傢伙，結果傍晚時分，當夜幕幾乎完全覆蓋地平線時，之前他記不得是誰給的警告終於開始讓他變形。他半裸躺在地板，心情複雜扭曲，完全變了另一個人。他看到自己變成獅子，在野林覓食，尋找一隻名叫賈米克的斑馬——這隻動物帶走了他與他父親及家人擁有的全部家產。他奮力在腦海拼湊出賈米克的模樣，帶著嫉妒的好奇心凝視它。他的喉嚨想咳東西出來，結果把剛才的飲料全都吐在地板上了。

他回憶起之前記起來的一件事，當時是白人所稱的一九九二年，賈米克對我宿主與同學犯下的錯誤動手報復。他把他們記載在班上「噪音製造者」的名單上，但事實上，我宿主根本沒說話。由於賈米克偽造紀錄，害我宿主與同學被風紀老師修理，害我宿主全身瘀青，非常火大。他放學後還攔住賈米克，打算好好跟他打一架。但賈米克迴避了他，當年的作法是，萬一對方不願接招，男孩們也不會輕易動手。於是那一次，我宿主不戰而勝了。「妹子，你拒絕打架，因為你知道我會打敗你，」他大喊。當場人人都同意他贏了。但是如今，他躺在這陌生國家的宿舍地板，心裡怨恨當年他們不曾好好打上一架，就算他只是輕懲賈米克，如今想來也聊表安慰。他一定可以打敗賈米克的，用剪刀腿夾住他雙腿，讓他摔得吃土。

埃格布努，他好生氣，真希望此時此刻就可以挺身作戰，他會將這些伏特加酒瓶打在賈米克頭上，看著酒精滲進他的傷口。他閉上眼睛，壓抑自己快速的心跳，此時，似乎有位不請自來的神祇聽見了他的懇求，滿身鮮血的賈米克彷彿就站在他面前，玻璃碎片卡住他的眼睛、脖子、胸口、甚至肚子，泛起一大片血跡。他眨眨眼，畫面沒有消失，賈米克痛苦萬分、眼淚直流，顫抖的嘴唇說話了。

這畫面生動得令他不寒而慄，酒瓶從他手中掉落，濺到地毯上。他突然強烈希望賈米克不要流血致死。他伸出雙手，懇求那位痛苦掙扎的男人，要他不再流血，「其實，我並不想傷害你的，」他把眼睛遮住，不想看眼前血淋淋的畫面。「拜託，我的一百五十萬奈拉，賈米克，拜託你，把它還給我，我就回家，我對創造我的神發誓，把錢還給我！」

他再次抬頭看著自己說話的對象，對方像在回應，修長的身影顫抖得厲害。他低頭驚恐發現鮮血已在傷者腳邊聚集成一小窪。他坐起來想遠離房間，擺脫這畫面。

「聽著，我不要你死，」他說。「我不……」

「你沒事吧，所羅門？」是托比，在現實有血有肉的世界裡，他正在敲門。

「是的，托比，」我宿主訝異自己還發得出聲音，讓托比聽得見。

「你在講電話嗎？」

「對，對，我在講電話。」

「好吧。我聽到你的聲音，所以我才過來看看。拜託你好好睡覺，讓自己休息放鬆。」

「謝謝你，我的兄弟。」

托比離開後，他大聲說，「對，我明天再打電話給你。」他停頓了一下，假裝聽對方回答，然後說，「對，你也是，好，晚安。」

他左右張望，沒有賈米克的身影。他擦乾剛才祈求幻影時留下的淚水，依揚戈—依揚戈，我永遠難以忘懷，宿主開始四處尋找他，床上、紅色窗簾後、天花板上，他不斷敲擊地板，低聲尋找賈米克矛盾的黑影，那個流血的傢伙在哪裡？被他擊中致命傷的人呢？但他沒有找到。

他想起路上見到那位瘋了的黑人，心裡很害怕，緩緩爬上床。但他睡不著。一閉上眼睛，他又立刻縱身躍起，彷彿一隻過了疲憊的一天，如今脾氣很差的貓咪。他唯一能確定的，就是繼續取得更令人信服的證據，確認自己被擺了一道。他翻遍了荒地污泥，在垃圾堆挖掘各種細節——到了銀行、遇上摸了他頭髮的女孩、進警察局找資料、與黛荷見面、挖掘多年前與賈米克的過節。他認定就是它，才造就了對方今日無法壓抑的巨大仇恨，讓這深切的邪惡延續至今。他會猛撲、挖掘，繼續翻找，直到他找出一切證據，讓自己的心靈被這些殘餘碎片填滿，直到那天，他才能安然入睡。但他不會睡太久，因為他很快就要再次醒來，惡性循環會無情重複，一次又一次重複。

✣

阿卡他卡，我對宿主的狀態很不放心，更恐懼未來，在他入睡的短暫時間內，就在接近午夜前，我衝出他的身體。我默默等待，在公寓內沒遇上任何靈體，於是我離開宿舍，飛越埃津穆平原，穿過充滿靈體的靈界大廳，及時抵達了恩戈多窟——那裡是成千上萬守護靈的住所。當我的腳碰到發光地面時，我看到了多年前認識的一位守護靈，它屬於我前任宿主的父親。我問它是否認識某位活人的守護靈，那個活人叫賈米克．恩沃吉，但它不認識。我離開了它，它正獨自坐在瀑布邊玩一個銀罐。我問了另一群守護靈，其中一位已經二十年沒宿主了，它告訴我，要找到現任守護靈或它隸屬的宿主很不容易。我看著那些守護靈，它們其實只隸屬人間無數守護靈的一小部分，我意識到自己這趟任務徒勞了。我知道自己找不到賈米克與他的守護靈了。悲傷挫敗的我，利用超自然力量往天空爬升，很快地，我發現自己走到了只有祢，丘烏上神，以及我知道的深奧路徑。我能靠它回到宿主身上，它彷彿帶有磁力，能從宇宙的任何角落讓我回到宿主身旁。

第十三章 變形記

杷西底內路，偉大的先祖以他們對大自然的智慧說過，老鼠不會故意走進為自己設下的陷阱。狗兒也不可能知道小路盡頭有個深泥池，故意跳下去淹死。不會有人看見火堆，就刻意跳進去。但假使此人真的沒看見火，就有可能直直走進去。為什麼？因為人的視線是有限的；他看不見視力範圍以外的人事物。如果來家裡共享晚餐的客人對他說，「荻安夷，我剛從大北方烏烏－豪薩回來，帶了兩頭牛，牠們值一大筆錢。」客人可能還會加油添醋說，「我來找你，因為我的牛是很特別的品種，產出的牛奶營養價值很高，牠們的肉跟歐步蒂森林裡抓到的野牛一樣好吃。」男主人有可能因此被說服，認為賣方很有誠意，全心信任，就算沒有親眼目睹獵捕過程也沒關係。但是他根本不知道這些乳牛吃得很差，根本不是上等品種，就這麼被瞞在鼓裡，用高價買了那兩頭牛。我已經見證許多次了。

丘烏上神，為什麼總是會發生這種事？因為人看不見對方沒有說出口的事實，也無法看到被隱瞞的一切，於是，說出口的話，就成了事實，成了真相——除非這些都是謊言，最終被人揭穿。真理是堅不可摧的。它能夠抵禦任何玩弄騷擾。它無須裝飾，也不用裝飾。它不能扭曲，重來或挪動。人不會說，「如果我們加油添醋，或許聽者會理解得更清楚。」不可能！這樣做就是毀壞真相。人不能說，「我的朋友，假使他們在法庭上問我，我父親是否犯了罪，就因為我不想讓父親去坐牢，我能說他沒有犯罪嗎？」當然不行！笨蛋！那就是在說謊。只能說出你自己知道的事實。假如事證薄弱，就不要餵養它，使它變得虛胖。如果事實明確，也不用削弱它，萬一事實不足，不要刻意添加。真理會抗拒虛構的雙手，因為它不願被那雙手操縱。它必須以最初始的狀態存在。因此，當一個人帶著謊言找上另一個人時，他會掩蓋事實。他可能在一桶食物中放進響尾蛇；在代表光榮的衣裳裡，暗藏毀滅，直到他的目標步入陷阱，散盡家產，家毀人亡！這我已經見證許多次了。

奧色布魯瓦，我這麼說，不只因為我宿主的遭遇，也因為他在漆黑深夜驚醒——當時我才剛從恩戈多窩回來——他當下立刻想到自己還沒打電話給妲莉，他原本答應到了賽普勒斯後就要馬上跟她聯絡。她還要他保證永遠不會對她撒謊。在他出發到拉哥斯的前幾天，他們坐在後院望著一隻剛生小雞的母雞草率地整理脖子上的羽毛。她突然像是想起什麼似的，轉身向他說道，「諾索，你保證？」

「是的，」他說。「我保證。」

「你知道說謊萬惡不赦。萬一我從別人耳中聽到我不知道的事情怎麼辦？」

「的確如此，媽咪。」

「那麼，這表示你永遠不會對我撒謊嗎？」

「對……」

「永遠永遠，我是說，無論如何？」

「我不會的，媽咪。」

「你答應我？」

「全心全意。」她睜開眼睛，看見他後又立刻閉上雙眼。「不，不，諾索，真的，你聽好了。」

他等著她說話，但她許久沒開口。

即時是現在，他仍然不知道當時她為何不說話。是不是什麼念頭讓她分心許久？或者是內心恐懼強大到讓她必須謹慎權衡自己要說的話？這戒慎緊張的心情，甚至相當於被通知去認屍，確認那面目全非的屍體就是自己的親人？

「你永遠不要騙我，諾索。」她終於說話了。

「永遠不會的，媽咪。」

✣

翁耶克魯瓦，那天早上我宿主突然驚醒，他感覺自己好像聽到了隱形人在呼喚他。他睜開眼睛時，聽見遠處傳來似乎是起重機或重型卡車發出的尖叫聲。有好一會兒，他專注傾聽這些噪音，讓恐懼如浮油般飄在他的思緒表面。他認真思考下一步要如何進行，才能找到賈米克。在窗簾透進來的光線下，他坐起來，設法在亂如麻的心思中找到頭緒，等到黑夜完全被曙光驅趕，他就要迎接這個全新國度。他會上天下地找到任何可能知道賈米克下落的人。賈米克在這裡一定有朋友知道他的消息。他不會再讓托比為他背負十字架。他必須獨力承受這個重擔。

他梳洗完畢，拿了裝文件的袋子，在托比起床前就出門了。他在太陽剛升起時走進校園，行經托比與他曾經走過的幾個地方。他坐在游泳池邊的長椅，那裡站著一尊青蛙雕像，肚子黑黑的它正在凝視環狀池塘。長凳的另一端有一對淺膚色的夫婦，他們正在用土耳其語交談。他一坐定後，夫妻倆立刻站起來，走遠時仍不斷回頭盯著他看，讓他確信他們就是在談論他。

他坐在那裡，直到自己充好電的手機顯示時間已經八點十四分，他站起來，八點十五分的公車已經到了。在他與公車之間，有個看起來像是噴泉的小東西——這個他不熟悉的東西如奇怪植物般被安裝在地面，而且還會噴出水霧。我宿主在灑水器前停下腳步，先確定水霧方向，等到它一遠離他，他便趕緊衝上前搭車。

他上車時，司機不知道對他說了些什麼。

「不懂土耳其語，」他說。

「不懂土耳其語，」司機重複。

「對，英文可以，但土耳其語不行。」

「你是奈及利亞人？」

「對，我奈及利亞來的。」

他心不在焉地回覆對方，一面找位子坐下。公車走在兩條人行道之間，其中一處人行道上有兩名奈及利亞人提著萊瑪超市的袋子，托比和他就是在那間超市買手機的sim卡。他不知道為什麼，但他一看見其中一位就立刻從位子站起來想看清楚，然後又馬上坐下。在那電光火石的一秒，他還以為自己看見的是賈米克。後來他發現其他乘客都被他嚇到，可能覺得他瘋了。

他看見公車已經接近自己要下車的車站，他站起來，遠離雜亂無章的思緒。他跌跌撞撞走到前面，抓住扶桿。司機從後照鏡看見他，露齒而笑。「奈及利亞，讚喔，足球。很讚，傑伊—傑伊・奧科查、阿莫卡奇、卡努——真的很厲害，奈及利亞，哇喔！」

一下車，那晚在院子的記憶又彷彿被球棒打回他腦子。妲莉坐在長凳，母雞蹲踞在地上，默默凝視他們。

「媽咪，」她說，然後大笑。「你真是個奇特的傢伙，諾索。你會一直這樣叫我嗎？」

「應該是，媽咪。」她又大笑了。

「妳喜歡嗎？」

「喜歡，但真的很怪。我從來沒有聽過任何人叫女朋友媽咪。他們都說『寶貝』、『親愛的』或『甜心』。你也知道。但是『媽咪』？完全沒聽過，很與眾不同。」

「我懂……」

「嗯，我想到了！諾索！我想到了！今天在教堂時，我們唱了一首歌，讓我馬上聯想到你。不知道為什麼，錯，我想我知道為什麼了。因為它的歌詞，關於來到我身邊。你確實是自己來到我面前的。你突如其來地出現，就這麼來到我面前。」

「妳唱唱看，媽咪。」

「哦，天啊！諾索，真的要我唱嗎？」她打了他手臂一拳。

「啊！啊！妳要把我殺了啦。喔，好痛。」

她笑了。「我的力氣明明就跟羽毛一樣，還說很痛？真是胡說八道。那是獻給神的歌曲。所以我不想對著你唱，又不是情歌。」

「對不起，媽咪。我知道。我只是想聽妳唱歌，也想知道妳為什麼會記得我。」

他不再說話後，她睜開眼睛。

「要說『想到』，不是『記得』。」

「哦，是的，媽咪。對不起。」

「嗯，好吧，但我會害羞。Ama'im ka e si a gu egwu.（我不知道怎麼唱。）」

「伊博語講得不錯喔，」他笑起來。

「笨蛋！」她又打了他一下，他往後縮，臉皺了起來，彷彿非常痛苦。她對他吐舌，用力拉下眼瞼，露出兩顆眼球，暴露出肉色眼瞼後的血管。「你活該，誰叫你嘲笑我。」

「那妳肯唱了嗎？」

「好吧，親愛的。」

他望著她抬起眼睛，看著天上，十指緊扣開口唱歌。她的聲音溫柔輕巧，打動人心。埃格布努，音樂對人類意識發揮的力量絕對難以忽視，這一點先祖們也很明白。他們經常說，偉大歌手的嗓音上至聾人，下至亡者都得以聽聞。這是多麼真切！奧色布魯瓦！人類處於深沉悲傷時就會蜷縮起來，彷彿身在子宮內的狀態，不願面對世界。他有可能連續幾天淚流不止，無法動彈，甚至連飯都吃不下。鄰居們來來去去；親戚們進進出出，說道，「振作吧，沒事了，我的好兄弟。」但就算好話說盡，他仍會一頭陷入漆黑絕境。結果，他聽見了美妙音樂，無論那來自人類美聲或收音機，他的靈魂一定會隨之慢慢昇華，掙脫暗黑世界，迎向燦爛光明。我已經見證許多次了。

那些日子，我的宿主越來越害怕失去妲莉，但也被最後幾句歌詞深深震撼了。

祢是我的王
祢是我的王
而祢來到我面前
耶穌，祢來到我面前

而祢來到我面前
而祢來到我面前

她唱完後，他抓住她的手，激情熱吻她，後來他們做愛時，她問他是不是因為那首歌讓他們這一次做愛如此美好。

他下了公車，走上一處露臺，這裡有條長長的小徑通往近東大學。此時，那首歌還在他腦海縈繞不去，過了很久之後，它仍猶如宇宙間某種永恆之聲持續不絕。而祢來到我面前。從他視線所及之處，他發現機場遇見的那個人跟他說的話全是真的。第迪說：「這個國家多半就是沙漠高山，四面環海，幾乎寸草不生。」一眼前只有一大片荒陸，偶爾可見乾枯的野草叢，大洋另一端的人們似乎叫這東西乾草。路肩矗立大型看板，還有廢棄汽車廠與各種廢金屬。另外有一輛只剩下骨架的卡車就這麼倒在廢墟，被人拔走的頭燈留下兩個空空如也的大洞。一旁還有一輛白色跑車靠著本來應該是卡車的殘骸。還有一輛扭曲變形的貨車，它早就被壓得不成原形了。

他想打電話找第迪，告訴他自己要來造訪他的學校，也是賈米克就讀的大學，至少托比那張紙條是這樣寫的。他開始找號碼，這才想到自己沒有記下第迪的電話。那天在機場時，他的手機沒電了。他生氣地瞪著手機，用手摩擦它的邊緣。他真想把它丟得老遠，再也不要見到它，結果還是把它塞進口袋了。此時他走到了一處看起來像是賽馬場的地方。大門前有一群人在等，其中一位身穿長袍的黑人女孩讓他回憶起妹妹以前的打扮。女子戴著耳機，不時隨著音樂節拍搖頭晃腦，他走到她面前。

「請問，這位姊妹，這裡是近東大學嗎？」

「不是，近東還很遠，」小姐說。

「哦，還很遠？」

「是啊，但這輛公車會帶我們過去，喔，來了。先上車，它會帶你去你想去的學校。」

「謝謝，好姊妹。」

這輛公車比他自己學校的更整潔新穎，擠滿了乘客，許多土耳其年輕人七嘴八舌用自己的語言交談。剛才那位黑人女孩走到最後面，她找不到座位，於是抓著頭頂的橡膠桿。車廂內有各種海報，上面的文字他全都看不懂。在一張海報上，有名黑人男學生站在一位白人男學生旁邊，兩人都指著他前一天在市中心附近看到的一棟高聳建築。他發現這國家與自己的故鄉很不一樣。在偉大祖先的土地上，乞丐與攤販會包圍公車，並跑上車兜售物品，努力取得乘客的注意力。他回憶起拉哥斯公車停車場的壅塞，有一次他還得跟一名不斷騷擾他的攤販討價還價，只為了一瓶廉價香水。他發現，如果今天情境不同，一切順遂，他或許會喜歡上這裡的——至少為了它的井然有序。

他在近東大學的第一站就下車，有兩名拿著書的男學生也下車了。公車停在兩大片看起來像是人工草皮的空地間，這裡的景致與我在先祖國度見過的截然不同。一棟建築物矗立在寬敞的道路旁，對面則是一座小丘陵。他還沒想清楚自己該往哪去，所以我也幫不上忙，畢竟這裡我完全不熟悉。當年我那位被奴役的宿主跨越祢那覆蓋地球表面大部分面積的浩瀚海洋前往陌生國度，不過，這裡與那裡風貌有天壤之別。在那個叫做維吉尼亞的地方，我的前宿主發現自己與從其他黑人國家被抓來的奴隸同住，他們多數不會說先祖的語言，當地人煙極為稀少，可見幾棟宏偉的建築，其中一棟就是俘虜者的住所。遠眺則是遼闊的田野與山脈，作物茂密如歐步蒂森林。但這座島嶼處處不如，夜裡既沒有明亮的燈光，也沒有發出各類噪音的機具，所以，在他考慮下一步該怎麼做時，我沉默了。埃格布努，此時此刻，我宿主想破了頭，也不知道該如何解決問題，而我，他的守護靈，也幫不了他，但宇宙伸出援手，因為當他邁步前往最近的建築物時，手機響了。他匆匆接起電話。

托比在電話的另一端，聲音悶悶的，帶著一絲隱憂。我宿主回答，「我在近東大學，兄弟。我不想繼續用我的問題麻煩你。」

「我明白。你找到他了嗎？」

「沒有，我剛到學校。我甚至不知道自己該怎麼做。」

「你去了他們的國際學生辦公室了嗎？類似黛荷工作的單位？」

「耶穌基督！好兄弟，對！就是這個，我就是該去一趟。」

「對，對，」托比說。「先去那裡。」

「Chai, da'alu nu,（真的謝謝你，）」他說，眼淚幾乎奪眶而出，真不知道自己為何沒想到這個好主意。

「你會及時回來，好讓我們一起去找仲介嗎？迪恩給了我一個地址。今天我已經在公寓住了五天，只剩兩天。」

「沒問題，Nwannem（就這麼做，兄弟），我事情辦完就回來。」

由於決心獨力承受自己的十字架，直到剛才之前，宿主的步伐還帶著堅定的勇氣。現在它瞬間離他而去，不知道是否因為聽見托比的聲音，或因為他已經到了賈米克曾經讀書的學校，卻不知所措，毫無頭緒。總之，講完電話後，他有些改變了，他就像是一隻被催促走出洞口的蟋蟀。他找上一位圓臉男子——他的同胞叫這種人是「中國人」。「啊！」聽到我宿主的問題時，此人叫了一聲，對方說自己才剛離開國際學生辦公室，還帶他走到辦公室所在的建築物，它的外觀與他見過的建築物都不一樣，上面還飄揚著許多國家的國旗，他認出了祖國綠白相間的國旗。

埃格布努，他走進辦公室大門時，我宿主非常恐懼，暗自尋求神靈協助。在這方面，他表現得像忠誠的先祖。但先祖們是找自己的守護靈或神祇尋求慰藉，但我宿主卻祈求白人的神幫助他，讓他能在這裡找到賈米克——這是他多年來第一次祈禱。因為他很擔心，畢竟自己僅存的希望就只剩下這裡了。

「上帝耶穌，憐憫我。寬恕我所有的罪，我要原諒所有冒犯我的人。假使祢願意幫助我，讓我拿回所有的錢，如果祢也不容許這種事發生在我身上，那麼我將服事祢終生。以耶穌之名，阿門。阿門。」

✣

阿卡他卡，祢必須原諒我，祢擘畫設計我們，讓我們與宿主合而為一。讓我們能感同身受，理解他們的苦痛折磨，甚至為他們承受艱難。因此，我厭惡繼續描述他接下來在辦公室的經驗，寧可向祢說明它對他造成的衝擊與後果。我不想再站在這裡，讓一旁也需要祢傾聽的守護靈等候。因此，我要說，他在這裡發現他要找的那個人，正如員警而言，確實曾是這裡的學生，在外國學生間還赫赫有名。宿主還發現，儘管賈米克到這國家兩年了，卻只在這裡唸了一學期。才上了三週，他就再也沒出現。國際學生辦公室有位工作人員叫做艾耶托羅，此人也是我宿主的同胞，等到我宿主結束與辦公室主任的會談後，艾耶托羅將他拉到一處空蕩的大廳。

「你可能有大麻煩了哦，」那人說。

「我知道，」我宿主回答。

「真的嗎？等等，你之前就認識賈米克嗎？在奈及利亞？」

我宿主點點頭。「我們一起上小學，兄弟。」

「在哪裡？烏穆阿希亞？」

「沒錯。」

「那麼，之後，你有跟他保持聯絡嗎？你知道他成了如假包換的騙子嗎？」

我宿主搖頭。「不知道。」

「哎呀。他可是專業騙徒呢。他從你那裡拿走了多少錢？」

我宿主望著這傢伙，那一瞬間，他想起了自己的小鵝，那隻他深愛的寵物，世界上第一個讓他牽掛的事物。但埃格布努，他腦子裡的畫面還要更鮮明，那是某件發生過的事情。他看了與獵鷹相關的書籍，就開始自稱為馴鷹人，想讓自己的愛鳥在城裡飛翔。他決定買一條結實的藤繩，也請父親幫他買絆繩，在他將鳥兒放入空中時，它會拴在牠的腳踝，牽制牠高飛遠走。起初小鵝不願意飛，牠寧可哭喊哀號。但有一天，牠飛得很高，甚至高過芭樂樹，將藤繩拉到極限，當時望著小鵝高飛的喜悅是如此強烈，他哭了出來。

「你不想講？」男子問。「講了我才知道可以如何幫你啊。」

「非常多，兄弟。約七千歐元。」

「耶帕里芭！耶穌！好吧，你知道嗎？別發抖了，好嗎？放鬆。我會幫你。那傢伙騙了很多人。我從去年開始就沒見過他了，但我認識一些他的室友，他們應該有見過他。」

加加納奧格武，此人給了我宿主希望。急需幫助的人會緊抓住任何能讓他活下來的一切。我已經見證許多次了。只要一根棍子或樹枝丟到他面前，溺水者不會去拿繩子或竹筏。凡是觸手可及的，他會緊緊抓住。在學校外圍，也就是剛才他詢問黑人女孩的地方，艾耶托羅幫他叫了車，給司機一個位於凱里尼亞的地址。我宿主感謝艾耶托羅，用出汗的手掌握握對方的手。男子說，「沒事了，兄弟。」

我宿主就這麼心力交瘁地朝凱里西亞出發。他們行經兩側有群山夾道的空曠沙漠，路途遙遠漫長，不過他也比較有機會近距離看清楚前一晚在山巒稜線上看到的旗幟了。他凝視它的圖案：深紅色的新月以及掛在一片潔白汪洋上的孤星。他覺得那很像土耳其國旗：白色新月下的赭紅大海。他此刻心情平靜多了，妲莉又回到他心裡，他回憶起她唱給他聽的那首歌，讓他快哭出來了。他知道，如果她拿到新的電話號碼，她一定會試著打電話或發簡訊給他。車子顛顛簸簸，他設法先按了一個加號，再撥出她的號碼，他實在沒辦法把號碼打完，卻又怕她擔心他，他再重按一遍，心跳加速，鈴響第三聲時她接起電話。埃格布努，我真的難以描述他聽見她聲音時的心情起伏。他挪動位置，掌心不斷摩擦座位。她說，「喂？喂？請問哪位？聽得見嗎？喂？聽得到嗎？」他暫停了呼吸，確保自己沒有發出任何可讓她認得出來的聲音。接著，他聽到她嘆息。「可能是通訊不好，」她說，又嘆了口氣。「或甚至可能是諾索。唉。」然後，她掛上電話。

他瞪著電話，她的聲音仍困在他腦子。「我應該……」他開口，又住了嘴，再看一眼手機。

「我不該來這裡的，」他用先祖的語言說。「不該來。真不應該來的。」

「什麼？」司機問。

我宿主很訝異，發現自己把話脫口而出。

「對不起，不是跟你說話，」他說。

男子揮揮手。「沒關係，沒有問題，arkadas（先生）。」

我的恐懼再次激起，因為陷入絕望的人，最早出現的跡象就是無法區分現實與想像。在接下來的路途中，他小心翼翼，當做自己正拿著一支出現許多裂縫，卻還裝著液體的玻璃瓶。短暫放鬆時，宿主也被島上的自然美景吸引了。因為他們一接近凱里尼亞，地形地貌便猶如脫胎換骨，前所未見——這裡與富裕先祖的故鄉截然不同，四處都可見城堡大宅，有些還掛著土耳其國旗，座落於山頭或花崗岩壁露頭上。他很訝異知道原來山頂還能蓋房子。高速公路的最後一段道路往上抬，看來他們應該是準備離開山谷地形了，一旁是堅實的岩石地，另一邊則是稀疏灌木叢，後方可見奇岩怪石點綴。車子現在似乎在上坡，所以看得見整座城市：房舍棋羅星布，有大有小，其屋頂有的高聳，甚至蓋了尖塔。遠眺密集交錯的街道，他甚至能瞥見一抹地中海的湛藍。車子開得越來越近時，地中海越見遼闊開展，當他們終於抵達通往凱里尼亞的大橋時，城市看起來便彷彿被一圈隱形圍籬擋住，圍籬一拆，城市就會直接落入大海了。

稍後，司機指著一棟三層樓的建築物，說道，「就在那裡，arkadas（先生）。」我宿主將手伸進口袋，給了對方三十二里拉。他走過金屬大門，不斷回想剛才要他來這裡找賈米克的那位先生的名字是艾約托？還是艾耶圖？

他敲了第一間公寓的門，上面標著APT1。門上掛有一張土耳其語海報，下面寫了英文翻譯：WELCOME（歡迎）。一位土耳其婦女出現了，她背後有個小女孩，抱著一個頭髮蓬亂的洋娃娃。

「打擾了，」他說。

「沒問題，你要找奈及利亞人嗎？」女子流利的英文讓他嚇到了。

「對，奈及利亞人。他們住哪裡？」

「五號公寓。」女人指著樓上。

「謝謝妳。」

他心情有點波動，趕緊上樓，一小絲希望開始萌芽，像是他在一輛破舊廢車椅墊上發現的小蘑菇。也許，賈米克就躲在這裡，他可能早已冒險穿越漏洞百出的邊境，離開北賽普勒斯以躲避警方追查。所以政府單位才沒有紀錄顯示他已經離開這個國家。這個小希望缺乏土壤養分或雨水滋潤，卻仍然能在破敗腐壞的汽車座墊勃發，就這樣，他帶著生命力強大的嶄新希望上樓，還聞到奈及利亞美食的香味，幾個響亮的男性聲音在用破爛的白人語言鬥嘴，他在門口停下，手放在胸口，感覺自己似乎聽見了賈米克獨特的嗓音，用他那誇張的語氣喊我宿主「老兄。」最後，他敲了門。

✣

阿克瓦伍魯，身為宿主的守護靈，最難熬的時刻，就是宿主成了行屍走肉，心神俱碎。宿主整個人陷入無底絕望的深淵，靈魂瀕亡。我們怎麼做都無法讓他們振作，無力阻止他們倒下，因此，那天他離開賈米克熟人的住家後，我趕緊丟出一些能讓他開心的念頭。我讓他想起自己吃油豆，狂拉肚子的那一天。他甚至對著亂舞的飛蟲拉屎。這本應讓他發笑的，但是他沒有。我還讓他回憶曾經最讓他神迷的畫面之一：小鵝打哈欠的可愛模樣。牠是如何張開小嘴，灰色舌頭顫動，舌頭下方還看得見一個貌似珠母貝的小東西，牠的嘴喙甚至可以張到比人類嘴巴還要寬上一倍，羽毛蓬鬆舒軟，小臉皺成一團。每次想起那模樣他就忍不住微笑，但這次他沒有，他辦不到。為什麼？因為此時此刻，世界對他而言已經沒了生機，所有令人愉快的回憶，那些原本讓他快樂的畫面，現在全沒了意義。就算將一切能讓他開心愉悅的人事物放進他心裡，也猶如在亡者嘴裡放金子，徒勞無功。

他回到城裡。先前與那些人的對話，他銘記於心。情勢猶如擺在托盤上的禮物般顯眼：一切都完了；木已成舟，無法挽回。他們明明白白告訴他，這是一次精心策劃的詭計，賈米克曾經告訴朋友所有細節。他告訴他們，他搞了一樁大筆的之後，就要跑路到南方。

什麼意思？我的宿主語氣顫抖問他們。

簡單啊。他們回答。南北賽普勒斯曾經是同一個國家，一場戰爭後，土耳其在一九七四年將該島一分為二。屬於土耳其的部分是流氓國家、無賴政權，希臘的那一部分才是真正的賽普勒斯。這兩個分治國家被鐵絲網隔開。如果到萊夫科薩市中心的凱里尼亞門，就會看見邊界，也有歐洲人從那一頭到島嶼的這一邊。他們是歐盟來的。許多奈及利亞人花錢偷渡到那裡，有些人試圖跳過鐵絲網，申請政治庇護。賈米克也是付了錢收買別人才能跑過去的。

「他不回來了嗎？」他接著問，雖然我宿主的口氣帶著一種急切的恐慌，甚至可能讓劊子手一掬同情之淚，但其中一位說，「不會的，走了就是走了。」

埃格布努，我的宿主以嚴肅的堅定態度接受了事實，有如闖進密閉空間的人，知道自己已經無路可走。如果向左轉，就會碰上一道堅不可摧的石牆。向右轉，則是一道百名壯漢也搬不動的花崗岩大門。前進呢？死路，後退？那裡已經封住了。

於是他問這些人，他接下來該怎麼做？

「我不知道，老兄，」這名男子自稱是賈米克「最好的朋友」。「我們告訴大家，奈及利亞人眼睛要睜亮一點，不要自己搞不清楚，因為人性——老實說——本來就是邪惡的。但是你們有些人就是不聽。看那傢伙是怎麼唬你的。」

「試試看待下來，老弟，」另一個人說。「你是男人。好好忍耐。事情已經發生了。這裡很多人像你一樣，也都活下來了。連我也是，也是有人騙我啊。有個代辦說這裡就是美國。我到處籌錢，錢都花了，一路到這裡，結果我發現了什麼？這裡簡直就是歐洲的非洲嘛。」

眾人大笑。

「不是什麼歐，也沒有什麼洲，」第一個人說。「啥都不是！我怎麼做呢？我有自殺嗎？我找到了一份卑微的工作。我當工地工人。」他讓我宿主看他的掌心，它們跟混凝土一樣堅固，如木頭表面般粗糙。「我沒法找到土耳其人做的那種工作，可是你看，我還是在上學，雖然比較麻煩的是，土耳其女人也不會喜歡我們，但這又不會要人命！」

男人們大聲笑了，但他們面前的這個人已經怒火中燒，只能用空洞的眼神盯著他們。「要不你就回家，」剛才說話的人對我宿主表示。「也是有人這麼做。這樣可能比較好，你就拿剩下的錢買機票回家。」

丘烏上神，假使我不是他的守護靈，在他來到這世界之前，甚至在他受精成形前就與他在一起，我不會相信當天離開那群人，走進陽光下的男人就是我的宿主。因為他變了。轉眼間他從一個完整形體，突變成一團軟趴趴的黏土，連我都認不出來。我見多識廣：我見過宿主被人奴役，全身枷鎖，饑寒交迫，猛烈鞭打；我也有過死狀甚慘的宿主。我的宿主也曾經得重病：那是拿帝歐切米，很多很多年前，他上廁所時總是排出大量鮮血，肛門腫脹，最後疼痛難忍，甚至無法行走。但我沒有印象曾經見過宿主的靈魂徹底粉碎。我很了解他。如祢所知，埃格布努，人人都是謎團。即使在最外向活躍的時刻，人也會對他人隱瞞，畢竟不會有人真正了解自己。凝視他的人無法完整看透他，擁抱他的人也無法徹底感動他。人的真實存在就隱藏在血肉之後，任何人的雙眼都不得看穿，包括他本人。唯有他的守護靈——善靈而非惡靈——才能真正認識他。

加加納奧格武，我宿主變形後的這個人，一轉眼就轉身離開公寓，過了馬路，走進一家他上次買烈酒的商店。他在冰箱挑了同一款酒，付錢給那位好奇打量他、眼中布滿血絲的沉默店員，對方似乎將他當成剛走出洞穴，全身沾滿溼黏泥巴的外星人。他周遭的世界，這陌生的國度，這可怕的覺悟，有如火熱鋼鐵，令人感到尖銳的疼痛。馬路對面有個白人正帶著孩子散步。另一邊則是一位購物車裝滿日用品的太太，人行道上有隻鴿子在啄食泥土。他想到自己也餓了，現在差不多中午，他今天什麼也沒吃。他很訝異自己竟然沒想到，也沒料到一切是如此急轉直下。

他一面喝酒，一面離開那裡，腳步不太穩，他將步伐放重，用力踏著地面，彷彿這樣就可以穩住自己不會跌倒。他將酒放進隨身包，叫了一輛計程車。坐進去之後，他才發現自己剛才跟奈及利亞學生借廁所後，忘記拉上拉鍊了。他將它拉上，車子急速駛回萊夫科薩，他閉上雙眼，各種思緒爭相在腦海中取得注意力，它們大聲爭論喧鬧，簡直成了怒吼大賽。他推開它們，兀自走進僻靜的角落，那裡只住著賈米克，他回憶自己遇見賈米克的那一天，在那天之前，他原本都是在忙著自己的事業，獨來獨往。他獨善其身，不怎麼留心外在，知道自己應該神往並理解這個世界，卻寧可遠遠地偷偷看著它，認為自己不應該給它過多的注意。他對世界無所求，他最近的心願也再簡單也不過：只要能與心愛的女人廝守就好。這當然不過分。沒錯，她的家人是一大障礙，但他畢生接受的磨練讓他知道，這正是自己進步成長的契機。在他遇上賈米克前，他也買了奈及利亞的大學入學表格，不是嗎？所以，他到底做了什麼，竟然有這種下場？

他大口喝酒，大聲打嗝。搭上計程車後，他側身望著窗外，看車沿著他來這裡時的路往回開，彷彿在追溯自己的腳步，不過這次有輛滿載建築材料的卡車行駛在單線道上，減緩了車速。計程車超過卡車，開到一輛紅色小貨車後面——有隻白狗將頭伸出窗外。他認真打量狗兒，牠的頭彷彿被風控制，呈機械式擺動。他很驚訝，就這麼望著狗兒將頭伸出車窗的平淡畫面，竟然可以讓人忘卻內心的憤恨激動。

他們接近萊夫科薩，路過一段塗鴉的岩壁後就看不見狗了，賈米克彷彿被汽車的速度逼迫，又回到他的腦子裡。他又喝了一口酒，然後打嗝。

「什麼？不，不，我的朋友！你搞什麼？搞什麼？」

他聽不懂。

「酒，我車上不准喝酒，我的朋友。Haram! Anadim mi!（天啊！我的朋友！）」

「你說我不能喝酒？我不能喝？為什麼？」

「對，對，不可以喝酒，因為，Haram（天啊），我的朋友，這就是問題所在。」司機用力拍了儀表板，理智快要斷線。

「為什麼？」他心裡湧起一股陌生的憤怒。「我想幹嘛就幹嘛，你開你的車就好。」

「不行，我的朋友，我，穆斯林，好嗎？你喝酒了，這可是大問題。我不帶你去萊夫科薩了。」

那人在靠近萊夫科薩的公路旁停車。

「你必須立刻離開我的計程車。」

「什麼？你要把我扔在這裡？」

「對，你必須立刻下車，我說你不准喝酒，你還說不行。你得下車了。」

「好吧，但我不會付你錢的！」

「好啊，不付錢，不用付！」

司機嘰哩呱啦講土耳其文，我宿主下車後，那人猛踩油門，將我宿主丟在沙漠、道路與沙塵之中。計程車則猶如與肉身脫離的頭顱，滾入黃沙間——我過去也曾見過類似的畫面。

✣

阿卡他卡，我宿主又氣又怒，朝城市走去，眼前的遼闊大地正如浩瀚偉大的宇宙，緩緩在他面前揭露一切奧祕。沙漠，沙漠，他聽人們提了好幾次——第迪、萊納斯、托比，甚至連賈米克——彷彿這個詞就能充分描述此處的地貌。但沙漠究竟是什麼？它是土壤遍布卻又鬆散的地表，在先祖國度，人們很難挖掘泥土，大概是因為頻繁下雨，讓它不容易脫離地面。但這裡就不是這麼一回事了。只要一踩上沙地，就可能捲起一陣塵土。只須走一段距離，鞋子就會沾上烏黑黏土。於是，泥巴被踩得到處都是，寸草難生，任何植物都難以紮根。也因此，得以在上面萌芽生長的生物都堅韌強壯。橄欖樹就是一個例子——它不需要水就能長高，從土壤深處取得自己所需的各種養分，畢竟，這個國家座落在大海之上。居住在這片土地的生物首先都必須征服它。想來早年必然有過一場奮戰吧，堪稱地球規模的大型戰役，巨石（丘陵、山巒、岩石）都需要找到出路，遂用超乎我們想像的力量擊潰陸地與塵土，就此紮根。我就該這樣堅持下去，必須如此。當然，就這一點，此地與偉大祖先的國度享有共同特質，故鄉土地同樣富饒肥沃，兀自欣欣向榮。

他走了大約有半小時，帶著微醺的步伐走進一處住宅區巷弄。現在，他抵達城市的渴望猶如沙漠旅人對水的渴求。他只想找到城市，趕緊找到最近的公車站坐上公車。他漫步在一條街半封閉的入口，它往內蜿蜒，彷彿害怕主要幹道，所以離它遠遠的。這社區看來不怎麼富有，房子屋簷很低，屋舍老舊，外牆爬滿了從黏土地蔓延的開花植物。有一扇門被連根拔起，靠在一棟房子前面的牆上。有名男子在靠牆的梯子上，似乎正在將什麼東西釘在牆上。在路的另一邊有座橋下有個綿延數公里的深坑，四處可見的土堆顯示那裡是城裡逐漸開發的區域。

他沿著小路前進，整個人疲憊不堪，感覺自己快要抓狂了。他違背內心意願，猶如大太陽下的幽魂，走過空蕩蕩的房屋，濕漉漉的上衣早已經黏上皮膚。他聽到隱隱約約的人聲，但沒看見人影。幾隻他從未見過的鳥兒飛越平原，不疾不徐遨遊天際。他在一處彎道轉彎，道路朝右轉向大馬路，背後傳來呼喊與急促的腳步聲，剛才的人聲越來越近。他轉身，見到有群小朋友從一處宅邸衝出來——因為他看到小門晃動——大夥衝向他，大喊聽起來像是「那度！那度！」然後是「羅納迪諾！羅納迪諾！」一丘烏上神，他閉上雙眼再睜開眼睛後，就被一大群吵鬧推擠的小暴徒圍繞，用他不熟悉的語言說話。有隻手從後面拉著他褪色的運動衫，他還來不及轉身，另一隻手又拉著它的下襬。有人在他的耳邊大喊，在他聽清楚喊什麼之前，就被小孩的七嘴八舌淹沒了。

雅古傑比，他用力跺腳，揮舞雙臂，想要掙脫不斷抓著他的小手，在空檔中，他才發現自己被一群好奇的小男孩團團圍住。這讓他很震驚，他大叫著要大家住手。他一手抓著隨身包，舉起另一隻手，擺脫某人的小手，腳步蹣跚搖晃。他背後的男孩們猶如被嚇到的蒼蠅般趕緊散開。他咬緊牙關，舉手放在他能碰到的第一顆頭上。他盡可能迅速後退，很快就自由了。

小孩？他們哪來的？又是誰家的孩子？他們看不出來他跟羅納迪諾一點也不像嗎？他們難道不知道羅納迪諾根本不可能在這裡，如丟了魂般四處遊蕩？一個孩子走上來，示意其他人退後。他穿著短褲與背心，比大家都高大。男孩說了些什麼，朝一個拿著球的小男孩點頭。他們應該是希望我宿主簽名吧。另一人帶了一支筆和一本書。大家比手畫腳，他知道，假如他聽從大家的要求，他們就不會再煩他了。

他拿了球要簽名時，在父親老家村莊後面見過的畫面浮現腦海來羞辱他：一個非洲大蝸牛的曬乾空殼緩緩移動。一開始看來宛若神蹟，但當他仔細檢查時，才發現有一隊螞蟻正將它運送回巢。現在同樣的事情也發生在他身上：在這陌生國家的貧窮社區，竟有一群孩子如獲至寶，將他誤認為世上最優秀的足球員。他們渾然不知他出身赤貧，現在更是一貧如洗到難以衡量的程度。他曾擁有的一切，已經盡數喪失。他一無所有。展望未來，更是茫然空虛。結果，他人在這裡，手裡拿著一支他們給他的筆，正在一顆球、幾本書、襯衫，甚至他們的手心上簽名。當年他看到一群螞蟻背著空殼移動時，曾大聲尖叫，還呼喚母親前來觀賞那難得一見的奇景。但現在，在這些陌生的男孩面前，他只能崩潰痛哭了。

眼淚的衝擊馬上見效。孩子們注意到這位「羅納迪諾」竟然在哭時，大夥都嚇傻了。這位偉大的足球員竟然會跟小孩一樣哭泣，完全露出了馬腳。小手一隻接著一隻抽回去，現場鴉雀無聲，愉悅的眼神立刻被困惑取代，剛才還包圍他的小腳猶如無聲的地下部隊緩緩撤退。他轉身離開大家，繼續前行，一路啜泣而去。

第十四章　空殼

吉巴塔—阿魯馬魯，在先祖的土地上，假使一個人光天化日在公共場合哭泣，人們必然會湧上前抱住他。他們會凝視他，知道此人才剛舞過人生火場，身上留下不少火吻傷痕。他們會問，怎麼回事？是不是失去了誰？——父母、兄弟姊妹、朋友？假如此人回答，對的，同胞們會憐憫地搖頭，將手放在男人的肩膀上，說道，放心，賞賜的是神，收取的也是神。你不要再哭泣了。如果他失去的是其他東西，如金錢或財產，他們可能會告訴他，供應你這些的神，就會再為你彌補。別再悲傷。因為伊博社會不容許人自怨自艾，讓哀傷伺機茁壯。它被視為危險的小偷，必須集結眾人之力，拿起棍棒彎刀，追逐驅趕。因此，一旦人遇到損失或傷痛，他的親朋好友會齊聚一堂，唯一目的就是要此人不再哀痛。他們懇求，他們命令，假使悲傷持續，前來安慰的群眾中就會有人挺身而出，佯裝憤怒，並命令此人必須立即打住。傷痛者當下或許可能擺脫心境，聽安慰者談論天氣、作物或雨季，這也許能拖延一段時間，但最終，一旦平靜下來後，當事者又會再度崩潰，之前的循環又將重新開始。

我已經見證許多次了。

但在這裡，奧色布魯瓦，在這有許多沙漠、山脈及白人的陌生國度，他沒有得到任何回應。當他走近某個繁忙的區域時，女士們把他當隱形人般從他身邊走過。男人坐在餐館遮陽篷下的椅子抽菸斗，要不就站在建築物外抽菸，人們冷漠地看著他，他感覺自己像是沒人想搭理的街頭乞丐——儘管他認為自己的歌舞表演本事絕對勝過在觀眾爆滿的表演廳演奏的音樂家。剛才看見他這個大人淚流滿面的小孩，現在茫然凝視著他。於是他背負內心的煎熬，繼續前行，把它當成一袋又濕又臭的包袱。心情完全崩潰的他，埃格布努，就連我這個守護靈也都認不出來了。他漫無目的，絕望至極，他就跟托比要他看的那個瘋子一樣，眼前的世界全都成了必須繼續前進的荒野，草木不生，什麼都沒了。

——該去什麼地方？

——沒有。

——該做什麼事？

——沒有。

無論他往哪個方向走，他的問題似乎都在盡頭等著他。沒錯，他是走在花俏店家與壯觀建築之間，他毫無所感。有群人聚集在卡車旁邊，聽著震耳欲聾的音樂，有人在演奏音樂嗎？那幾名穿著橙紅色制服的年輕白人在跳舞嗎？他什麼都不想管了。那麼現在他經過的這支隊伍呢？這些就是第迪口中，占這個國家百分之三十人口的土耳其軍人嗎？他們前面擺了沙包，後面停了坦克與軍車。對，沒錯，但他不在乎。那麼那些跟在彼此後方跳躍，對著街上滿布塵土、形狀醜陋的樹木俯衝的鳥兒呢？假如是其他時候，他——這個熱愛禽鳥的人類——絕對會熱切地想知道並確定牠們的品種。是賽普勒斯特有種？算是猛禽或個性溫和的鳥類？但如今，他這個深陷悲傷的人再也不去想這些了。在另一種情境下，他應該會愛上這個國家，正如賈米克首度對他描述它的種種可能時，滿懷希望。當時，愉悅欣喜如節慶彩帶般從他體內迸發，七彩繽紛的亮片填滿了他最黑暗的角落。現在他突然發現，那毫無戒備的喜悅就是他厄運的病因啊。

加加納奧格武，我看著這一切，瞠目結舌，因為我無力出手幫他。他已經走上一條大街，他從藍色的路標看到這條街叫做德雷博尤，他走過玻璃櫥窗時，想起他的禽鳥。他記得自己賣掉最後九隻珍貴黃雞的那一天。牠們見證了幾個早晨的寧靜，少了公雞的啼叫，令他意外的是，妲莉也深有感觸。她說，屋子已經越來越冷清，讓她更害怕自己無法承受他的離開。後來，只剩下母雞了。他們一起將牠們慢慢地從籠子拿出來，放進一個藤籠裡。他可以明顯感到籠內的焦慮。每次他將一隻雞放進藤籠，其他同伴的哭啼聲都響亮得讓他得暫停一陣子，就連妲莉也察覺出不對勁。

「牠們這是在幹嘛？」她問。

「牠們懂，媽咪。牠們知道我們在做什麼。」

「哦，天啊，諾索，真的嗎？」

他點點頭。「妳看，牠們看見同伴一一進了藤籠，一定知道的。」

「我的天啊！」她聳起肩。「所以牠們才哭成這樣。」她閉上雙眼，他看到她眼角有淚。「我快心碎了，諾索。我好為牠們感到難過。」

他點點頭，咬著嘴唇。

「我們把牠們關起來，想要時就把牠們殺了，因為牠們無力抵抗。」她聲音中的憤怒深深地切入他的心。「牠們又發出那個聲音了，諾索。你聽，你聽，老鷹攻擊牠們時，牠們也是這麼叫。」

他蓋上藤籠時抬頭看她，歪頭假裝傾聽。

「你聽到了嗎？」她更提高音量。

「是這樣沒錯，媽咪，」他點點頭。

「就算老鷹要偷走牠們的孩子，又該怎麼辦？完全沒辦法！諾索。根本不行啊！牠們如何自保？

牠們沒有毒舌利爪，什麼也沒有！」她站起身準備走遠。「所以，在老鷹要攻擊牠們時，該怎麼做？牠們只能哭號，諾索，不斷哭號，就是這樣。」她拍拍手心，彷彿要拂去灰塵。

他再次抬起頭，看到她閉上眼睛。

「現在也一樣，你懂嗎？因為牠們是弱勢。看這國家的強者對我們做了些什麼，看看他們對你做了什麼，還有那些無力抵抗的弱勢族群。」

她深吸了一口氣，他想回應，但又不知道該說什麼。他能聽到她的呼吸，即使那天非常涼爽，但當時，他們之間的氣氛非常窒悶。他看得出來她剛才是肺腑之言，她似乎很努力想從乾涸的水井汲水，卻只能撈出殘渣、廢鐵、死草及所有躺在井底的垃圾。

「看看強權對我們做了什麼，諾索？」她重複了一遍，往後退，彷彿想逃，卻又轉向他。「為什麼？因為你沒有他們富有。難道這不是事實嗎？」

「真的是如此，媽咪，」他羞愧地回答。

但是她似乎什麼也沒聽見，因為當他說話時，她才開始說，「聽著，聽好，諾索。你聽得出來牠們的啼叫就像是彼此在交談嗎？」

的確，禽鳥們像是聽見了她的話，聲音越來越大，他凝視籠子，然後轉向她。「是啊，媽咪，」他說。

她走回籠子前，輕輕將他推開，並將耳朵傾向哭泣的禽鳥。她再次轉身面對他時，眼中有淚珠。

「哦，天啊！諾索！真的！這就像是一首合奏曲，人們會在葬禮上唱的那種。就像唱詩班。而且這是一首悲傷的歌。你聽，諾索。」她沉默了一會兒，往後退了一步。「這就是你爸說的，邊緣人的合奏曲。」

她又指向籠子。「我真同情牠們，諾索，因為我們這樣對待牠們，讓牠們唱出悲傷的歌。」

埃格布努，當時他也聽了，儘管已經聽過不下數百次，但每一次曲調都是他全新的體驗，他也同樣深受撼動，體會到前所未有的含意。他全神貫注地盯著籠子時聽見一聲啜泣。他抱住她。

「親愛的，妳哭什麼？」

她擁抱他，將頭放在他胸前，靠在他跳動的心口。

「因為我為牠們難過，諾索，也為我們難過。我跟牠們一樣，內心在哭泣，因為我們無力對抗那些反對我們的人。他們特別針對你。你對他們而言什麼都不是。如今你就要離我而去，到一個我甚至不熟悉的地方。我不知道你到了那裡會遇上什麼事。你懂嗎？我很傷心，諾索，我真的非常傷心。」

丘烏上神，如今，在這漫天黃沙的陌生國家，放眼望去是他不了解的人種，他知道，她憂慮的事情終於降臨在他身上。一個名叫賈米克・恩沃吉的家禽養殖者，在梳理他一段時間後，用力從他身上拔掉多餘的羽毛，卻又拿雜糧小米餵養他，讓他愉快覓食，讓他被釘子戳傷，最後將他囚禁在牢籠裡。他現在唯一能做的，只剩下哭泣與哀號。他已經加入托比寫下的那群失去自己所有財產的受害者行列——警察局外的奈及利亞女孩、在機場的男子，那些過去與現在被人不顧個人意願而奴役的人們，他們全都在外力脅迫下，不得不加入了某群人，被上了鎖鏈、遭人毆打。故鄉面臨非法掠奪，文明遭受摧毀破壞，這群人可能被判刑、強暴、羞辱與殺害。他跟這群人分享了共同的命運。他們就是這個世界的弱勢邊緣人，他們唯一的求助手段就是與這個合唱團一起吟唱，唯一能做的就是哭泣與哀號。

阿克瓦伍魯，祖先們說，悶燒的火勢很容易被誤認已經撲滅了。我宿主亂走亂晃將近一小時，他停在一處十字路口時，又餓又渴，臉上的汗水與淚水全都混在一起。往北的那條路彷彿永無休止，另一條則是死路，加上他走過來的那條路，全都通往一公里外隱約可見的圓環。他這輩子從未體驗如此猛烈惡毒的陽光。他過去曾聽人說過北奈及利亞烏烏—豪薩的炎熱天氣——就連他曾經住在札里亞的父親也覺得很誇張。父親告訴他，在更北方的撒哈拉沙漠，太陽會讓活人看起來彷彿是殭屍。

從計程車司機丟下他到現在已經近兩小時了，他渾身是汗，有點微醺，下車後，他便將空酒瓶拋在路邊一處乾草地，希望與他同病相憐的人也可以找到它，幫他一乾而盡。他走近大片低矮的灌木叢，此處有個建築工地，兩名黑人站在黃土膚色的工人間，在炙熱的陽光下揮汗如雨。他往前走，眼淚已經乾涸，遲疑不前，不確定下一步該做什麼，也不知道接下來會發生什麼事的餘裕，反倒給了他少見的平靜。他再度想念起妲莉、那群雞，以及他在烏穆阿希亞的最後一天，還有剛才話筒中她的聲音。走到圓環附近時，他聽到一聲巨響，好像有東西爆炸了。他東張西望，什麼也沒發現，他走進兩棟高聳建築物之間，接近一處空地，旁邊就是主要幹道。接著，他遠遠看見剛才聲音的來源：大約離他兩呎遠的地方，有車子翻了過來，濃煙密布。他聽到背後傳來急促的人聲，剛才看見的幾名建築工人跑了過來。

他望著事發現場，臉上被灰塵弄得漆黑，就像先祖們臉上的彩繪圖騰。濃煙消散後，他看得比較清楚了。撞爛的車子旁邊站了一群焦急的人們。再走近一點，他看見另一輛車的下場：這是一輛小貨車，它面對圓環，被撞到只剩下一半的車身。當他走到第一輛車前面時，一名黑人工人轉向他，從口音聽來，我宿主覺得他應該是富裕先祖的後代。

「太可怕，太可怕了，」那人說。「另一輛車沒人生還，這一輛車後面還有兩個女孩，就是她們在尖叫。」

我宿主也聽到了尖叫聲。剛才那個人往後退，在他面前的其他人也退後。警車來了，警察要大家後退。遠處有輛救護車正飛速駛向現場。我宿主很怕看到警察，也不再往前走。在人類的神祕國度，有權力懲戒他人者，就值得令人提心吊膽。他伸手要拿手機看時間，結果發現口袋是空的。他摸了摸褲子，匆匆忙忙回頭走了幾公尺，看到自己把它掉在地上。他吹走螢幕的灰塵，看到三通來自托比的未接來電，這才想起來他們要一起去找接下來的住宿地點，現在過中午已經很久——已經兩點十五分了。埃格布努，自從他們上次說話後，竟然發生了這麼多事情。他打電話給妲莉，卻沒跟她說話。他被一個憤怒的司機趕下計程車。他喝醉了，也把酒瓶丟了。不只如此，他被街頭小鬼圍攻，甚至哭給他們看。加上他差點被汽車撞死，只能說比之前更加悲慘。前一天晚上抱持的一線希望，早已身受重傷，渾身是血，苟延殘喘，如今又受了致命一擊，急速墜落，準備隨時消失。這些都是他未能即時回應托比的藉口。事實上，這些藉口太強大了。

他看見翻覆車輛的車門已經大開，耳際傳來越來越淒厲的喊叫聲。鄰近幾條道路已經塞住，我想脫離宿主身體去察看乘客是否都死了，想與他們的守護靈溝通，看我有沒有辦法讓這種悲慘的下場不要降臨在我宿主身上。這些人究竟做了什麼，為何不得善終？他們的守護靈又能給我什麼答案？每次我們總是出事之後才想知道這些問題的答案。例如，我能否找到賈米克的守護靈，問它是否知道它宿主的企圖？但即使我找到了它，它也有可能不會被我說服脫離宿主。但這次我沒有離開宿主，因為我擔心，他已經瀕臨崩潰邊緣，如果我還離開他，不知會有什麼狀況。當他出於好奇走近現場，想要目睹這樁發生在陌生土地上的悲劇時，在陣陣硝煙中，他猛然頓悟：他真的不該來這個國家的，假如他繼續待下去，甚至可能會送命。

他到達現場時，穿著白袍的救護人員正將一個血跡斑斑的男人推進救護車。地上有個女孩的屍體還在流血，一道很深的傷口將她的金髮都染紅了。人們聚集在她身旁，一個男人將大家往後推。宿主在事故現場附近的空地看見一團血肉模糊躺在草地上，救難人員抬起一名被拋出車外的男子，那裡也流遍了濃稠的鮮血，看起來就像是血痰。此時有位護士從人群中慌慌張張跑出來，用當地語言在眾人之間說了一些話。一位戴了藍色墨鏡的男士似乎是在呼應護士的請求，立刻往前站出來，還有一位老太太也走出來。護士點點頭，搖著手指，彷彿在說老婦人不行。白人護士說話時，他的肚子咕嚕作響。他轉身幫自己找點水喝。

「先生，先生，」護士在他後面叫道。

她說話時，有人用陌生的語言叫她，她轉身對那個人說了一個字。然後，她再次面對我宿主，迅速走向他，表情非常焦慮。「對不起，你能捐血嗎？我們需要為傷者輸血！拜託！」

「呃？」他拍拍大腿，他的手在抖。

「血。你能捐血嗎？我們得替傷者輸血，拜託你。」

他轉頭以為她是在等他背後的人回答，回頭看了看那個女人。「可以，」他說。

「太好了，謝謝你，先生。請跟我來。」

✣

雅古傑比，先祖耆老們提過，在摔跤比賽中，選手很少是因為體力太差被扔出場外。體弱者不會嘗試egwu-ngba（摔跤）。偉大摔跤手們——如「滑蛇」埃梅科哈．姆倫韋奇、「大貓」諾西克，或「伊羅科樹」歐卡伊博——又是如何將對手丟出場的呢？靠的不是詐術，就是韌性。就後者而言，對手與偉大摔跤手僵持許久後，肌肉會開始虛弱無力，四肢疲勞。他開始畏縮，放鬆抓力，在那一瞬間，便被對方如空鼓般高高舉起，挫敗出場。

以上適用於摔跤以外的任何情境。假設某人與孔武有力、毫不留情的敵人僵持不下，他可能最終會屈服，對挑釁者說，「給你吧，想要我的斗篷？蘿蔔也拿去吧。」如果此人被要求多走一哩，他可能會說，「你想要我陪你走上一哩？好的，這樣好了，我們走個兩哩吧。」假設一個人剛死裡逃生，被要求捐血，他更不會拒絕這個請求。他這個黑皮膚的外國人，會跟隨懇求他的護士前往醫院，言聽計從。此人捐完血之後，甚至會對剛抽完血，為他按上棉花球的護士說——他的先祖婦女們拿棉花製作衣物——他還想捐給第二位傷者。

「不，先生，一個就夠了。相信我。」

但這名男子會堅持。「不，就為傷者多抽一點吧，抽多一點，拜託了，媽咪。」

儘管他的守護靈不斷對他的內心喊話，要他就此打住，但他頑固堅持，畢竟血液就是生命，現在它是被迫離開肉體，而非因為受傷的緣故。儘管守護靈苦口婆心，勸導這種自殺行為會讓艾拉女神憎惡，眼前就算他人生全都崩毀了，但不表示沒有修復的機會，再怎麼樣，也不該用鮮血取代眼淚。但這位宿主，這位身心俱疲、挫敗絕望的男人，已經被失落征服，完全不顧守護靈。女子顯然嚇了一跳，停住手中的動作。

「你確定嗎？」女子問，他回答，「就是這樣，媽咪，我非常非常肯定。我就是要捐，我有足夠的血。夠用了。」

女子仍然盯著他，視他如講壇上的瘋子，但仍然拿起另一根針筒，彈了它三次，然後用溼棉花球抹抹他的左臂，再次為他抽血。

結束之後，他虛弱疲憊地站起身，既渴又餓，他心中只有一個問題：接下來要做什麼？過去三天顛覆了他的人生哲學，他認定自己最好什麼事情都不要事先計畫。免了。你看，一個人離開家鄉祖國，對親朋好友以及自己說「我要去唸書了」，難道這個人真能順心如意嗎？這麼想就太蠢了。這個笨蛋現在人在醫院，捐血給自己不認識的人。還有，他一個人搭上計程車，給司機正確的地址，還自以為能平安抵達正確的目的地，那也太傻了。這傻瓜最後可能發現自己幾分鐘之後就被丟在陌生異鄉，遠離學校，甚至被一群小男孩簇擁欺凌。

所以，何必計畫呢？他現在唯一能做的，便是深深感謝這位為他抽血的女人，然後離去，走上自己的路。他必須面對今天，走入陽光，然後去……也許去找臨時住所吧。而埃格布努，他接下來就是這麼做。他說完「謝謝，媽咪，」之後，便弓著手臂走出醫院，因為還得壓著剛才的針孔傷口。

他走過長長的人龍，經過幾間辦公室，走進停車場，此時他聽到，「所羅門先生。」

他轉過身。

「你忘了你的包包。」

「哦，」他說。

女人走到他面前。

「所羅門先生，我有點擔心，你還好吧？你是個好人。」

他想也不想，便脫口而出，「不，我不好，媽咪。」

「我看得出來。你要聊聊嗎？我是護士，我可以幫你。」

他凝視她背後的太陽，它高掛在天上，瞥著他瞧。

「不要站在大太陽底下，」她把他拉回到醫院外的遮陽篷下。

「你可以告訴我，我可以幫你的。」

第十五章　大樹全部連根拔起

阿巴度度，在此我已經鉅細靡遺討論我宿主生命中最漫長的一天——全天豪雨、冰雹與瘟疫肆虐。但我必須告訴祢，它以一線希望告終。因此，我必須趕緊完結，後來，他回到前一天與好心夥伴共享的臨時住所。他正在爬樓梯，手裡拿著護士給他買的飲料時，又想到該打電話給妲莉了。這個念頭在他腦中倏地浮現，他也驚訝自己何以需要遲疑這麼久。他開始輸入她的號碼，又想到自己忘了按加號。於是他重新撥號。鈴聲響起時，他卻又慌張把電話掛了。他告訴自己，必須以最和善溫柔的態度跟她說話。他告訴自己，他一定要一開口就告訴她他有多想念她，多愛她。這必然會消除她的疑慮。

於是，他一腳站在樓梯，一隻手放在扶手上，又撥了一次電話。

「媽咪！我的媽咪！」他對著電話大喊。「Nwanyioma（美女）。」

「哦，天啊！諾索！親愛的，我擔心你擔心得快發瘋了。」

「喔，是線路不好啦。它是……」

「但諾索，你連一通電話簡訊都沒有？嗯？我好擔心。其實是有人打電話給我，我大喊『喂？喂？』但是對方聽不見，我心裡知道那就是你，諾索。你今天有打電話給我嗎？」

埃格布努，他被困在真相與虛假之間，因為他怕她懷疑他出事了，在他猶豫時，她的聲音再次傳來，「諾索，你還在嗎？你聽見……」

「有，有，媽咪，我聽見了，」他說。

「你有打電話給我嗎？」

「哦，沒有，不是。我想等一切安頓下來再打給妳，讓妳安心。」

「原來是這樣……」

她還在說話，結果冒出一段土耳其語，接著是另一段白人語言通知他的儲值金用完了，他的電話就被切斷了。

「什麼，搞什麼嘛！我才剛儲值。」他會說這些話，連自己都覺得訝異，因為他竟然為了儲值金這種小事煩惱。幾天來，這是他第一次沒有在腦海中那面明鏡前審視自己備受摧殘的面容，也沒有對著自己腫脹的雙眼、嘴唇，以及人生遭遇的重大挫敗驚喘出聲。

他按了公寓門鈴，聽見屋內傳來腳步聲。

「所羅門！哇！」

「我的好兄弟，我的兄弟，」他說，然後擁抱了托比。

「怎麼了？你到底去了哪裡……」

「老兄，謝謝你昨天陪我，」他坐在客廳的一張沙發上說道。

「發生什麼事了？」

「很多事情，我的兄弟。很多事情。」

帶著同樣的喜悅，他告訴托比自己當天的遭遇，車禍、護士，一直到我至今在天庭為祢們各位稟報的一切。

埃格布努，在他捐血後，繼續計畫未來便徒勞愚蠢了。比方說，萬一他仍然決定回到校園，現實那張老臉會對他皺眉，甚至用缺了牙的嘴巴大笑，並嘲弄他的想法，畢竟過去四天它就是這麼對待他的。於是，他後來做了明智的抉擇，允許自己隨波逐流，任時間帶領他的走向。捐血一小時後，他仍與護士一起，將自己的遭遇全盤托出，兩人坐在一輛灰色小汽車裡，一起開車回凱里尼亞！沒錯！就是凱里尼亞！幾小時前，凱里尼亞還有一群人斬釘截鐵地說，他永遠不會找到賈米克了，結果，他沒想到自己在同一天內，又回到這個剛萌芽的希望被人一槍斃命的地點。

「車程要四十分鐘，你可以睡覺。如果想要就躺下來。」

「謝謝，媽咪，」他說。

他整個人鬆懈了，感覺很想哭。他將頭靠著座位，閉上雙眼，緊緊抱住隨身包。剛才她買給他吃的烤肉串還有一些菜渣卡在牙縫。他將它們推到舌尖，無聲地吐出來。

「我想我也該與你分享我遇到的麻煩，所羅門，」護士說。

「好啊，媽咪。」

「我已經說了，請叫我菲奧娜。」

「好的。」

他聽到她笑了——儘管她有那些遭遇，她還是能一笑置之。

「我從德國搬到這裡嫁給我丈夫時，我什麼都放棄了，只除了我的德國國籍。政府說我可以保留雙重國籍，因為賽普勒斯不是真正的國家。頭兩年一切都很順利。大概吧。然後，事情開始慢慢引爆。現在我們夫妻倆形同陌路。完全跟陌生人一樣。」他聽到笑聲，她的聲音有點啞了。「我不常見到他；他也不會來找我，但我們是夫妻，這很怪，對不對？」

他不知道該說什麼，也不知道「怪」是什麼意思，但我懂，我想若我直接讓他知道，就有點逾越我的職責了。於是我沒有動作。此時，我宿主心想，原來這裡的人跟他與他的奈及利亞同胞一樣，人人都有自己的問題。

「你可以想像，我三天沒有看到他，終於，昨天半夜我聽見他回來了，走進浴室，然後，上床睡覺，就這樣！」

「他為什麼會這樣？」他問。

「我不知道；我真的不知道。這很複雜。」

他們開車到一個地方，她說她會幫他在這裡找份工作，一份薪水不錯的「地下工作」。他一個月可以賺一千五百里拉，足以彌補他損失的一切，甚至讓他支付接下來的學費。這位雇主——她提了他的名字——是她很好的朋友。工作地點是飯店的附屬賭場，老闆就是這位朋友。

他們到賭場詢問，但那人不在。

「他去古澤柳爾（Guzelyurt）了，」白衣黑裙的祕書說。

「我打電話找不到他，」

「是的，」這名女子接下來連珠砲般地用當地語言說了一串話。

「懂了，」菲奧娜回答。「我明白了。我改天再帶他過來。」

她告訴他，他們第二天再回來見伊斯梅爾。於是他們回到萊夫科薩，一路上沒怎麼說話。她打開收音機，電臺播放他從未聽過的音樂，他想起了印度電影——斷斷續續的低音鼓，激烈的樂音，就像電影《賈米娜》。「沒關係，那裡是賭場。全天候開放。」

她開車經過稍早發生車禍的地點，才過了三小時左右，事故現場已經完全排除，只見掉在圓環邊的磚塊與玻璃碎片。她搖搖頭，說賽普勒斯人開車非常魯莽，常常有車禍，等到她抵達學校時，他已經開始打瞌睡了。

「我明天中午左右會打電話給你，但我先跟他聯絡。你過來我家，我為你做一點家常菜。」

「非常感謝妳，菲奧娜。謝謝。」

「沒什麼，」她說。「保重，明天聯絡。」

他告訴托比，他是如何望著女人開車離開，她所說的每一句話都活生生地在他心中躍動。一位全然的陌生人竟然在聽到他挫敗的遭遇時，能產生這麼誠摯深刻的同情心，甚至眼眶還含著淚水——也許是因為他講述的方式，他一五一十細數自己被人奪走的一切。她問了好幾個問題——「這個人，賈米克，難道不是你的朋友嗎？」「他真的這麼做？」「所以，就連銀行開戶的事情也是假的？」他一路講到自己看到車禍現場前的經歷，她的眼睛已經因哭泣而紅腫，她的臉龐也因為激動脹紅，她拿起面紙擤鼻涕。那同情再真誠也不過。

「真不敢相信！」我宿主說完後，托比大喊。他口氣激動。「你看到沒？這就是我們的神在行使神力！」

「確實如此，我的兄弟，」我宿主說，此人的慷慨讓他滿心感激，渴望與他分享更多。「看看我。」他攤開雙手。「今天早上，我還以為自己就此完蛋了，掉入泥淖無法脫身。Echerem mandayere na olulu.（我還以為自己掉進下水道了。）」

他們都笑了。

「是神的旨意，」托比指著天花板。「是神，那女人就是神派遣來的天使。你有沒有聽過那句格言：『凡能揮走無尾牛臀部及盲人餐盤上蒼蠅者，就是神。』」

「就是這樣！祂讓昆蟲、鳥類、瘖啞、窮人、雞隻，以及所有不會唱歌的生物都有了聲音，更讓外界聽得見邊緣人的合奏曲！」

托比點頭跺腳。「就連住宿也是，我也剛從仲介辦公室回來，」托比說。「我找到一個便宜的好地方，我們一個人只要分攤兩百歐元。」

「哈，太好了，我的兄弟。非常好。」

「是啊，他們也先收訂金，我先付了。」

「啊，我的兄弟。Da'alu（謝謝）。」

他還在說話時，電話響了。他趕緊站起來，看是誰找他。電話。

「我的未婚妻，」他說。「麻煩等我一下，托比。」

雅古傑比，他帶著微醺的興奮心情，趕緊跑進房間，關上房門。我看得出來，他還沒有完全醒酒，所以還有點恍惚。他按下接聽鍵時，她熟悉的聲音灌入他的耳朵，異常清晰。

「諾索？諾索？」

「是，媽咪！」

「所以，是訊號的問題嗎？」

「我知道，媽咪。我知道。我好想妳。媽咪，我好愛妳。」

「你口口聲聲說愛我，可是沒打給我？你說之前不是你打的電話？已經五天了耶。」

「媽咪，因為我壓力很大，我沒有及時抵達學校，到了之後才發現註冊、找住宿……這些都很花時間。」

「我不喜歡這樣，諾索，我一點都不喜歡。」

他想像美麗的她閉上眼睛，這古怪的小動作使他瞬間血脈賁張。

「對不起，媽咪。不會再這樣了。永遠不會。我對創造我的神發誓。」

她笑了。「傻瓜，好吧，我也想你。」

「Gwoo gwoo?（很想很想？）」

她笑了。「是的，你這個伊博男人，Gwoo gwoo（很想很想）。真的，告訴我，那裡是什麼樣子？」

現在他可以放鬆大笑了，所以好好打量這間臥室，看到先前沒注意到的東西。靠近天花板的紗窗上有個木頭平面，上面貼著幾張人像，它有一半被劃破了，剩下一個白人伸腿在沙發上的圖像。

「你還在嗎？諾索？」

「哦，是啊，我在，再說一遍？」

「你沒在聽我說話？我要你告訴我賽普勒斯是什麼樣子。」

「我有在聽，」此時他離窗戶更近了，納悶之前那幅畫的原貌。「媽咪，這是個貧瘠的蠢小島。甚至沒有大樹，除了沙漠還是沙漠。」

「喔，天啊，諾索，你怎麼知道？」她壓抑笑聲。「你全逛過一輪了嗎？」

「呃，媽咪，我是在說實話。這裡的樹好像都被人拔光了。真的，全都拔得一乾二淨。一棵樹都不剩。我說真的。」

「什麼，一棵樹都沒有？」

「真的沒有，媽咪。而且這裡的人也不會講英文。」

「我的天啊！」

「沒錯，媽咪，有些人一個字都不會講。連Come跟Go都聽不懂。說真的，這裡不是好地方，還有土耳其人，」──他搖搖頭，埃格布努，彷彿她能看得到他，他想起幾小時前那位惡司機對他做的事，還有那群小鬼，旁觀他在炙熱太陽下邊走邊哭的人們──「他們很糟糕。我不喜歡他們。」

「對了！諾索，你的朋友賈米克呢？他在那裡開心嗎？」

衣佐育瓦，一提到這個名字，他就心一沉。他頓住了，整理心情，他不希望妲莉知道自己經歷了什麼。他早下定決心，他只會在問題全都解決後才告訴她真相。埃格布努，我也在他腦海告訴他，這麼做非常正確。「妳完成第二份考試了嗎？」他轉移話題。

「昨天，很簡單。」

「那妳……」

「親愛的，我聽到語音說我的儲值快沒了。我買了兩百奈拉，拜託長話短說，我想你。」

「好吧，媽咪，我明天會打電話給妳。」

「你保證？」

「一定。」

「你讀了我的信了嗎？在你的隨身包裡？」

「信？」

「一定要看。有件事我想告訴你，但我希望你先安頓好，」她說得很急。「這是天大的消息，就連我也很驚訝，但我好開心！」

「妳會……」他說，但通話斷了。

阿嘎巴塔—艾魯馬魯，他終於跟她講到話了，聽見了可以撫慰他破碎心靈的聲音，此時此刻，他感覺無比和諧平靜，遠超過希望帶給他的寬慰。他對自己笑了，他很滿意，一切在迅速修補中，他原本以為自己惹了妲莉不開心，她現在也原諒他了。他高興得哭了。他上床，疲憊惶恐的身體迅速沉睡。

我一直想離開他的身體，好好探索這陌生國度的靈界，但因為他的痛苦折磨，我一直無法放心成行，除了出發到恩戈多窟找賈米克守護靈的那一次。畢竟當宿主遇上麻煩時，我們也必須戒慎提防，雙眼得像魚一樣隨時大睜，直到事態緩解才能放鬆。現在他睡得很沉，於是我離開了他的肉體，帶著超凡能量飛向靈界。埃格布努！我看到的景象真的讓我大吃一驚！當意識的面紗一揭露，我看到前所未有的畫面：這裡本應該會有暗夜的各式圖騰、復仇者與惡靈的尖銳噪音，及守護靈的無聲步伐。結果，我只看見各色形體閒散夢遊，讓我更震驚的是，它們似乎有所匱乏，異常空虛。我很快就發現原因了：我左右張望時，到處可見供奉古老神祇的廟宇殿堂，凡間從不得見，它們的建築結構奇特無比，而離開陰陽廊道的守護靈全都想跟人類一樣，住進這種建築物——有些非常空曠，只被閃閃發亮的金黃樹葉，與夜間漫步者散發光芒的腳印所填滿。空氣中不斷傳來某種柔和空洞的曲調，但那並非由先祖樂器吹奏，後來我才想到那是鋼琴演奏。它的聲音與偉大先祖的笛子很不一樣。我以朝聖者之姿走遍此地，直到擔心宿主從夢中驚醒，我才匆匆返回，不過他仍安詳睡眠。

✣

丘烏上神，神聖的古代先祖曾說，如果明天是個孕婦，沒有人知道它將誕生什麼樣的孩子。正如祖先們看不見女人子宮內的奧祕（只除了祂們的先驅，這些人的雙眼總能看見人類以外的世界），明日會出現的一切也不為人所知。人類在夜裡休息，心裡對明天原本存有各種計畫想法，但它們卻有可能完全無法實現。偉大先祖了解現代子孫無法理解的謎團：每一天，守護靈都會換上嶄新的面貌。因此，先祖們認為每一天都是全新的開始，它孕育了新生事物，接著，chi ofufo（夜晚隨之降臨）。這表示守護靈前一天代表宿主溝通或談判的內容大功告成，新的一天也必須採取新的行動與作法。埃格布努，這就是明日的奧祕。

然而，身為人類的宿主一早醒來時，昨日的希望加上與情人重新聯繫，整個人可說歡欣振奮。他走出房間時，戴眼鏡的托比盯著電腦瞧。「早安，兄弟。你知道週六是新生訓練嗎？」

宿主搖搖頭，因為他不知道這個詞是什麼意思。

「我說你真的該去。它很不錯，可以讓人更認識這個島，了解這裡的美麗與歷史。」

「嗯，」我宿主回答。「你之前去過嗎？」

「沒有，它都辦在週六。我週日到的，而你是週三來的。」

「沒有，我是週二抵達的，Ngwanu（會的），我會去。」

「很好。我們回來後，就收拾東西，叫輛計程車幫我們搬家去新的公寓。一旦你開始工作，在神的恩典下，一切就會很順利，你已經有地方住了，這樣很好。」

我宿主也有同感。他再次感謝托比，謝謝這個人幫了大忙。「我永遠不會忘記你的恩情，之前我們素昧平生。」

「別這麼說。你是我同胞，如果你在別人的土地上看到伊博族同胞，你會讓他們受苦嗎？」

「的確如此，我的兄弟，」我宿主搖搖頭說。

他心情很好，把從家鄉穿來都還沒換的襪子洗乾淨，將它掛在木椅上，好讓打開窗簾後的陽光將它曬乾。他從小學後就沒穿過這個叫襪子的東西了。但妲莉替他買了幾雙，堅持假如他不穿，搭飛機時雙腳會很冷。窗外的陽臺有鴿子在叫。他前一天曾見過牠們，但當時心情悲慘低落，沒怎麼注意，當時他都變得不像自己了。前一天長途跋涉時，他認真回想一些讓他發笑的往事。他父親有位朋友和妻子曾拜訪他們父子。婦人走進廁所，那時天幾乎快黑了，還停電。但大家都不知道有一隻小雞跑進廁所，躲在馬桶水箱後面，等到她脫下內褲，準備開始尿尿時，小雞跳進洗手臺。婦人尖叫跑進客廳，他父親與婦人的先生正坐著聊天。那位先生因為我宿主的父親看見自己妻子的私處覺得很不好意思，後來甚至不與他們往來了。每次他回憶起這件事時，就會格格發笑。但是昨天他腦子直接將那段記憶當一隻亂飛的蒼蠅用力揮開了。

然而，在這新的一天，當托比和他吃麵包塗卡士達醬時，他還開起玩笑，討論這國家人民的行事風格，以及他自己的天真，而且他也嘲笑自己這個沒搭過飛機的傻瓜。後來托比到學校跟老師見面，他又睡了好久的回籠覺，直到日落才醒來。起來後，他發現妲莉曾打電話給他，雖然他回撥，但語音訊息告訴他，他的儲值金不夠了。他後來跟著托比到學校餐廳吃飯，望著人來人往，感覺頭腦清晰，精神充足。那天晚上我宿主睡覺時，我看見托比的守護靈出來閒逛。我感謝它對我宿主的一切幫助，我們坐下來談論此陌生國家的靈界，以及我們宿主經歷的一切，直到天明，它堅持自己該回到宿主身上了。

週六一大早，他們出發到公車站，當他們走過一處公寓區時，托比指著遠處掛著土耳其國旗的公寓。「他們掛起國旗，紀念他們殺死的士兵。」他凝視著我的宿主，看看他是否對自己的話感到好奇，畢竟我宿主經常如此。如果托比看見同伴很想知道，他會繼續解釋。「土耳其正在與庫德族人作戰。庫德工人黨。我來的那一天，有些士兵陣亡了。」

我宿主點了點頭，不太確定朋友在說什麼。公車站已經有許多外國學生在等車，多數像我的宿主與托比一樣來自黑人國家。我宿主趁機認真觀察，注意到這個陌生國家的人民與來自其他國家的人不同。後者講話大聲響亮，前者則沉默安靜。例如在公車後面，有三位來自黑人國家的男女在說話，手舞足蹈，跺腳兼打手勢。他們附近的白人則三兩成群，低聲說話或沉默不語，很像參加葬禮的會眾。

國際學生辦公室的黛荷女士，及一位口音與妲莉類似的白人男子一起出面歡迎大家。男子說，他們即將看到「這個美麗島嶼的壯麗美景。我們將參觀很多地點：博物館、大海、另一座博物館、一所宅邸，還有我最喜歡的地方：瓦羅沙廢墟[4]。我已經在島上生活很長一段時間了，但那裡仍讓我讚嘆

4 瓦羅沙（Varosha）位於賽普勒斯北部。在一九七四年土耳其出兵占領前，此處為度假勝地，有許多好萊塢明星在此留下足跡。此地被土耳其占領後，居民逃離，從此成為廢墟。

連連，它是世上偉大奇觀之一。」

「所以那裡沒有人住嗎？」來自先祖國度的一名黑人學生問道。

「對，我的朋友。當然無人居住。土耳其士兵駐紮當地，目前只有他們。我們是進不去的，我的朋友。」

同學們開始議論紛紛，對廢棄城市很感興趣，那裡竟然三十多年沒人居住了。

「好的，請大家注意，」黛荷舉起手，對著喋喋不休的人群微笑。「我們該出發了。稍後會在沙灘用餐，走吧。」

上車後，黛荷走到我宿主和他朋友這裡，詢問後續，見到賈米克了嗎？

「還沒有，媽咪，」他說。「但我們已經把他提報警察局，他們正在找他。」他發現她左右張望，急著要離開，為了結束這段對話，他向她保證。「我知道我會找到他的。」

「好，祝你好運，」她說，然後走到前面。

埃格布努，我很高興，真的很開心我宿主終於能暫時擺脫自己的麻煩。才短短幾天，一個好好的美夢就幾乎破滅了。他觀察四周，如今他的腦子終於允許他這麼做了。他和托比坐在兩名白人旁邊，托比說他們是伊朗人，至於其他身穿輕薄布料的棕皮膚男人，他說，「巴基斯坦人。」我的宿主點點頭，托比又補充，「也許是印度人。」

托比一面講述印巴衝突的歷史，我宿主則注意到公車前面有兩排座椅，另有個凸起的平臺坐了黛荷與司機。沙漠在他眼前如短跑選手般快速通過。砂質大地儘管乾燥，偶爾也有些植被點綴其間。這些怪異的棕色植物細瘦赤裸，在乾瘠大地牢牢站穩，樹根緊抓住乾黃的土壤，看起來就像是外星世界。樹耶，他像小時候一樣對自己低語。他左右張望，確定自己沒有脫口而出，讓別人聽見。他突然想到，自己雖然看到了幾棵樹，不過它們多半出現在道路兩旁。這裡的公路風光與奈及利亞很不一樣。奈及利亞各城市間的土地罕無人跡。相比之下，這裡城與城之間四處可見賭場、酒店、住屋，偶爾還有大自然景致，例如丘陵與山巒。他們到了一處可以放眼四望的空曠區域，甚至可以看到好幾公里外，黛荷指著那裡說，「那就是南賽普勒斯，歸希臘管轄。」

他凝視遠方，儘管距離讓他看不太清楚，但他隱約能見美國電影中的高樓大廈。前一天，他在凱里尼亞拜訪過的人們告訴他，那裡才是真正的歐洲，賈米克就在那裡。他真希望自己能用某種超能力，在時空間挪移，穿越龐然的大樓與馬路，找到賈米克。他更希望自己能當場逮住賈米克，把錢拿回來，將他交給警方關進監獄。他想起那位德國女士，以及他救贖的心願，通常都是這樣的：當一件事只是承諾、希望，對它的期待往往會被恐懼籠罩。他知道自己很希望有工作，此時我打岔，提醒他那位善良的女士深受他感動。也許她從來沒有見過男人如此崩潰無力，以至於願意捐兩次血。她一定會盡己所能來幫你的。

丘烏上神，我成功了。因為我宿主聽進了我的話，我的話給了他信心。他決定不把自己的遭遇告訴姐莉，直到他一切順遂無事。他不會讓她知道，等到他找到工作，拿回自己的錢，學校課業也順利進行，他才會告訴她事實，告訴她自己為了出國留學，一切幾乎全毀於一旦。當車子開進一座城市時，他想到之前她為了這件事哭了好幾次，而他有多麼想回鄉與她團聚。「加濟馬古薩，」黛荷宣布。「這裡比萊夫科薩大得多。但是我們要去老城區。我就住在這裡。」她伸出舌頭，學生們笑了。她對司機說了些什麼，男子高聲回應，學生們也欣喜若狂說話。

從那一刻起，景致就不一樣了。高聳古城牆堆砌成一座岩石與混凝土交錯的堅固堡壘，那是他從未見過的磚塊。它們似乎不是水泥——那是先祖後代目前用的建材——而是某種看起來堅硬卻又像是泥土的材料，顏色近乎黏土。儘管我經歷了許多生命週期，也跟隨無數宿主取得各方面的知識，但我從來沒見過這種建材。城牆磚石打造了厚實橫梁，彷彿由阿馬迪奧哈的手下親手鍛造。

公車開進一座拱門，拱門上有各種凹痕小洞，看起來就像是一百多年來都有上千人站在下方，朝它用力砸小石頭。埃格布努，我可以無止境地描述，因為這些建築物太讓我著迷了。但我到這裡是為我宿主及他的行為作證，並表明他的所作所為——假使我所擔心的事情確實已經發生——是徹底的錯誤。

公車才剛停，黛荷就要大家下車。另一輛公車已經提前到達，導遊與他們同車。我宿主的同車學生都下車後，導遊就大聲宣布，「各位女士先生，歡迎來到古牆城市加濟馬古薩，這是土耳其文，假如是英文，我們就叫它法馬古斯塔。各位現在看到的是威尼斯共和國統治時期的城牆，建於十五世紀。」

宿主跟其他人一樣，轉頭就看見偉大建築物的各個層次，它們是如此壯觀雄偉，讓我熱切希望馬上離開他，在這群巨石間流連徘徊。儘管我曾這麼做過一次。但我擔心在伊博國度以外的陌生土地，崇敬偉大女神的人們比較有可能具有暴力傾向，也更有侵略性。我聽說這些地方有許多惡靈邪魔與早已滅絕的生物靈魂漫遊著。我曾在奧格布尼克窟和恩戈多窟聽過一些故事，這些暴力靈甚至迫使守護靈脫離宿主，就此占領人類肉體，這是最怯弱的守護靈從沒遭遇的慘狀！所以我沒有離開。相反地，丘烏上神，我透過祢為我創造的人類眼睛見證一切。

多數人似乎都在思考建築物的結構，我宿主則觀察到錯落於建築物間的樹木。他覺得它們看起來很像先祖國度的棕櫚樹，但沒有果實。還有其他植物，其中一種植物長滿了葉子，看起來就像蓬頭垢面的人類。導遊每走幾步就介紹歷史，同學緊緊跟隨，大家一面看，一面專注傾聽。大家停下腳步，這次是欣賞一座只剩下五根柱子的建築物骨架，其白牆早已頹圮。曾經支撐這偉大結構體的巨石，已散落四周，有些甚至已經深陷古老地表的富饒土壤裡。

「聖喬治教堂，」導遊的眼睛望著龐大廢墟頂端。「這裡在教會發展初期就已經興建，或許在耶穌過世一百年後。」

丘烏上神，他們繼續前行時，我宿主突然回想起有一次他睡了一整天，醒來發現小鵝站在客廳門口的門檻上。外面已經接近黃昏，夕陽餘暉柔和映照小鵝的剪影。這畫面他幾乎從來沒有印象，直到他要出發到拉哥斯搭機的前幾天：他睡在妲莉身旁，醒來後發現她就站在當年小鵝站著的同一個位置，黃昏夕照也同樣讓她成了美麗的剪影。

他的手機在口袋振動時，他仍然沉浸在自己思念妲莉的心情。他將它拿出來，是護士打來的。他離開隊伍，擔心如果他接起電話，可能會打擾大家，打斷導遊的介紹，於是他選擇不接電話。當它再次振動時，他還沒加入大家。他看到有簡訊，趕緊打開看。

我的朋友，希望一切順利？今天陽光燦爛，希望你能好好善用這美好的一天。好人。別擔心，我的朋友說我們週一再過去。不用擔心。菲奥娜。

依宙瓦，他認真跟隨導覽，再也不是昨天那個人了，他跟其他同學一同徜徉在壯麗地中海海岸，屏息欣賞它的美。而我掙扎著控制自己離開他的衝動，觀察這個導遊口中的「瓦羅沙鬼城」。他簡直把對方的一字一句都當成救生員的指示，專注聽講。導遊繼續說，「好萊塢大明星，許多國家的總統，各國顯要名人都來過這裡。」他驚嘆於毀壞的各式建築——它們多半坑坑洞洞、磚塊脫落，有些甚至布滿彈孔，這些畫面讓我回憶起比亞弗拉戰役戰火正酣時，先祖們的城鎮與村莊的模樣。他目不轉睛地凝視一棟原本應該是一間華麗飯店的建築物，之前的寬敞廊廳，如今卻早已空無一人。旁邊另有一棟灰色大樓，它的油漆如煙灰層層剝落。他試圖看出旅館的名字，但它已經殘缺，大部分的字母都已經從牆上掉落。彈孔裝飾了這棟建築，給了它獨特的外觀。他落後了，認真打量鎮上的房舍，它們多半有鐵絲網以及沒什麼阻絕功能的圍籬，大門已經脫落，其中一扇門甚至躺在門檻上，倒在陽臺上。建築下方有強韌的植物藤蔓蜿蜒穿梭，橫越大街，彷彿穿透柔軟的布料或古牆的舊外表。

這小鎮在他心裡打開了一扇窗，在剩下的旅途中，他怎麼樣也無法將這扇窗關上。他被「藍屋」感動了，這是一位有奇怪名字的前希臘領導人——導遊說，就是此人引發土耳其與希臘作戰，爭奪賽普勒斯——為他的子女建造的房子。但他對其他廢墟仍然無法忘懷，例如停有飛機的小機場、餐館、學校，全都人去樓空。他們走到戰爭博物館時，他立刻想起小時候與父親在烏穆阿希亞參觀過的比亞弗拉戰爭博物館。那一次我就沒法提供什麼見證了，埃格布努，因為他與他父親剛走進博物館，我就看到一輛由我過去的宿主埃金肯耶駕駛的坦克。當時的我立刻被排山倒海的懷舊心情征服，這種情緒確實會降臨到守護靈身上，因為它看見了足以紀念往日宿主的紀念物或墳墓。因此，我離開了我年輕的新宿主，進入坦克，一九六八年時，我曾隨著埃金肯耶駕駛它許多次。過去對我們守護靈而言非常陌生，因為我們不是人類。我一坐進坦克，許多血腥的戰爭場景便再度重現——坦克曾衝進森林躲避空投彈，它也曾壓倒樹木，輾過屍體，我的宿主則從頭到尾都在痛哭。那是令人警醒的時刻，我就這麼待在它裡面，任我的宿主與其他遊客審視它，大家不會看見任何生物坐在坦克破舊的座位上，而我這種形體，即使幾十年後，卻仍然能清晰聞到坦克內部乾涸血液的氣味。

結束這個新興國家戰爭博物館的參觀之後，他們到了「綠線區」[5]，回到萊夫科薩，在這裡，他看到另一個賽普勒斯，一個截然不同的國家，僅由鐵絲網隔絕外界。他感到震撼。他想起父親告訴他的比亞弗拉種種。到了「野蠻博物館」之後，他更深受感動，導遊提過，「如果你不愛恐怖電影，就別跟隊伍進來。」結果幾乎每個人都進去了。在擁擠的入口，他看到一名女子與孩子被槍殺的浴缸，他們的血被塗在牆壁與浴缸上，這是白人口中一九六三年時的真實場景。[6]「牆壁上的血比我們現場所有人都要老，」導遊看著那可怕的景象告訴大家。

那畫面他永遠記得，導遊的那句話在那趟旅行結束許久之後，仍然留在他心底，之後，他與托比回到校園。最打動他的還是那座鬼城。它流連不去，以至於當晚他在客廳沙發睡著後，他夢見了瓦羅

5 綠線區（Green Line），是貫穿賽普勒斯島中部的隔離線，將南部的賽普勒斯共和國與北部的北賽普勒斯土耳其共和國隔開，此線根據一九七四年土耳其出兵攻打賽普勒斯時所占領的區域而劃。

6 賽普勒斯島上希臘人與土耳其人衝突不斷，雖然在一九六〇年成立賽普勒斯共和國，組成希、土二族的聯合政府，但在一九六三年底兩族依舊因為制憲問題發生嚴重衝突。

沙。他看到自己追逐小鵝，因為牠狂奔跑進廢棄房子。土耳其士兵在建築物高處看著他追牠。小鵝不斷奔跑，但左腳的藤繩讓牠越來越沒力氣，最後，牠衝進其中一棟建築，它的大門倒在陽臺上。他跟著小鵝，心臟跳得厲害，屋子有鐵鏽與腐土的氣味，地上積滿灰塵。牆上油漆早已剝落，彷彿它們等待的東西永遠不來了。他往前看見小鵝爬上樓梯，牠的羽毛越來越黑，因為牠沾到了屋內的污垢與泥灰。欄杆已經裂開了，在他們下方的牆角，青苔如利爪般抓著牆腳。有件襯衫掛在一扇破碎的大門上，他瞥見門內，椅子、垃圾與翻倒的家具全都纏在一團團難以穿透的蜘蛛網裡。他早已全身大汗，氣喘吁吁，小鵝拖著腳步不斷往上爬，偶爾用跳的，偶爾拍翅飛翔，牠轉過一層層階梯，這道旋轉梯就像是刻意為牠建造，牠是故意要走進來的。最後，他發現自己已經走到屋頂。不知道為什麼，但他不斷哭泣要牠停下來，不要離開，牠轉身面對他，卻立刻飛躍入空，落上海岸。他驚慌失措，一頭跟著牠走，早已忘記自己身在何處。他不斷墜落尖叫，知道自己就要走向毀滅，此時，他驚醒了。

太陽幾乎下山了，它造就的龐大黑影已經緩緩消逝。他睜開眼睛，看見托比站在房間，看著手錶。他本來還打算回憶那可怕的夢境，但托比說，「我不想吵醒你。但在阿蒂夫將新學生帶到這裡之前，我們最好盡快搬走。」

他點頭拿起手機。有三通未接來電，都是妲莉打來的，他沒有聽到，因為他將它設定為靜音。他發現有一封簡訊，他立刻打開：「親愛的，你沒事吧？別忘了打給我，好嗎？」他想問托比該如何發簡訊到奈及利亞。打電話要打一些符號，加上其他數字，但簡訊呢？不過他還是匆匆趕到自己房間準備。當他收拾好時，他突然想到，自己還沒有看她提過的那封信。他決定一到新的公寓，他就會把它打開。

✣

雅古傑比，他們到達新公寓，將行李放進房間後，他伸手到包包找那封信，原來她放在其中一個筆袋裡，而且反覆摺了很多次。他不知道她什麼時候寫的。是不是那最後一晚，她哭了許久之後，還堅持要一起隨他坐在院子大樹下的長凳？他們坐在那裡時，微風柔和吹拂，傾聽街上的動靜。

他打開信紙，兩手不住顫抖，信紙來自他曾經翻過的筆記，他放下它，躺在床上，再把它拿起來，她曾經告訴過他，最適合的閱讀方式，就是大聲把唸念出來：

當你閱讀時，特別是聖經，要大聲對自己朗讀，大聲說話，因為，諾索，我告訴過你，文字言語都是活的。我不知道怎麼解釋，但我很清楚，我們所說的一切，所有的文字，都有生命，我真的很確定。

他抬起頭，看了看他的包，然後讀下一行，這只有一行。

親愛的，我很傷心。我非常傷心。

埃格布努，他放下信紙，因為他的心劇烈跳動。他彷彿聽見音樂開始演奏，大概是托比在放音樂。他感覺到一些東西——一個想法——在他腦海中閃過，但他分不清那是什麼。他確信，他不只是把它忘了，只是因為它還來不及化成任何畫面，只是浮光掠影罷了。

我在此承認，許多時候，我都想離開你。在拉哥斯時，我原本打算發簡訊給你，說我不要繼續了。事實上，我都打好簡訊了，但我的心卻不允許我這麼做。因為我愛你。有時候，我覺得我想離開你，全因為我家人，但我卻做不到。你好像緊緊抓住了我，就像你抓住的那些雞一樣。我逃不開，也完全離不開你，諾索，有一

依揚戈—依揚戈，惶惶不安的人，通常在這種時刻（我見證過許多次）會在信紙上梭巡各種墨水的停頓，這時他幾乎把一看成了七。

晚，他們問我為什麼愛你。我自己一直以來都搞不清楚，諾索。沒錯，我就是想找到那晚在橋上幫助我的好人，但我無法解釋，為什麼我再次見到你後，我和你就這麼親密了起來。我喜歡你，但我不知道自己為什麼會這樣。但是，看見你追老鷹的那天，我就知道為了保護你愛的人，你願意做任何事。我知道，如果我把我的心交給這個人，他永遠不會讓我失望。當我看到你對尋常動物的愛心，我便知道你會給予我更多的愛、關懷與鼓勵。這就是我愛你的緣故。諾索。你懂嗎？難道不是嗎？誰又能這麼做？在奈及利亞，甚至全世界有多少男人會為了自己心愛的女人，甘願賣掉他擁有的一切？**我說得對不對？**

她用粗體字寫下最後一個問題，字裡行間傳達的語調與力量，讓他放下了信紙，他的心跳得更強烈了。剛才他還沒法確切看出來，但現在他腦子一片空白，他知道了，他看見父母親與他，在白人所謂的一九八八年時，正在打掃他家大院。父母看著他，為他鼓掌，因為母親笑他父親掃不乾淨。父親抱怨掃把太稀疏了。掃地時，許多竹枝都掉了。母親拿走掃把，將它交給我宿主，對她丈夫說，「你看他會比你掃得更乾淨。」六歲的他拿著掃把，在父母的歡呼聲中，認真打掃。

他現在才領悟到，那可是他賣掉的故居大院。他重讀了那段關於他是世界上唯一會做這種事的男人的那一段話。他想到了一個主意。如果他打電話給那位買下老家的人，請他暫緩換屋，他打算連本帶利將錢寄還給他呢？他可以每月付款，再加百分之十的利息。想到這裡他幾乎跳起來。第二天他就要打電話給艾楚格，再告訴妲莉，他們可以一起去找新屋主，請對方先不要過戶。

依揚戈—依揚戈，我對這個想法同樣欣喜若狂。賣地並非先祖留下的風俗。因為土地是神聖的。它為艾拉賜予，人類世代傳承才得以擁有。儘管艾拉從不懲戒出賣自己土地的人類，但祂必然很惱火。有了這個決定，宿主無比寬心，他再次拿起信，信紙邊緣因為他的手汗溼了，他把它讀完。

我了解我自己，從第一天起，我就知道你是真心的。我知道你是上帝為我準備的人。我想讓你知道，我愛你，我會等你。所以請一定要快樂。

你的愛
妲莉

第十六章 白鳥影像

布比代克，偉大先祖們認為焦慮者彷彿被上了腳鐐手銬，因為他們說，恐懼與緊張奪走了這些人內心的平靜。一旦如此，先祖們說，就等於從裡到外全死了。但當他擺脫束縛，鐵鏈嘎嘎作響，滾入黑暗時，他便自由了。重生。為了避免自己又一次在心靈受到箝制，他會設法防禦自己，怎麼做呢？他讓另一種恐懼走入他的心。這一次，他不會擔心自己目前的狀況讓自己挫敗連連，反而介意在渾沌未知的將來，會有其他事情出錯，讓他再次崩潰。就這樣，他生活在週而復始的循環中，被未來沒有發生的事情奴役牽制。我已經見證很多次了。

儘管我宿主的救贖承諾仍然堅定——自他們見面以來，護士已經發了兩次簡訊給他，第二次甚至加了一張黃色笑臉，不斷稱他是「好人」——但在他讀了妲莉的信後，恐懼再度出現。在清晨之前，他惡夢連連，腦海不斷出現其他男人與她發生戀情的畫面。天剛破曉時，托比的敲門聲讓他解脫了，他問我宿主要不要上教堂。「如果你來，」托比說道，「就會遇見很多奈及利亞人，我告訴你，你會喜歡的。你將感謝神為你做的一切，而且，我們還可以上市場買些東西自己煮。我們應該在明天開學前就可以開始自己做飯了。」我宿主說他會去的。

後來，他們沿著一條看上去像是他週四下了計程車後走過的馬路，這條街道兩旁的建築物幾乎沒有間距，蓋得非常緊密。有一間用玻璃打造的理髮店就座落在人行道旁。一名男子在外面抽菸，朝著空氣吞雲吐霧。當他們經過時，此人大喊：「黑奴！」

「你爸才黑奴！」托比對此人怒吼。

「你爸才黑奴，你媽才黑奴，你全家都黑奴！」宿主知道這些人都把他們當成奴隸。托比告訴他的。

「不要理這種人。他們是白痴。你看那個叫我們黑奴的人全身髒兮兮的。真是一群笨蛋。」

他們穿過一條孤零零的街道，這裡的房子都有著像奈及利亞住宅的那種大門。裝了垃圾的大型綠色金屬箱放在每一處街角，但在他們路過的一條街上，托比指著其中一棟建築說，許多歐洲白人都喜歡到此一遊。這是一座由美麗石灰岩打造的建築物，我宿主從未見過這種房子，他看得入迷。它沒有屋頂，梁柱高聳巨大。托比大聲解釋，這裡可能是希臘或羅馬神祇的聖殿，或許想讓附近那位在拍照的歐洲老人聽見。這座古代神殿歷經風霜，其經過歲月淬鍊的美深深鎖在傾倒廢墟下，但依然風華絕代，所以才成為觀光景點。人們不辭千里一睹風采，努力想在斷垣殘壁中挖掘它的遲暮美景，真是矛盾又奇怪。

他們轉上另一條街，托比說已經快到教堂了，此時，他們看到其他與先祖同樣膚色的人們，總共四名男子，其中兩位還戴著墨鏡，一起走向教堂。他們隨著這些人一起進教堂。裡面已經坐滿了，一位曾經在公寓見過的男人，約翰，正在指揮大家入座，也幫沒有位子的人搬椅子。這裡都是黑人學生，也有幾名白人。這是不一樣的白人。有一位不太像土耳其人，反而像是多年前統領先祖國度的白人，他站在前面的祭壇，用跟妲莉同樣的口音說話，我宿主立刻知道此人來自英國。男子說唱歌時必須全心投入。他與托比坐在最後面，前面兩人的身影感覺有點熟悉。

他想起自己童年時期會去的教堂，後來他們就不去了。他爸爸在他媽媽過世之後，非常不諒解神竟然會讓妻子死於難產。我宿主偶爾會去，結果另一件與小鵝有關的事，讓他就此對教會改觀。那次小鵝生病了，不吃不喝，走路往往會跌倒。他想把牠帶到教會，畢竟他經常聽人說，透過神蹟，任何病痛就會痊癒，例如盲人重獲光明之類的。於是，他將小鵝帶到教堂，緊緊將牠捧在胸口，卻被穿制服的禮賓人員攔在門口，他們覺得他是瘋子，竟然帶動物到教堂。那件事就此扼殺他對白人宗教的信仰。如果神關愛人類，為什麼不能照護生病的動物？當時的他很難理解為什麼人類不能像愛人般一樣愛鳥。當初我也希望他能將信仰轉向虔誠先祖的宗教，因此我暗自鼓勵他的決定，使他想到，如果他帶著動物，前往神靈聖壇，艾拉等神祇絕對不會驅逐他的，當然，我宿主也跟他那一代年輕人一樣，認為傳統信仰並不可取。

牧師在討論復活與重生，他聽得很吃力，他提到耶穌基督如何受死卻又復活，他眼皮越來越重，牧師的音調或高亢或低沉，開始提到唯有基督教才能真正讓人死而復生，在跌倒後再次爬起。他睜開眼睛，這段話講到他心坎裡了。他就是見證，在人迷途茫然，墜入深淵時，還是有機會挺身復活，扭轉逆勢。

牧師布道結束，大家唱歌，會眾解散。人們開始離開座位，有人拍拍他的肩膀。

「耶穌基督，第迪！」

「天啊！好高興遇到你。」

「是啊，我的兄弟。」

「你怎麼樣？後來找到朋友沒？」

「沒有，」他說，然後告訴第迪自己的經歷。講完後，他們已經走出教堂大門外，托比跟幾個人打招呼後，就走到他身邊。

「嗯，賭場的工作薪水很高，」第迪說。「那女人真的是神送給你的大禮物。有些土耳其人真的很好。還有一個女人就是這樣，願意出手幫忙。她提供獎學金給一名奈及利亞男孩，他為她工作，結果她甚至幫他付了學費。」

「真的是大好人。」

「是的，沒錯，但，有時候還是得小心，有人還是會被騙。」第迪笑著說：「把我的電話記下來吧。」

✣

歐萬耶提里哈，他和托比回家時，天已經黑了。他拿起手機，有一封簡訊，是妲莉發來的。「諾索，明天請打電話給我。」他搖搖頭，撥了她的號碼，但又是一大段雜訊。他決定在工作確認後再跟她聯絡，因為他確信自己能賺回被偷走的財產。等到他再打電話給她時，他會將事情一五一十告訴她——從機場到他如何遇上菲奧娜。

他坐在房間椅子上，回想這幾天在新國家的經歷。他伸手到隨身包拿出妲莉的裸照。當他看著它們時，他的身體燃起炙烈慾火。他掏出陰莖。然後他趕緊把門鎖起來，免得托比隨時跑進來。他耳朵貼著門，聽聽托比的動靜，當他沒有聽見任何聲響後，他看著妲莉的裸照，開始自慰，喘氣呻吟，直到他整個人癱軟無力。

✣

阿卡他卡，世界各地的人民，對受傷、貧窮或地位卑微的人們總帶著一絲同情憐憫。如果大家認為此人受了委屈，都會願意伸出援手，我已經見證許多次了。這就是為什麼當一名白人婦女在異國他鄉看到一名來自先祖國度的男子接近崩潰，心神俱疲時，也會甘願出手相救，讓此人對未來充滿愉悅的期待。

第二天早上他醒來，這已經是他抵達此陌生國家後第二次整夜好眠了。他滿懷希望，打電話告訴艾楚格，請他馬上去找新屋主，要求對方先不要過戶，他要把錢退給他。「但是你現在手邊又沒錢，又怎麼可能還人家？」艾楚格問。

「告訴他我會雙倍奉還。我們要簽署合約；我會在六個月內付清雙倍金額，請他把房子還給我。」

艾楚格答應要去找對方，跟他討論。這讓我宿主放心了，宿主梳洗完畢後去找托比，托比已經把煎蛋都弄好了。

托比說那天早上很難買到好麵包。

「這裡的麵包都像石頭一樣，」他說，我宿主笑了。「真不懂這些人。整間店沒有一個麵包可以吃。」

「你有看過《倫敦的奧蘇非》嗎？」

「有啊，他去找阿格格麵包（Agege bread），結果白人根本一頭霧水。」

他們突然陷入沉默，吃起早餐，他在想這裡的早晨跟家鄉不一樣的地方。他沒有聽到任何公雞叫，連宣禮塔的祈禱聲都沒有。前一晚的畫面浮現，他看到妲莉幾乎赤身裸體站在客廳的門前。她背向他，彷彿在怕什麼。他不記得自己做了什麼。他有叫她嗎？他沒理她嗎？他不記得了。

「這些人，他們很準時，」托比又說。「如果他們告訴你十點鐘，那就是十點。如果他們告訴你一點，那就是一點整。所以我們得趕緊出發到房屋仲介辦公室拿你的鑰匙，然後去等那個女人。」

他點點頭。「就這麼做吧，我的朋友。」

「我昨天有通知阿蒂夫，告訴他我們找到住處了。他問起你。我晚一點註冊結束，上完課之後，會去他的辦公室。」

「謝謝你，我的兄弟，」他說，他沒怎麼專心在聽，他的心思還擺在剛才交代艾楚格的事情上，而且等會菲奧娜就要帶他去面試工作了。

他們收拾餐桌就出門了。托比的書包就跟小學生背包一樣，裡面裝了電腦與課本。我宿主帶了妲莉給他的包包，放了他的文件、她的信以及照片，他離開家鄉時，包包就放了這些東西。

他們在市中心找到仲介辦公室。這一帶有許多服飾店及珠寶行，就位於市中心後面的一條小街，餐廳商店林立，還有一間網咖以及一家小清真寺。鴿子四處跳躍，隨便吃點地上的東西。這裡他們看見了許多白人。托比說他們是歐洲人或美國人。「他們不同，」托比堅持，「土耳其人根本不算真正的白人。他們看起來更像阿拉伯人。你見過蘇丹人嗎？他們膚色的黑就跟我們不一樣，就差在這裡。」

一群他們談論的白人走了過去，有兩名年輕女子的穿著打扮幾乎等同於赤身裸體，短褲短到不能再短，身上只有胸罩，腳上踩著拖鞋。其中一人拿著一條毛巾。「我的上帝，我看到了什麼！」托比說。

他笑了。「我以為你精神一振，」他說。

「是啦。這些女孩很棒。但土耳其女人更強。可是第一名還是我們奈及利亞的女孩。」

埃格布努，他們走進辦公室時，到處都能聞到菸味。有個坐在椅子上的壯碩白人婦女正在抽菸。我注意到門檻上有個像是圓形的辟邪物，裡面有一個白色球體，很像人類眼球。看見這辟邪物，我趕緊離開宿主，看它是否會對他構成危險。我立刻看見一條蛇纏繞在那物體上，就連我這守護靈看了都覺得害怕，我可是闖蕩靈界多年呢。我匆忙逃走。

我重新加入我宿主時，女人正在數托比給她的錢。後來他們帶著鑰匙走出門時，他感到前所未有的放鬆。那時已經快十點了。於是他們走到公車站。只等了幾分鐘，菲奧娜就開著車過來了，她穿了一件白色洋裝，項鍊在她的脖子閃閃發亮。他跟托比握握手，就朝汽車跑去。

「你看起來很開心，」他一上車，菲奧娜就說。

「是的，菲奧娜，很謝謝妳，都是妳幫了大忙。」

「喔，不是啦，不要這麼說。我什麼都沒做。你遇到這麼多困難。」

他點了點頭。

「我跟朋友租了一間公寓。」

「啊，這樣很好。非常好。有地方住，讓你心情穩定。」

他說是的。

「我的朋友伊斯梅爾已經在辦公室了。他在等你。」

他一坐下來，我就注意到女人手腕戴著我剛才見到的那個辟邪物。我在他腦子閃過剛才在辦公室的畫面，也讓他注意女人的手腕，因為我好奇想知道它是什麼。出乎意料，丘烏上神，我成功了。

「冒昧請教，」他問。

「怎麼了？」

「這個藍色像眼珠的東西，我到處都看到，這是？」

「喔喔，」女人高舉起手。「邪惡之眼。這就像，你知道，幸運符。對土耳其人意義重大。」

我宿主點點頭，儘管他不能完全理解這個物體究竟是什麼。但我鬆了一口氣，原來這只是個人癖好，不會傷害我宿主。

他們邊開車邊聽音樂。她問他喜歡什麼音樂，但當他列出來時，她誰都不認識。他說完才注意到自己沒提奧利弗·德科克。一想到那個歌手就讓他惱怒，其實德科克根本沒傷害過他。他知道自己只是因為聯想到那天在妲莉家被人羞辱的經驗，當時德科克正在唱歌，結果他也因此討厭這位偉大歌手了。

「這是埃姆·雷艾丁（Emre Aydin），非常棒的土耳其歌手。我很喜歡他。」她笑了，看了我宿主一眼。「對了，所羅門，我一直在想你的遭遇。真的很讓人難受。」

他點了點頭。

「這讓我想起了最近讀過的一本書，男主角在戰爭期間被他妻子要求從軍，當他這樣做時，她又對軍隊的各種行徑極度不安，你懂嗎？因為那是希特勒的納粹軍團。所以她選擇離開他。這本書很難懂。你為了心愛的女人，做了偉大的行為，結果又因此失去她。我不是說它會發生在你身上，請別誤會了。」她揮手。「你不會有事的，你的未婚妻會一直等候你——我相信。我是在說犧牲這種行為，你懂嗎？」

他抬頭看著她，她的話語彷彿一箭穿心。

「是，媽咪，我……」他頓住，然後說，「是的，菲奧娜。」

他們又經過剛才那條奇怪的道路，開上一座大橋，沿著一條由紅磚砌成的下坡道路前進。當車子接近一處村莊外圍時，眼前突然出現了茂密的樹林，太陽似乎更往下沉了，它散發的熱量形成了虛幻的波浪，彷彿讓汽車墜入河中。不久後，這幻象就消失了，他們進入鎮上的馬路，汽車疾馳而過，發出輪胎摩擦聲，一路抖動，一想到妲莉可能離開他，這想法宛如搖籃裡的嬰兒，左搖右晃，無法從他腦海擺脫，他掙扎著讓它穩住，卻完全做不到。

✣

奧席米力塔塔，對一個曾遭受殘酷挫敗的人而言，明確真誠的希望帶來的心靈平靜絕對難以言喻。它讓靈魂昇華了。它是一隻看不見的手，將人從火坑上方的懸崖一把拉上來，讓他回到自己本來走偏的正道。它就是一條將溺水者從深海拉出來的繩子，讓他回到甲板上，呼吸新鮮空氣。護士就是那隻手，也是那條繩子。但我已經見證許多次了，水能載舟，也能覆舟，餵養雞的那雙手，也是殺死雞的屠夫。世事就是這般奧妙，在這陌生的國家，我與宿主就準備要有一番奇遇了。但在此我仍要盡可能詳述過程，埃格布努，畢竟當我們來到祢們明亮偉大的天庭時，這也是祢們對我們的期待。

當他們抵達四天前他帶著一顆淌血的心造訪的城市時，他的心非常溫暖喜悅，那感受如此強烈，讓他想拍一張這裡的照片。他問菲奧娜是否有可照相的手機。

「有，有，」她說。「黑莓機。」

「好的，」他說。

「你要照相？」他點頭笑了。

「哈！你連告訴我想照相都不好意思？你真的很害羞。」

她拍了一張他雙手放在胸前的照片，另一張則要他指著一棟白色大理石建築外面的燈箱標誌，還有一張雙手攤開的相片。他望著這些相片，他看起來很快樂，這讓他很開心。

「我會把它們寄到你的電子信箱。」

他說好。他們走進去時，他心裡有一半想到妲莉會有多喜歡這些照片。另一半則對這座建築的宏偉輝煌感到敬畏——血紅色的地毯印有老虎圖案、藝術燈美輪美奂、各種機器與螢幕。他隨著菲奧娜走過一條狹窄走廊時，他不再想這些了。大概是因為那種叫「高跟鞋」的鞋子，讓她的臀部玲瓏有緻，上下擺動，透過她的白色洋裝，他看見了她的內褲輪廓。艾卜比代克，他激烈的心跳與強大的肉慾讓他震驚，它如火焰般朝他席捲而來，如此迅速又不自然，他甚至被激怒了。她似乎懷疑不對勁，轉過身問道。「所羅門，我有告訴你他要付的薪水，對不對？」

「是的，菲奧娜。」

「那好，我們就先接受這樣的金額，以後再往上加，可以嗎？」

他點點頭。他走在她身邊，一路抵達經理辦公室的門口，事與願違，剛才的強烈慾望並沒有消退。他不知道她的年紀，但她的身體看起來很年輕，差不多三十多歲，但她脖子贅肉卻暗示事實並非如此。他也看到她的腿有些皺紋。但他仍然不能確定，畢竟對於白人的一切，他所知甚少。

他們穿過一扇玻璃門走進房間，一個男人坐在辦公桌前，他的臉對著電腦螢幕。電腦，丘烏上神，真的是非常多功能的機器！它可以蒐集資訊，讓我們與遠方親友聯絡，它在先祖後代間普及之後，他們就與祖先就越來越疏遠了。山巒與大地的先祖，祖靈邦的居民，你們會為這種改變哭泣嗎？你們看見的還不算什麼。你擔心你的孩子不遵循古老文明嗎？這東西，這位白人盯著的發光盒子，假以時日，就要為你們帶來更大的悲傷。

我宿主和他同伴一走進房間，那個人就站起來了。他與對方握手，卻聽不太懂那人說的話。他覺得那人的白人語言說得很好，卻似乎更喜歡這個國家的語言。他還注意到這名男子擁抱菲奧娜、摸她的肩膀以及拍拍她手臂的方式。他們在講陌生語言時，他凝視著牆壁五彩繽紛的圖像——大海、游泳的海龜，以及他在那天導覽時看到的一些古蹟廢墟。他在心裡祈禱那個人能給他工作。他是如此專注，當男子向他伸出手時，他嚇了一大跳。「你可以從明天週二開始，如果你方便。」

「非常感謝你，先生，」他與那人握手，微微鞠躬。

「不客氣，再見了，我的朋友。恭喜你。」

那人走回走廊，準備離開，卻又急忙轉過身，握住菲奧娜的手，兩人擁抱。男人甚至還吻了她的臉頰，妲莉有時會要求他這麼做。好奇怪，丘烏上神。男子大白天親吻不是妻子的另一個女人？那人點燃了一根香菸，又開始跟菲奧娜用這個國家的語言說話了。

離開建築物時，菲奧娜說她為我宿主烤了一個蛋糕。她要把它從烤箱拿出來，裝好，然後去餐廳吃飯。她想請他看她家的花園，因為她跟他一樣，也算是農夫。他答應了，而且再度感謝她。他們再次上路時，他的慾望已經緩緩消退，它被新生的憤怒壓抑了下來，這股怒氣就像朋友之間的陌生人，杵在他的喜悅中。一個稱得上是他兄弟的老同學，就這樣欺騙了他，差點毀了他。但在這裡，人生地不熟的陌生國度，有位女子挺身相助。她和她的朋友甚至做得比托比還要多，托比已經許久沒有為他背負十字架了。他們拿走了他的十字架，放火燒了它。是的，就是菲奧娜和這個人。等到她到達她家時，他的十字架——裡面的一切——早已燒成了灰燼，一點也不留了。

✣

埃格布努，我談過人類與他守護靈的終極弱點：他們看不到未來。假使他們具備這種能力，許多災難本來是可以預防的！真的！但我知道，祢們要求我按事件發生的順序作證，徹底解釋我宿主的行為，因此，我絕對不能偏離我的故事。所以，接下來，我宿主跟著這個女人到了她家。

這房子超級大。外面有花園，地上有一些水管，花壇整整齊齊開滿了美麗的鮮花。她說她母親有時會從德國來探望她，也是農民。有個滿是落葉的乾水池就在一旁的矮牆邊，上面靠著一把鏟子與一輛推車。除了番茄，她沒有種植任何可以吃的作物。但她很久沒有種花了。他看得出來這座花園讓她能繼續儲藏自己想繼續擁有的東西。她說，掛在一棵低矮樹木樹枝上的舊石蠟燈，其實屬於她的貓咪米格爾。他不知道人們能將貓拿來當寵物，更別說替牠們取名字了。

地上有個看起來像是汽車引擎的機器，屬於她過世公公的卡車。她一看到它就頓住了，雙手垂在兩側。她沒有看他，嘴裡說著，「這就是麻煩的開始。從那時起，他總是說：『我為什麼要讓他開車？如果他不是七十二歲還在開車，他今天還會在這裡。』所以他才把自己喝到不省人事，不願意面對世界。」接著，令人意想不到的是，當她轉向他時，這位向來樂觀開朗的女子突然淚流滿面。「他背棄了這個世界，」她又說。「整個世界。」

他在想自己的新工作、賭場、他交付艾楚格的任務，幾乎沒聽到她在說什麼。之前那段漫長的步行是他一生中最難以承受的苦痛，但最終卻為他帶來最大的希望。他跟著她走進屋子，好奇想知道白人的房子是什麼模樣。他們穿過後門，走進廚房，它與我宿主以前見過的完全不同，裡面全是大理石（不過我宿主不認識大理石，埃格布努），而且掛了許多畫。

「這都是我畫的，」當他凝視著幾張繪畫時，菲奧娜對他說。那不是貓、狗或花，而是一隻鳥。

「畫得很棒，」他說。

「謝謝你，親愛的。」

他陪她走進客廳，又一次被妲莉父親的財富震撼了。妲莉家比普通白人的房子更為富麗堂皇。他望著黃牆邊的鋼琴、一部大電視以及喇叭。這裡只有一張黑色長沙發，應該是某種皮革製成的。牆壁上全是各種繪畫與照片。在電視與書架附近，矗立著一副看起來像是人類骨骼的白色雕塑。它戴著一條帶有「邪惡之眼」圖像的項鍊。

「我去換衣服，外面太熱了。我換褲子和襯衫，我們拿了蛋糕就走。可以嗎？」

他點點頭，望著她上樓，她洋裝下的大腿清晰可見。慾望再次在他體內爆發。為了擺脫這種衝動，他抬頭看著鋼琴上方牆壁的畫像，那應該是她丈夫。照片中的他雙眼愉悅。然而，它們又帶了一種嚴厲，看得出來此人應該很難溝通，接近菲奧娜口中那「背棄世界」的男人形象。肖像旁還有男人年輕時與綁馬尾的菲奧娜合影。她坐在他前面，他只露出一半的胸膛。這張照片看起來應該是在某種場合留影的，因為背景好像還有一些人，有些清楚，有些模糊，某輛綠色汽車的後車廂——有一半出現在畫面中，另一半太模糊看不清楚。

埃格布努，我可以告訴祢，此時此刻我宿主非常好奇，不知道悲傷對菲奧娜夫婿造成哪些衝擊外，其實什麼也沒多想，他細細打量男人畫像，看自己是否能找到菲奧娜形容的那種暗黑個性。他們走進房子後，他就察覺菲奧娜有種說不出口的恐懼，似乎害怕某種她不願意面對的事物。丘烏上神，我們的回憶並不總是準確的，因為各種事後分析會左右它們。但我敘述的內容完全沒經過篩選，我宿主確實正在密切注意男主人的肖像，彷彿隱約意識到接下來會發生的事情。他轉頭注意牆上的凹槽，裡面放著木頭，還有乾掉的灰燼——他想到客廳裡的柴火，但我自己在前宿主雅加齊的時期，讓我知道那東西叫壁爐。白人會在冷天靠它們取暖。前宿主雅加齊在殘酷白人國度的維吉尼亞州時，幾乎家家戶戶都有這種配備。沒有了它，寒冷——偉大先祖的國度簡直無法想像——會讓人們送命。他打量這東西時，菲奧娜下樓。她換上了短褲和一件印有剖半蘋果的襯衫。

「好了，我去拿蛋糕，我們就可以離開了。」

「好的，菲奧娜。」

他看著她打開烤箱，拿出一團包裹在白紙的東西；我和我宿主都不知道那是什麼。她將東西放進塑膠袋。

「你喜歡吃哪種菜？」她問。

他才準備要開口，她突然揮手打斷了他。他順著她的視線，知道了原因。大門打開了，一個比肖像更老、更滄桑的版本走進房子。他沒有扣襯衫，他身上的藍色襯衫皺巴巴的，袖子已經捲起，露出下面白皙的皮膚，襯托出格外黝黑的雙臂。此人走進客廳，停下腳步盯著他們。

「艾邁德，哇，歡迎回家，」菲奧娜的聲音透露出她的慌張。「你從哪裡回來的？」

那人沒有說話。他的眼神在我宿主與妻子間來回游移，我熟悉那種力道，猶如人瀕臨死亡前，對生命終究有了徹底的頓悟。他準備開口，卻輕輕放下手上的袋子，菲奧娜朝他走去，叫他的名字，但那人走向書架。

「艾邁德，」她又說，然後用外語說話。

男人的表情讓我宿主嚇到了。當他說話時，口水從他嘴裡濺出來。他指向菲奧娜，拳頭緊握，猛然擊入他的手掌。菲奧娜驚喘出聲，手捂住嘴，說了一串話，像是在抗議，但男人沒有理她。他更大聲說話，提高音量，猛擊胸膛，甚至跺腳。當男人說話時，菲奧娜瑟縮了，她慢慢後退，朝我宿主靠近，她的眼睛充滿了淚水。當那個人面對他時，她還在說話。

「你是誰？」男人問，「你聽見了嗎？你究竟是誰？」

「艾邁德，艾邁德，等等，」菲奧娜想抓住他。但男子用蠻力甩開她，打了她一巴掌，她尖叫摔倒。她的丈夫撲上前壓制她，以拳頭揍她。

加加納奧格武，我宿主被眼前發生的事嚇壞了，而我，他的守護靈，也是如此。他站在原地發抖，說道，「對不起，先生，對不起，先生！」他瞥了一眼大門，假使他準備逃走，應該可以不費氣力，但他沒有移動。快跑！我對著他意志的耳朵大吼，但他只是向前挪了一吋。然後他轉向菲奧娜。他衝向前，猛力揮拳打那人的背部，將他推開。男子站起來，拿起袋子要打他。那人用暴力將袋子揮到我宿主的臉上，袋子從他臉上彈到地板，從它發出的聲音，以及灑在地板上的泡沫，我馬上知道裡面放了酒瓶。

我宿主應聲倒地不起，眼冒金星，分不清楚方向，他的身體處於短暫的平靜狀態，當他睜開眼睛時，一個快速移動的身影又闖進他的視野，在他還來不及分辨之前，他的眼睛又閉上了。他感覺冰冷液體緩緩流下他的肩膀、胸口與手臂。艾卜比代克，儘管我深受震撼，但我仍然對宿主還活著感到寬心。如果這個人殺了他，他的祖先會怎麼說我？他們會指責，說我這個守護靈是睡著了嗎？要不就我是個笨靈？有時候，人的生命會瞬間告終。前一分鐘還在唱歌，下一秒就走了。才剛跟朋友或親戚說，我到對面那家商店買麵包，五分鐘內就回家，結果他們永遠不會活著回來了。女人和她的丈夫可能正在說話。她在廚房，他在客廳。他問了一個問題，她還在回答時——她還在回答喔！埃格布努！——他就這麼走了。她好一陣子沒聽到他的聲音，她叫道，「老公，你有在聽嗎？你在嗎？」當他沒有回應，她走進客廳，發現他倒下了，一隻手抓著胸口。這我也曾親眼目睹。

我宿主躺在地上，雖然還活著，但極度疼痛，他的臉與嘴全都泡在血泊中。他想閉上眼睛，但菲奧娜的尖叫與懇求聲阻止了他。當他再次睜開眼睛時，他看到了那個男人，以及男人拿來打他的東西：一個瓶底碎裂的大酒瓶，邊緣沾滿紅色鮮血。男人拿著酒瓶對著菲奧娜，然後，他看見男人彎腰，手裡揮舞酒瓶大吼大叫，鮮血和酒滴濺到她臉上。他閉上雙眼後，朦朧間見到男子將酒瓶扔了，然後彎腰，伸手要掐她的喉嚨，不顧她的尖叫與懇求。他緩緩朝他們爬去，偶爾停下蓄積氣力，菲奧娜已經越叫越大聲，男子掐緊了她。在這個人生難以忘卻的時刻，埃格布努，我宿主儘管大量出血，仍然舉起一把凳子，設法撐開雙眼，不讓鮮血模糊自己的視線。

他手裡的圓凳很重。他因為失血過多而虛弱，不僅是現在，幾天前的捐血也讓他沒什麼力氣。但是菲奧娜的尖叫聲督促他繼續。他站起來，抬起一隻腳，然後另一隻腳，直到他走近他們。他鼓起最後一絲力量，將自己當成一袋穀物拖行，然後把圓凳砸向男人頭上。

男子向後倒地朝他倒下，躺著動也不動。他頭上滲出一灘鮮血。我宿主腳步蹣跚，抹抹自己的臉，眨眨眼睛。也倒回到潮濕的地板上，在有意識與無意識之間的暗黑地帶游移。世界突然成了沒有任何意義的空間，他看見菲奧娜變成了一種奇怪的生物——一下子變成了鳥，一下子又變成了白衣女子。從他痛苦勉強的視線中，他看到她如蛇般伸展僵直身軀，爬了起來，開始尖叫呼喊。他看見她坐在丈夫旁邊的角落，她的羽毛蓬鬆，那是近乎完美的潔白。後來，她又變成了人類，試圖喚醒她那倒地不起，沒了意識的丈夫。他聽到她說，「他沒有呼吸！他沒有呼吸了！我的天啊！我的天啊！」然後她展開翅膀，飛出了他的視線。

他躺在原地，看見一個靜止的畫面：妲莉坐在院子大樹下的長凳，直視前方。他看不出來她在看什麼。不知道那是他的回憶，或是他的想像，他不知道，而我，他的守護靈，也沒有概念。但是當他看著菲奧娜——翅膀仍然大展——以威嚴的步伐回到屋內時，那畫面仍然存在。他看到她伸展的胸骨，上面有閃閃發光的項鍊，嘴喙似乎卡了什麼東西。然後，她又移動了，現在用她的人類雙腳，他聽見她的腳踏在地板。他聽到她低沉隱約的哭聲。

他聽到那位白人婦女在電話裡說話，聲音狂亂無助。他睜開眼睛想看她，但他一眨眼，眼睛下面的肌肉就開始疼痛。他早就被拋入伸手不見五指的黑暗，一陣刺骨的寒意突然降臨到他身上，他意識到了一種存在。丘烏上神，他不動了：因為他知道，它來了。從生命的後臺，它又出現了。那個紅色的生命起源，鮮血膚色的生物。它又來了——它就要偷走所有給予他的東西，破壞他才剛發現的喜悅。那是什麼？他想知道。是人或獸？靈或是神？依揚戈—依揚戈，他不知道。而我，他的守護靈，也無從得知。偉大的先祖們常說，一個人不能光看山羊的肚子形狀，就判斷牠究竟吃了哪種牧草。

他聽到菲奧娜的哭聲，但他沒有睜開眼睛。她對他說了一些話，起初他沒聽見，然後她對她動也不動、猶如木板的丈夫說話。就在那時，他清楚聽到她說的話，大聲而清晰：「你殺了他。你殺了他。」她崩潰了，聲嘶力竭，她才剛要哭號，遠處警笛傳來哀鳴聲。他仍然躺在原地，腦子仍停留在那奇特的畫面——妲莉凝視著未知的遠方，彷彿用某種神祕的方式，超越好幾千公里的距離，遠遠看著他。

第十七章　祖靈邦

布比代克，謹慎睿智的先祖曾說，人類經常造訪又返回的地點，便是他心之所繫又深困其中的地點。我宿主在白人婦女身上找到了援助，但他人卻躺在她家，鮮血直流，雙眼甚至沾滿了自己的鮮血，視線朦朧不清。我也很慌亂，不知道自己能怎麼做，也擔憂該如何為祢，丘烏上神，以及宿主的祖先詳述這悲慘的結局。於是我脫離他的身體，看看能否在靈界找到協助。我一下就看見各種靈體聚集在室內，就像人類軍隊的附屬黑色兵團，懸掛在各個角落：靠近天花板拱頂，飄浮在我宿主與另一個男人上方，有一些陰魂如窗簾般靠在窗邊。其中有個特別難看的形體凝視著我，皺眉模樣其醜無比。我注意它是地上男人的非肉體複製品。它用手指著我，以這國家的陌生語言說話。門打開時，警方立刻衝進來，還有幾個穿著白色長袍的人員，妲莉也有類似的制服，加上那位白人女子。她一面哭泣，一面和他們說話，指著她的丈夫，然後指著我宿主，他早已因為失血，緩緩喪失意識。

三名員警和護士帶走了襲擊我宿主的人，菲奧娜跟在後面。然後他們回來將他帶走，鞋子全都踩上他流出來的鮮血，紅色腳印一路標誌他們的足跡。丘烏上神，等到他們上了一輛像我宿主之前那輛貨車的車子後（先祖後代稱之為「救護車」），他便暈了過去。

我跟著他們，穿越陌生土地的街道，看見我宿主看不到的景象——一輛滿載西瓜的車子，先祖國度也有栽種同樣品種；一個男孩騎馬，一路跟著打鼓吹喇叭的隊伍，人人都必須讓路給響著尖銳警笛聲的救護車。而我早被強大的恐懼與排山倒海的懊悔淹沒了，我竟然允許他來到此地，這個國家，就只是為了一個女人，他明明可以輕易找到別的女人取代。我再說一遍，埃格布努，懊悔就是守護靈專屬的疾病。

之前讓我看不清楚此處靈界的面紗緩緩揭示，我第二次尋找靈界的活躍靈體。我看見上千靈魂棲息在大地，有的懸掛在樹上，有的徜徉在空中，聚集在山邊的更不計其數。在兩天前我宿主造訪的野鑾博物館附近，我甚至看見鮮血沾滿館內浴缸的兩個孩子，他們站在房子外面，穿著與當年遭受攻擊時一樣的襯衫，但衣服早被子彈打穿，血跡斑斑。由於他們兀自站立，不受其他靈體打擾，我這才想到，他們必須永遠站在原處，或許是因為他們的鮮血——他們的生命——已經印記在牆上與浴缸，讓世人永誌難忘當年他們遭受的殘暴虐待。

進醫院後，醫護人員將我宿主推進一個房間，我看到他安全無虞後，立即朝祖靈邦，亦即祖先的山丘，在他的祖先面前稟報事情經過——如果他真的殺死了那個人，我會再來找祢，畢竟這是祢的要求，我們在宿主奪走另一個人的生命時，必須完整提出我們的證詞。

依揚戈—依揚戈，通往祖靈邦的道路我十分熟悉，但在這個夜晚，它卻比平常更曲折蜿蜒。道路旁的小山丘漆黑得無法想像，唯有偶爾閃爍的祕密火光照亮四周。阿南巴拉水域的支流遍及四方，水聲隆隆，自遠處傳來低沉轟鳴。我穿過它閃閃發光的大橋，來自四面八方的人們全在橋上行色匆匆，只想盡早抵達祖靈之地。我聽到河面傳來歌聲，儘管合唱的語調整齊一致，卻聽得出來有個獨特的響亮嗓音，儘管模糊卻又堅定，音調銳利如一把新刀的刀刃。那是一首熟悉的搖籃曲，與大地歲月一樣古老。沒多久，我就意識到那是這是奧溫米莉・埃森瓦尼的聲音，她身旁伴隨著好幾位美麗絕倫的隨從。她們全用一種古老的神祕語言歌唱，無論我聽了多少次都無法理解。她們為難產的嬰兒而唱，因為它們的靈魂在橫越天堂的平原時，毫無方向，漫無目的——畢竟，孩子就算是死了，也無法分辨上下左右。必須有人引導它們的方向，讓它們順利走到靜謐國度，那裡居住著它們的母親，她們的乳房早就盈滿純淨永恆的奶水，雙臂更如最溫暖的河水般溫柔和煦。

她們稱我們是「無翼之子」，因為我們是靈體，不需要翅膀就能在空中飛行，也因為我們住在活人體內，所以也算是後代子孫的一部分。因此，我知道她們正在唱歌給我聽。我停下來揮揮手，也享受美妙旋律。但丘烏上神，當我聽著這首歌曲時，我納悶祢何以能創造如此悠揚迷人的嗓音。祢怎麼能讓這些生物擁有如此偉大的力量？任何人聽到這種歌曲，必然受到誘惑，忍不住駐足，甚至完全不願意繼續前往祖靈邦。難道是因為這樣，所以許多亡者才徘徊流連於天地之間？那些仍坐在溫暖海岸的死者亡靈，是否就因為如此，尚無法得到安息，只能繼續遊蕩？我見過他們許多人——四處遊走，猶如浮萍，無所皈依，永遠處於odindu-onwukanma（如同植物）的狀態。他們就是被奧溫米莉・埃森瓦尼的歌聲下了魔咒，對嗎？

古代先祖們說，房子著火的人不會去追老鼠。因此，儘管我深受神曲激勵，我並沒有被迷住。我繼續前行，直到音樂消失，四下毫無人跡。我再也看不見閃亮繁多的星辰，在先祖語言中，它們甚至被拿來與地面黃沙相互呼應：繁星沙數。我一面走，滿天星斗與大地彷彿成了一條黑毯，捲入浩瀚無垠的迷宮深淵，其遼闊簡直難以估量。山丘對面有一條長長的蜿蜒小徑，它的每一個角落都有猶如陽光般燦爛的火炬點亮。人們在這裡，會遇見來自天庭的祖先，帶領他們一起走向遠方大山。道路兩側裝飾著神聖的棕櫚葉，它們如奇特的蝴蝶結般被固定在樹上。新鮮棕櫚葉上另外還可見珠貝、牛皮、龜殼與各種珍貴寶石。

從這裡，隨著人登上山丘，他會有更多人同行。新近離世的亡者簇擁前行，仍背負著死亡的痛苦和生命的痕跡——不分男女老少、富貴強弱、高矮胖瘦。大家踽踽前行，腳步踏上細緻土地時，不聲不響。但是，那山丘，埃格布努，山丘充滿了光——若隱若現、閃閃爍爍的微光，就像一條隱形的河流，微微散發著迷霧光暈。我常常想，在先祖婦女（以及她們仍然活著的女兒們）的歌聲中，月光下的大地是有多麼神似祖靈邦啊：

祖靈邦
亡者在此處復生
再也不見淚水
沒了飢餓
它是我最終的歸屬

確實，祖靈邦猶如狂歡節，遠離俗世的歡樂世界，它就像阿巴的阿里阿里亞市場，或者白人到來之前，位於恩克帕的歐葸市場。喧嘩！熱鬧！人們披著潔淨無瑕的披肩，四處走動，或聚集在一處大火盆旁，我找到了歐克哈的同類的聚集點，其實不難找到。優秀崇高的先祖也在。他們全是許久之前高齡耆壽離開人世的。人數太多，我就不一一提出了。例如丘烏梅魯伊耶與和他的兄弟梅萊奧勒、偉大先祖神靈雕刻家奧尼恩卡。他創造的雕塑、神祇面具及許多陶器都被譽為伊博文明的偉大藝術品。此人在六百多年前離開人世。

偉大的先祖婦女也住在這裡。人數太多，我也不一一提出了。例如，其中最引人注目的是偉大的舞蹈家奧亞丁瑪・奧伊里迪亞，以下這句諺語就是在指她：「愉悅欣賞她的纖腰後，我們甚至屠殺了一頭山羊。」其他人還包括歷史上最偉大的婦女，烏拉庫與奧比亞努朱。最至高無上的神祇艾拉曾將祂的蜂蜜化妝水賜給她，她更在幾世紀前，在恩瓦家族的水域加入毒藥。

光看到這群先祖，大家都會立刻知道，我宿主隸屬一個傑出偉大的家族。他們會知道他屬於一個古老人類家系，他可不是那些如樹上掉落的水果般，偶然出現的人類！因此，我以極大的崇敬與謙卑站在祂們面前，我的聲音猶如孩童，但心智卻像老人：

——迪筆那，祖靈邦，易可尼姆魯。

「衣比亞，沃！」他們齊聲唱道。

——得納伊其—哀則—那烏羅—歐柯哈那—歐門卡拉，衣柯尼—姆—烏努。

「衣比亞—沃！」

我被宿主的奶奶妮恩・阿格巴索的莊嚴歌聲震懾了，它高顫如一隻籠中鳥，她唱著尋常的歡迎歌曲〈雷歐比亞沃〉，聲音與奧溫米莉・埃森瓦尼及其隨從的歌聲同樣悠揚溫柔。她提高音量，樂音在空中平靜傳送，包圍人群，環繞每一個人。大家變得非常沉默，讓我又一次敏銳意識到活人和死人之間的區別。之後，她敲響了一串珠螺，進行認證儀式，確保我不是假裝成守護靈的惡靈：「前往丘烏上神王座室的七把鑰匙是什麼？」

——一隻小蝸牛的七個貝殼、來自奧馬姆巴拉河的七顆珠螺、七根禿鷹羽毛、七片烏努伊貝樹葉、七歲大的陸龜龜殼、七瓣柯拉堅果，以及七隻白母雞。

「歡迎你，守護靈一號，」她說。「你可以繼續了。」我感謝她，並鞠躬致意。

——我是祢後裔奇諾索．所羅門．奧利薩的守護靈。我從他存在的最初時刻就和他在一起，當時丘烏上神將我從奧格布尼克窟召喚出來，要我開始行使任務，白天引導他的雙腳，夜晚用火炬照亮他的道路。那天，我離開拉哥斯伊索洛綜合醫院的太平間——拉哥斯離伊博人國度極遠，但許多先祖後代都選擇居住該地。現在監督我宿主母親親屬聚會的埃齊克．恩凱耶才剛去世，我原本是他的守護靈。那時他才二十二歲。前一天，這位接受白人教育的聰明學生讀完書後上床睡覺，我也在他體內，一面善盡我守護靈的工作，望著他入睡。他沉沉睡著，結果他突然驚醒，緊抓胸口，從床上掉到地上，脖子就這麼斷了。與死神的協定是如此迅速果決，因為他正如祢其他子民，沒有神祇信仰。跌倒後的那一刻，他就斷氣了。

——儘管我以前和凡人度過許多生命週期，但這一次，我嚇到了。事情發生得太快，過程過於激烈，讓我一時說不出話來。死神迅速抵達他面前，猶如遭逢一頭年輕殘暴的花豹襲擊。才在前一天，他吻了一個女人，但現在他竟然就這麼離開。整件事過度離奇，讓我無法立刻向丘烏上神稟報。我也沒有馬上隨同他的靈前往祖靈邦——但當時，我跟著他的遺體上了救護車前往太平間。安頓好之後，我才放心地帶著他的靈魂抵達這裡，來到阿馬雷吉村的埃克梅齊族人大院。我離開後，趕緊前往奧格布尼克窟休息，在它的瀑布沐浴，那水是如此溫暖古老，仍然瀰漫創世階段的奇特氣息。我躺在小溪時，聽見奧色布魯瓦的聲音召喚我，要求我立即前往祖靈邦，因為客普屠，我宿主的祖先，也準備投胎轉世了。如祢所知，男人和女人可以永遠睡在一起，但如果你們對重返世間遲疑不決，那麼受孕轉世便永遠不可能實現。因此，一旦我知道有人準備重生後，我便火速回應祂的要求。

——因此，在我宿主出生的那天晚上，我將他的祖靈帶到祖靈邦，讓祢們全成為見證，在天庭，它接受了美妙的祝福庇蔭。然後，我帶領它離開天庭的狂歡，陪它到奇歐蹟科森林，在那裡讓靈與肉進行偉大神奇的融合——這是最終極的創世展現。那真是光榮的一天。天庭的無瑕白沙與鵝卵石閃閃發光，展現純淨完美的本質，我們踏著它們前進。遠處有一群美麗少女追隨我們，她們是伊魯薇的隨從，她們吟唱在世間生活的喜悅、人類的無數渴求、心靈的責任、眼睛的欲望、生活的美德、失去的哀傷、暴力的痛苦以及許多人類之所以為人的元素。

——奧喬哈與奧門卡拉的家族，祢們都曾去過那裡，知道前往人間的旅程雖說遙遠，但不累人。在祢傳誦的智慧言語中，祢將這段旅程比喻為從烏鴉巢中掉落的堅實雞蛋，它滾下奧吉里西樹的黑色樹枝，完好無缺地落在地面。這條道路美麗得無法言喻。兩側夾道的大樹不僅提供厚實植被生長，更透明如奧卡婦女編織的銀色面紗。樹上黃金果實累累，到處可見翠鳥飛翔。牠們在人群間展翅遨遊，彷彿隨著音符跳舞。我一面行走，一面欣賞牠們映照在燦爛光芒下的矯捷身影。我不太確定我們是什麼時候抵達天庭與人間交界的那座大橋，但就在我們快要走到那裡之前，少女們停下腳步，突然唱起一首奇特高亢的歌曲。那可愛的曲調驟然轉為刺耳難聽，聲調顫抖，唱起世上的苦難、人間的罪惡、各種恥辱不堪、病痛疾患，背叛的創傷、失去的痛苦與死亡的悲傷。化身也一起加入，其他天庭居民一直駐足，不斷說，「願他去了人間，都是平安和歡樂！」就連伊魯薇的神聖白犀鳥，也在我們身邊盤旋，激烈拍翅。

——而後，彷彿被一面隱形旗幟指引，歌者離開我們，從遠處向我們揮手。鳥兒也隨之離去，在橋上徘徊不去，彷彿我們與牠們之間出現了一條無法跨越的隱形鴻溝，那是我與轉世靈體都看不見的。我們揮手，一踏上橋，我發現自己到了一個似曾相識的地方。那裡與天庭同樣光明璀璨，但那都是人工打造的。光線周圍都是數不盡的飛蛾與昆蟲。一隻壁虎站在牆壁拱門邊的燈泡旁，嘴裡滿是昆蟲。燈光下的床上，有個男人尖叫顫抖，倒在一個汗水淋漓的女子身上。轉世靈體進入女子體內，與精子結合。女人不知道，也沒意識到自己體內正在成就偉大的受孕過程。我加入了轉世靈體，成為男人的精子，從此成為一體，但也是獨立的個體。

——祖先啊！

「艾西！」永恆靈體合聲齊唱。

——從那一刻起，我的雙眼總是看望著他，如牛眼般靈活骨碌，如魚眼般不眠不休。事實上，假使不是我的干預，或如果我是心存惡念的守護靈，他就不會出生了。

確實，有個冰冷的雜音迴盪在長生人群之間。

——是的，蒙福的各位。當時他才是八個月大的胎兒，住在他母親的子宮。她坐在兩個水桶之間的圓凳，一桶是乾淨的水，上面有一層肥皂泡沫，另一桶則泡了髒衣服。一包洗衣粉放在還沒洗的衣服上。她沒有看見，她的守護靈也沒有警告她，其實正有一條毒蛇嗅著她周圍的潮濕泥土及附近樹葉與灌木的露水，牠早就鑽到衣服堆下，開始蜷曲。但我離開我宿主和他的母親，我經常這樣做，畢竟我宿主尚未擁有完整的肉體。但我看得一清二楚——那條黑蛇爬上一條牛仔褲，當她伸手要拿它時，蛇一口咬了她。

——這突來的襲擊立即產生了影響。從她臉上茫然的神情，我知道這是一次可怕痛苦的攻擊。她被咬傷的地方，馬上出現一顆深色血滴。她大聲尖叫，眾人趕緊奔來救援。那條蛇一咬了她，我就知道毒素會迅速竄流，殺死窩居在子宮的宿主。因此我立刻介入，我看到毒素朝我宿主前進，他當時只是個在子宮熟睡的胎兒。毒液灼熱強大，充滿摧毀力道，所經之處無不造成破壞。我請她的守護靈逼她哭喊得更大聲，讓左右鄰居立刻聚集。一名男子迅速將一塊抹布綁在她的手肘上方，阻止毒液進一步向上移動，讓手臂腫脹。其他鄰居奮力用石塊攻擊毒蛇，把牠打得血肉模糊，他們的人類耳朵對牠的求饒充耳不聞。

——祢們都知道，我有責任探究我宿主存在的奧祕。說真的，即使是山羊和母雞也能斷言我早就見多識廣。但我來這裡最主要的目的，是因為我宿主深陷嚴重的麻煩——會讓眼睛流血而非流淚的大麻煩。

「你說得很好！」祂們說。

——祢的同類說，即使站在最高的山巔，人也有可能無法綜觀世界全貌。

祂們喃喃表示，「說得很好！」

——祢的同類說，假使有人想搔癢自己的手臂，或是身體其他地方的癢處，他不需要任何幫助。但萬一他一定得抓背，就得找人幫忙了。

「你說得對！」

——所以我才來到此處：尋求答案，尋求祢們的協助。復生之地的居民，我擔心一場猛烈的風暴就要關閉通往烏托邦村莊歐柯西西的唯一道路，而且已經發生。

「突菲亞！」他們一起唾棄。其中一位是埃澤奧門卡拉本人，這位偉大獵人在有生之年曾遠及奧頓吉，帶回豐碩獵物，他挺身發言。

「荻邦姆，我歡迎你。我們無法揮手趕走威脅著要咬我們的蛇，這不是在趕蚊子。牠們是不一樣的。」

「你說得很好！」祂們說。

「荻邦姆，威奴，」他說。

「衣亞！」他們說。

「科威決努。」

「衣亞！」

「守護靈，你說話就跟我們一樣。口齒清晰，有憑有據，讓我們印象深刻。然而，我們不能忘記，假使一個人從膝蓋上方開始沐浴洗澡，水可能在他正準備洗頭時就用完了。」

他們喊道，「說得好！」

「因此，請馬上告訴我們這場威脅我們子孫奇諾索的風暴。」

✣

阿嘎巴塔—艾魯馬魯，我告訴祂們自己眼睛與耳朵看到及聽到的一切，正如我對你敘述的內容。我告訴祂們，他在橋上與妲莉的邂逅，以及他對她的愛。我將他的犧牲，他如何賣掉祖厝，告訴他們。我告訴祂們，賈米克是如何欺瞞我宿主，而我宿主本以為那位白人女人救了自己，如今卻毫無意識躺在醫院，甚至可能殺死了另一個男人。

「說得很清楚！」他們齊聲。

接著是沉默，這是人間從未見識的緘默無語。就連易奇．奧利薩，儘管內心沉痛，知道兒子賣了地，卻也只是眼神茫然空洞猶如死狗，瞪著鍋爐。他們大概有五個人，此時站起身，走到一個角落商量。走回來時，易奇與宿主的奶奶問，「你對這個新國家的法律了解嗎？」

──我不了解，偉大的母親。

「他以前殺過人？」我宿主的曾祖父問。

「沒有。」

「守護靈一號，」曾祖父說，「也許他拿了椅子打的那個人可以存活。我們請你回去看護他。不要跟丘烏上神報告，直到你確定他殺了對方。我們希望──如果他是被一張椅子打中──他不會死。讓你的雙眼為我們作證，再等你回來稟報。「他轉向其他人，說道，「我說出大家的想法了嗎？」

眾人如合唱般回答：「徬姆！」

「睡著或離開宿主外出旅行的守護靈──除非必要，正如我們眼前這一位──就是一個弱靈，它的宿主已是一隻待宰羔羊，」他繼續。

「你說得對！」

──我聽到了，各位祖靈邦的住民。我現在就回去。

「是的！可以！」他們喊道，「一路走好。」

──了解！

我轉身離開他們，他們不會再遭死神召喚，他們也寬慰知道，至少我不再恐慌，找到一些喘息撫慰的機會。當我再次出發時，我不再回頭，我想知道：那督促我前行的美麗歌聲，又是從何而來？

✣

丘烏上神，就這樣，我的旅程完成了。我長途跋涉，飛越炙熱的夜晚，行經最遠邊境的白山，在那裡，矗立著有烏黑羽翼的靈魂，用深沉的嗓音說話。當我接近人間的崇高邊界時，我看見詭計多端的魔鬼，一襲繽紛彩衣，難以忽略，脖子細長如觸手伸展，他單腳站在月亮上，眼神狂野，凝視大地，對自己微笑，或許是在設計什麼邪惡把戲。我以前在同一地點見過祂兩次，最後一次是七十四年前。我跟往日一樣避開祂，朝人間走去。然後，以守護靈無論如何都能找到宿主的精準，我回到宿主身上。我立刻看到牆上的時鐘，以白人計算時間的方式，我已經離開將近三小時了。埃格布努，他復活了。他臉上有長長的縫線，一大塊血淋淋的棉布從他嘴裡冒出來，他的牙齒也斷了。房間裡沒有別人，但床邊有個像電腦螢幕的東西，彷彿正在陪著他。他的手臂連著一個掛在一根桿子上的小袋子，裡面是血。他的眼睛閉著，朦朧中，他看見妲莉望著她，那畫面彷彿牽繫著一條堅固的纜繩，在他的腦海，無法忘卻。

第三部

第三段誦文

加加納奧格武，願祢能打開雙耳。

即使我站在這裡，我也能聽到歌聲，喜悅美妙，還有長笛的甜美曲調。我來過殿堂許多次了。我知道守護靈與他們的宿主會到祢這裡，等待祢批准他們的重生，轉世到一個全新的肉體，再次生活在人間，成為一個新生兒。

先祖曾說，人不會因為自己雙腳還是溼的，就赤足站在燃燒的煤炭上。人也不會因為聚會地點太狹窄，而在毒蛇洞穴附近跳舞。無翼的鳥說，我應該吐痰到有洞的葫蘆，但我告訴牠，我不要浪費自己的口水。攪動黃蜂巢的人，就該承受牠的攻擊。羞愧的獨眼毒蛇就在我門前尋求庇護。可以嗎？牠問。不行，我說。我不想讓你為我家帶來恐慌。毀滅對我說，「我該到你的屋簷下，將我的帳篷搭起來嗎？」我說，「不行，去告訴派你來的那一方，我不在。告訴他們你沒有看到我。」

Egbe beru, ugo ebekwaru, onye ibe ya ebela nku kwaaya.（鷹與鷲就一起棲息吧，假使有一方拒絕另一方，那就讓牠的喙碎裂！）

希望我接下來要說的話，能加速完成我的敘述。

願我的舌頭如紅樹林一樣濕潤，不會枯燥無趣。
願祢的耳朵，丘烏上神，聽到我的聲音不會厭煩。
願今晚我的證詞，能帶來豐碩成果，之後我將離開天庭大廳。回到宿主等待的肉體。
艾西！

第十八章 回歸

卡那巴吉委，宇宙並不留戀過去，不像一群烏鴉會聚集在即將熄滅的火堆餘燼旁。相反地，它朝前邁進，始終勇敢走在未來的崎嶇道路上，雖然偶爾會跟疲憊旅人一樣停下腳步歇息，但休息過後，它不會回頭。眼睛只往前看，不顧其子民的任何遭遇，它持續挺進，橫越橋梁，涉足池塘，繞過坑洞。大火摧毀了某個國家？無所謂。假使那發生在清晨，那就這樣吧，反正太陽依然升起，世界就是如此，週而復始，無論在哪個城市，太陽終將落下，夜晚也會降臨。地震摧毀了一塊土地？沒關係；四季仍然按時更迭。宇宙的生命也反應在居住其上的萬物生靈。某一族的族長被殺了？但孩子們今晚仍需入睡，明天一樣會醒來。週而復始，生命依舊存續，宛如時間之河上面的老葉子，隨波逐流。

可是，雖然承載萬物的宇宙持續它的旅程，卻有一個地方讓人類感覺停頓滯悶，他的生命就此靜止不動。人類害怕那個地方，因為終日無所事事，幾乎沒有任何騷動。人人猶如被捕獲的動物，囚禁在一處狹小空間，行動處處受限，似乎有看不見的規定寫著：「從這道牆到那道牆，從這邊到那邊，就是你的世界。」但我必須說，雅古傑比，無法自主行動的人類，就等於被剝奪了性命。時間對他失去了意義，這就是坐牢。

在這裡，幾乎沒有辦法創造新的記憶。人醒來、吃早餐，在地板的小洞上廁所，用房間的水龍頭裝了一小桶水將排泄物沖掉，拿蓋子蓋住小洞，然後繼續回去睡覺。當他再次醒來時，如果已經是晚上，那就是還是晚上；如果是早上，那就還是早上。只有一絲光影如小蛇脆弱的頭般微微伸進牢房。

白天時，陽光透過老舊天花板附近的窗戶滲進來，但窗戶早已被堅固欄杆牢牢鎖住了。

人成天獨坐，苟延殘喘，生命的釉彩早已層層從他身上剝落，掉在腳邊，漸漸消逝。世界對這個人是不存在的。它最深刻或粗淺的祕密，或甚至不算祕密的人事物，早就不為他所知，他什麼都不知道，什麼也看不到，什麼也聽不見。他走過一座橋抵達此處，它也如撤退軍隊建造的臨時步橋，在他背後立刻被摧毀，切斷與已知世界的各種聯繫。如今，他被囚禁於這處牢籠——不知還得待多久。這都不重要了，他的人生早已就地打轉，只能成天凝視牢房牆壁與鐵欄，眼睛因為瞪著固定的地方太久而疲憊乏力。他偶爾會瞥見什麼生物在眼角餘光移動，但很快又看不見了。他對這些生物沒有記憶，大概是什麼氣虛無力的生物想要使勁對著他自己早就無聲無息的人性敲門，卻只能頹然撤退。要不就是奮力撲向燈泡的飛蟲，最終卻也只能一死，這我都見證很多次了，埃格布努。

我宿主在醫院住了兩週，然後就被帶走，住進單人牢房，就此沒了新的記憶。在最罕見的狀況下，某人在監獄取得了全新的記憶，但那往往都是違背他個人意願，卻發生在他身上的慘痛經歷。絕非他心甘情願，但他卻無力掌控抗拒，於是，那悲慘的新記憶在沒有取得他同意下，就這麼附屬於他。他曾經親身經歷了某件事，然後，它透過某道心靈裂縫滲入他腦袋，然後待在那裡，趕也趕不走，不願自行消失。

我宿主處於囚禁狀態達四年之久，若要記錄這四年的點滴，回顧單調的生活、停滯的痛苦，看來能相提並論的，唯有奴隸才能感同身受了，我之前的宿主雅加齊就是這樣。他是囚犯也是奴隸，是陌生國家的政府俘虜。透過我之前的許多生命週期，我知道青春心靈的沉淪黑暗，會讓許多人的抱負從此陷入泥淖，挫敗失落。但我宿主的遭遇可是我前所未見。

他已經回到活人土地以及自己的祖國了。重回先祖國度過程的開始與結束絕對算是速戰速決。他惹麻煩上身的那天清晨，我試圖救他。等到警察把他帶到醫院，他獨自在病房昏迷不醒時，我別無選擇，只能做出守護靈的最後手段，畢竟我在凡間所有能使上的努力都徒勞了：我前往祖靈邦，尋求祖先出手干預，剛才我已經告知祢了。

有天早上，在他入獄第四年的第五個月，他毫無預警地被釋放了。事情突然發生，讓他毫無心理準備。當時他背靠著牆，那片牆的油漆早因為他長期倚靠而剝落。當時，他心裡想的是一些無關緊要的事——在蟻丘亂竄的螞蟻，發臭牛奶罐裡面的蛆，棲息在荒野大樹上的小鳥——然後，牢房鐵欄杆被人打開，一名獄警與一位身穿西裝的男子站在門邊，該男子用白人語言告訴他，他自由了。

他跟著他們走進一間偵訊室，後來，傳譯告訴他，他的案件經過重閱，主要證人偽造了她最初的證詞。他並不是像一開始的警方筆錄所言，說他打算搶劫或強姦她，她是自己帶他到她家的。是她的丈夫醋意大發，盛怒中準備攻擊她和我宿主。我宿主只是想救她，不讓她被丈夫毒打。如今那名婦女表示，這才是事實真相。加加納奧格武，她一開始根本不是這樣告訴警方的！完全相反！婦人與她丈夫密謀誣陷我無辜的宿主，甚至說他試圖強姦她。他們還指稱，就在他準備下手時，婦人的丈夫發現了，與他搏鬥，宿主才轉向攻擊他，讓他昏迷不醒。

聽到這些話後，他沒有多說什麼，只是坐在那裡，盯著那位衣冠楚楚的傢伙與傳譯，卻沒有真的在看他們。他的眼睛已經習慣瞪視固定的畫面，接著，他立刻撇開視線，看往他處。他直直凝視一堵巨大空白的牆壁，這龐然大物已然占據了他的視野與心思。

「奧利薩．奇諾索先生，你有什麼話要說嗎？」

他沒有回應，傳譯將嘴靠到另一人耳際，感覺快親吻對方了。兩人點點頭。真的很奇怪，甚至看在我宿主眼裡也是如此。其中一人匆匆開口，另一人則熱切點頭。

「我的朋友菲奧娜．艾迪諾格魯女士想向你道歉。她對發生的事情感到非常遺憾。這位是她的律師。她要我們給你這筆錢。盡一切所能協助你重獲新生。」

他不說話，視線仍然停留剛才的位置——那是一隻在桌子後面的紗窗飛來飛去的蒼蠅。那兩個人則坐在桌前。

「奧利薩先生。」現在講話的是那位不會說英語的律師，也許擔心傳譯沒有用最準確的語言傳遞他當事人的訊息。當然了，由他開口更有意義，應該比較會被我宿主重視吧？「我現在說的都是真話，我當事人唯一的真話。我們非常非常抱歉，你的痛苦。非常對不起。許多……」他轉向朋友，問了一些話。「……年，許多年來，菲奧娜都很難過，因為這件事。她很抱歉，非常對不起，我的朋友。拜託你，奇諾索先生，你必須接受她的道歉。」

他跟這個人沒什麼好說的，四年來，該跟這些人說的話，他全都說了。後來，語言失去了效用，變成了別的東西，無形無狀，沒有價值。取而代之的是根深蒂固、開花結果的輕蔑鄙視。他本來就不特別會發脾氣，更因為如此，他成了心理操弄的受害者。如今，他感受到的蔑視如此強大，男人們說話時，他腦子充滿了各種生動的暴力畫面。他看見那位穿著警察外套的男子躺在地板上，喉嚨被我宿主手中的刀子劃開，鮮血汩汩滴下早已沒了氣息的軀體。律師則用力喘氣。舌頭從嘴裡吐出來，因為我宿主將他狠狠釘牢在牆上，準備將他勒死。

我宿主隱約意識到自己成了什麼樣子的人，在莫名之間，他身上的某種東西變了。由於精神折磨，或因為長期承受無情的環境壓力，造成了今天的結果，這我已經見證許多次了，之前的屈服順從，已經被倨傲反叛取代，忍耐成了違抗，如今，他就要以黑獅的復仇之姿重新出發，緊握雙拳，隨心所欲。他會做什麼，或不會做什麼，已經連他自己也無法預期了。

埃格布努，這位憤恨者，遭遇了人生重重打擊。他不過跟其他男人一樣，因為找到了心愛的女子，熱烈追求她，照顧她，卻發現自己所做的一切都付諸流水，然後，某一天他醒來，發現自己被丟入牢籠，人類與歷史全都曲解他，這一切的荒謬錯誤，讓他整個人都變了。在改變初始之時，一股強大的黑暗通過他靈魂的縫隙進入他的體內，如蜈蚣般蟄伏爬行，在他被監禁的最初幾年鑽入他的生命，積極繁衍，努力囓食，到了第三年，黑暗奸詭就此扼殺他生命所有的光，讓光明再也無法吞噬黑暗了。

在大部分時間裡，憤恨者只被一種熱情吞噬：正義。如果他曾經無處可逃，就一定要回擊那些讓他困守愁城的人。假如他失去了某人，那就必須將她從偷走她的人手中搶回來。這很重要，因為唯有一切人事物回到本來的模樣，才能讓他重新拾回過去的自己。

就我宿主的情況，跟律師及傳譯的這一次會面，讓他不得不處理自己長久以來積累的情緒。坐牢時，他的任何情感與知覺都沒有意義，畢竟他無法採取任何行動啊？憤怒有什麼用？他無力反擊啊。愛又能做些什麼？早就拋到九霄雲外了。這一段時間，他所有的感知，都只能苦澀下嚥。

他後來知道，「艾迪諾格魯夫人」——從最後一次出庭後，他再也沒見過她——堅持要他收下那筆錢，假使他拒絕拿錢，她也會將錢塞進他的行李，帶回奈及利亞。「這不是驅逐出境，」在眾多與他交談的人當中，有一名自稱是奈及利亞人的年輕黑人女子告訴他，「當局提出，如果你仍然想繼續留在賽普勒斯就讀本來的大學，校方也願意提供免費獎學金作為補償，但由於你拒絕跟任何人說話，他們會把你送回奈及利亞。」

即使他好好打量了這名女子一番，他也沒再多說什麼。那些設法為他做點事的人也只能從他的各種動作手勢判斷意義——例如側視、搖頭，甚至像咳嗽這種完全不算溝通的舉動。人們得出了結論，決定他之所以不肯開口，就是因為他想回家。他們看過了他的大學錄取資料，與他的近親叔叔邦尼聯絡。在他被釋放兩天後，他們開車送他到機場，將機票交給他，把他送上飛機，告訴他，他們已經聯絡了他的叔叔，叔叔會在阿布札機場等他。然後律師、土耳其賽普勒斯政府官員、准許他入學的學校職員，以及那位奈及利亞女孩向他揮手告別，祝他一路順風。即使如此，他仍然毫無反應。

一直到飛機起飛，他都沒有說話。封存的往事又浮上心頭，遺忘的畫面再度從時間的墳墓爬出來。等到改寫他人生故事的那個國家成為一個小點後，他才發現自己多麼努力想追溯這趟旅程的軌跡與心路歷程。他怎麼會在這個國家發生這麼多令人匪夷所思的遭遇？他等待答案緩緩在自己的心靈湧原激起漣漪，浮上腦海：一切只為了與妲莉長相廝守，他才來到這裡。這些年來，他沒有一天不思念她，但揮之不去的恐懼及各種想像與惡夢折磨他，告訴他妲莉早就離他而去，到最後，他不再去想她。他想到在她父親慶生會那天自己受到的屈辱，那曾經修理折磨過他的楚卡。飛機在伊斯坦堡降落時，他心愛家禽的回憶出現了，他看見雞舍與自己餵牠們的畫面，過去四年來，他壓抑了數百次想念牠們的回憶。他彷彿看見了自己在牆上記錄清理雞舍的次數，往往都是兩週一次；還有自己在雞舍收集雞蛋，吹走泥土和羽毛，將它們放進袋子的畫面。還有，在過去的某一天，他曾在一本六百頁的大筆記本登記小雞的誕生，它的封面早已掉落，前面七十頁仍然有他父親的筆跡。此外，他還曾經到阿里阿里亞市場販賣一籠黃色肉雞，及另一隻與其他公雞打架、雞冠撕裂的白化症公雞。丘烏上神，這些點點滴滴的回憶，即使過了這麼多年，仍然令他徹底心碎。

✣

雅古傑比，飛機接近偉大先祖後代的國度時，我離開了宿主的身體，渴望再次看到伊博國度的美麗雨林，大地在清晨時分蓊鬱翠綠，夜裡卻掩上一片令人不寒而慄的烏黑面紗。樹木恣意生長，群聚聳立，讓從不間斷的大雨補足它們的水分。當我飛越上空，俯視森林時，它看起來就像羚羊的內臟般密集緊緻。森林裡可見小河、溪流、池塘與神靈（奧馬巴拉、伊伊奧查、奧紮拉等）的聖水。才剛走出森林邊緣不遠，就已經接近村莊外圍，極目四望便可見更多的樹木以及可食用的水果，例如香蕉、巴婆果、青芒果，這在森林深處都是稀有品種。先祖時期，小屋聚集如巢，最終綿延成了村落，到了現代，村莊已經擴展為城鎮，森林與人類的居所已經難分難捨。但大地的美依然存在；山巒低谷的靜謐，任誰走過都甘願駐足欣賞眼前的壯麗宏偉。這是我宿主遠離家園時，我錯過的畫面，也是我第一眼看見的——此時我宿主已經與在先祖國度的機場接他的叔叔見面了。

他和他的叔叔直到抵達阿巴，都沒有談及他的現狀，兩年前，老人才從公職退休。整趟旅程，無論是從機場載他們的計程車，或是從阿布札到阿巴的八小時公車車程，都有一群陌生人在他們身旁。快進阿巴前，公車停在路肩讓乘客在灌木叢「解放」，他的叔叔一面小便，一面問他在監獄是不是遇過什麼不好的事情。起初他沒有說話。他離叔叔有一小段距離，尿在一個半滿的舊啤酒瓶，裡面有液體，看來應該是雨水。他尿進啤酒罐，直到它滿溢，傾倒，然後灑入灌木叢。老人嘴裡還在說，他聽過國外監獄的非洲人被當成「狗一樣對待」。聽到這裡，他盯著等他拉上拉鍊的叔叔。大概是眼神背叛了他，因為叔叔看見了，然後悲痛憐憫地搖頭。

「你要……感……感謝上帝救了你一……一命，」他叔叔說。「當……當……然你去那……那裡是犯了大……大錯。天……天……大的錯誤。但你還是要感……感謝上帝。」

他們到叔叔家時，一看見他從父親葬禮後就沒見過面的嬸嬸——如今蒼老了許多，頭髮都灰了——他當場崩潰大哭。後來叔叔走進他們為他留的房間時，他仍說不出老人問他的那些事情。房間是堂弟的，他到伊巴丹的警察局服務了。

加加納奧格武，祢是創世主，祢知道宿主與守護靈哪些話不能說出口。這是放諸四海皆準的真理。如果他不確定，我就不能肯定。假使他對某事保持沉默，我也必須為他保守祕密。他不想記住的，我就選擇遺忘。但即使我宿主的心事都說不出口，他卻總是難以忘懷，心心念念。它們就像躲在血管角落的祕密鮮血，只要遇到彎道，就立刻衝出來。有時他躺在床上，盯著燈泡或煤油燈時（這是他離開監獄後養成的習慣），種種回憶栩栩如生，似乎它們原本也被囚禁在燈泡或油燈，如今終得掙脫，重獲自由。

他開始了重建自己的任務，心中卻仍有揮之不去的過往折磨。日子一天天過去，他終於發現它們不怎麼占據自己的心思了。比較令他困擾的是，眼前的嶄新人生充滿了各種謎團，但他又急於克服它們，起初他刻意遠離，也不想管它們，畢竟他叔叔會覺得他瘋了，認為他不需要想這麼多。老人明確表示，只要是會帶來痛苦的事，就不配想起。叔叔滔滔雄辯，與睿智先祖很像，向來能用各種生動的意象與諺語說服他人，他曾經溫和地問起我宿主，如果為了蠍子的美，將牠放進口袋，難道會有好處嗎？我宿主一時無法回答——畢竟他叔叔也不用得到答案——老人繼續說，「當然沒……沒有……意義，那簡……簡直……愚……愚蠢極了。」

但他一離開叔叔家，帶著那名德國婦女賠償他的五千歐元——算是這女人活該——他就回到了烏穆阿希亞，租下一間公寓，還在尼日爾路開了一家飼料行，剩下的錢買了一輛摩托車。在接下來的幾週內，他一磚一瓦地重建了自己的人生。阿克瓦魯魯，假使一隻烏龜翻了身，即使需要很長的時間，牠還是能夠慢慢嘗試重新站起。一開始牠幾乎辦不到，可能因為有石頭擋路，於是牠便朝另一邊努力。因為這或許是牠再度腳踏實地的唯一途徑了。埃格布努，所以我宿主必須堅持，畢竟停滯不前就等於死路一條。到了月底，當他的叔叔嬸嬸去看他，稱讚他已經「復活」時，他相信了。之前破碎頹圮的一切，如今已經欣然重建，拔地而起，他也認為，自己至少已經開始點點滴滴築起新的人生，這令人寬心，更給了他勇氣，直到那時，他才敢好好審視謎團，設法想解決它們。

就是這種決心，讓他在回到先祖國度兩個月後的某一天晚上，重新走近阿吉伊龍西社區的那座豪邸，一開始不好找，之前鐵門上的耶穌雕像不見了，只留下祂曾經存在的空洞凹槽，感覺很像一道疤痕。在大門前面，就在鐵籬與一處新涵洞間，有一根帶著脆莖的樹苗已然發芽，另一棵小樹也從小路盡頭的污水池冒了出來。走進大門時，他的心臟跳得太厲害，讓他無法駐足好好看看這個他離開奈及利亞之前，妲莉居住過的地方。突然間，眼前一切觸發的回憶讓他無法承受，他匆匆騎車經過豪宅，回到了昏暗的街道。

我離得遠遠的，奧色布魯瓦，這是祢們創造我近七百年來，我最艱難的任務之一，畢竟一切就發生在那扇門前。在我宿主開始服刑後不久，我無法忍受看著無辜的他受苦，為了自己沒有犯過的罪行受到懲罰。我和他一樣心碎。他只因為想跟妲莉結婚，卻這麼毀了自己。全都為了她。我想讓她知道一切，他無法聯繫她，而我不過是個靈體，也不能寫信或打電話給她。於是，埃格布努，我求助於努可烏，希望透過夢境向她傳遞訊息。大約在一百多年前，有個曾經這麼做的守護靈告訴過我，我們可以利用這種高度精密深奧的系統與在恩戈多窟的非宿主溝通。但對方也強調，這種方式鮮少被使用。於是，當我宿主在監獄啜泣時，我翱翔於天際與星辰間，抵達了她家。我衝進去，找過幾個房間後，發現妲莉縮在床角，床單都皺了，她在睡覺，手裡緊緊抓住枕頭。她看起來就跟那張照片一樣，照片裡的她抓著一隻家禽，對著鏡頭微笑。我才要開始說起咒語，這是努可烏的第一個流程，進入她的夢境，此時，房間的另一端出現另一個靈體。是她的守護靈。

——黎明曙光之子，你無來由入侵，激怒了沒冒犯你的守護靈。

埃格布努，祢必須明白，這個指控令我震驚。我知道這位守護靈不久後也會跑來告訴祢它的版本，我擔心它宿主現在的狀態，所以，請記住我的證詞。為了回答它的問題，我已經開始發言了。

——不，不，我只是……

——你必須離開！妲莉的守護靈權威十足，激動命令我。看看我宿主：她受了這麼多苦，因為奇諾索決定離開，讓她傷透了心。你看她這麼難過，苦苦等候，我討厭你宿主。

——艾拉之女，我說，但那守護靈聽不見。

——這是非法侵入。讓一切順其自然。不要用這種方式干擾，否則會適得其反。如果你堅持，我會向丘烏上神報告。

說完，它就不見了。我毫不猶豫地離開了房間，回到了遠方宿主身上。

✣

歐卡奧米，那天晚上宿主幾乎睡不著。他坐在他的一房公寓，桌扇搖頭晃腦，從天花板掛下來的燈泡用膠帶綁在一起，他努力想讓手機活過來。從他第一次將它從包包拿出來後，它就沒法開機。包包裡還有他被送進醫院那天穿的衣服與鞋子，他的入學通知與學費收據，以及其他帶進監獄的物品。手機還是沒法開機，一位警察從德國婦女家中血淋淋的地板把它撿起來，裝好零件，但還是無法開機。

第二天，他騎著摩托車，在暗夜掩護下，到了豪宅區。裡面似乎有燈光，因為發電機嗡嗡作響。四下一片黑暗，伸手不見五指，唯有迎面駛來的車燈，穿透漆黑，在街上大放光明。他停下摩托車，走到大門，鼓起突來的勇氣——它不知從哪裡冒了出來，竟然可以立刻就位——然後敲了門。當金屬門嘎嘎作響時，他當下簡直想拔腿就跑。他驟然發現，這就是他一直渴求的關卡，但他卻還沒準備好面對。他意識到儘管自己遭遇了許多事，就算過了這麼長一段時間，但一切都沒有改變。他還是一個土包子。他沒有接受高等教育；他的地位沒有提升。事實上，他的頓悟隨著某個憤怒的聲音更加明確：現在你更爛了，因為你更窮了，就算他曾經有過房子，現在也沒了。儘管他曾經沒有仇恨，如今他卻彷彿扛了一個怨念滿滿的大包袱，裡面裝了一大群人。即使他以前長得還算帥氣，現在也已垂垂老矣，傷痕累累，因為醫生不得不取出一枚卡在他額頭的玻璃瓶碎片，下巴也曾經縫合過，刮鬍子時他總怕刮到傷疤，免得縫好的傷口又綳開了，他也掉了三顆牙。如果說過去他的痛苦與悲傷僅因為自己心愛的人們受到傷害，如今，他的報復心願就因為他受到的遭遇更加強烈，畢竟他身心嚴重受創。

他被另一個人從後面捅了一刀，這暴力行為無法挽回，還讓他遍體鱗傷。

站在大門前，他終於看清自己的真面目。他很震驚，他之前從沒想過自己是這麼悲慘。門打開時，他退後一步。

「先生，有事需要幫忙嗎？」穿制服的警衛很年輕，可能還不到二十。

「啊，我在找，嗯，我的朋友，妲莉．歐比亞小姐。這是她家嗎？」

「是的，這是歐比亞酋長的住所。但他的女兒現在不在。」

他的心跳加快。「哦？她什麼時候回來？」

「妲莉小姐嗎？她不住在這裡。她住在拉哥斯。你不是她朋友嗎？」

「是的，但我不住這裡很多年了，從二〇〇七年就離開了。」

「原來如此，先生。妲莉小姐從二〇〇八年就搬到拉哥斯了。」

男子準備轉身，「晚安，先生。」

「等等，我的兄弟，」他說。

「先生，我沒時間等你，我不能再回答你的問題了。妲莉小姐不在這裡。她在拉哥斯，就是這樣。晚安。」

大門關閉，他甚至聽見警衛上鎖的聲音。他再度被捲進暗夜，街上不時傳來噪音。他動也不動，手放在胸口感受自己的心跳。因為經過四年後，終於讓他得到一些妲莉的消息，儘管只是小小的細節，他仍然如釋重負。他騎車回公寓時一路都在想，萬一真的看到她會是什麼情境？她會跟他本人以及烏穆阿希亞一樣，全都不一樣了嗎？這個城市有好幾區他都認不出來了。幾處新市場被清空，從城裡遷移到郊區。一場他曾經親眼目睹的通信革命已經結束，如今，這座城市正活在它的餘波中。人手一支手機，電信公司MTN、Glo與Airtel的高塔基地臺隨處可見。街道兩旁，有一些黃色或綠色的大洋傘下放了桌椅，電信公司推銷員就端坐在下方，桌上放了電話卡與sim卡，還配有一名手機接線員，假使人們用他們的手機打電話，就要付錢給這些人。大街小巷，都可以看到某種光滑的平板，人們通常簡單地稱之為「太陽能板」。一種新的態度似乎在人們之中傳播，就像一種無害的細菌，一絲新生的幽默更讓人們用起一連串他聽不懂的可怕俗語。

他對這些變化不以為意，畢竟他的心思全被妲莉占據。在德國護士的家中，當他被無情攻擊時，曾試圖聯繫她。他當時躺在自己的血泊中，深怕自己會就此斷氣，對她的思念如盡責衛兵般在他的腦海中堅定站立，沒有動搖。他重溫了所有她抗拒他離開奈及利亞的時刻，例如她說她夢過他，只是沒有透露細節。甚至在他被員警帶走前，他似乎看見了她，她坐在血淋淋房間的另一端凝視他。他們將他帶走後，他原本設法用手機聯繫她，但他的手機已經沒電了。他很想跟別人借手機，一再乞求醫院護士，但大家都說他不能接受任何援助。警方已經指示他們，除了食物和醫療外，他不可獲得任何幫忙。也沒有護士對他透露任何消息，只有一位醫護人員會說白人語言，但就算這個人也聽不太懂他在說什麼。時間一天天過去，他變得瘋狂、憤怒，神智不清，因為他堅信賈米克與惡靈企圖摧毀他至死。現在，一切值得了。他努力奮戰，敵人擁有堅不可摧的武器。正當他以為自己順利逃離魔掌時，他卻又上了另一個更鋒利的尖鉤。

最後的攤牌發生在幾週之內，這期間，他認識的所有人都拋棄了他。甚至托比，他曾經延遲自己的既定行程，為宿主負擔十字架，在宿主遭遇全新的苦難後，卻連一吋都不願意接近他。只有學校代表，也就是一位學長，在開庭的第一天隨副校長到法庭。他們保護了他的財物，為他保管一切。假如他被釋放，他會被驅逐出境，於是他們直接將他的東西送到機場。他們打電話通知他叔叔。在那段混亂時期，他懇求同樣來自奈及利亞的學長迪梅吉幫他跟妲莉聯絡。他雙手顫抖，寫下她的電話號碼。

「我該跟她說什麼？」迪梅吉問。

「什麼？」

「我應該告訴她什麼？」

「說我愛她。」

「就這樣嗎？」

「這樣就好。我愛她。我會回來的。我很抱歉離開她，還有其他的一切。」他頓了一下，用眼神讓迪梅吉了解。當迪梅吉點點頭時，他繼續說，「但我會回去的。我會去找她。告訴她，我保證。我保證。」

如此而已，他們只能交談這麼短暫的時間。他再也沒見過迪梅吉。在接下來的四年內，讓他在陌生國度受審的事件之後，他認識的人完全沒有出現在他眼前。他只見了那名德國女人，也就是原告。另一人則是她的丈夫，此人在醫院病床昏迷了十六天，他與妻子堅持同樣的證詞。此人宣稱自己發現黑人躺在妻子身上，妻子正在掙扎。因此那一天，法官轉向菲奧娜的先生，用英語和他交談。

「那麼，艾迪諾格魯先生，你之前知道妻子跟這個男人見面？」

「是的，先生。她是一名護士，是一個喜歡幫助別人的好女人。原來她是想幫這個非洲來的可憐強姦犯！」

「請注意法庭上的用字，艾迪諾格魯先生。」

「對不起，庭上。」

「冷靜一下。所以你讓她帶陌生人到家裡？」

「沒有，她很熱心助人。對她來說很正常，但我回家時，他卻試圖強姦她。」

「你能告訴庭上，你看到了什麼嗎？」

「我的妻子在地板上，靠近餐桌，這個人在她上面，他的手掐住她的脖子，一隻手——對不起——拉開拉鍊想進入她的……太噁了，庭上，非常噁心。」

「請繼續。」

「我立即撲到他身上，我們開始打架，我叫妻子報警。我手裡拿著酒瓶，用它敲了他，接著我檢查妻子，她還在地板上哭泣，呼吸非常用力。然後，這傢伙壓低身體，用凳子打中我的頭——就在這裡，庭上。接著我倒下來，我就只記得這些。」

阿嘎巴塔—艾魯馬魯，先祖們說，讓狗兒頭破血流的鞭條本該有其他名稱。事到如今，看來我宿主再也無法替自己辯護了。第二次開庭宣判已經是五週後了。刑期是法院人員宣布——先是當地的語言，然後是白人的語言——這對他毫無意義，因為一切排山倒海的指責與控訴，早就烙印在他身上。因此，當庭上宣布他因強姦與謀殺未遂被判處二十六年徒刑時，他也不在乎了。當時他所認識的人生，早就像一個可悲的黑影，立刻脫離他，縱身跳入一處無底懸崖，就此讓人遺忘，儘管過了這麼多年，他仍然能聽到它一路墜落深崖的淒厲尖叫。

第十九章 種子

阿岡瑙烏，我必須在這裡堅持，為了證明我宿主動機無辜，祢們應該考慮他受到的慘痛折磨，因為他愛這個女人。先祖們也曾說，古代的偉大獵人奧金塔，為了尋找有價值的獵物，被撕裂得血肉模糊。儘管這是先祖們代代相傳的傳說，祢們也知道，在伊博人的黃金時期，當一切幾乎如祢預期的那樣時，此事確實曾經發生。當時我還沒被創造出來。人們用泥磚打造長形屋，在屋內放置神龕，以便可以時時請教祖先，提供祭品，不會有人踐踏鄰居的人身自由，因為人人相信共存的原始法則。（就讓鷹棲息吧，讓鷹棲息，如果彼此指責對方不該棲息，那就讓牠的翅膀折斷吧。）年輕的奧金塔在未婚妻成年之前，躲在她父親的院子後面，吹口哨讓她從窗戶跳出來，跟著他走進樹叢。奧金塔知道晚上禁止吹口哨，因為它會困擾歐步蒂森林中活死人的靈魂。但是，戀愛中的男人會爬進毒蛇洞尋找他的情人。他無視夜晚的生物，牠們最懼怕的就是人類的哭喊與口哨聲。一天晚上，當他吹起口哨時，被激怒的靈驅使野獸花豹穿過森林，沿路咆哮，踐踏腳下的幼苗，刮起一排排山藥，煉獄般的憤恨讓牠無視最基本的文明法則。奧金塔的女人傾聽父母的動靜，等待最佳時機偷跑出門，不讓兩人的夜晚媾和被人撞見。野獸繼續朝他前進，彷彿被惡魔般的巨大磁力拉向牠的獵物，猛烈的步伐在暗夜中迴響，直到它發現確切的地點。當時，奧金塔抬起頭，看見他的情人朝自己走來。野獸隨即撲到他身上，帶著源自遠古之前的憤怒，在愛情、戀人與血肉交融開始之前，將他撕裂成碎片，還把他的屍體拖進森林。

埃格布努，這故事有什麼意義？這是要警告我們奧金塔的行動所帶來的危險。從我宿主坐牢的第二年開始，在我第二次見到妲莉的守護靈之後，我開始試圖讓他忘記她。但我明白，這種努力往往是徒勞。愛一旦在人心紮了根，就無法輕易摧毀。我已經見證許多次了。往往守護靈提出的建議有可能成了脅迫。守護靈絕對不能強迫宿主，即使面對最狂暴的危機也不行。萬一人類與守護靈無法協調彼此的差異，宿主會因此顛狂錯亂。所以，連先祖也了解達成共識的重要性。他們每一次討論，都會要求眾人一致同意，假使有人拒絕回應，那麼就不繼續討論，一定要等到異議者同意才行。

那麼守護靈又該如何與宿主持相反意見呢？當他宿主決心繼續走這條路時，它怎麼能對他說「不要堅持了，因為它可能會將你引向黑暗之處」？難道我這許多年來見他受盡痛苦折磨的時刻還不夠多？他時時祈禱護士菲奧娜會說出真相，讓他自由，讓他回到妲莉身邊。雖然聽起來有些不可信，但每天他幾乎都在為她哭泣。他渴望她。他乞求拿到筆和紙，也寫了信，但該把它寄往何處？他不知道她家的地址。就算猜得到，他又該如何寄信？頭兩年，他生活在提防獄警的恐懼中，他們似乎對他有既定的不屑。這還只是一開始，之後他在監獄會遭遇巨大的邪惡行為。獄警稱他為雅拉或則津，常常批評他強姦土耳其婦女的行徑。他求這些人為他寄信，但沒人理他。第二年，一位熱愛我宿主故鄉足球員傑伊－傑伊．奧科查的馬赫穆特獄警，終於同意幫他寄信。但前提是只能寄到賽普勒斯。「寄到奈及利亞很貴，」這個人常說。「寄到奈及利亞超級貴，奧利薩先生。」「對不起，我的朋友。」被捕那天他口袋裡的錢呢？「對不起，奧利薩先生，我們不能拿那些錢。法院沒收了。沒人可以拿到那筆錢，對不起。你懂嗎？奧利薩先生？」等到這個人也婉拒後，他放棄了。他不知道就連我，他的守護靈，也曾設法找到她。

因此，雅古傑比，當晚他找過妲莉之後，我讓他躺在床上繼續思考與她和解的可能性。但隨著夜幕低垂，他允許自己——帶著某種義無反顧的勇氣——考慮他之前不願思考的現實：他或許再也不能擁有她了。他脆弱的耳際不斷迴響他的思緒：時間過去太久了。她或許可能早已結婚生子。也有可能忘了他，甚至已經死了。她又該找誰聯繫，了解他的遭遇？根本沒有。他苦澀悔恨，想到自己應該把叔叔的電話號碼給她。甚至艾楚格的也好。他知道自己不該一廂情願，認定過了這麼些年，她有可能仍然等著他。這麼多年了，他腦子的聲音不斷重複。她已經永遠消失了。

這種頓悟的衝擊讓他絕望。丘烏上神，我向來覺得困惑，人類的頭腦有時會成為內心交戰與挫敗的根源。那天晚上，他沮喪到認為自己白白浪費了那些思念她、緊緊抓住他們回憶片段的歲月。也許她一直都在另一個男人的懷抱，而他卻生動重溫與她熱烈做愛的畫面，讓他必須用口水自慰。

他突然起身哭了起來，不小心打翻房內的煤油燈。燈破了，室內瞬間陷入黑暗，碎裂玻璃聲迴盪在他腦海。他在黑暗中氣喘吁吁，胸口起伏，空氣裡都是煤油的氣味。這一切都無法阻止他想到陌生人吸吮妲莉乳房的畫面。

當晚他沒怎麼睡，在接下來的幾天裡，他充滿了挫敗負面的人生觀，覺得自己一事無成，這種思緒威脅他的生存。就連我，他的守護靈，也擔心了起來。正因為他如此失落，凡事了無生趣，對迎面而來的車子根本渾然未覺。有兩次他幾乎發生交通意外，當場死亡。其中一次，有輛小汽車把他和摩拖車撞進水溝，司機說，「你怎麼可能還活著？」男子與圍觀群眾全都吃了一驚。「你的守護靈確實是清醒的！」一個人說。第三個人則堅持說我宿主絕對是有來自白人神祇的天使眷顧。

許多時候，當他被失去妲莉的念頭折磨時，我會努力要他逆向思考。想想那位在雜糧店對你很好的女孩，她說你是好人耶，我會這麼建議。想想你叔叔。想想妹妹。那些足球比賽。想想你能擁有的美好未來。有時候，當這些都沒有用時，我會試著陪他一起走他選擇的方向。我試著為他打氣，告訴他仍然能找到她。這樣想好了：愛永遠不會消逝。你看，那部電影《奧德賽》，男人在十年後回來發現妻子還在等他，妻子知道丈夫愛她，只因為生活環境所逼必須離她遠去。所以她保持忠誠多年，拒絕背叛他，不顧自己受到的強大壓力。這不就和你的情況一模一樣嗎？而且，才過了四年，才四年呢！

在這種時刻，就在我提醒他那部電影的那一天，我偶然發現他與我這些年都沒有考慮過的一件事。我承認，曾經有一兩次他回憶過類似的畫面，不過他對那件事的可能性沒有多想。那一次，他們在禽鳥目睹下，在院子做愛，突然間她抽開自己，說讓牠們盯著看不好。然後，他將她帶進屋內，她的雙腿纏著他，手臂緊圍著他的脖子。他們那次做愛如此激烈，當他開始要抽出來時，她緊緊抓住他，他瑟縮了。

「你愛我嗎？所羅門？」

雖然這一切——她緊抓著他，顯然不在乎他是否即將射精，而且她用他的教名所羅門稱呼他（她很少這樣做）——讓他震驚，他回答，「當然……」

「你愛我嗎？」這次她更激動了，彷彿沒有聽到他回答。

「當然，媽咪，我愛妳。我快射了。」

「我不在乎。回答我的問題！你愛我嗎？」

「是的，我愛妳。」

他開始準備釋放自己，一面說話一面發抖，當他射精完畢時，他倒在她身上。

「你知道我們現在是一體了嗎？諾索？」

「是的，媽咪，」他仍然喘息。「我……我知道。」

「不，看著我，」她伸手捧住他的臉。「看著我。」

他躺回她的身邊，轉身面對她。

「你知道我們現在一體了嗎？」

「是的，媽咪。」

「你知道我們是一體了？再也不只是你，或是我？」她停頓了一下，她的聲音拉高，眼淚流了出來。他還以為她講完了，於是開始說話。她說，「你知道我們剛才成為一體了嗎？我們？」

「是的，媽咪，就是這樣。」

她睜開眼睛，眼中有著淚水，卻也面帶微笑。

我宿主沉醉在這令人安心的回憶，將它當成某位神聖信使送給他的大禮。這是他一生中最珍貴的回憶之一，非常具有紀念意義。她允許他射到她體內，卻如此漫不經心，彷彿這不過是一件小事。那一次他太震驚了，無法多說什麼。但當天晚上他們再次做愛時，當她仍緊抱住他，逼他射到她裡面後，他問她為什麼這麼做。她說她是為了向他表明她的愛，準備不計一切代價嫁給他。但如果她懷孕了呢？他納悶，聽到這裡，她歪著頭思考，或許在想她父母的反應，然後說道，「所以呢？難道他們是我的神嗎？還是你要我吃后定諾？」

「那是什麼？」

「天啊！土包子！」她大笑。「你不知道？事後藥啊。女人在不安全性行為後可以立刻服用，才不會懷孕。」

「啊，媽咪，」他說。「我真的不知道。」

在他重溫這些生動的畫面時，原本頹喪的希望睜開了它們虛軟的眼皮。接下來的幾天，他確實思考了所有可能性。如果她仍然相信那天她告訴他的話——他們倆已經成為一體——那麼她一定還在等他。才過了四年，她不可能放棄。他開始計畫自己的下一步行動。每天，在測量幾杯飼料、小米、棕色種子與壞土的空檔，他會跳入自己的思緒。希望激發後的第四天，他終於挖掘出足夠令他信服的證據，讓他認真思考自己是否應該回到她家，再找警衛聊天，也許這個人沒賺什麼錢，他可以賄賂他，取得一些線索。或許他可以把自己入獄初期幾週寫的信交給那傢伙。沒錯，即使這樣也足夠了。信裡提供了他消失的細節，以及他無法遵守永不離開她的承諾的原因。

✣

歐巴席迪內魯，先祖曾用他們深奧的智慧說過，無論一個人渴望在宇宙看到什麼，他終究都能看到。這是多麼真切啊，埃格布努！心裡怨恨對方的人，無論對方做什麼，意圖多麼良善，他只會看到邪惡。先祖們還說，如果一個人想要某樣東西，從頭到尾沒有放棄，他最終必然得到。這我已經見證許多次了。

我宿主沒有想到，宇宙就要在那一天，賜予他多年來一直在找的東西。他一心只想去找警衛，他暫停手邊的工作——在小車床上的手動研磨機磨碎西瓜種子——脫下圍裙，打算鎖上店面，出發到妲莉家。他將石頭門檔移開時，想到自己當天不做生意會有的損失。再過一小時，常來他這裡買家禽飼料的農業系教授就要來了。他會錯過本週最大筆的收入。但即使如此，也沒法阻止他。

他騎著摩托車，朝一處圓環前進，這條路旁有個幾平方公尺的建築工地，一塊鋅片屋頂板蓋住紅磚堆。有名男子拿著木板，險象環生地穿越馬路，人車都不得不停下來，他也在路邊等候，旁邊都是屋簷。有一棟屋頂被陽光燒得炙熱的高聳建築矗立一旁，上面還用白漆塗了0802。接著他進入丹佛迪大道，在一輛送水車與一輛白色汽車間穿梭，白車的後車箱打開，載著用繩子緊緊拴住的過重食糧袋。路肩一處聳立的看板下，有名男子拿著擴音器說話，有群拿聖經、吉他與傳單的信眾將他團團圍住。

宿主又必須暫停，因為前面有聯結車在轉彎，車流又卡住了。他原本可以繼續前進，但當他停下來時——當時他離看板只有幾百公尺——他聽見擴音器傳來的聲音。儘管這麼多年過去了，他仍然立刻認出那個人的聲音。他停在路肩，他一看到對方，他和我都清楚明白，宇宙確實獨特無比、難以預測。靈界的激烈辯論看來已然解決，我甚至沒有參與。在我宿主放棄希望，決心逆來順受，就像心不在焉的母親餵食嬰兒，他只能照單全收。此時此刻，宇宙卻聽到了他的懇求，及時伸出援手。

無數的夜晚，他苦苦哀求能聽到他禱告的萬物生靈再給他機會重生，這樣就好，好讓他能找到這聲音的主人。屆時，他一定會要那傢伙為其所作所為付出代價。他祈求大大小小的神靈，有時對象是「上帝」，有時是「耶穌」，也曾有「艾拉」，甚至有一次——出乎意料之外——他向我，他的守護靈懇求。這些祈禱得不到回應，或他認為根本沒有作用後，他會退縮到自己的想像世界，幻想他與對方對峙的畫面。有些極其暴力，其中一個讓他印象最為深刻：他將回到二〇〇七年時與那傢伙共餐的餐館吃飯，此人——一個已經從他與其他人那裡偷來大筆財富，賺了大錢的傢伙——正好帶著一位美女走進餐廳。男子玉樹臨風，眾人無不同聲讚美。他請大家喝飲料，連小費都一併處理了，很高興女子對他留下了深刻印象。男子應該是到奈及利亞短暫停留，可能以為他的受害者都還在坐牢，非常放心。他沒有意識到命運已經讓我宿主為他帶來終極救贖，一個形銷骨立，苦苦等待他到來的男子。

我宿主先低頭遮住自己的臉，讓對方在自己選定的座位坐好，然後迅速走過來打碎他喝的啤酒瓶，進而發動攻擊。宿主成了自己從未想像過的殘暴份子。他就是劊子手——無情、迅速、簡單、殘忍。只消眨幾次眼，他便打破酒瓶，將它深深戳入敵人的腹部，不只如此，他會再將它抽出來，再次刺進對方胸口。他不會被流了滿地的鮮血嚇壞，這也不會阻止他。他會不斷戳刺對方的脖子、雙手、胸口，直到人們將他從對方身上扳開。但到那時，一切都已經命定。中間會出現一段反思沉默，數千年來，人類便是如此，我宿主選擇的是最艱困的道路，決定一切要用最壯烈的方式結束。埃格布努，這就是長久以來，一直縈繞他心頭的畫面，也是那天偶然巧遇時，他內心最真實的寫照。

我宿主將摩托車停在離群眾不遠之處，幾乎還沒下車，那個罪人就認出他了，對方停止演講，匆忙將擴音器遞給身邊的人，他穿得跟白人一樣：襯衫、領帶與長褲。男子跑上前，大聲哭喊「奇諾索—所羅門」！

依揚戈—依揚戈，我總希望守護靈能瞧見除了自己宿主之外，其他人類的心思，特別在這個時刻。沒錯，此人看起來很緊張，但那是害怕嗎？他本來就該有這種感受，不是嗎？我不知道。當時我只看到，儘管他匆匆朝我宿主走來，他的表情卻很謹慎。他離我宿主幾步之遙時便停下腳步。而我宿主在敵人走近時，也意識到今日的見面不會如他想像。因為他是在開放空間見到這個人，他完全無計可施。此人在我宿主面前停下腳步，崩潰流淚。「所羅門，」那人說，寸步靠近，將目光轉回群眾，再回頭朝我宿主伸出手，我宿主稍稍退後。男人的手緩緩放下，仍然顫抖。「所羅門，」那人又說，轉身面對人群。「弟兄們，就是他。就是所羅門本人。哈利路亞！哈利路亞！」他雙手高舉，跳上跳下。

這個我宿主祈禱許久，但願其不得好死的傢伙，突然衝上來擁住他。他真該趁此時抓住對方脖子掐緊，但男子立刻轉身回到人群，拿起擴音器，用激烈卻又親愛的口吻說道，「神啊，天神回答了我的祈禱！祂聽見了！讚美主！」人群也大喊，「哈利路亞！」

「你們真的不知道，真的不知道，各位兄弟姊妹們，主剛剛為我做了什麼！」男子用力跺腳，腳邊揚起灰塵。「你們不知道！」

男子掏出手帕，擦擦眼淚，真的，埃格布努，他哭了。我宿主東張西望，人群越來越聚集。某名男子與妻子將卡車停在轉角，走過來看熱鬧。另外有名老婦從對街房子走出來，靠在陽臺觀望。到處可見好奇的臉龐與雙眼，大家將他圍住，彷彿成了一道無形鎖鏈，讓他無所遁形。

「就是這個人，讓我得救了！我曾經是小偷！我從他和其他人那裡偷了不少錢！但主利用他碰觸了我。主利用他拯救我。讚美主！」

人們也回應，「哈利路亞！」

也被人群包圍的宿主還能怎麼辦？真的什麼都不行，丘烏上神，人群成了最終極的武器，抵消他所有精心策劃的行動。眼下的一切讓他費解，現在，這個造就他所有悲慘人生的肇始者握住他的手。他還能怎麼做？只能任憑此人接近了。接下來，他震驚地發現男子跪在他面前，握他的手。

「奇諾索—所羅門兄弟，我跪在你面前，以創造你我的上帝之名，求你寬恕。請以耶穌之名，永遠寬恕我。」

雖然有些話語在擴音器的雜訊中消失了，但現場幾乎人人都聽得一清二楚。人群有些騷動。一名年輕人——身穿紅襯衫，繫著印有教堂與十字架的棕色領帶——也開始祈禱，手中甚至搖著鈴鼓——這是一種圓形小樂器，敲到掌心時，金屬響板會發出類似叮噹的聲音。即使我宿主聽不到年輕人說什麼，他也能感覺到他話中的意義。但我，他的守護靈，卻能明白字字句句，「神幫助他吧。請神幫助他。讓他寬恕，碰觸他的心。因為是祢造就了這個時刻。上帝幫幫他！上帝幫幫他！」

✣

依揚戈—依揚戈，我宿主愣住了，非常無助，不知所措，他很訝異自己的手也抖得厲害，然後，他的敵人再次站起來，將擴音器推到他手裡。他一拿住它，人群就開始鼓譟。敵人哭喊得更大聲，彷彿哀悼父母過世。鈴鼓發出一串樂音，眾人歡呼。我宿主知道他們在等他說話。

「我……我，」他把擴音器放下。

「幫幫他！上帝！幫幫他！」那位罪人說話了，鈴鼓隨之配合伴奏。

「沒錯！是的！」群眾大吼。

「我……我寬……」我宿主的手開始顫抖。他現在想起來了，那幽靈再次現身眼前：一群白人男子在他走向牢房時湊近他。其中一人臉上有醜陋疤痕，另一人握緊拳頭朝他走來，說道，「你強姦了土耳其女人，你強姦了土耳其女人，」接著則是一串他聽不懂的土耳其語。他看見自己試圖打開牢房跑進去，遠處有個黑人在看他，白人們從後面抓住他，用力踹他。他看到自己倒在牢房的鐵欄杆上，緊緊抓住，白人們試圖把他抓走。

「碰觸他吧！主！耶穌，碰觸他吧！」打領帶的男子又說了一次，那奇特的樂器再次叮噹響起。

「是的！寬恕！阿門！」

「我會寬恕，」我宿主說出口。

這一次，人群幾乎是暴動了。現場情緒激昂高亢，宿主感覺現實深深侮辱了他。在他沒有心理準備的情況下，他本應殺死的那個人舉起我宿主的手，猶如裁判拉起勝利摔跤手的手臂，迎接觀眾的歡聲雷動。然而，挫敗的是我宿主。因為這個人是賈米克，他尋覓許久的人，他還撐著一口氣到今天，就是為了賈米克。結果，過了這些年，他真找到賈米克了，然後他怎麼做呢？他宣布他會寬恕。

「有人說，世上沒有神！」賈米克激動大吼，人群隨之附和。「他們說，我們相信的都不是真的。我說，他們可恥啊！」

「可恥！」群眾大喊。

「還有誰能這樣拯救我？」

「Onwero!（沒有！）」

阿嘎巴塔—艾魯馬魯，今天的賈米克看起來清瘦、引人注目，雙眼無辜，甚至散發一種意想不到的溫暖——這讓他的怒氣倍增。賈米克仍然滔滔不絕，解釋他四年前如何從「奇諾索—所羅門弟兄」那裡偷走一切，而「奇諾索—所羅門弟兄」又是如何抵達北賽普勒斯，他這個小偷則苟且偷生，逃往南賽普勒斯。兩年後，發生了一場意外，讓他開始重新思考自己的人生。於是，他找上北賽普勒斯的故舊，對方告知他，自己是如何毀了三個人的命運——近東大學的一位女孩成了妓女、「所羅門弟兄」進了監獄，「但傑伊弟兄，傑伊弟兄……」

賈米克掙扎要說出最後一個人的名字，當他終於說出口時，整個人陷入重度沮喪無奈，還拿起襯衫下襬擦拭眼角。

「你們知道，因為我，他怎麼了嗎？」

「不知道，」人們回答。

「我聽說他自殺了！他跳樓自殺！」

人群驚呼，我的宿主擔心他無法克制自己，輕輕地將手從男人的手中抽出，然後把它放上胸口，猶如在壓抑自己咳嗽。

「當我聽到這件事，以及我做的另一件事情時，我將生命給了基督。我的兄弟姊妹們，我開始祈禱神讓我再次見到他，請求寬恕。榮耀上帝！」

「阿門！」人群呼喊。

「我說榮耀上帝！」賈米克用白人語言說，彷彿先祖語言仍然不夠。

「阿門！」大家重複。

「榮耀耶穌！」

「願祂不朽！」人群大喊。

賈米克回頭看他，淚流滿面，對自己造成的折磨苦難，很明顯地表達了他的羞愧與懺悔。這是我宿主沒有想到的一幕：賈米克站在他眼前泣不成聲，飽經風霜，嘴唇龜裂——這是一張永遠烙印著恥辱印記的臉龐。這不是一張征服他人的臉龐，這個人盡是屈從與謙卑。這張臉讓他徹底解除了武裝。丘烏上神，當時我宿主的感受，老實說，對他而言竟然不陌生。我已經見證許多次了。那張臉毫無保留、赤裸坦誠——來自一個極盡匱乏的人。它連陌生人都不隱瞞，毫不保留，只希望無所牽絆地持續與世界溝通。偉大先祖戰士經常講述，戰時與敵人面對面時，他們訴諸暴力的決心會在瞬間削弱，那為了殺人而殺人的驅動力反而變成因為不想送命，所以才出手殺人。戰士們凝視敵軍赤裸裸臉龐的剎那，似乎自己原有的強烈敵意也隨之煙消雲散。埃格布努，這很難理解。連聰明的先祖也百思不得其解，他們的舌頭創造了許多諺語想解釋這個現象，但最明確的莫過於他們對於男女或母子之間濃厚強烈情感的描述。他們稱它為Ihu-na-anya（面對面），確實，他們明白，只有當人對另一個人毫無惡意時，他才能直視對方雙眼。因此，當一個人說，我可以直視你，這是他在表達深刻的情感・相反地，萬一此人閃避躲藏，掩飾自己，對人疏離——就過度脆弱，易受攻擊了。

我確信，正是出於這個原因，宿主允許賈米克再次擁抱他，在他的肩膀哭泣，聚集的人群齊聲高呼「哈利路亞」，更為他們鼓掌。當然，這更是為什麼——連我宿主自己也不知道原因——他會把自己的電話號碼給了這個摧毀自己人生，使它無從修復的人。甚至答應對方，第二天在街上的「比格斯先生」餐館見面。

「五點？」

「好，五點鐘，」他說。

「我會到的，所羅門弟兄。」

我確信，是因為他見了賈米克的臉龐，讓他隨後轉身離開歡快的人群。他騎上摩托車遠離現場，沒有回頭。他也放棄要去原本的目的地了，他直接折返，回自己的公寓。

第二十章　算計

庫夸曼奧雅，期待是人類心智中最奇特的習性。它是時間脈絡中一滴惡毒的血。它控制一切，讓人只能一心乞求時間消逝。它受到時間或人為的干預，它與當下對抗，讓人類喪失時間感。因此先祖們曾說，準備孩子的餐點時，孩子會眼睛眨也不眨，盯著爐臺。人在焦慮之際，會企圖窺視未來，設法取得尚未發生事件的消息。他或許已經看見自己在一個沒去過的國家了，或有可能發現自己與當地人跳舞，吃地方美食，欣賞觀光景點。這就是焦慮的運作方式，它取決於對某事的承諾，或許是一次事件，或一場會議，讓參與者迫不及待。這我已經見證許多次了。

然而，與此同時，此人可能會沉浸在自己的痛苦思緒中，我宿主遇到賈米克後就是如此。他非常沮喪，在房間爆衝。踢書架、床鋪、塑膠杯，盛怒辱罵。他歸咎上天，認定祂們就是共謀，他責怪他的神。為什麼？他問，過了這麼多年，他必須在公共場合遇到賈米克？怎麼可能抨擊一個傳福音的人呢？伊博族與黑人世界的人們普遍崇敬賈米克這種職業的人，讓我宿主無計可施。他開始責怪自己回來後沒有與艾楚格聯繫。他不應該為了自己在賽普勒斯的遭遇挫敗責怪艾楚格，比如說，拿不回自己的房子，或是沒有從賈米克的姊姊那裡得到賈米克的下落等等。假如我宿主回來後努力打幾通電話，艾楚格或許可能告訴他賈米克人在烏穆阿希亞。他就可以邀請賈米克到偏僻之處，好進行他計畫已久的報仇。

雅古傑比，在那天晚上之前，我從未見過我宿主這種的舉止。他氣到髒話連連，用拳頭敲牆，拿刀威脅自己。有些時刻，我甚至完全無法確定眼前到底是我宿主本人，或是附身於他的惡靈，他站在鏡子前，揮舞著一把刀，說道，「我要割傷自己，把自己給殺了！」他將刀子貼近胸口，雙手顫抖，閉上眼睛，搖晃刀子，刀刃幾乎碰到他了。我急忙讓思緒進入他的腦海，提醒他別忘了叔叔，還有與妲莉團圓的可能。我必須謙卑地說，丘烏上神，我可能幫忙挽救了宿主的性命！因為我那些話語——假如她仍像奧德賽的妻子，堅貞等候你呢？——讓他突然滿懷希望。他鬆開拳頭，刀子掉進水槽，轉了幾圈，然後就停下來了。接著他放聲大哭，那悲痛是如此巨大，我很擔心他永遠無法恢復了。我提醒他，這才只是他與對方初次見面。他們第二天還要私下相見，敵人會如他所願現身，他可對此人隨心所欲，甚至給那個人看他寫給妲莉的信，上面記錄他所有遭遇，讓此人理解其所作所為的嚴重後果。他不應該認為自己白白虛擲了復仇的大好時機。這樣不行。

又一次，他聽進了我的話。我語帶肯定與他溝通，他也順服了。他洗了臉，清清鼻子，拿了掛在牆上的毛巾把臉擦乾。他回到客廳，拿出記載他生命經歷的信，他決定第二天要將它拿給賈米克看。他仔細看了一次，確保兩天前他的更動沒有改變它要傳達的訊息。事實上，現在他突然發現，命運，或者不知該怎麼稱呼的東西，全都預見了這次與賈米克的重逢。才兩天前，他半夜驚醒就再也睡不著。自從他出獄後，這已經成為他的生活習性。他養成了聽收音機讓自己入眠的習慣。當收音機傳出牧師講道時，他開始恍惚出神。那人講什麼？地獄。坐牢時，他經常深思這個話題。監獄讓人無處可逃。從牧師口中描述的一切，他意識到，假使他曾經自問任何與地獄相關的問題，他這篇演說已經解答了一切：地獄沒有救贖，只能永遠受苦，人類就如被監禁的囚犯，在那裡，牧師不斷強調「就連蟲子也永遠不死」。

他關了收音機，坐下來思考剛才聽到的內容，非常恐慌。他打開自己寫給妲莉的信。從他回到故鄉後，就沒有再看過它，他認為自己想告訴她的事情已經詳實記錄了。他拿起一支筆，劃掉標題，又寫了一個新的標題：

~~我的故事：我如何在賽普勒斯受苦受難~~

我的故事：我如何在賽普勒斯走向煉獄

他讀完信後，對內容很滿意。明天，他就要把信交給那個一手讓他寫下這些內容的始作俑者。他等不及了。

✣

丘烏上神，英勇先祖們說，一朝被蛇咬，十年怕草繩。多年來，時間和空間讓這名敵人與他不得相見，但他快要可以與這個人獨處了。第二天清早他就醒來，前一晚他沒怎麼睡，但內心卻很平靜。他坐在床上，發揮自己豐富的想像力，設想結局，賈米克就要躺在自己的血泊中了。我宿主仍然不識仇恨的重要，就算人奮力抗拒，試圖抗拒，它卻能如潮水陣陣襲來，瞬間造就了大洪水，讓心靈徹底沒頂。

埃格布努，這我見證過許多次了，只要人心中充滿仇恨就會如此，我無法盡數描述，因為時間讓我記憶模糊，但我也不想激起我宿主更多的情緒，於是，我默默旁觀，看著他的頭腦運行各種血腥畫面，到最後，他累了，沉沉入睡。

那天早上大部分時間都在下雨。自從他回到伊博人的國度，他感覺最有家鄉味的就是下起傾盆大雨時。畢竟他對烏穆阿希亞最初的記憶就是各種暴風雨，烏雲是他小時候心裡無法抹滅的畫面，加上雷擊閃電，讓世界給他的回憶猶如戰爭一樣強烈。在其他地區如烏烏—豪薩等地，或許還會有其他比較顯著的天氣現象，但在這裡，雨主導了一切，在伊博人心中的太陽總是怯弱無力的。

當天他就沒有開店了，雨下個不停，等到稍微止歇後，太陽隨即露臉，畢竟雨便是其他天氣現象的主宰，前一天他遇到賈米克時，太陽提前出現，在清晨天空閃閃發光，後來雲層掩至，就此留了下來。

他走出家門時，微弱的陽光如一顆球，緩緩穿過潮濕雲層。他拆下摩托車的遮雨篷就騎車出發了。這是他回來後，第一次拿起妲莉送給他的隨身包。皮革上的白色字跡仍清晰可見：「非洲與加勒比政治學者會議，二〇〇二年四月」。除了兩張妲莉的照片以及她的信之外，其他的東西都完好無損。他想起自己出院被帶到警察局後，其中一名警官搜查包包時拿出照片。他本來可以一把搶回來的，但他被銬上手銬了。男人們把照片傳來傳去，一面開玩笑，不知道說了什麼，還做出手掌互拍的手勢。後來他才知道，那表示性交。其中一人用破碎的英語，「你，你喜歡婊子對吧？婊子？黑的不錯嗎？對嗎？不錯？」他永生難忘這時刻——原本該他受的懲罰卻擴大到最無辜的人身上：妲莉。當時，離先祖國度數千里處，他親眼目睹她被陌生人的眼神侵犯。後來，其中一名男子顯然對其他人的行為不以為然，就拿走了相片，把它們放進袋子，對宿主說，「對不起，我的朋友。」男子便拿著宿主的隨身包離開了，直到他被釋放，他才又看到那個包。它被交還給他時，他首先找的就是照片。他在醫院時，她的信被人從他血跡斑斑的牛仔褲拿出來，早就嚴重受損了。

現在他藏了一把刀在包包裡，就夾在書頁之間。他計畫好了。他到了餐廳後，會平靜地坐在門口的一張桌子旁，一旦任務結束，從門邊離開會比較容易。他會把書放在桌上，吃得很快，因為賈米克一到，他就會氣得吃不下。他會試圖解除敵人的心防，甚至讓對方相信他已經被寬恕了。然後，他要邀請賈米克到他的公寓。他不會在公共場所用刀。但是如果對方出於懷疑拒絕他，那麼他也別無選擇，只能在餐廳亮刀。他要刺死那個人，然後跑到公車站，搭車到拉哥斯，他會設法找到他妹妹，或者去他父親的老家，待在他父親住過的空屋。

丘烏上神，我擔心這個計畫一旦實現，會給他帶來更大的麻煩。於是我告訴他，讓他知道，如果他真的犯下這種滔天大罪，他將永遠失去妲莉。而且，我又補充——儘管我十分猶豫——這種行為會使他重返監獄，剝奪他再次找到她的機會。他害怕地考慮片刻，甚至從包裡拿出刀子放在桌上。但隨後一股強烈巨大的憤怒再次攫住他，他將刀子放回包包。我要做，我要殺死賈米克，也要找到她，他腦子的聲音說。我會殺了賈米克，我不在乎！

埃格布努，通常人即使知道自己看不到未來，還是會進行計畫。這情形其實每天都看得見，情侶打扮體面，與彼此家人聚會，告訴他們婚禮再過五個月就要舉行。到處可見的工地，讓某人買了一棟房子，鋪了地基，希望繼續努力，打造新家，就算他在立下地基後一分鐘就不幸掛了，那也就這樣，人一生其實就是在為未來做準備，卻也無法操控未來的演變！所以，儘管周密計畫，當我宿主進入餐廳，一聽到「奇諾索—所羅門弟兄」時，他彷彿被扔下馬背般，簡直嚇壞了。前一天見到的那個人就站在那裡，餐廳沒有其他客人。他們對面有個櫃檯，後面有個女人望著他們。從她的麻花辮後方可見一些貼了價格的商品放在櫃子裡。

「我的兄弟，我的兄弟，」賈米克一面說一面朝他走來。

「我只希望我們好好坐一下，」他用先祖語言迅速回答，之前他和這個人在一起時，他都是講白人語言。

賈米克雙手攤開，停下腳步。「沒問題，兄弟，」賈米克說。

宿主指著門邊的椅子，開始向它走去。賈米克臉上帶著虛弱的微笑。

他坐下來時，意識到當下似乎氣氛有了變化，讓他在這個自己深惡痛絕的人面前平靜了，但他不知道為什麼。突然間，他那喪心病狂的憤恨消逝了，他緩緩坐下，很訝異自己的反應。賈米克伸出他的手，宿主握住了。

「小姐！小姐！」賈米克大喊。

剛才在櫃檯後的女子從廚房現身。

「請給我們兩瓶飲料。可樂。」

「好的，先生，」女人說。

他看得出來，自己之所以解除武裝是賈米克變了。他瘦了好多，那顆大頭現在已經兩頰消瘦，顴骨突出。他的眼睛向內縮，眼瞼就像眼球上的小型遮陽篷。他身上的長袖襯衫讓他整個人看起來更乾癟。他嘴唇乾裂，上面有一滴血漬。此人完全是苦難者的形象，彷彿曾經歷瘧疾與痛風的肆虐，他的眼裡更帶有淚痕。他在桌邊放了自己帶的大本聖經，現在他將手放在聖經，說道，「兄弟，我一直在找你。我一直在等你。很多年了，我的兄弟。我不知道你回來了。我甚至請求艾楚格幫忙，但他也不清楚。」

埃格布努，我宿主想說話，但那些話語彷彿束縛在他體內，無處可逃。

「自從……喔，神啊……自從我聽說你進了監獄，我就一直在找你，所羅門。我到處找你。」賈米克搖頭。「我過得很糟，我非常悔恨懊惱，不能面對自己。我根本成了……怎麼說？行屍走肉。上帝幫助我，幫助祢的子民！」

賈米克開始哭了起來。女人端著飲料過來，眼睛盯著哭泣的男人。然後她用開瓶器打開飲料。

「你想點什麼嗎？」她問。

「飲料就夠了，」我宿主說。「謝謝妳。」

「只有飲料？」她說。「啊，對不起。」

「沒事，」他沒有看賈米克。

「謝謝妳，小姐，」賈米克說。

女人離開後，他說，「賈米克，我們可以回去我家嗎？我要把我的故事告訴你。」

他話講得很快，因為他的仇恨又回來了，他害怕它就要回到源頭，消失無蹤。他希望它留下，永遠陪著他與賈米克，沒有它，他擔心自己永遠不會好起來。

「哦，你不想吃點東西？」賈米克問，「我請你。」

「不用，我們晚點再吃。」

賈米克付了飲料錢，他們走出餐廳，我宿主拎了自己的包包，他的心臟大聲跳動，因為他好怕自己的語氣背叛他的祕密意圖。儘管他專注傾聽看有沒有人跟上來，但他沒有回頭。

「不很遠，我們可以騎摩托車去，」他大聲說。

「我想去，」賈米克說。

那一天他首度看向賈米克的臉。「我們騎車去吧，」他說。

直到賈米克坐到他後面，兩人身體碰觸，他才發現自己沒有考慮周全。這動作讓他全身顫慄，彷彿自己被一根鋒利的鐵棍戳刺。他鑰匙沒拿好，整串掉在地上。賈米克急忙撿起來。

「所羅門弟兄，你還好嗎？」他問。

他沒有答話。只是指著前面的街道，發動摩托車。

✣

加加納奧格武，復仇是一片廢墟。在這場戰鬥中，曾經被擊敗的人，在戰役勝利又失利後，再度拖著敵人回到空曠的戰場，希望重現一場殊死戰。他回頭拿起生鏽的武器，將沾滿鮮血的利劍刮乾淨，點燃對勁敵的仇恨烈火。對他而言，戰鬥從未結束。但對敵人來說，時間早就過了，假使敵人認定自己是勝利者，或許早就忘記了那場老戰役。因此，當敵人跌入泥漿，四肢俱裂，再次被人掐住喉嚨，拖回戰場時，他絕對會震撼驚訝。

心碎者也有可能對自己抓住敵人的力道感到訝異。但這才是一切驚喜的開始。萬一他抓住敵人喉嚨，將他摔在地上，準備把對方勒死，對方卻完全不抵抗，又該怎麼辦？萬一敵人只是躺在原地，閉上雙眼，簡單明瞭表示，「請自便，兄弟，請繼續」呢？如果對方滿臉脹紅，仍然繼續求他賜死呢？「我在基督裡。讚美主。為了死在祂裡面，我願意……我愛你，奇諾索—所羅門。我愛你，我的兄弟。」

心碎者又會怎麼做？他想殺死的那個人說愛他，這下該怎麼辦？當他的人生出現各種荒謬、誤解、厄運與虛假時，他又該如何處理？他明明沒有做錯事，卻惹麻煩上身，這又該如何解釋？他跟其他善良男人一樣，與一位女子相愛，還想娶她，畢竟好男人都該這麼做。沒錯，她父母曾試圖阻撓，但他衡量障礙，一心準備達成目標，大家也都這樣的，不是嗎？結果，他反倒陷入更大的麻煩，但他做了什麼？他策劃自己的復仇，將自己的生命仰賴於它，花了很長時間終於找到敵人。此時此刻，他準備要勒死那個人，試圖殺死他，將他的屍體丟進夷莫河，人們不就是這樣對付毀了自己人生的人，不是嗎？埃格布努，他做的都是平凡人會做的事。卻得不到跟大家一樣的結果！

他跟其他旅人一樣朝北前進，最後卻發現自己走向南方。如果他將手伸進一碗冷水，它也會如烈火般燙傷他。就算他走在陸地，也會猶如涉水而過，當場淹死。即使他認真端詳，也什麼都看不見。他的禱告會被當成詛咒。現在，他排練了許多年，準備與心目中的惡人決戰時，卻發現對方時時為自己祈禱，簡直成了聖人；他看不見對方的抗拒，卻只能聽見他歡唱。

因此，他退卻了。他鬆開掐住敵人喉嚨的手，對方早已狂咳不已，努力想吸到空氣。他跪在地上，開始哭泣，他試圖殺死的那個人從自己疼痛的喉頭低聲祈禱：上帝寬恕他，請原諒他。把他所有的罪放在我的頭上。祢知道我做了什麼，拜託祢，主，幫幫他，醫治他，醫治他，主啊。

我宿主跪地，大聲哭泣。他為那些早已遺失，無法挽回的事物而哭；他為了無法回頭的時光而哭；他為了摧毀他的小宇宙，讓它只剩下破碎空殼的疾患而哭。他為那些被厄運折騰，消失無蹤的夢想而哭。他為了自己原該擁有，卻從來不得見或無緣體驗的一切而哭。他甚至為了自己現在的狀態而哭。在他身邊的敵人，嘴裡說出的話語，猶如加了毒藥的雨水，滴落他身上：是的，主啊，祢是仁慈的。仁慈的天父，王中之王，治癒他，治癒我的兄弟。治癒他，主啊。

✣

丘烏上神，他們就這樣維持了一段時間——他跪著啜泣，另一個人躺在地上靜靜祈禱。外面世界的聲音傳進他們的耳朵。鄰居在屋後砍柴，一隻狗在不遠處吠叫，前往大市場的馬路上，汽車駕駛不斷按著喇叭，車流不息。外面的太陽已經準備落下，窗外白日的最後一道光線也似乎很緊張，遲疑地不敢照進室內。他心底巨大的痛苦已如一場減弱的風暴消退了。他茫然望著日暮夕陽在他與敵人身上反射的柔和光影。

在他心中的僻靜角落，突然出現小鵝的身影。那一次牠又忘記自己腳上綁著繫繩，牠突然暴怒，橫衝直撞，要不就忙著理毛走動，結果被繫繩絆住，卡在椅腿或桌腳。等到所有的嘗試累了，牠就會癱在地面，打開翅膀，看起來像是投降了。接著，牠會低下頭，然後又抬頭凝視他，黃眼在小臉兩側鼓起，似乎隨時準備爆出眼珠，接著閉上眼瞼薄皮，又睜開雙眼。牠會這麼休息一段時間，最後，似乎是恍然大悟了，牠又打算站起來，重新躁動，尋找熟悉的故鄉——歐步蒂森林。

之後，我宿主起身坐在房間唯一的椅子，然後，他拉過一張圓凳，要賈米克站起來。

「來坐這裡，」他輕拍面前的凳子。賈米克站起來，坐在凳子上。雙手放在胸前。我宿主仔細打量他，彷彿在向自己保證。這確實是支配他心智長達四年的男人。他很訝異自己眼底所見，他面前的這個男人與他多年來心心念念的那人完全不一樣，那人甚至曾經在生動的夢境出現。但此時此刻，他面前是一個來自不解之夢的陰暗生物，無法將其定義，而且甚至曾經遭遇與他類似的命運。

他拿起妲莉給他的隨身包，將信拿出來。

「我要你讀這個，」他說。「裡面有我的故事。我要你大聲唸給我聽。我想和你一起聽，我希望我們一起見證我的遭遇。開始吧！開始唸！」

男子將眼睛盯著用釘書針釘在一起的四頁信紙，抬頭看著我宿主，問道，「全部嗎？」

「是的，全部。」

「好的。」

我的故事：我如何在賽普勒斯走向煉獄

親愛的媽咪，

我寫信給妳，這已經是我在賽普勒斯監獄的第二年了。妳不會相信我的故事，但我在這裡所說的一切都是真真實實的。請以全能上帝之名相信我，我懇求妳。拜託妳了，親愛的，妳知道我愛妳，妳記得嗎？

賈米克抬頭看他。

「繼續唸！」他說，「我要讓你唸出來，讓你知道因為你，我經歷了什麼。」

我們在公車站分開之後，我對自己說，我很快就會再見到妳。我說我會回到妳身邊，娶妳為妻。我的媽咪。我很開心。我相信我所做的都是……

「這是什麼字？」

他彎腰向前看。「為了妳，我相信我所做的都是為了妳。」

「好。」

我飛到伊斯坦堡的一路上都在想妳。妳一次都沒有離開我的腦海。其實我甚至夢見了妳，妳在我的許多夢裡，它們有未來，也有過去的時光。後來，在飛機上，我開始聽兩個奈及利亞人說話。他們在談論我要去的這個國家。他們在談論賽普勒斯有多糟糕。他們說它其實就像奈及利亞，仲介為了讓人們到那裡，謊話連篇。他們把假的扯得跟真的一樣。賽普勒斯完全不是歐洲。他們說，那裡就是一個大坑，要我趕緊回奈及利亞，當然也可以待下來。但如果留著，也不會找到更好的工作。大家找到的工作都很爛。我很害怕。到了伊斯坦堡後，我問他們，那些都是真的嗎？他們說，是，沒錯，就是這樣。我真的很怕。我對他們說，但我的老同學賈米克．恩沃吉說那裡是好地方。原來，他都在對我撒謊。

「喂，我說你不可以停下來！繼續讀！」

我宿主變得絕望，儘管不想傷害對方，卻很想威脅他，讓他把信唸完。於是宿主從隨身包裡亮出刀子。依揚戈—依揚戈，我必須強調，我宿主很想逼賈米克讀完整封信，卻不打算讓他受傷。我，他的守護靈，也不希望他再度沾染鮮血，招致祢與艾拉的憤怒，我該試圖阻止他的。不過我看得出來，他不會用它，於是我沒有干涉。他揮舞刀子，說道，「如果你現在不繼續，我就殺了你，沒有人會知道的。」

他成功了。賈米克有點被嚇到，繼續唸下去。

我試著打電話給他，完全沒接通。我很驚訝，因為我之前打過許多次了。所以我問那兩個奈及利亞同胞，結果他們說那不是賽普勒斯的號碼。我試了很多次。我們到達賽普勒斯後，的確，我也找不到人。完全不見蹤影，而且我也沒有電話可打。拜託，神，請幫幫我，我不斷禱告。我非常恐懼，但我的直覺告訴我，恐懼不是好事，表示對方贏了。你必須堅強。所以我就這麼到了賽普勒斯機場。我不斷等待，他沒有出現，他的電話也不通。即使在賽普勒斯也是一樣。

我自問還能做些什麼。眼前就是這樣了，於是，我決定等待。三個小時過了，他沒有照約定來機場。所以我坐上一輛計程車……

丘烏上神，此時，賈米克嚴肅地搖搖頭。我在人類的居住地如獵鷹般盤旋許久，但我從來沒有見過這樣的事情：一個人剝奪自己的尊嚴，被迫站在檢視自己過去惡行的漆黑鏡子前，正視他往昔令人厭惡的自我。

土耳其人聽不懂英文。他們根本不聽人說話。就算你說「過來」也沒人在聽。幾乎不太有人懂。所以載我的計程車司機也不懂英文。我們到學校時，我好緊張。我向神祈禱，這不是真的，都不是真的。但他們沒看到我的名字，最後我發現，賈米克只幫我付了一學期的學費，儘管我給了他相當於兩學期的學費以及住宿費，總共近五千歐元。我還給他錢，請他幫我開銀行帳戶，他也拿了錢跑了。一共七千一百歐元，他只幫我付了一千五百歐元。其餘他都拿走了。那是我賣了家產和家禽的所有金額。

「快唸，唸！否則我割斷你的喉嚨！」我宿主還在揮刀。

「我可以停下來嗎?拜託，我的兄弟?」

「如果你現在不唸，我就砸你的頭！」他把刀子扔到房間地上，用盡全力打了賈米克巴掌。對方從凳子摔在地上，大聲尖叫，雙手捂在嘴上。

他的力道之大，連指關節都受傷了。他用另一隻手握住它，一面對著傷口吹氣減輕疼痛。他知道自己應該毆傷了賈米克的臉，儘管他不知道後果，但這讓他解脫了。

「我對創造我的神發誓，」他上氣不接下氣，胸口起伏。「如果你不唸完，我絕對會殺了你。我向造我的神發誓，你必須知道一切。」

事實上，雅古傑比，他想殺人的盛怒又湧了上來，那瞬間，我認不出自己的宿主，而我原是他忠實的守護靈。他在房間踱步，來回走動，地板上的男人靜靜躺著，眼睛緊閉，鮮血從他的嘴角流下來。太陽下山了，離開人們住所。它的光影撤退讓一切陷入黑暗。

他停在房間唯一的鏡子前，看見了自己。他看到了憤怒能讓他走到什麼境界。鏡子裡那個受盡折磨的人，假如不能克制自己，有可能造成難以挽回的傷害。正是這一點使他平靜下來，回到椅子上。

✣

布比代克，世界能有如此古老悠久的歷史，並非完全沒有意義。也許每一天，在每一個國家，每一個民族，都有人會與自己的折磨者面對面。人用雙手辛勤雕刻出來的東西，就該將它戴在頭上。同樣地，誠如偉大先祖所言，擾動黃蜂巢的頭，就要承受牠們帶來的刺痛。人類的守護靈啊，我們都必須將這一點放在心上。人類後代必須傾聽我們，認真聽這一段故事，聽自己鄰居的故事，並留心注意：一切行動，每一句粗心的話語，每一次不公平的交易，每一種不公不義的行為，都不是巧合。每一次的錯誤，都可能有被人算計報復的時候。

人類啊，你有拿過鄰居的財產，並說，「哦，他不知道嗎？」小心！總有一天，你會被他當場逮住，並要求執行正義。人類啊，你在吃你沒種的作物嗎？小心！有一天，它可能會讓你上吐下瀉。人人都必須聽到這一切。就在村莊廣場、市政大廳以及城市街道告訴大家吧。就在學校、長老聚會上告訴大家吧。告訴先祖婦女的女兒們，讓她們教導孩子。告訴全世界吧！一定要說：到最後，會有報應。人們必須如國歌般背誦它。從樹頂、山頭、河岸、市場、廣場口耳相傳吧。人們必須一遍又一遍地複誦，到最後，要花多長時間並不重要。一切，終將，會有，報應。

人類的守護靈，站在神殿作證的你們，說出來吧！如果祂們懷疑你，就請祂們看看我的宿主：這些年來，他哭得如此厲害，只為了伸張正義，現在，他終於得到了，他的敵人躺在地板，他坐在椅子上。這一晚與賽普勒斯的那一天有著不可思議的相似處，當時他的下巴和臉上都是傷。但這一次，角色互換了。如今我的宿主，身上帶了武器，意志堅定難以毀滅，以及賈米克，假如他仍擁有力量，卻也不打算爭論回擊。此人沒有武器，卻不反擊。此人經過長時間的祈禱後，開始在空中揮舞著一隻手，另一隻手放在他血淋淋的嘴上，高呼，「謝謝祢！主！謝謝祢！主！阿門。阿門。阿門。」

賈米克坐起來，鮮血濺在他的脖子與襯衫上。我宿主給了他一塊抹布清洗自己，但他沒有接受。埃格布努，顯然賈米克已經明白，這就是報應。他應該是意識到這一點，於是張開嘴說話，但他沒說什麼，又閉上嘴，他搖搖頭。

「奇諾索—所羅門弟兄，我為一切對不起你，」他說。「主已經寬恕我。你是不是也能原諒我？」

「我希望你先把信全部唸完，」我宿主說。「你必須知道我發生了什麼事，你讓我成了什麼樣的人，你請求寬恕，要我考慮。但你必須先讀完。你一定要看完，你必須看完。」

「好的，」男子回答。

我宿主拿起信，指著第二頁某處，說道，「從這裡繼續。」賈米克點頭，用沒有沾到血的手，將信紙拿過來，開始閱讀。

當我將這一切告訴護士菲奧娜時，她很同情我，甚至為我哭泣。她的眼神很明確，她帶我去了一家餐館，請我吃飯，還買了餅乾和可樂之類的東西給我。然後她說，明天她會帶我去另一個城市，凱里尼亞。那裡可以找到工作。事實上，我們開了很久的車。這個女人也會說土耳其文，而且講得很好。這個女人給了我很大的希望，真的很大。所以我那天打電話給妳，如果妳還記得。我那麼久沒打電話給妳，是因為我怕不知道要對妳說什麼。但我終於打給妳了，我告訴妳，一切都很好，因為那女人讓我放心。我還告訴妳賽普勒斯這個島的事情，島上都看不見樹木。媽咪，第二天她來了。對了，這是我的朋友和我在萊夫科薩找到住所之後，護士帶我到凱里尼亞，將我帶到賭場經理那裡。那人說他會雇用我。他說我第二天就可以開始工作。但護士說，因為是週末，我先休息，從週一開始上班。我很高興。媽咪，我真的很開心，不斷感謝這個女人。我真的相信她是神派來幫我的，真的，上帝派來的。

此時我宿主看到已經天黑，他面前的那個人幾乎只成了一個剪影，他也快看不見手裡的信紙內容了。停電了。於是，他示意要賈米克停下來，走出屋子，到公寓的公共空間，這裡有個小廚房——老舊櫥櫃被煙薰得焦黑。與他共用廚房的人正彎腰在廚房角落的爐子邊，拿了手電筒瞪著一口沸騰中的鍋子。他沒有和那人交談。兩天前，當宿主餓著肚子從店裡跑回家時，與那人為了廚房的乾淨程度起了爭執。那一次他到公寓附近的商店買了米和雞蛋，煮了麵條，又煎了蛋，匆忙間，他將蛋殼留在爐臺旁，鄰居看見蒼蠅聚集蛋殼邊，空氣中瀰漫雞蛋氣味。男子怒氣沖沖敲門告誡他，威脅要向房東報告。

他沒理對方，從那人的背後走過，拿了一盒火柴，又回到他的屋子。這時他才想到賈米克本可以趁他不在時離開。但他發現賈米克還坐在原處，在近乎黑暗中擁抱自己，四下只有他的呼吸聲與胃部的咕嚕聲。他被賈米克的行為感動了，他屈服於宿主的憤怒。宿主心中的聲音告訴他，這就是最終極的懺悔了。但他停不下來，他已經下定決心，丘烏上神，賈米克得知道他的一切遭遇。他舉起桌上的煤油燈，將它點燃。

衣佐育瓦，稍後他會後悔自己逼迫賈米克繼續讀信。因為他唸到我宿主最不願意回想的部分。每當他的思緒試圖把他拉回那些地方——漆黑陰鬱——他就會成為一隻受傷的野獸，用不屈不撓的暴力避免那些回憶的折磨。所以現在他是作繭自縛，還逼著賈米克讀給他聽，這真是自我鞭笞的最高境界了。賈米克唸到護士家的事情時，他開始哭出來。賈米克還在繼續，但宿主也意識到自己的文字完全不足以表達那場磨難。賈米克讀到他如何在監獄度日，其中有部分過於沉重，讓他無法下筆（……關於那些往事，就不要逼我告訴妳了，媽咪，也不要多問……）我宿主更是絕望，有衝動想要糾正自己在敘述上的不足。例如，他想補充，有時他不只看到「幻象」，甚至完全失去理智了。

他該如何解釋，大白天恍惚入睡時，他常被想像中的步槍聲驚醒？或者，在半睡半醒間，他也曾感到背上有隻手要拉起他的衣服，讓他放聲尖叫？這些或可說是幻覺，但對他來說，卻十分真實。而且在恍惚朦朧間，他原本可以成為的那個男人也出現了，怎麼說？此人彷彿召喚了平靜與幸福。甚至，他還會看到自己陪著他們的孩子——一個可愛的男孩和一個漂亮的長髮女孩——一起寫功課。他會看到妲莉與他踏上紅毯，舉行婚禮，那是令他極度忌妒的版本。這些全是他因為認識的文字不多，而完全無法充分表達的畫面啊。

賈米克快唸完了，此時讀到他在獄中無比絕望，為了他沒有犯過的罪而入獄，一大堆不願想起的回憶衝進他的腦海。又一次，暴力憤恨再次降臨到他身上。在驚恐中，他抓住對方，開始打他。但那回憶絲毫沒有減弱。各種畫面早就壓著他的雙手，強迫他看到他不想看的，聽到他不想聽的。那些男人就是這樣對他，畫面如大白天一樣清晰，他們壓制他，其中一個人按著他的脖子緊靠著牆，他只能聞到惡臭，另一個人則把陰莖塞進他的肛門。

他對賈米克拳打腳踢，但他腦子裡的畫面依然存在，因為心智，埃格布努，就像鮮血。傷口很深時，就無法輕易止血。它有自己的意志，自己的速度。只有最強大的東西才能阻止它。但當下沒有任何力量足以遏抑。於是，他感受到那個人扶著他的背部與臀部的掌心出汗了。他感受到那禁忌的衝刺。他感覺到了。他的守護靈感覺到了。那一刻發生的事情，能夠改變人性，改變人生。男子呻吟說出——「你強姦土耳其女人！你！可恥的傢伙！你強姦了土耳其女人！所以我們也強姦你！」——那不是人的聲音，是任何人類都沒聽過的聲音，它超越了時間，超越了人類，或許屬於史前野獸，沒有人知道那是什麼生物。那個人的氣味至今他仍能精準描述，那是專屬遠古動物的惡臭。

他跪在敵人旁邊的地板哭泣。但是，依揚戈─依揚戈，這個獨特的回憶，一旦開始就會像血流不止的傷口一樣，直到身體清空才會停止，最終，那沒了鮮血的屍體就會墜落腐爛。他記得那人的精液是如何在他的臀部四周飛濺，然後流下他的大腿。因此，儘管他完全無感，但他甚至記得，在世界用這最嚴厲的酷刑折磨他之後，他劫後餘生的感受。他躺了好幾天，宛若死屍，除了他之外，世界仍在運行。

他身邊的賈米克早被打得血肉模糊，他躺著不動，蜷曲成胎兒的形狀。他發出緩慢的痛苦呻吟，他沾滿鮮血的手不斷顫抖。此時，彷彿一股厭惡的感覺攫住了他，他開始一個字一個字說話，咬緊牙關，鮮血從他的嘴裡滴出來，直到最後，他終於發出比耳語略清晰的幾個字：「治癒他吧，主。」

第二十一章 神的使者

阿岡瑙烏，寬宏大量的先祖經常說，假使一個人記錄了親朋好友對他所做的所有壞事，他到頭來會什麼都沒有。因為祢們創造人心時，並非要它容納仇恨。心中若是有恨，就等於將一隻沒吃飽的老虎丟進一間滿是老弱婦孺的屋內，由於牠不能與人溝通，也無法馴服，睡飽後急需食物，就這麼撲上了養育牠的人，一口吞下肚。確實，仇恨能大肆破壞人類心靈。用自己的雙手尋求正義者必須儘快釋放這股情緒，否則就有可能被自己的黑暗慾望摧毀。我已經見證許多次了。

人之常情：大家往往在仇恨驅使自己採取報復行為許久之後，才意識到以上的真理。當天晚上，我宿主就領悟了，他扶起那個人，帶他去診所。頓悟之中，便有療癒。但賈米克的反應更令我宿主感動。護士清理他的傷口之後，賈米克一直感謝他，也拒絕告訴護士自己發生了什麼事。護士們凝視我宿主，似乎希望他說出真話。「他被武裝劫匪攻擊，」他說。一位護士點點頭，嘆了口氣。他站在原地，等著賈米克否認。但賈米克什麼也沒說，只是閉上眼睛。後來，他們走出診所時，頭纏著繃帶，鼻梁打了石膏的賈米克用白人語言說，「奇諾索—所羅門弟兄，請不要再說謊了。上帝說，你不該說謊。〈啟示錄〉二十一章第八節說，說謊的人不能承受神的國。我不想要你有這種下場。」

賈米克一跛一拐走路，一面說話，一隻手放在宿主肩上。我宿主什麼也沒說。他無法理解。他不明白，他讓這個人受傷，結果對方卻比較在意他撒謊？他們走到他停車的地方時，賈米克問他寬恕了自己沒。

「如果你想要，你可以切斷我的手，或我的腿。但我只想讓你原諒我。我家有六千歐元。都是你的錢。我從你那裡拿來的錢。我擺了兩年多，等著找到你。」

「真的嗎？」他問。

「是的。現在可能價值更高了。如果拿去換，或許值七千了。」

「啊，賈米克，怎麼會這樣？你為什麼不告訴我你有這筆錢——我對你做了那麼多事？」

賈米克眼神看往他處，搖搖頭。「我希望你是打心底原諒我，不是因為我還你錢。」

奧色布魯瓦，我很難描述宿主聽到賈米克回覆時的感受。這應該是最初的療癒。這是復活，早已死去的又重生了。當晚他回家時，心裡感受到的震撼讓他輾轉反側。起初他以為賈米克是裝的——他那些改變，他流露出的溫順等等，那絕對是虛假的，那只是邪惡者企圖逃避正義制裁的面具。假使他們第一天單獨見面，宿主絕對會出手攻擊。但現在，這一切的重生使他確信賈米克確實改頭換面了。當晚他有點鼻塞，呼吸不順，還得同時與寬恕對方的念頭搏鬥。如果破壞他人生的賈米克已死，那何必用另一個人曾經犯下的罪懲罰新的人？他想：賈米克對他做的惡，才讓他自己變得不一樣了，不是嗎？如果真是如此，這樣不好嗎？這很值得慶祝，不是嗎？

丘烏上神，這些都是我本來想問他的問題，但他腦海裡的聲音幫我問了。我也在他的腦海閃過一些念頭，更強調這些思緒。第二天一大早，他還在刷牙時，賈米克就拿了一個裝了錢的舊信封來找他。這些年來，他一次都沒有想過自己可能把錢拿回來。如今，不僅德國女人賠錢給他，連賈米克也把錢還給他了。這給了他新的希望，他終於有可能重獲自己曾擁有的一切。這思緒為他開疆拓土，他無法置信地數著錢時，賈米克再度跪下。

「我只希望你寬恕我犯下的所有錯誤，這樣我父親才會在天堂原諒我。」

他望著這個他曾經打算以畢生精力殺死的男人。他準備開口時，手機響起，螢幕上顯示是巫諾卡，這位交易員最近試圖說服他加購火雞飼料當存貨。但他沒接電話。最後，他以哽咽的聲音說道，「我從現在起原諒你，賈米克，我的朋友。」

艾卜比代克，這就是他寬容的開始——受難者的靈魂擁抱加害者的靈魂，兩人的情感在永恆的擁抱中，就此留存。

✣

丘烏上神，我將再次解釋並捍衛我宿主的行為，同時向祢懇求，如果他真的以我擔心的方式傷害了那個女人，他就犯了滔天大錯。因此，我簡單說明，我宿主被那個友好的擁抱改變了。他的療癒過程，埃格布努，就這麼開始了。接下來的那一週，他拿賈米克還給他的錢，買了一輛車——他自己的錢！此時我不需要浪費時間形容我宿主的喜悅與寬慰，畢竟這全是救贖而來。當一個人長期生活在痛苦中，他會對周遭一切無感，旁人的生活對他而言，則宛若一片環繞著枯萎大地的海洋。身為他的守護靈，我很高興，因為他內心再次得到平靜，即使他的部分靈魂仍然哀傷黑暗，但就目前而言，這已經足夠了。

他也恢復了信心，於是他跟賈米克開著新車到老家，那原是父親留給他的祖產。收到錢的幾天後，他決定聯繫艾楚格。對方聽到他的聲音很是震驚。他看到我宿主時，更是當場痛哭，還說如果他早知事情會變成那樣，他絕對不會鼓勵我宿主出國留學。只因為，艾楚格一直重複，你是那麼愛姐莉。「我看得出來，諾索，這麼明顯，我只是覺得，假使你不嘗試解決與她父母之間的歧見，你也不會快樂。」我宿主同意。如果他沒有盡心竭力解決問題，他真的不會開心的。他們一起試圖聯繫當年買下房子的屋主，沒有人接電話，號碼成了空號，現任屋主也不知去向。

於是第二天，他跟著賈米克去了老家，這是賈米克承諾要幫忙他的。他曾經告訴賈米克，有三件大事他希望、也需要賈米克陪他一起進行，共同療癒，這樣，他的寬恕才可以完整。「第一，」他用先祖語言對賈米克說，「你必須幫我找到妲莉，讓她回到我身邊。我愛她，我為她而活。你將她從我身邊帶走，你必須用自己的雙手把她還給我。第二，你必須幫我找回我失去的一切。我的老家，我的家禽。我想取回我父親的土地，重建我的家禽養殖場。你必須幫我完成這一點。第三，你必須幫我忘記監獄那些人對我做過的事。我不知道你會怎麼做。為我祈禱，引導我，勸服我——什麼都好，只要確保我再也不會記得他們就行。」

他們做的第一件事就是回到妲莉父親家。他告訴賈米克，自己想透過警衛將信轉交給妲莉，賈米克也認為他該這麼做。於是他們找了一天晚上開車過去，那是在兩人和解一週後。他走到大門，賈米克留在車裡。他敲門，心裡非常害怕。小門開了，另一個人出現了，是四年前在妲莉父親慶生會上的工作人員。令他大為寬慰的是，這個人沒認出他。

「請問有什麼事？」男子問，「你想見歐比亞先生？」

「不，不，」我宿主說，想到再與妲莉父親見面，他就心臟狂跳。他看著對方，又回頭看那個人。然後，他掏出一疊現金，兩萬奈拉。他交給對方。

「呃……先生，這是什麼？」男子迅速後退。

「錢，」我宿主說，他有點上氣不接下氣。

「給誰？」

「嗯，我要你，呃……」

「先生，你要買通我，對我家老闆的房子做什麼事嗎？」

「不是的，不，」他說。「我要你幫我把這封信交給妲莉。」

「哦，你想找妲莉小姐？」

「不，只要幫我把信給她，」他說。

「好吧，拿來，我拿去給夫人，他們會拿去拉哥斯轉交，拿來。」

丘烏上神，一開始，他將錢跟信拿給對方。對方謝了他就離開了。但當他告訴賈米克時，後者問，「萬一她母親看了信呢？」我宿主愣住了。「你在信封寫了你的名字嗎？」

「對！」他大喊。

「他們會把信打開，甚至試圖確保它到不了她手上。那人應該要給你她的地址，或自己交給她。」

他跑回大門，要求那人把信帶回來。

「為什麼，先生，你不要我送嗎？」

「不用了，我拿回來好了，」他說。「你有她的地址嗎？」

「地址？拉哥斯？」男人問。

「對，拉哥斯的地址。」

「沒有啦，我不過是警衛。」

「那麼她什麼時候回來？」

「這種事情他們也不會告訴我啊。」

「好吧，謝了，錢你留著吧。」

他離開時儘管沮喪，但也鬆了一口氣，畢竟他救了自己，妲莉父母不會看到那封信了。賈米克勸他不要絕望，並向他保證，他們終究會找到她的。現在才三月初，他說，如果他們是虔誠的天主教徒，她很可能會在復活節回來。賈米克建議他們可以在這段期間設法收回他的房子。這一刻，我想起了托比，那位在陌生國度努力幫忙我宿主的男人。賈米克跟他開車到宿主老家，他將車停在花園外面，坐在車裡等賈米克回來。花園已經清理乾淨，現在是一堆礫石和幾個水泥塊。有輛手推車倒在礫石堆上，一塊紅色抹布綁在它的把手上。這裡還有個大招牌寫著「惠慈托兒所暨小學P. M. B. 10229，烏穆阿希亞，阿比亞州」。他看了看四周，鄰居的房子呢？它們還在，只是有一根電線桿延伸而出，長長的電纜還站著幾隻鳥——麻雀——大家一起茫然地瞪視遠方。

為了安撫焦慮，他將注意力集中在自己從工藝店買來的玩具鳥，他把它掛在汽車的後視鏡上。汽車行駛時，玩具鳥會來回擺動，這讓他想起自己曾經有過一隻叫做「琪耶」的母雞。他輕敲玩具的嘴喙，讓它開始轉圈。他望著繩子在頂部扭動，糾結成團，最後它又鬆開，鳥兒迅速旋轉，隨著離心力晃動。丘烏上神，絕望的人，如果認真觀察萬物，什麼東西都對他們具有意義。他此時發現了一粒沙、一條安靜的河流、一艘靠著岸邊擺動的空船。那牽絆玩具鳥的繫繩，正如就像水手般指引它的路線，繫繩結合了它們，彼此互相牽制移動，密不可分。

他等了近三十分鐘，賈米克還沒有出來。雖然他搖下車窗，但空氣仍令人窒息。雨已經停了一週，如今天氣又熱又濕。鐘聲從曾經是他家的房舍響起，孩子們熱切的合唱聲也傳了出來。似乎有某種隱形力量督促他下車，在房子周圍豎起的大鐵籬外徘徊，停在礫石堆與水泥塊附近。他一面走，一面看，之前他家人豎起的圍籬已經剩下不多了，取而代之的多半是由水泥固定的新砌紅磚。幾隻蜥蜴貼在牆壁上，用最基本的舞步移動。雞最愛牠們了，即使蜥蜴動作敏捷，身體也滑溜得很，但公雞總是很能抓住牠們，一口吞下。有一次，一隻白色母雞追著一隻跑進院子的虛弱壁虎，把牠壓在牆底，結果自己的嘴喙裂了，好幾天，甚至好幾週，母雞嘴裡叼著活生生的壁虎那畫面深深烙印在他的腦海。當雞從牆上轉身時，壁虎的尾巴捲曲在牠臉上，拉長母雞兩眼間的距離，牠看起來就像戴了羅馬百夫長的頭盔，而且還有醒目的紅色雞冠。

他將車子停在學校後面，隔著柵欄望著自己曾經飼養家禽的地方，他再也無法移動了。才幾年前，他的家禽還群聚在此熱鬧聚會，嘈雜聒噪，如今，眼前只有一小群孩童正在背詩。這讓他已經防衛好的心理盾牌又開了一個大洞，足以使仇恨的飛鏢再次穿透，粉碎他好不容易找回來的慰藉與平靜。他崩潰了，雅古傑比，他彎下腰，一隻手放在大腿，一隻手靠在牆上，大聲啜泣。

當他再次從學校圍牆後面走出來時，他的敵人在等他。同一個人，才一週之後，他卻能以自己一半的心愛著他，只因為另一半已經死了，只是一團死肉。男子皺眉走出來，他看到我宿主時，表情更陰鬱了。

「怎麼回事，兄弟？」

「告訴我他們說了什麼，」他說，沒有多看那人的臉。

「好吧。這所學校現在的負責人說，他們不可能從這片土地搬走。本來的地主已經搬到阿布札。學校在這裡經營得很好，政府也很嘉許，這塊土地不再開放交易，花了這麼長時間，是因為我在等他開完會。真的是很長的會議，我的兄弟。」

他什麼話也沒說，只是默默開車回他的公寓。他與自己的良心對話，沉默已經成了他靈魂的主軸。丘烏上神，每當我在宿主體內，他與自己的良心及心靈對話時，我都會仔細傾聽，因為我知道，只要兩個聲音都讚許，人就會做出最好的決定。

——你又充滿仇恨了，諾索。記住他現在對你什麼也沒做。

——胡說八道！一個理智的人怎麼能這麼說呢？看看土地，我的大院，我父親的房子！

——小聲一點。冷靜自己。一個人自言自語太大聲，就連遠處也會聽到的。

——我不在乎！

——你答應不再對他不利。你說你原諒他了，他問你是否想當他的朋友，你答應了。他把錢還給你後，你大可以說不要，他就會離開，讓你一個人。你甚至對他的神祈禱，和他一起去教堂。現在你又恨他了。現在你又密謀再次傷害他。看，你看：一把刀躺在你想像中的地板上，沾滿了他的鮮血。這樣好嗎？真的嗎？

——你不明白這個人對我有多壞。閉嘴！你一點都不懂！

——那不是真的，諾索。軟弱又需要被了解的人不是我，是你。他做了什麼？過去兩週來，他幫你，對你有求必應，簡直是你的奴隸。他大部分時間都和你在一起，什麼都替你張羅。你從他給你的六千歐元得到了多少錢？一百四十萬奈拉。比他四年前從你那裡偷走的還多出十萬。如今，他一無所有。看看他，每天都穿一樣的衣服。你也去過他的公寓，家徒四壁。只有一扇窗戶，木造老房子。他晚上睡覺時，還聽到白蟻在牆壁鑽動。如果他不是真正改變了，如果有那筆錢，誰還要忍受這種赤貧？

他腦子裡的聲音沒有回應。

——回答我。你是不打算說話了嗎？

他什麼也沒說，只是嘆了口氣，把車開進院子停下來。

——我不說了。用舌頭數你的牙齒。用舌頭數你的牙，奇諾索！

與他良心的對話似乎已經結出豐碩成果，當他們走進公寓時，他的憤怒似乎已經削弱。他的敵人在客廳等待，對自己低聲細語，宿主從後門走到院子裡的廚房。他在櫃子拿了刀，敵人被刺死的畫面還在他的腦海裡，但被他壓下了。他將腳踩在地板，握起拳頭。「我的房子，我的房子，」他說。他對著空中揮舞拳頭，彷彿眼前就有他的受害者，被他一拳打到地上。「不，」他說，「我才不要獨自受苦。我不會的。我不在乎別人怎麼想。」

——Ngwa nu, ka o di zie.（好，都可以。）那聲音低語。你想怎麼樣就怎麼樣吧，我不要再說了。

他回到公寓，滿臉痛苦。

「我的兄弟，怎麼回事？」賈米克問。

他只是看了那人一眼。從床底拿出兩瓶芬達。

「我準備飲料，等一下。」

他去了廚房，將飲料放在桌子。然後他關上廚房門。他將第一瓶飲料倒了一部分到垃圾桶，然後，他拉開拉鍊。他尿在飲料瓶中，直到飲料起泡。結束之後，他把瓶蓋蓋好，用力搖動飲料，然後，他將兩瓶飲料放在一起。

埃格布努，我嚇壞了，甚至在行動開始之前，我就看出他的意圖。但在這一點，我無能為力。我明白，人在行動前所能聽到的最信服的警告，就是來自他的良心。萬一他無法被說服，即使是他所有居住在祖靈邦的祖先齊聚一堂，也不能改變他的想法。因為良心是祢的聲音，丘烏上神——神在人心中的聲音。與人的良心相比，他的守護靈、好友、惡靈，或甚至祖先的聲音都算不了什麼。

他走出去將水桶倒進廚房後面的排水溝，突然想到瓶子可能會有尿味，於是，他轉向水槽，用另一個容器的水清洗乾淨，手指緊緊按在瓶蓋。然後，他用抹布擦擦瓶身，將它們拿到客廳，把瓶子放在他面前的桌子上，對男子說，「拿去喝吧。」對方感謝他，喝了下去。那個被他憎惡的人喝下飲料時，臉上出現些許抽搐，眼神困惑。我宿主看著他一言不發喝光飲料。最後將瓶子放在腳邊，對憎惡他的人說，「謝謝你，兄弟。」

✣

依揚戈—依揚戈，當晚賈米克的守護靈從天花板投射而下，似乎穿越了時間的縫隙，進入房間。——晨光之子，它對我說。我宿主已經在彌補自己的行為了。

但是，丘烏上神，我很不高興。我告訴它我宿主的極端痛苦，以及我如何沒有盡責阻止一切。我告訴它自己曾經去恩戈多窟找它，但沒找到。對方安靜聽我說話，那平靜讓我很震撼。

——偉大先祖說，當無法辨識左右的孩子說出具有毀滅性的謊言，就連亡者或活人都能寬恕他。但當長者說謊時，連祖先也會詛咒他。你的宿主就是罪有應得。

——偉大先祖說，老婦聽見有人提到乾骨頭時，常常感到不自在。我對你所說的一切感到內疚。但我仍然要求你記得，若人堅持要讓那些以最輕微程度冒犯自己的人咎由自取、粉身碎骨，很快就也會殘廢了。說完這些話，它繼續懇求我約束宿主。我不會將它的話穿鑿附會，但我要強調，這也顯示了它宿主的新性格，並向我保證它宿主深感悔恨。有些話讓我很感動：賈米克一開始並不壞，他是被身旁的人逼迫而成，包括我宿主。那位守護靈提到的事件，連我宿主在賽普勒斯時都有回憶。小學時我宿主與朋友一再嘲笑羞辱賈米克——稱他為大奶妹，這讓賈米克想要控制他人，找到自己的價值，透過這種過程療癒自己。我相信了，也決心積極說服我宿主必須寬恕賈米克。

✣

奧瑟布魯瓦，假使人駐留在復仇的廢墟太久，他可能會踩到各種足以傷害他的東西——例如刀片等等。因為那是一片雜亂荒地，人不可能總是知道自己會發現什麼。的確，我必須說，我的宿主踩到的東西反而弄傷了自己的腳。他對自己對賈米克做的事非常羞愧。他確信賈米克知道飲料瓶其實裝了什麼，但還是一口喝下去。至於為什麼賈米克沒有揭穿，這他就不知道了。因為害怕？出於崇敬？但想到一個人會故意喝下別人的尿液——這便讓他坐立難安。他決定，這就是他最終極的報復手段了。賈米克的回應也是最終極的贖罪行為，足以補償他失去的心愛女子、侵犯他身體的陰莖以及丟掉的祖厝。他發誓再也不傷害賈米克的一根手指了。

因此，與其不再傷害賈米克，他寧可再也不見對方。雅古傑比，當他回憶起監獄的暴力行為，或者在菲奧娜家中的打鬥，或者任何讓他陷入殘暴情緒的往事時，而賈米克又不在附近，他便直接發洩，讓怒氣遠離。他可以哭泣、撞牆、踢家具，威脅要傷害自己，但至少他不會再出手傷害一個決心悔改的人，此人真心為自己的所作所為感到抱歉——早已洗心革面，將自己從他那裡偷來的錢悉數歸還。因此，當宿主告訴賈米克不想再見到他時，宿主沒有多做解釋，只是單純說他們不要再見面了。

「我會尊重你的心願，」對方顯然很困惑，「但是，我的兄弟，神的使者，我想成為你的朋友。我會想你的。但我不會逼你，做你不願意我做的事。相信我。我不會再來你的公寓，或到你的商店。除非緊急，我不會打電話給你。就算急事，我也會先發簡訊，我保證。但是，哦，我的兄弟，奇諾索—所羅門，我的知心朋友，我為你祈禱。我為你祈禱。但我會讓你如願。對，真的，我不會再找你了！我不會再敲你的門！上帝保佑你！我的兄弟！上帝保佑你！」

就這樣——抗議、宣示、接受、祈禱、哀嘆、爭論、懇求、再次懇求、另一次抗議、懇求、接受，然後屈從。賈米克不再和他聯繫。近三週以來，埃格布努，我宿主獨自生活，他的狀態也因為他拋棄了一些人事物而有所改善。他開始明白，和賈米克相處時，自己的生活發生了多大的變化，他現在偶爾叫賈米克：M.O.G.（Man of God）或是神的使者，現在的他與之前天差地遠，甚至連我宿主都想知道以前的賈米克是否曾經存在。賈米克就連現在都不願意用小時候的綽號稱呼他寶貝所羅，而且再也不用「老兄」這個詞了。要不是他曾是賈米克暴行的見證人，他絕對不會相信過去的一切都曾經發生過。

他想念賈米克的友誼，第三週時，有好幾次他幾乎都要打破禁令了，因為他病了。奧色布魯瓦，這個病人——身體被一些病毒肆虐。一開始是覺得自己不太對勁，隨著疼痛在體內擴散，額頭開始發燙，情緒也不穩——首先是緊張。人會開始焦慮一天該怎麼過，接著擔心人生。再來四肢開始不聽使喚。天亮了嗎？情況會惡化嗎？沒有我，世界還會繼續嗎？我的病會持續多久？很嚴重嗎？這種焦慮征服了病人，但不只如此。隨後則是疾病帶來的震撼，它操控了身體，主宰必須好好休養或已經開始治癒的部位。但最重要的是，它啟動了病人的信念與意志，病人開始懷疑一切可能是咎由自取。一咳嗽或打噴嚏，病人就認定是因為自己淋雨，如果狂拉肚子，病人就覺得一定是他前一天晚上吃的食物。疾病成了一條安靜的蛇，從僻靜住所現身，充滿了怨念憤怒。而牠帶來的疾病是更是牠最純粹聖潔的報復。

我宿主在第三週的第四個市場日開始慢慢恢復體力，當他坐在房間時，電話響起了。那是白人的週四。依揚戈—依揚戈，他原本在清洗水桶，結果電話響了。那是賈米克，起初他置之不理，擔心自己還沒有完全原諒對方，萬一再次見面，憤怒會再次征服他，讓他做出自己不想做的事情。他繼續清洗飼料桶，哼著妲莉教他唱的小曲。賈米克又打來，三番兩次，甚至發了簡訊：「兄弟，接電話。好消息！讚美神！」

他屏氣凝神。他坐在床上，按下按鈕。

「你好，我的兄弟所羅門，」對方說，聲音很急。「我找到她了！」

他跳起來。「什麼？什麼？」他問，但另一個人似乎沒聽見。

「讚美主，兄弟，」賈米克不停說。「我找到她了！」

「M.O.G.，誰？你找到誰？」

「還有誰呢？我的兄弟？還有誰？就是你一直在找的那位，妲莉！」

他盯著電話，久久無法言語。又來了：沉默剝奪了他的話語，那原是人類的免費禮物。它來了，腳步如往昔沉穩。

「我真的太感謝上帝，確實是神的旨意。祂幫我履行我對你的承諾，替你完成你的清單。現在，你終將體會到我所經歷的平靜。你會得到她的寬恕，你必須從她那裡得到寬恕，並給予原諒。你會痊癒的。」

的確，他就要痊癒了。

「她在哪裡？」他只能說出這幾個字。

「我在喀麥隆街看到她。你知道那裡開了一間新藥局和調劑室嗎？兩層樓的建築物？」

他知道。

「就是那裡。她是那裡的老闆。她回來成立的。這回應了我們的禱告，所羅門弟兄！」

賈米克還在感謝白人的神，引述〈哥林多書〉、〈羅馬人書〉、〈以賽亞書〉與〈雅各書〉的內容，但我宿主的思緒卻彷彿著了火，他請朋友讓他休息一會兒，等會再回電話，對方同意了。他把電話放在一旁，開始吸收、反芻剛才得知的消息。當下只能緘默無言，這感覺如此強烈，讓他聽不見自己微弱的呼吸聲。但這沉默是騙人的，因為他知道，此時此刻，軍隊正在接近，軍人腳步聲如雷鳴般踏過大地，不用多久，成千上萬關於她的回憶、思緒、想像與幻覺就會到來，在時間的皺褶面前，它們是如此浩瀚。於是，他只能躺下，默默等待，如像死去母雞般靜止僵硬。

第二十二章　遺忘

瑪力特瑙烏武，先祖們說，如果祕密保守太久，連聾子也會湊過來聽。確實，地位僅次於祢的聰明巫師們，丘烏上神，曾經提過，假使一個人尋尋覓覓自己欠缺的人事物，就算那東西難以捉摸，如果他的雙腳無法克制持續追尋，那麼他最終也會擁有的。我已經見證許多次了。

我宿主就是不斷追逐偉大又難以捉摸的人事物，它們早已緊繫在他心上，卻掙脫束縛達四年之久。那天晚上，賈米克趕到他家約一小時後，他確信自己真的找到了。

「真的嗎？你真的看見她了？」

「真的，我的兄弟。我為什麼要撒謊？記住，我答應會盡我所能，確保你恢復一切——一切。呃，我的兄弟，有一天，我想到可以利用臉書，由於我過去的人生經歷，我曾經停用，所以我決定再把它打開。」

「那是一種電子郵件嗎？」

「不，是臉書。下次我們去網咖時，我再教你。我上臉書試著找她，真的給我找到了。」

「哈，是這樣嗎？」

「是的，我的所羅門兄弟。妲莉．歐比亞。我看到她的臉——她膚色很美，臉很漂亮。頭髮紮了一條麻花辮，我甚至發了交友邀請給她，她今天就接受了。」

說到這裡，賈米克拍手。我的宿主聽不懂，只能點頭說，「繼續。」

「我一去網咖，就打開臉書，發現她貼了一張相片，就是喀麥隆街大超市附近的新藥局。」

「真的？」他問，彷彿沒聽見對方說話。「所以你真的找到她了？」

「是真的，所羅門。她就是我看見的那一位。就是她。就是你遮住一半才給我看的那張相片。」

「萬一只是長得像呢？」

「不，一定不是。離開網咖後，我走到藥局，問那裡的工作人員，那女人說確實是姮莉。」

「你確定就是她？我再給你看一次照片……在這裡，我用紙蓋住胸部。看看那張臉，仔細看。」

「我看了，兄弟。」

「你說就是你看到的同一個人？」

「是的，沒錯。」

「同樣的鼻子……嗯，賈米克，你看清楚了：眼睛一樣嗎？」

「真的，兄弟。我為什麼要騙你，我的兄弟？」

「那一定是她，」他平靜地表示。

依揚戈—依揚戈，他們在他家公寓進行了這樣的討論長達兩天。每一次我宿主都會帶著興奮的心情，在房裡踱步。他會停下來，凝視自己歷盡滄桑的臉龐，閉上雙眼搖搖頭，不喜歡自己看到的。他還在生病，身體仍然虛弱，精神不濟，但他已經聽到太多關於姮莉的事情了。這就足以粉碎一個人的心智。如今確定姮莉人就在烏穆阿希亞，他知道自己一定得去找她。

「我真不懂你在幹嘛，我的兄弟，」一天晚上賈米克問。「這麼多年來，你一直想見這個女人，這是你生存的目的，結果你現在反倒關上了門？你不想見她嗎？」

他們坐在賈米克房間外面的圓凳呼吸新鮮空氣。附近很安靜，除了其中一個房間傳來收音機的聲音與蟋蟀叫聲。

「你不需要理解，」他說。「長老們說，賣棕櫚酒的人不見得提到他在樹上看到的所有東西。」

「沒錯，但不要忘記，同樣的長老們也說，無論紅樹林的樹枝在水下看起來有多長，它永遠不可能變成鱷魚。」

阿嘎巴塔—艾魯馬魯，賈米克說得沒錯。我宿主很困惑。他一直在等待這件事成真，如今真的發生，他卻發現自己無力面對。他沒有回應朋友的明智話語。他在牙齒間挪動牙籤，卡到上顎，把肉屑吐到地上。

「我知道你的感受，」賈米克說。「你在害怕，我的兄弟。你怕你會發現關於她的現狀。」他搖搖頭。「你害怕自己可能發現的現實，那個你可能一直愛著的女人，或許你的情感都浪費了，或許她已經不再屬於你了。」

我宿主抬眼看賈米克，那一瞬間，心中滿是憤怒。但他壓抑了它。

「我知道都是我的錯，但是，拜託你，兄弟，無論如何，你一定要面對她。這樣你才能治癒自己，繼續人生，找到另一個女人。」賈米克把椅子挪過去面對他，彷彿覺得我宿主還是聽不懂，他又用白人語言說，「這是唯一的方式。」

他看著賈米克，光想到自己會愛上另一個女人，他的心就好痛。

「至少你應該讓我把信交給她，或我可以告訴她事情經過——我的所作所為讓你遭遇了什麼——並請求她原諒。這是唯一的辦法。一定要做。」

「萬一我發現她結婚了，不再愛我怎麼辦？」他問。「不知道反而更好，對嗎？其實我也不要她回來。她不回來反而比較好。」

「為什麼，所羅門兄弟？」

「因為，」他說，然後停頓了一下，讓思緒完全成形。「因為我不能承受再次失去她。」接著，見朋友仍然困惑得無法開口，他又補充，「畢竟我為了她，受過那麼多折磨。」

這幾句話在他開車回公寓躺在床上後，仍然縈繞不去，房間還有他前幾天患了瘧疾時的氣味。在我的許多人生週期中，我越來越明白，丘烏上神，儘管人們可能考慮周全，反覆推演想像某件事情，但一旦親耳聽到，那些事物又會有了全新的意義，更賦予它們不一樣的外觀。這些年來，他從來沒有那一晚的深刻領悟——他的一切遭遇，全都是因為她。他照著時間順序回想自己的經歷：他哀悼父親的過世，結果在橋上遇見她。但從那時開始，他的人生墜落至今，全是為了她，他賣掉自己所有的一切，去了賽普勒斯，最後進了監獄。

接近午夜時，他倏然坐起來，感覺自己快被沉重的心情壓垮。他知道，沒有了她，這一切都不會發生在自己身上。「一切都不重要了，」他大聲說。妲莉如今別無選擇了，只能回到他身邊。他穩住自己的呼吸。「我已經付出太大代價，這是我應得的，夠了。而且，沒有人，我重複，沒有人可以把她從我身邊帶走！」

他早上就要去找她。沒有任何事能阻止他。他拿起手機發簡訊給朋友，然後躺回床上，大口喘氣，彷彿這個決定讓自己精疲力竭了。

衣克多拉，英勇先祖曾經憑著本能直覺表示，人經常成為另一個人的守護靈。這是真的。我已經見證許多次了。某人處於嚴重險境時，守護靈無能為力，此時，他可能會遇到一個看見前方危險的人，告訴他實情，挽救他的生命。我曾經在恩戈多窟遇到一位守護靈，這傢伙喋喋不休抱怨凡間的諸多邪惡以及人類的存在毫無意義。當時山洞裡有很多守護靈，大多沉默不語，或躺在花崗岩室角落，或在水池邊梳洗，要不就低聲交談。但這個守護靈不斷大喊，說他死去的宿主是如何向一位可能的受害者透露壞人要謀殺他的陰謀。結果，他宿主拯救的那個人竟然找兇手回頭謀殺他！喔！人類真是比墳墓冒出來的蛆還要噁心！人類太可怕了！我不想回到人類的世界！當時我對這位叛逆守護靈的褻瀆言詞非常不解。我離開恩戈多之後，又聽見有另一位守護靈拒絕返回人間——祢對它下了咒語，讓它成為遊魂。如今，它成了三頭怪物，在靈界邊緣遊走。但賈米克為我的宿主所做的，正好與這些守護靈描述的相反。賈米克已經成為我宿主的第二個守護靈，更引導他找到這些年一直尋覓的人。

✣

他與賈米克一起去找妲莉，心裡帶著恐懼，他戴了墨鏡與棒球帽，遮住大部分臉龐。他們到達時，他看見藥局座落在一棟新建築裡，就在聖保羅聖公會教堂與新的MTN辦公大樓間。這是一棟兩層樓的建築，上面掛著「希望實驗室與藥局」的招牌，粗體字的背景是一位白人女子身穿醫用長袍檢視顯微鏡。建築物前方圍籬的一側有一堆砂石，大概是施工沒挪走的建材。他將車停在另一端的理髮店前，店裡傳來震耳欲聾的音樂，交織著發電機的嗡嗡聲。

「你害怕了，兄弟，」賈米克搖搖頭。「你真的愛這個女人。」

他看著朋友，沒有說話。他知道自己的行為很不理性，卻又不理解自己為什麼會這樣。他體內彷彿有一股力量阻止他去見自己如此拚命尋找的人。

「聖經說，心裡不要憂愁。要將一切的憂慮卸給神，因為祂顧念你們。你相信上帝嗎？有可能她仍然愛著你，而且還沒結婚？」

他凝視著朋友，後者突然說出白人語言，讓他嚇了一跳，不過賈米克總是用白人語言討論聖經。我宿主閉上雙眼，「我相信。」

「那我們走，不要害怕。」他點點頭。「O di nma.（好的。）」

他們下了車，他的心打成了結，兩人穿越擁擠街道。到處都是商店。有家鞋店在遮陽篷用繩子將鞋子如串珠般串在一起。另一間賣鍋具的商店叫做「神之手鍋具」。他努力將自己的心情專注在熙來攘往的人群與車潮，這裡的街道和他在賽普勒斯看到的畫面非常不一樣。賈米克走在他前面，他腳趾上的傷口拉慢他的步伐。他們準備過馬路時，我宿主將帽子壓低，遮住他的臉，然後將墨鏡戴上。一輛計程車對他們按喇叭，司機大概覺得他們亂闖紅燈吧。賈米克一腳跳過丟滿垃圾的排水溝。假如妲莉此時此刻從藥局擦得光亮的窗戶往外看，有可能一眼就看到他們。我宿主將帽子拉得更低，抓住朋友的手臂。

「我不能，我不能進去，」他說。

「為什麼？」

他再次調整帽子與墨鏡。

「哎呀，你在幹什麼？」賈米克問。

「我變了很多，」他低聲說。「看看我的臉。上面那道長長的疤痕。還有我的嘴：三顆牙齒不見了，下巴還有傷。嘴唇腫成這樣。我現在太醜了，賈米克，我簡直像隻狒狒。我想把它們蓋住。」

他朋友準備反駁，但他緊緊抓住朋友。

「她不會認出我的。不會的。」

「但，我兄弟，我不同意，」賈米克似乎有點激動。他看了看藥局，然後看著他的朋友。

「為什麼？我都變成這樣了，她怎麼可能認得出我？」

「錯了，兄弟，她不能因為你那些傷口討厭你。」

「你確定嗎？」

「是的。愛不是那樣的。」

「你認為她仍然被我吸引，儘管我的臉變成這樣？」

「是的。她只需要知道，你為什麼離她而去，為什麼人間蒸發。」

宿主有些躁動，就連說話時也東張西望。埃格布努，這就是他：擔心又不確定時，就常常收斂自己，沉浸在挫敗無奈的情緒。每次他心情低落，就猶如整個人被擊倒在摔跤場上，而且也會反應在肉體的表現，真的很奇怪，但我已經見證許多次了。

賈米克擦去額頭的汗水，本來準備開口，卻又突然打住，拍拍我宿主，要他朝藥局的方向看。

我很難描述這一刻：折騰了這麼久，宿主終於看到了那名女子，為此，他就算再次經歷厄運，也值得了。她扶著藥局大門。她看起來不太一樣了，比他印象中那位苗條纖瘦的女子增加了一點體重。

她身穿賽普勒斯那位德國護士會穿的白色長袍，口袋插著一支鋼筆，領口看得出來戴了一條項鍊。他望著她，仔細盤點她的一切。她正跟一位帶了兩個孩子的女子說話——小朋友一個被綁在背上，另一個將手伸向妲莉，然後又趕緊抽回來。她還想抓住小朋友的手，但他努力要收回來，然後笑著要找自己的媽媽。

「我就說是她，」另一個女人轉身經過停著的汽車，走上街頭時，妲莉走回藥局。

「真的，」他說。「真的是她。」他的心臟跳得厲害，似乎在隨音樂跳動。「真的是她，賈米克，是她。」

真的是她，埃格布努，真的是妲莉——是我代表宿主懇求其守護靈時，它卻與我爭論的同一女子。當時我才發現這些年我一直沒有想過，有可能是她守護靈的威脅，使它的宿主與我宿主永遠切割。

「那我們就進去。如果你沒見到她，我就不離開，兄弟。我要你被療癒，變好，充滿聖靈的喜悅。你一定要這麼做。你必須鼓起勇氣。如果你不去，我就自己去藥局找她，代替你跟她說話。」

「等等！天啊！賈米克！」

他又一次抓住賈米克，在對方眼中看到了一些東西，它們給了他希望。

「好啦，我會去的，」他說。「但是我們慢慢來，好嗎？我現在可以看看她就好。或許另外找一天，我再來跟她談談？」

賈米克考慮了一下，臉上帶著理解的微笑，

「好吧，我們走。」

他戒慎緊張走著，越來越焦慮，最後，他跟在賈米克後面，兩人終於走進藥局。這是一個有許多玻璃窗的大房間，非常明亮，吊扇擺動時發出巨響，室內空氣因此清新涼快。他迅速坐在面對櫃檯的六把塑膠椅之一，巨大的木造櫃檯遮住了藥劑師的視線，讓我宿主可以與坐在他隔壁的男子交換眼神，抖動雙腿。

當他們走進去時，妲莉正在招呼其他人。雖然是另一位女藥劑師呼喚他們，「下一位，」妲莉呼喚。

賈米克沒有立即回應，而是起身站在椅子旁，眼睛看著櫃檯。我宿主招手示意賈米克過來，後者彎腰聽他說話。

「你知道，你知道……我只是來看她而已，」他對著他耳朵低語。

他的朋友不自在地點點頭，示意藥劑師等一下。

「只要告訴她，你想幫我買治療瘧疾的藥。」

賈米克點頭。

他從自己坐的位置觀察妲莉，他的帽子壓低遮住臉，眼睛藏在墨鏡後。她似乎比以前更美了。她現在幾歲？二十七？二十九？三十？他記不得她是哪一年出生。現在，她已經是個成熟青春的女人，正值巔峰。她的頭髮燙過了，柔順光滑，溜下她的肩頭。她身體的每一部分似乎都有了變化，就連臉龐的輪廓也是。她的嘴唇更豐滿，今天是比較深的粉紅色。那天早上出門前，他凝視著她的照片，心情充滿愉悅。然而，他面前的這張臉稍微有了改變。他該如何形容呢：彷彿她被送回創造者那裡重新裝修，回來時變得更棒更美了。

另一名女子開始將藥包裝好，裝進小塑膠袋，妲莉打開櫃檯小門走了出來。他注意到她的乳房似乎更豐滿，但他看不清楚她現在的身材，不過還是有機會審視她的背影，它幾乎與他記憶中一模一樣。他全神貫注盯著它，直到她消失在一間辦公室裡，關上她背後的門，上面刻著「藥劑師妲莉・恩諾卡」。後來他們都沒有再見到她。護士將東西交給賈米克，他們就帶著瘧疾藥離開了。

✣

雅古傑比，當人野心勃勃，對未來充滿期待，結果期望真的付諸實現後，他通常會進入一段混淆期。男子可能告訴朋友，「知道嗎，我哥哥在遠方城市有個房子，大得不得了，他可是有錢人。」結果，到了那座城市後，此人才發現他的哥哥不過是掃地工，勉強度日。但他的期望是如此強烈，由於堅持過久，他反而懷疑起現實世界的真相，儘管那實在令人心碎。這我已經見證許多次了。我宿主就是如此。看見妲莉，知道妲莉嫁了人，因為她改了姓，左手無名指也有賈米克看見的戒指，這一切的一切都讓他糊塗了，它澆熄了他宇宙中的光芒，將他丟進一個伸手不見五指的漆黑世界。稍後，他站在賈米克教堂的門口，慌亂焦慮，連他自己的心跳聲都彷彿在抽打他。

「儘管如此，我相信她還是愛我的。」

「我的兄弟，我懂，」賈米克用白人語言說，每次他們上教堂或是作禮拜後，他總是會用白人語言說話，彷佛先祖的語言太不神聖了。

「拜託請用伊博語，這是嚴肅的話題，」我宿主以偉大先祖的語言說。

「對不起，Nnam（兄弟），對不起。但這就是現實。我一直叫你把信交給她；將信放進她的手心。這樣就好。然後你就離開，神會看到你做了自己該做的。」

他搖搖頭，不是因為他相信，而是因為賈米克不懂。他要賈米克回去忙他的彌撒，留他安靜思考，所以他說，「我知道了，我會在這裡等你。」

賈米克跟另外兩個人進了教堂，監督他當晚舉辦的福音活動：一部關於耶穌基督事蹟的電影。我宿主坐在教堂建築工地留下的一塊磚頭上，輕風徐徐，一面旗幟隨著風擺動。他凝視著擁擠的街道，攤販堆著商品，與汽車和手推車爭道。他回想自己看到的，以及沒見到的一切。她有孩子嗎？她結婚多久了？是昨天還是一年前？或可能是受盡折磨的他，抵達奈及利亞的同一個月？或甚至同一週？如果按照人生嘲笑他的模式，甚至可能會是同一天。那思緒如星火燎原：他走下飛機，踏上阿布札鋪了柏油碎石讓人走起來搖搖欲墜的停機坪，同時，她與她的新郎走上祭壇。他想像牧師凝視她與她的丈夫，問他們是否會生老病死，死生相依，就在那當下，曾經是他的那個男人走到了在機場等候的叔叔身旁。

他思考自己看見的畫面：活生生的妲莉，氣色極好，更美麗了。如果賈米克沒有出現在他的人生，成了一顆隱形敵人朝他丟來的大石頭，讓他粉身碎骨，他一定會娶她的。他們會繼續生活在他的大院，在他的禽鳥間活躍，每天早上採收雞蛋，在公雞美妙的啼叫聲中醒來。他的喜悅會豐富滿盈。但這些全被奪走了。當蚊子在他周圍嗡嗡作響時，教堂悄悄傳來人聲低語，他內心的憤怒也沸騰起來。

他用力跺腳站起身，四處尋找武器。他發現教堂發電機附近放著一根棍子，把它撿了起來。他像瘋子般揮棍朝教堂走去，當他停下腳步時，已經幾乎走到門口。埃格布努，此時，他的良心作出反應，一道光突然穿透黑暗，他的心智也頓時沉穩下來。他放下棍子，坐回磚塊。他將手放在臉上，咬緊牙關。過了一會兒，當他讓自己平靜下來時，他覺得臉上有東西在動。一隻螞蟻從棍子爬到他手上，又爬到他臉上。他將牠拍開。

他站起來。「我要回家一個人靜一靜，」他說。

「兄弟，我的兄弟，發生什麼事了？」賈米克從門邊呼喚他。

「哦，所羅門兄弟。我真的希望你能看看這部電影《受難記：最後的激情》，它會觸動你的心。它會觸動你的靈魂。」

他想告訴這個人，才在幾分鐘前，他又對他再度充滿仇恨。但他什麼也沒提，因為他又一次被賈米克的表情解除了武裝。

「我會看的，」他發現自己說。

「讚美主！」

他坐到教堂後面，內心早被撕成碎片，望著賈米克與教會成員為電影設置螢幕。他一直坐到活動開始。牧師上臺討論救贖，人如何受苦，為他人犧牲奉獻。那個人說話時，他站起來離開教堂。

丘烏上神，他回家了，努力不讓自己陷入另一個絕境。夜深人靜時，他很清楚自己的一切糾結只因為他想重獲失去的一切。他要的不是賈米克口中的療癒與寬恕。相反地，他只想拿回自己原有的人生。他想撿起掉進馬桶的椰子，將它洗乾淨。因為他相信這是做得到的，它可以被洗淨的。他坐起來，告訴自己，這才是他最終的心願，一定要達成。其餘的舉動全是在屈從、投降。

這些想法在他心中活躍，形成了堅定的決心——他要為她而戰，無論她嫁人與否，他都會為她而戰。我不會放棄的！不！他告訴自己。我已經走得太遠了，無法回頭了。是的，我再說一遍：妻子被人抓走；丈夫也會有同樣的下場；男人沒了孩子，女人也沒了小寶寶。母鵝的小鵝也被搶走。在此，我重申：世界上沒有任何人事物是百分之百屬於任何人的。我們此時此刻擁有的一切，只因為我們牢牢把握，拒絕放手。在這裡，今天我站在這裡，在此屋簷下，我堅持自己的人生，如果我放手，我的人生也會被掠奪殆盡的。

他的手緊貼在他的胸口。他裝上燈泡，走到鏡子前。

告訴我，他說，斜眼望著現在那個用手指著鏡中自己的傢伙，此人臉上全是傷疤。告訴我，我的未來不就是這麼從手上被奪走了嗎？它硬生生地被賈米克、楚卡、歐比亞先生、菲奧娜、她丈夫、賽普勒斯警方搶走了，不是嗎？

他轉身離開鏡子，用手指指著牆，做出被可怕事物挑釁的姿勢。

難道我沒有努力掌握自己的人生，保護自己的性命嗎？我的肉體呢？難道是我自己奉上的嗎？有嗎？告訴我！我有說「我的臀部對著你，把你的陰莖放進來」嗎？他伸手將腳邊的凳子摔碎。

告訴我！

他站在肢解的凳子旁，大口喘氣，意識到自己已經精神錯亂，在午夜時分大喊大叫。他也被嚇到了。他匆匆關燈，慢慢躺在床上，擔心他自己可能吵醒了公寓裡其他人。他等著有人敲門，眼睛盯著門縫，他可以從那裡看到影子。有好一會兒，他彷彿被人五花大綁，僵硬躺在床上，手放在肚子，但是沒有人來。他似乎聽見遠處傳來的教堂禮拜，有鼓聲與音樂聲。他心平氣和，決心自己必須找回一部分的他曾經擁有人事物，這樣他才能重獲內心平靜，進而展開一場最偉大的戰役。

第二十三章 古老的故事

依切陶比錫可，我已經說過，人的能力是有限的。我現在要告訴祢，如果我的宿主更有能力，他的行事態度會更不同。但這並不是說他不如其他人堅強——不，祢賜予別人的，他也同樣擁有。我和他在祢的慷慨中，一起到了奇歐蹟科花園揀選才能與天賦，祢能給的幾乎都一視同仁。然而，他的能力依舊跟他人一樣有限，他也受到大自然與時間的箝制。因此，有些事情一旦做了，就無法回頭。因此，假使人無法改變環境，最好的做法就是直接放棄並朝另一個方向繼續前進。

艾卜比代克，這種智慧在他看見妲莉六週後，又回到了我宿主身上。由於我不想在天庭花太多時間，就某種程度而言，我只須提供事情的細節，我就讓賈米克發言吧。畢竟他看得出來，自從我宿主再次見到心愛女人的那天起，他的心緒便徹底混亂。他不再是他自己。他無法前進，更不用說後退。

「兄弟，你能做的都做了。如今必須打住了。我告訴你，因為我用基督的愛來愛你，你必須將這一切拋在腦後，繼續過你的人生。我告訴你，這就是你眼前最好的打算。」

他們現在已經是最好的朋友了。兩人正坐在我宿主的家禽飼料店，我宿主開店幾個月以來，店裡已經賣起飼料、化肥與其他農產品。一排排木頭架子釘在牆上，陳列了家禽業的各色產品。牆上還有阿比亞州農業部的月曆，我的宿主被譽為「最後的先驅者」，站在店門口看著鏡頭，成了月曆人物。這是他自賽普勒斯暴力事件後拍的第一張相片，額頭與下巴仍有深深的傷疤，而且還缺了牙。

但丘烏上神，我一定要讓他朋友開口勸他：

「我來提醒你你做了什麼，你做得太多了。我幫你找到她後，我們去看了她。一開始，你人去了，卻不想讓她發現。你心中仍充滿愛，萬一發現你存了如此豐沛愛意的女子如今對你不屑一顧，你整個人大概就會毀了。

「然而即使你心存恐懼，卻沒有放棄。五週前的那一天，你抓住機會了。我陪著你，所羅門，我見證了每分每秒。你毫無掩飾地出現在她的藥局。你把握機會，一切都經過精心策劃。當時我們以為只會有她及一名員工在場。當然，我們不知道她辦公室還有兩個朋友，當時辦公室的門大開。也許，正如我多次對你說過，她會有那種反應一定是因為這些朋友。當她看到你，這位她真正愛的男人，這位她發誓永遠不會離開或放棄的男人時，她很害怕。這可不是我聽來，也不是我夢見的，完全是我親眼見證的。我看見她雙手顫抖，手裡還拿著小橡皮瓶，一面用力呼吸，一面在瓶身寫字，一隻手抓著胸口，叫了一聲。

「我看見了，所羅門，我的兄弟。她彷彿在大白天見鬼了。她應該是以為你死了，要不就是再也不回奈及利亞了。你站在那裡，我的兄弟，呼喊她的名字，你說，沒錯，你是回來了。你在櫃檯前伸出雙手，但她驚恐喘息，慌亂尖叫，她的朋友們衝出辦公室，想知道發生了什麼事，整理藥架的員工也轉頭看她。我很確定，她那種態度完全是因為這些人在場，轉眼間，她從老鼠變成了大鳥，開始對你大吼大叫，『你是誰？是誰？』甚至沒等你回答，又開始喊道，『我不認識你！我不認識這個男人！』但我確定她那天已經認出你了。」

他停了下來，因為我的宿主搖頭，咬牙切齒。

「你也看到了，首先，毫無疑問地，現場確實有出現火花。假使她不認識你，她為什麼會驚喘？

她為什麼要顫抖？當人突然遇見一個自己不認識的人時，難道會有這種反應嗎？驚喘發抖？」

宿主的心被安靜的火焰點燃了，他用力搖搖頭說道，「M.O.G.，我同意。我完全同意你說的一切。究竟為什麼會變成這樣？我不知道為什麼她聲稱自己不認識我，是不是因為我的臉？」

說到這裡，他朋友的表情令我猜不透。

「也許，Nwannem（我的兄弟），所羅門，」賈米克說。「你害怕的事情或許是真的，可能不只因為那些人。其實她的行為也過頭了。你原本打算向她解釋，結果她大吼大叫。提到你的名字時，她甚至用英文尖叫，『不，不，我不認識你！離開我的辦公室！你走！』事實上，這種反應更有意義。毛刷裡肯定藏著一條蛇。你應該也知道或許她很害怕。一個已婚女人。她……」也許因為賈米克知道細節讓自己的聽眾很煩躁，要說出口的話更有可能刺痛他，賈米克頓住了。接著，賈米克看著窗外，那裡有隻茫然的蒼蠅在百葉窗後飛來飛去，他說下去，「有丈夫了。」

的確，賈米克的朋友深深受傷了。

「可能是因為她害怕自己愛過的男人會破壞她的新生活。她一定一直在擔心你會出現。」

他點頭，沮喪接受事實。

「但你沒有停下來，是的，就在我們被她的朋友不體面地趕出藥局後，她淚流滿面，從後門跑出來。當時你崩潰了，我的朋友。你覺得很丟臉羞愧，徹底被擊倒了。我的兄弟，這不是我聽來的，我就在現場。我用兩隻眼睛看見的。如果她因為你傷痕累累的臉拒絕你，為什麼她會如此震驚？」

艾卜比代克，他朋友的坦率正如先祖，我宿主被自己聽到話混淆了。他凝視窗外，眼睛落在兜售CD的小販推車。小販被一名女子攔住，她正在看一張唱片。

「這裡也得補充一點，或許因為她對你很生氣，」賈米克突然說，丟給朋友警告的眼神，彷彿在說，你要硬起心腸，有心理準備。「她可能很恨你，因為她還不知道你的故事。她是無知的。」

以上幾個字不是用先祖語言，目的是要彰顯強調，讓聽者能聽進去，確實，聽者也拚命點頭。

「她不知道你經歷了什麼，你抵達賽普勒斯的第一週就如何深陷地獄，我對你做了不好的事情。她不了解你的痛苦，她更不知道你是如何為了愛放棄一切。」

這些沉重的話語字字句句用銳利的牙齒啃咬他的心臟，他只能偶爾點頭。

「她更不知道，你付出了多麼慘痛的代價。她不知道你被羞辱、赤身裸體、遭人奪走一切。她不會理解這種自我犧牲的痛苦。而後，彷彿這一切都還不夠，他們還將你扔進監獄。」再一次，埃格布努，他給了我宿主炙熱的眼神。「我不要再說了，我的兄弟，因為言語不足以描述你在裡面的經歷，萬一說出口，更足以灼傷舌頭。夠了。但這就是我的意思：她毫無所悉。她還沒有看那封信。」

他的眼睛盯著賈米克，此人從褲子口袋掏出手帕。拿它擦擦額頭。

「是的，她之前都不知道，但後來過了幾天，你將信給她了。我記得那一天。我們想出一個計畫。我們找了一個人當信差，幫我們送信，信封的郵票沒有戳記，上面只寫了她的地址與全名。成功了。托昆博說，他將信交給她後，他走出藥局，從窗戶看到她打開信開始閱讀。你我歡欣鼓舞。對我來說，這就夠了。你讓她明白，你不是她認定的那種人，她知道你為了把她要回來，奮力拚命。你不是出國消失了。你不畏惡勢力，不屈服於壓迫者，而是英勇面對。在那裡，你徹底證明了自己愛她，而且這些年來，儘管你遭遇了那麼多苦難，你並沒有忘記過她。你每天早上醒來，想像她和你在一起，經常對她說，『我會回到妳身邊的。我會回到妳身邊的。』這些話在那些悲慘歲月中給了你生命的意義。你說過，每天說這些話，讓坐牢的你感覺她彷彿就在身旁。整，整，四，年。整整四年，我蒙福的所羅門弟兄。」

我宿主點頭，眼神空洞，對方的話強烈到足以征服他所有的感官。

「在你交給她的信中，你描述了你的遭遇，那幾年你又是如何苟活。你說那就像一場戰鬥……」戰鬥二字猶如上了魚鉤的魚掛在他朋友嘴上，因為這時店裡走進兩個穿著藍色圍裙的男人。他們的衣服印著「烏姆迪克・麥克歐克帕拉農業大學」。

他認識他們。

「先生，Falconer abi na fowler?（是店老闆嗎？）」其中一名男子摘下帽子自我介紹。

「啊，各位來自大學的先生們，有何貴事？」他問。

「喔，是教授要我們來的。」

他和他們握手。他們也與他朋友握手。

「老師需要什麼？」

「壓條，」其中一人說。「半袋。還有，他想請你再加一碗肉雞飼料。」

「壓條，啊，」他瞥了一眼商店，用手指壓著嘴唇。「好像沒有，等等。」

他推開一扇門走進另一個房間，那是一個小儲藏空間，因為放著家禽飼料與玉米，所以有點臭味。他檢視倉筒，裡面都是玉米，另外還有幾袋小米。

「我這裡沒有，」他回到店裡時說道，手心因為翻過麻袋都白了。

「啊！」其中一人說。

「今天不要小米嗎？」

「免了，我們還有，」那人說。「那買肉雞飼料就好，」與同事小聲商量後，他又說，「兩份。」

「好的，先生，」他在儲藏室裡喊。

回來時，他手裡拿著一個金屬碗以及一個黑色塑膠袋，他打開袋口，將灰色飼料倒進袋中。他在裡面看見一些看起來像藤蔓的東西，將它們抽出來丟到門外，然後他又鏟了一碗，倒進袋裡。

「差不多了，」他說。

「謝謝，這樣很好，」

他和他們握手，感謝他們。

✣

加加納奧格武，男人們付錢離開商店後，我的宿主坐下來，請賈米克繼續剛才的話。剛才我宿主忙著張羅客人時，賈米克已經分心在翻閱自己的聖經，此時他闔上它，並把它放在一旁翻過來放的擴音器上。然後賈米克手肘靠著大腿，往前倚身，繼續說。

「我是說，如果她真的看了你的信，她一定都了解了。」

雖然賈米克不如先祖那樣滔滔雄辯，但他的話確實有催眠能力。因為我的宿主彷彿聽著他傳頌古老的故事，字字句句如煤炭餘燼般塞滿他的腦袋。後來，賈米克帶著聖經和擴音器離開，他要去傳播福音，宿主還坐在原地，消化剛才那些話，想藉此安撫心情。失去的信心又回來了。他到了妲莉以前介紹的「比格斯先生」餐館，坐在餐廳偏遠的角落吃了一頓。而後，他到街上的電器行，買了一部二手電視，賈米克到教堂去了。宿主正準備他與妲莉再見面的一天，到時她就不會嘲笑他沒有電視了。

儘管我的宿主還殷切期盼，不過那天之後，賈米克沒有再多說什麼，他確信妲莉可能會打電話或回信給他。宿主也這麼認為，而且成天腦子都在想這件事，心神不定，總是在想不知道她會怎麼做，或不會做哪些事。他有時想要放鬆片刻，看阿森松十字軍集會的踩踏事件，或「實現比亞弗拉主權國家運動」最近的活動，艾楚格——他跟他沒那麼親近了——仍然很投入，曾經告訴我宿主，這組織或許會為城市帶來動亂。但大部分的時間，他會集中所有想像力，幻想妲莉讀了他的信，很想見他一面；要不就是讀了它，卻一個字也不相信。也許她認為那些都是天馬行空，胡言亂語，不太可能發生，甚至是他捏造的。也或許她讀了一點後，就把它撕爛，根本沒看完。或者她可能根本沒看。也許她直接撕碎，那位信差只是發現她在看別的東西，就以為那是他的信。就讓我們假設她真的看了信，也知道一切真實發生過，如今為時已晚。她已經結婚了，與那個男人分不開了。他們已經成了一體，任何事都不能拆散他們了。男人已經與她同床共枕好幾年，遠比他還久。太晚了，太遲了，來不及了。

這些不確定的因素，讓他神經緊繃，他心裡不斷想著她對這封信可能做了些什麼，於是他又病了。賈米克跟他講了那一席話的第四天晚上，他病得非常重，身體虛弱，無法從床上坐起來。大雨更是雪上加霜，不間斷敲打公寓屋頂，使他一夜清醒到清晨。雷聲響了好幾次，我還衝出去看個清楚，那是生氣勃勃的閃電，阿馬迪奧哈曾經拿來當武器。隨後，閃電擊中了地平線，形狀猶如磷光大樹的細枝。天空隆隆作響，彷彿成了看不見的白牙怪獸，閃著電光火花。到了早上，累積雨量已經非常驚人，連陸地彷彿都隨之飄動，世界猶如方舟，人類、動物、鳥類、大樹、建築物……全都擠在上面，等待靠岸停泊的那一天。

他一整天沒離開家，只是躺在床上，被失去妲莉的思緒折磨，在想像與現實間，他腦子浮現出各種生動的畫面。他站起來在房裡踱步，要不就凝視自己的臉與嘴。時間讓關於妲莉的某些記憶模糊了，包括他們做愛的種種。接著，他看見那個取代他位置的男人。這幾乎讓他想死，某種一廂情願的暴力衝動如野獸般跳進他的視野，咆哮著進入他早已癲狂的心靈。

奧色布魯瓦，我不知道這種時候該說什麼了。他再次見到她之前的這些年，我總是告訴他要如古人史詩中的那位白人奧德賽，永遠抱持對愛情純真如孩童般的信仰。在奧德賽的故事中，他被一位憤怒的神阻擋，回不到妻子身旁。如果男人最終沒有與妻子團聚，我會一直向他提及這個故事。如今我再也不能提了，因為我宿主的女人已經屈服於另一個男人。我擔心如果我現在提醒他，反而會讓他充滿挫敗。我真的不知道該如何幫他。我知道試圖阻止他對她的愛是徒勞的，我只能從旁給予支援。他的意志被封存了。現在，他的感受更為錯綜複雜。那不僅是愛，他不只想要她回來，也因為她的抗拒，讓他認定自己當年受的痛苦折磨根本付諸流水，他只想要她的認同，更需要她讓步，畢竟，為了她，他早已身敗名裂。

牆上壁鐘顯示下午四點時，他起來刷牙，朝院子的排水溝漱口，他有個鄰居正在使用公共廁所，因為他聽見沖水聲，也看見肥皂殘渣。他咬了幾口前一天買的麵包，然後穿了衣服走出家門。

他看到大雨在院子外創造了一處峽灣。埃格布努，儘管從他入獄後，我大幅減少離開宿主肉體的次數，當晚我外出了，在大雷雨中痛快洗了一次澡，陪伴我的還有其他靈體，大家都沉浸在靈界的獨特氣味中。我深信由於暴風雨的緣故，沒有其他惡靈會跑出來傷害或侵占宿主的肉體。宿主已經離開公寓，我也有機會好好看清昨天那場雨的影響。黏土地都軟了，他一面走，鞋子在地面留下了深深的腳印。公寓對面的土坯磚房已經搖搖欲墜了。

他的褲管沾滿泥巴，走到藥局附近，臉藏在墨鏡後面。他看見艾楚格跟一群穿著印了比亞弗拉旗幟的黑色背心男子在對面的鞋店前，朝另一個方向前進。這是「實現比亞弗拉主權國家運動」組織，他們不是在抗議，只是在走路，但有人手裡拿著棍棒，令周圍民眾閃的閃，躲的躲。他看出艾楚格很激動。我宿主搖了搖頭，走到藥局。

離藥局不遠處，他就認出妲莉的車子了——她過去常開著這輛車到他家。他看著她汽車後車窗的小貼紙時，再次失去了信心，開始懷疑自己到這裡的目的。他不知道下一步該做什麼。我在他的腦海中告誡他，賈米克說他不該再試圖獨自與她會面了。「不要這樣，拜託你，我以耶穌之名求你。如果她結婚了，也說她不想要你了，那麼你尋求她的寬恕後，就該放她走了。」

但他辨不到。他也想讓自己放棄這一切，卻總有什麼東西把他拉了回來。這一次可能是排山倒海，與她團聚的渴望。下一次又是想要她肯定他的痛苦與犧牲。

他朝街的另一邊走去，經過一小群水果攤販，他們的物品擺得非常整齊。兩個穿學校制服的男孩正在談論一頭豬，從他身邊走過。其中一人的書包打開了。我宿主停在幾公尺外的個人手機服務桌前，坐在一張塑膠椅上，與一位女子面對面。

「我要打電話，」他說。

「喔，」女人說。「要用Glo、MTN還是Airtel？」

「嗯，Glo好了。」

他用那女人的手機撥了賈米克的號碼，它的鍵盤都看不清楚數字了。賈米克回答的聲音很沙啞。

「我的兄弟，我們剛剛完成告解。你打烊了嗎？」

「是的，」他說。「你能過來嗎？我想跟你談一些事。」

「好，我晚上過去。」

他走回去買了一杯飲料以及一袋去了皮的橘子。等賈米克時，他在腦子重溫了剛才看見妲莉車子時的念頭。丘烏上神，我稍晚再讓祢知道。他反覆演練，直到自己對最後一個版本充滿信心，等會賈米克來時，他就不會說不出口了。

「你再過兩天就要進行漫長的祈禱期，接下來有幾天不能見到你？」

「四十天。這就是我們的主耶穌基督禁食與祈禱的天數……」

「好的，四十天，」他苦澀回答。他環顧自己房間，尋找過去兩天他心靈折磨的痕跡。他原想跟賈米克坦白，後來又覺得算了。

「告訴我你在想什麼，我的所羅門兄弟，我會照做，你知道我是你真正的好朋友。」

「Da'alu（謝謝），」他說，在床上調整位置，才能面對坐在木椅上的賈米克。「我希望我們一起尿尿，才能創造出比一個人尿尿更多的泡泡。」

「好吧，我的兄弟。」

事實上，依揚戈—依揚戈，如今的先祖後代，已經不太會用智慧前人的話語了。但我宿主每次深思熟慮後，總是會將偉大祖先的話脫口而出。

「我知道你已經完全改變了，也因為你重生，如今已經是個好人，Onye-ezi-omume（已經成為正直的人），你認為我應該不要再去打擾妲莉，因為她結婚了。」

對方對他說的每一個字贊同點頭。

「這些我都聽過了。我再也不會打擾她，但我對她的愛，一絲一毫都沒有消逝。我的心仍然滿溢，完全蓋不起來。知道她還活著，而且拒絕了我，這比我之前承受的一切都還要糟糕。」

他頓了一下，看見一隻蟑螂出現在牆上的鏡子。他看著牠張開翅膀，飛到椅子後面。

「這更慘，我的兄弟，我是說認真的。這不是在監禁我的肉體，而是我的心。它已經交給她，卻被她鎖上了。」他挪到床邊，靠在牆上。「M.O.G.，我不想愛她。再也不愛了。她唾棄了一個出賣自己，只為了想娶她的男人。我不能原諒這一點，我做不到。」

即使在他說話時，他也知道，雖然心中酸楚，但他最想要的，還是妲莉回到自己身邊——他想與她度過餘生的每一個夜晚，與她做愛。他看見賈米克搖頭。

「至少，賈米克，我想知道她發生了什麼事。我想知道她何時決定結婚。你懂嗎？我賣了自己所有的一切，為了她離開故鄉，我也想知道她究竟為了我做了什麼努力。我想知道野生老鼠何以會在光天化日下跑上大街。」

「是啊，這很睿智，非常合理，」賈米克也跟我宿主喃喃回答。

「我想知道她是怎麼回事，」他幾乎是不經意地說，彷彿那些字眼難以從嘴裡說出來。「我想寫信給她，卻又沒有人可以幫我寄信。」

丘烏上神，這是真的，正是這種挫折感督促我自己接觸妲莉，我甚至設法出現在她的夢裡，向她提供我宿主希望她擁有的消息。事實上，埃格布努，我已經告訴祢，她的守護靈阻撓了一切。我曾經說過，很多獄警都不願回應我宿主的寄信請求。有一個會說英語的人告訴他，假如信是寄到賽普勒斯，那麼他可以幫忙，但寄到奈及利亞就不可能了，因為郵資很貴。

他驚恐地看著朋友，雙眼含淚。

「我想知道她那段時間為我做了什麼。」

賈米克似乎想說話，但他繼續。

「我希望你幫我。你也必須幫我。這都是你造成的，對嗎？」對方點頭，滿臉羞愧。「所以你一定要幫我，賈米克。你應該以牧師的身分，去找她的丈夫，告訴他你看見了關於他的幻象。告訴他你很了解他的人生。例如你認識他的妻子。告訴他，你看見了她的過去。有個男人在苦苦追她，如果他不祈禱，將會家破人亡。」

他看著朋友，賈米克雙手交疊，頭放在上面，眼睛直視著他。

「懂了嗎？告訴那個男人你想知道，她是否曾經告訴他，自己過去有過一個男人。」

「如果她已經將這封信的內容告訴丈夫，也告訴他你在這裡呢？」滿懷愧疚的賈米克問道。

「是嗎？但他不會知道的，他不會知道是我叫你去的。關於我，就可含糊帶過，只需要說你看到毀滅，主讓你看到了哀悼與哭泣。」

室內已經暗了，他暫停，心裡重新播放剛才說的話，這一剎那，它們的強大力道擊中了他。埃格布努，請聽我宿主的這些話，它們對我今晚的證詞至關重要，也是他未故意傷害她的確鑿證據。

「我不是說我會傷害她，不，我太愛她了，即使我對她非常非常生氣。這是一種奇特又明確的感覺。深刻得無法比擬的愛。但是，不會的，我不會殺死任何人，甚至是碰了她的那個男人。」

賈米克點頭，表情明顯緊繃，他不安地在座位上移動，說道，「如果你認為我該做，我就會照做，我的兄弟，即使這是罪惡的。你不能編造主說了些什麼，祂明明沒這麼說。」賈米克搖頭。「我不能這樣，我的朋友，我不要撒謊。我會告訴他，我想為他祈禱，我去山裡時，會特別為他禱告，我想知道他與妻子的關係，這樣我就可以為足以摧毀他們未來的過去祈禱。」

他不知該怎麼回答，保持沉默，看著他面前的人。

「我要你好起來，我的所羅門兄弟。所以我才成為我。這一切都是我造成的，因此，必須靠我再次修復。如果這就是我該做的，我會照做。我也說過，在藥局附近工作的人說，她的丈夫奧格邦・恩諾卡，在奧克帕拉廣場的非洲銀行工作。我會去那裡要求見他。」

宿主點頭，他放心了。

後來他開車載賈米克回家時，他的心靈非常平靜，想知道她近況的期待似乎療癒了他。當天晚上他睡得很好，第二天早早去了商店。鄰居們說，好多人都撲空了。他聯繫了幾位顧客，早上大部分的時間都在送貨。當太陽在早上小雨後出現時，他開著貨車，從供應肉雞飼料的阿格比飼料廠回到店裡，賈米克打電話來了。我宿主用顫抖的雙手接了電話。

「我跟他交談了，我的兄弟。我不太確定，但我想我說服他了。我跟史戴拉姊妹過去的，我的外套口袋還別了我修院的徽章。」

「我明白了。」

「對，我想跟你談談經過，也可以再看看你，不然就要等從山上回來了。」

「好，好，你一定要來。」

「晚上，」賈米克說。

「現在不好嗎？」

「晚上，我會去的，兄弟，晚上我再過去。」

✣

奧瑟布魯瓦，病人找醫者前來診治，聽說對方就要來了，便會開始細數醫者走向自己的步數。我已經提過期待對人的影響，我已經見證許多次了。我宿主等不及要見到賈米克了。

「當我到達他的辦公室時，」賈米克開始，「我很害怕。我也對我在教會裡的姊妹史戴拉撒了謊，我是罪人。」

「好啦，好啦，我明白。」

「但一切都為了你，我的所羅門兄弟。這個人很帥。他身材高大，頭髮灰白。奧格邦．埃弗拉姆．恩諾卡，埃弗拉姆是他的受洗名。他說，他的祖父是坦西神父的哥哥。我與史戴拉姊妹一同為他祈禱。然後，我問他是否相信預言。他說，當然，為什麼不相信呢？『我不是基督徒嗎？聖經不是說過，自稱有信仰卻否認神的力量的人都很可恥嗎？』我糾正了他：那是〈提摩太後書〉的內容：『有敬虔的外表，卻背了敬虔的實意：這等人你要躲開。』

「他用伊博語回答，『喔，原來如此，』然後改回英語。『我相信神的力量。』

「『我很高興，先生。那我就告訴你，我昨天經過這家銀行時，心中認真祈禱，主說，這裡有個叫奧格邦的人，他的妻子深陷險境，真正的危險。敵人出現在他們的門前，正在敲門。』

「『上帝說這個人的名字是奧格邦？』他問。

「『是的，天父只給了我你的名字。』

「『好的。』

「『這裡還有另一個奧格邦嗎？』

「『就我所知，只有我。』

「『我的靈此時此刻也證實了，我能聽見永在之神，猶大支派中的獅子，告訴我就是這個男人。一道古老的火焰已經來到你的妻子面前，足以摧毀你的婚姻。』

「『以耶穌之名，請神禁絕！請神禁絕這種不好的事情！』

「『是的，兄弟。所以你能告訴我，你妻子是否冒犯任何人？有嗎？』

「他似乎很困惑。我能從他臉上看得出來。他想了一會兒，然後說，『不，誰也沒有。』

「『有男人追求她嗎？』

「『不，我不這麼認為。她是一個有孩子的已婚婦女。』

「講到這裡，我的兄弟，我擔心這個人是對你一無所知了，」賈米克說。由於必須將自己的話與妲莉的話區分，他在先祖語言中穿插了白人語言。

「我又問他。『奧格邦先生，她有告訴過你任何男人的事情嗎？』他看著我，臉色變了，說道，『是的，我告訴你，只因為神的緣故，因為那是祕密。』『別擔心，告訴上帝的僕人，』我說。『她幾乎嫁給了一個離她而去，到了國外的男人，』他說。『這種男人，她已經遇到第二個了。』『所以這個人消失了？』我問。『是的，沒有人再見過他。我只知道這些。』我想說話，但史戴拉姊妹問，『所以她再也沒見過他？』『我只知道這些了，神的使者。』奧格邦回答。

「我的兄弟，此時此刻，我擔心我如果繼續施壓，他或許有可能起疑，所以我說，讓我們一起禱告吧；我會去山上為他們祈禱，但他應該告訴他的妻子，看看是否有男人在找她。」

「哎呀，賈米克，這樣不夠啦，」我宿主說。

「但是……」

「如果你不在時他才問她呢？如果……」

他沒說完，因為一位鄰居騎著摩托車回來，停車時，引擎隆隆作響，摩托車的前燈把兩束強光穿透窗簾，照亮了房間，把黑影灑在牆上，彷彿被人用濃密的黑色墨水畫出兩筆書法。當引擎熄火後，燈也隨之熄滅，他繼續，「萬一你不在時，他才問她，又該怎麼辦？」

「我很懷疑她會告訴他。我認為她不想讓他知道太多。」賈米克打死了一隻蚊子。「我很懷疑。」

「是的，」他又說，「但如果在神的使者跟他提過後，她決定告訴他呢？」

賈米克短暫思考了一下，「我會去處理的，等我回來後我就會去了解。你不是只想知道她對你離開有什麼反應？你不是只想了解嗎？」

「會的，這樣就好，別擔心，我的兄弟。」

他們一起出門，賈米克回家前要先去教堂一趟，天色已經黑了。他們路過一群小學生，大夥匆匆從學校趕回家，成群結隊穿過街道。有個小男孩彎腰在水溝嘔吐，一面咳嗽，朋友在一旁照顧，嘴裡不停地說好可憐。有個大人停下腳步，要其中一名學生給生病的男孩喝水。我的宿主與朋友也在一旁對生病的男孩表達同情之意。然後賈米克把手放在男孩頭上，開始「說方言」——我了解這是白人宗教的某種奇特作法，就像我們伊博人的宗教儀式。賈米克結束後，又開始說起白人語言。「感激主，耶和華，全能的治癒者，治癒了這名小男孩。」

✣

歐卡奧米，他回到自己公寓，想著賈米克傳達的訊息，他熱了當天早上煮的一鍋米飯，心事重重。飛蟲聚集在煤油燈周圍，鍋子慢慢發出嘶聲，有了生命。電力恢復時，他正將鍋子從爐臺挪開，結果，電又突然沒了。他帶著食物走回自己的房間，慢條斯理進食，納悶為什麼她只告訴丈夫他消失了，她不知道他任何消息。他怎麼會憑空消失？怎麼可能？迪梅吉沒有將他的口信傳給她嗎？他要求他告訴她，在他被判刑前聯繫她。他也拜託了托比。她從沒聽說他發生了什麼事嗎？他覺得不太可能。很有可能她收到了，也很清楚，只是對丈夫隱瞞實情。這令他非常困惑。她為什麼要對丈夫隱瞞？

在這種時刻，人必須很小心，因為在絕望的狀態下，他的心智會出現很多答案。人有一部分是非理性的，只為了讓自己安心舒服而存在。因此在這種情況下，它幾乎什麼都做得到，守護靈必須做的，就是設法找出最合理的建議，讓它勝過其他選項。那天晚上他想過的眾多可能性中，我選擇了：或許妲莉之前根本沒有收到他的信。但我宿主的選擇卻完全不同：她騙了她丈夫，說他消失了，只因為希望她的丈夫認為她不再需要他，而事實上，她仍然深深愛著他。

第二十四章 放逐者

吉巴塔—阿魯馬魯，沒有任何東西比沒有回報的愛更足以令人崩潰頹喪了。妲莉曾經告訴他，她不可能淹死，但他在橋上的慷慨行為，就是贏得她芳心的第一步。如今，她的心被一個在銀行工作的人奪走了，此人對於他為她做出的犧牲卻渾然不知。這遠超出我宿主能承受的範圍。賈米克告訴他真相後幾天，他整個人仍然失魂落魄。賈米克不在城裡，我宿主在接下來的一週內，陷入了追逐她的癡迷中。一開始他努力抗拒這個念頭，認真工作，專注店裡的業務，但每天打烊後，他就會開車靠近藥局和公園，停在路邊，找個有利位置，臉藏在墨鏡後，遠遠凝視藥局許久。

有時，七月的大雨會模糊他的視線，他什麼也看不見。等到當他看見她、思念她許久後，他的心便彷彿被注入鉛般沉重。他望著她走出藥局，開著她的藍色汽車離開，但這足以讓他回家時帶著一定程度的解脫。大部分的日子，她穿著白色長袍，裡面多半搭配襯衫裙子，有時則是安卡拉印花上衣或連身裙。他看到她後，他就會折返回家，告訴自己她有多麼美麗，髮型恰如其分，指甲油顏色醒目亮麗。有一次，她將它們漆成藍色，她近距離經過他車子時，他看得一清二楚，她沒注意到車裡戴著帽子和墨鏡的男人是我宿主。他回憶起有一次自己看見她坐在院子長凳塗指甲油，不想讓他被指甲油的強烈氣味嗆到。另外一次，她將指甲油抹在一隻白雞身上，結果那顏色一直留在牠的羽毛上，成了一塊洗不掉的紅斑。這讓她開心大笑到甚至流淚了。

他回家後就渴望和她聯繫。他已經考慮所有的可能性。他開始注意到，自己看到她的次數愈頻繁，他愈會回想當初兩人的親密，對她的慾望也日益加深。他該怎麼做？如果他去找她，她一定會再次羞辱他，她甚至可能怨恨他。她讀了他的信，看到他承受的痛苦，卻一點也不遺憾憐憫。想到這裡，他的慾望就轉為憤怒，最後成了怨恨。他會咬緊牙關，怒氣衝天，跺腳連連。他就是帶著這種心情入睡，早上起來又成了同樣的循環：到店裡上班，心裡不斷自我安慰，知道他會找到方式看她，再度陷入一連串的矛盾情緒。

有一天，他真的開車跟在她車子後面，只是好奇想知道她要去哪裡，因為他突發奇想，認為她搞不好有個情人。結果她開車到一所私立小學，兒子在門口等她。他坐在車裡，從兩百公尺遠的小巷看過去，他注意到男孩的耳朵，孩子的膚色與妲莉相似，他跟著他們回家，那是一間位於工廠路的豪華公寓，有高聳的大門與鐵欄杆。他停在房子前面，勘察附近環境，這裡灌木叢多了一點。在沒有鋪砌道路的另一側，有一間超市——看起來也像是小型診所——鄰近幾呎外還有一間小店面，有個女人每天傍晚會炸山藥與秋葵。他回到公寓，不知道該如何處理自己的新發現。

賈米克不在的第一週，週五當天他無法工作。前一晚的苦澀延續到第二天，他發現自己為了她的抗拒而痛哭。埃格布努，我在宿主身上見證的一切總是極度奇特，令人訝異。這就是所謂的愛吧——它在人頹喪衰敗時，也能生機勃勃、茁壯成長。他對自己發誓，如果她那天從藥局走出來，他就要與她面對面。於是那天他決定下車，坐在對街經營個人手機服務的女子身旁。當他摸索手機時，女子問他是否就是那位總是坐在一輛停著的車子裡面，望著藥局的男人。我的宿主非常震驚。

「妳都有看見？」

女子大笑，開玩笑地拍拍手。「當然。你每天都來，我們怎麼可能看不見你？也許連藥局裡的人都看到了。」

他無法動彈，轉向街道，看見一名養牛戶鞭打牛隻，催促牠們走路。

「你還沒有回答我的問題，」女人又說。「你為什麼要這樣？」

我的宿主很驚訝，知道他不能再繼續這個大冒險了。

「可是我都戴著墨鏡，妳怎麼會認出來？」他問。

「因為我看到你從同一輛車出來啊。」

「好吧，我以前跟那位藥劑師結過婚，」他說。然後，他謊稱她現任丈夫對她下了咒，將她帶走。女孩完全沒有設防，還覺得他可憐，在試圖安慰他時，她的手刷過他的。在那之前，他沒有任何感覺，但當她的身體碰到他時，他突然感覺自己被吸引了。我急於把握機會，讓宿主遠離他執著又充滿破壞性的癡迷行為，於是我在他腦海閃現，告訴他該擁有這個女人，她會永遠愛他。這些念頭在他的腦中飄蕩時，他仔細打量她。她很大眾臉，打扮也一般，皮膚不太好，似乎因為家境貧困所以膚色黝黑。但在這一天，她穿得比平時正式：一件漂亮的上衣與短裙，頭髮也燙了大捲。

他仍坐在那裡，她忙著應付那些想打電話或購買儲值卡的客人，他看著這個女人，對自己恣意奔放的肉慾非常震驚，他勃起了。

「我想我今天應該帶妳去我家，這樣妳就可以知道我住哪裡，我們或許可以成為好朋友，」他說。

女人笑了笑，沒有看他。她整理卡片，將它們用橡皮筋綁在一起。

「你根本不了解我，」她說。

「妳不想來嗎？好吧？妳叫什麼名字？」

「我沒有這麼說，」她說。「我的名字是琪丁瑪。」

「我是諾索。妳會來嗎？琪丁瑪？」

「好，等我結束之後。」

阿卡他卡，他一直等女子關了店面，然後開車帶她到他家，路上停下來買了兩瓶馬爾他堅力士啤酒。我沒有逃離，因為我想看事情的經過，看這一切會如何結束，儘管我協助了過程，但我也想試著理解這個新現象：一個男人之前浪費了許多時間與精力強烈渴望一個女人，突然間，他對另一個女人產生了同樣炙熱的慾望。這讓人想不透。那女人問了他是否會繼續跟蹤前妻，或是會轉而愛她。他回答「我會愛妳」，而對方完全沒有抗拒。他飢渴地撕碎她的衣服，將手伸進她的胸罩，瘋狂吸吮她的乳房。離他上次看見女子赤裸的肉體已經許多年了，更不用說碰觸她，所以當他來到她雙腿之間時，他有點愣住了。

我在這一刻預知接下來可能會展開預料之外的事，所以我離開了。但那晚靈界的喧囂過於可怕，我立刻被迫回到宿主身上，彷彿被致命的野獸驅趕。所以，我不得不目睹男女交媾的神祕行為。我回來時，女人懇求他使用保險套，她非常堅持，但他完全不顧她的苦苦哀求。「拜託不要射在裡面。不要射進去，哦，」她乞求，但他仍猛烈推進，他的床吱吱作響。我親眼看到他大喊，然後射在地板上。

女人躺在他身邊，緊緊抱著他，但他面對著牆。當他的心跳慢了下來，汗水乾了之後，他開始覺得不對勁。他回想當天稍早自己如何坐在女子的桌旁等待。現在他看到的，埃格布努，跟剛才不一樣了！真的！他看到女人臉上有許多斑點，有些都結痂了。他想起女人的缺牙及乳溝上的疤痕。他想到她的指縫髒污，還拿手挑眼屎。他想到女人躺在那裡做愛時，她的陰道和肚臍。他自己下了床，打開窗戶，抬頭回憶起妲莉的肉體。他記得那天，她堅持要他吮吸她的陰道，還有當下他感受的激動震撼。

當他轉身回到房間時，女人已經用床單蓋住了自己。憎惡在他體內上升。出自某種他自己或我——他的守護靈——也不懂的莫名原因，他發現自己恨她。他坐在椅子上，喝完啤酒。

「妳會回家嗎？」他問。

「呃？」她坐起來。

他看著她，她的醜陋更明顯了，他很後悔。

「我說，妳想睡在這裡嗎？我只是想知道。」

「嗯，你是要趕我走嗎？」

「不，不，我只是問妳要不要回家。」

她搖了搖頭。「所以，你得到你想要的，現在就要我回家了嗎？」

他無言凝視她，對自己突如其來的殘酷很驚訝。

「O di nma.（沒關係。）」女孩說。

他看著她穿好胸罩，她背上幾乎沒有線條，都是豐滿的贅肉。他心裡覺得自己被侵犯了，這令他無法解釋。是因為他認識了其他女人，所以等於妲莉也被玷污了嗎？恐懼隨著憤怒增加。他閉上眼睛，不知道女人何時穿好衣服。關門聲讓他擺脫了幻覺。他連忙站起來，但她出去了。他光腳在黑暗中追趕她，上衣都沒穿，房間也沒鎖，他叫她的名字：「琪丁瑪，琪丁瑪，等等，等等。」但她沒有等。她啜泣跑遠，什麼也沒說。

他回房坐下，房間只剩下女人的氣味。他不知道該有什麼感受，很後悔自己竟然如此無情對她，對自己莫名其妙的無理行為感到自責。他等了一小時再打電話給那女人，但她沒有接。他發了一條簡訊，跟她道歉。她回說：不要到我店裡了！這輩子你休想！願上帝懲罰你！

他癱坐椅子上，趕不走滿腦子的暴力思緒，它似乎還長了一對輕蔑的漆黑翅膀。他刪除女人的號碼，就這樣。那天晚上他睡覺時，兩個遊魂跑進家裡打架。它們穿過牆壁，渾然不知自己穿越了人類的屏障。丘烏上神，我必須說，這種事經常發生，其中大多不值一提。但是這次事件影響了我，因為它與我宿主的情況似乎有點關聯。

其中一個屬於一名男子的守護靈，他搶走了另一個男人的妻子。另一個則是女子前夫的鬼魂。守護靈說它好疲憊，因為已經設法打擊這鬼魂好多年了。「你為什麼不去休息？」它問。「你的宿主不僅搶了我的妻子，還毀了我的人生，我怎麼會想休息？」鬼回答。「但你應該安息了，去祖靈邦吧，重新轉世回到另一個人生，再收回屬於你的一切，」守護靈勸道。「不，我現在就要得到正義。現在。就是現在。告訴你宿主，不要碰恩歌琪，否則我不會放過他的。我要繼續讓他惡夢連連，附身於他，使他充滿幻覺，直到正義得到伸張。」「這樣嗎？」守護靈回答，「如果你放手，艾拉與丘烏上神會替你行道。但是你選擇自行處理……」他們的談話繼續，我示意它們離開，它們幾乎沒看我和我宿主一眼，就從牆壁回到黑暗世界了。我不知道自己為什麼目睹了這一幕——也許是祢要我把它視為警告，讓我宿主不再追求難以捉摸、沒有定論的現狀，因為最終他有可能就會成為遊魂，無依無靠，無家可回，在天上與人間都找不到自己的歸屬。

✣

艾切陶比席科，我的宿主又重蹈覆轍，矛盾不已，他宛若某種液態元素，飄回了他的容器。他不再在藥局附近等候，而是將注意力轉向她家。他會將車子停在一段距離外，走到她家對面的超市。他與店長交朋友。他會買餅乾和可樂，坐在戶外的長椅吃喝，用自己破碎的英語和那人聊天。從絕佳角度觀察，他確保自己不摘下墨鏡，他看到她帶小男孩先回家，接著是她的丈夫。進行新計畫的第三天後，他突然向店長問起這家人。

「奧格邦・恩諾卡先生嗎？」此人不會說先祖語言。

「對，那是他的妻子？」

「那位小姐嗎？我知道不多，她話很少，非常安靜，幾乎像是沒長嘴一樣。她常來這裡。」有個男人穿著短褲走進商店，肩上掛著一件襯衫。

「氣色不錯喔，」顧客對我宿主說。

「彼此彼此，兄弟。」

「瑪拉，考貝怠？」

「哪一個？罐頭還是袋裝？」

「袋裝好了，四袋，多少錢？」

「四十四奈拉。」

那人離開後，他問店長是否認識恩諾卡先生和他的兒子。

「認識啊，認識，我跟他們很熟。」

埃格布努，我說過我宿主擁有好運的天賦大禮。真的，他遭遇許多壞事，但他在奇歐蹟科花園挑上的東西卻很有力量。我該如何解釋這一切的偶然呢？他只不過隨口問問對方那一家人罷了。「他們只有這個兒子嗎？」

男子也順口回答：「只有這個，奇諾索，就這個小孩。」

歐巴席迪內魯，我的宿主跳了起來。因為他沒有告訴這個人自己的名字。

「什麼？」

「小男孩啊，」那人被他的反應嚇了一跳。「我說他的名字叫奇諾索。」

他現在站了起來，完全無法動彈，他瞪著那個人，然後看向房子，再望著這位店長。

「怎麼回事，先生？」

他搖搖頭。「沒什麼。」

對方放鬆了心情，又開始談論「恩諾卡先生」有時候不會收下他找的錢，在開齋節期間，還為他帶了一頭山羊。我的宿主沒有很專心聽，心思早就飛得老遠。他起身走回車上，所有意識突然清空，她怎麼會用他的名字替兒子取名？為什麼？

他越想越困惑，完全坐不住了，這個問題威脅他，答案其實很單純，簡直呼之欲出，明確得猶如架上物品。但當他伸手要拿時，又覺得它離他很遠——難以觸及。這是最令他煩惱的。那天晚上他睡得很少，他醒來時，甚至擔心自己會失去理智——他很餓，心碎沮喪，農業大學的人打了兩次電話找他，最後發簡訊通知他，說他們再也不會跟他買飼料了，感覺他無心經營事業。他們已經是第四組因為他不常在店裡而離開的客戶了。

看完簡訊後，他爆炸了。他對著大熱天大吼，站了起來。我怕她？為什麼？我已經為她犧牲那麼多？不是嗎？不，她得跟我說話。他在房間踱步，想到那天她當著眾人排斥他的畫面，大叫說她不認識他。今天，就是今天，妲莉必須給我答案。

他語氣堅定，更驚訝自己竟然可以如此大膽。他到公寓的共用浴室洗澡。在前面遇見鄰居的妻子坐在矮凳與朋友聊天，她彎腰在水桶邊洗衣服。肥皂泡沫散落一地。女人身上的布料裹著她的乳房，在她毛茸茸的腋窩下打了個結。女人向他打招呼，當他經過時，他看見的裸露肉體讓他不安，他想起了那個和他上床的女人，那一次他感受到的不是歡愉，而是厭惡，令他很震驚。當他關上門，將衣服放在架上時，突然發現，自己與那女人的邂逅以及他對其他女人的冷漠，是因為他仍然愛著妲莉。

他再次開車到她家，將車停在離她家幾呎處，正好與她車子回家的方向相反。他停在一棵樹下，鳥兒嘰嘰喳喳，大樹俯瞰一座有圍欄的豪宅，裡面傳來孩子們的嬉鬧聲。然後，他耐心等待，雙眼瞪著馬路，日落時他看到她的車接近了。他想了好幾回，下定決心。他觀察到這一區的車潮很少往這個方向，因為這條街之後沒有什麼住宅了，接下來就是死巷，如果有車子尾隨著她，他也不能擋路，那麼他就從車裡出來，追著她的車，在她按喇叭要警衛開門前逮住她。

埃格布努，一切正如他想像。他一看到她的車，就發動車子，急忙往前開，然後迴轉駛入迎面駛來的汽車車道。其他車子幾乎撞成一團，煞車聲甚至闖入了他早已迷茫的心情。他坐了一會兒讓自己平靜下來。然後他下車。他看到她了，但他沒有看見坐在後面的男孩。現在他看到她們母子倆了，她回頭對男孩說了些什麼。他走到兩輛車前面，站著不動。很久了，幾個月來，自從他回國後，他就是想要此時此刻此景。他覺得自己在顫抖，有什麼東西從心底爆發了。

他後面車子的駕駛按了三下喇叭，憤怒超車。但他站在那裡不動。她從車裡出來。她看著他，他看著她。那張臉，有著他曾經熟悉的人生。但是，眼前這張臉他已經難以辨認。它似乎有點陌生，卻又充滿熟悉感。

「是你？」她問，彷彿在確認他的存在。

他點了點頭。「媽咪，」他說。

她退後一步，彎下腰對男孩說了些什麼。然後，她關上車門，走到它旁邊。

「又是你？你想要什麼？」

他搖了搖頭，埃格布努，他好害怕。

「媽咪，我為一切感到抱歉。對不起。對不起。妳看了我的信了嗎？妳看了……」

「喔抱歉！」她大喊。「很抱歉！」她往後退一步，把手放在臉上，用手指著他。「你為什麼跟蹤我？你為什麼到藥局，來我家？這是什麼意思？嗯？」

「媽咪……」

「不，夠了，閉嘴，不要！不要那樣叫我，拜託，我求你。」

他想開口說話，但她回頭看看車子與男孩。

她又轉向他，閉上眼睛，她說，「讓我告訴你，我不想再見到你了。這是怎麼回事？你為什麼跟……」

「妲莉，聽著，」他說，然後往前走一步。

「停！你給我停下來！」

她激動地往後退，讓他警覺起來。

「你一點都不准靠近我。聽好，我以上帝之名求你，不要煩我。我現在結婚了，好嗎？去找別的女人，不要來煩我了。如果你再來我家，我就找人抓你。」

他看見她轉身要回車上，他跟著她。當她再次面對他時，他只離她幾吋。

「妳的兒子，」他匆忙喘氣。「他跟我有一樣的名字。」

在這個值得回憶的人生時刻，當我的宿主與他愛的女人離彼此只有幾吋的距離時，一輛旅行車開始接近他們的車子。這個時刻短暫直接，如受害者瞥視刺客的最後一眼，卻似乎又充滿人類難以理解的恩典。他闖進了她的視野，卻不受她歡迎，他看見她想開口，卻突然轉過身，立刻回到車上。

旅行車的駕駛停下咒罵。他回到車上，緩緩迴轉，她的車開進她家大門。他看著它消失了，被激怒的車夫和乘客經過他時，大聲罵他髒話。

✣

布比代克，對於他後來做的事，我就不多說了，那實在不忍卒睹。我的宿主因為此次遭遇大受打擊。妲莉僅短短跟他說了幾句話，卻足以沉入他虛弱的胃，字字句句反芻消化，而且他讓它們變成了真正的食物。每天晚上他那如鐘擺的人生準備停頓時，他會將那些話語反芻咀嚼，加上新鮮的唾液。有一件事他無法釋懷，怎麼樣也吞不下去，也不能消化，因為它過於明確完整。他從她的眼神看得出來，儘管他知道自己可能反應過度，但他確信，他在她眼中看到的，就是輕蔑。

很難描述這種感覺對他有什麼意義。他躺了好幾天，彷彿行屍走肉，回憶當時的場景，他吃得很少，自言自語，一面哭一面笑。他在晚上出門，腳步疲憊，隨後又跑回房間，喝著臉上滑下的雨水。

我擔心，埃格布努，他瘋了。更糟糕的是，他被奇特執著的惡夢困擾，其中許多都是禽鳥——雞、鴨、隼，甚至獵鷹。這些夢暴露了他受盡折磨的心靈創傷。他飄零無依——被凡間與天堂拒絕了。這已經等同遊魂，卻又擁有真正的肉體。我很害怕，因為我知道，最強烈的愛往往存在於一個人遠離自己的可憐人身上——尤其是他無法擁有對方。他的靈魂充滿渴求，卻只能苟延殘喘，最終，他的心只能被丟入高聳地牢，緊緊鎖住。拯救他的唯一方法，就是再度讓他體驗同樣強烈的感情。但因為我們都沒看見合適的女子，因此我非常擔心。

他沉淪了好幾天，埃格布努，有一天晚上，當他坐著喃喃自語，說她恨他時，他沒有發現朋友回來了。

當他聽到一聲巨響敲門時，他幾乎嚇了一大跳，接著是，「奇諾索兄弟，神之子！」

他急忙開門。

第二十五章 下層神祇

夸克武魯，偉大先祖以他們無與倫比的智慧說過，人害怕的東西，絕對比他的守護靈還強大。這實在很刺耳，但確實，人類的生命中，恐懼是個無所不在的現象。從小，人類就被持續的恐懼支配。成年之後，恐懼便永遠成為他生命的一部分。人做的每一件事都受它左右，人要如何免於恐懼？這問題很愚蠢。但不就是因為害怕自己的頭腦被恐懼控制，才會讓人提出這種問題？人類必須接受，恐懼就是生命的一部分。人類進食，因為他擔心如果不吃就會死亡。過馬路時又為何得小心翼翼？為什麼那人帶孩子上診所？恐懼。恐懼是人類世界的無聲主宰。它或許是人類所有情緒中最有力量的。加加納奧格武，想想阿祖卡的故事好了，此人在三百七十年前的一場鬥毆中殺死了姊夫。隨後被艾拉的巫師判處死刑，因為他以不義的手段奪走了另一個人的生命。當時我的宿主切塔澤．伊耶科巴就是將他帶入森林，絞死他的劊子手之一。透過他，我看見了這個罪人成了什麼模樣，他的一舉一動與聲音語調全都被恐懼改變了，很明顯地，從判決宣布的那一剎那起，他生命的每分每秒就被即將死亡的恐懼占據。曾經說服自己必須大無畏好好過日子的人很快就會發現，他已經赤裸裸地縱身跳入精神錯亂的場域，在那裡，他一個熟人也不會有。

賈米克一到，便發現我的宿主已經被恐懼吞噬——另外還有慾望、憤怒、愛和悲傷。但最重要的是，他擔心自己再也不能擁有妲莉了。恐懼！丘烏上神！人類的凌遲者，最下層的神祇——祂為人拴上皮帶，讓他無處可逃。儘管可以在室內飛馳、棲息在窗臺，或者隨心所欲拍打自己年輕有力的白色翅膀，唱出邊緣人的合奏曲，但最終，他哪裡也去不成。假如他真的展翅，屋頂會讓他必須回頭，回到原來位置。這樣一來，人還會快樂嗎？能在自己的婚禮喝棕櫚酒嗎？他能蒙受父母的恩惠與同儕的讚美嗎？他在和妻子做愛嗎？他的妻子正在分娩，所以他熱切期盼孩子出生嗎？無論什麼情境——一旦派對結束，婚禮嘉賓離去，當他釋放自己，恢復平靜，或是孩子出生後，恐懼就會以史無前例的力道回歸，猶如馴鷹人拉回自己的鷹隼那樣。

也因此，這種排山倒海的恐懼讓我宿主急需幫助。他至少必須嘗試了解自己，設法找到出路。出路？這就是他一直想跟賈米克表達的。如今他早已筋疲力竭，跪倒在地，擁抱著從祈禱聖山回到身邊的好友——好友身上盈滿了遙遠土地的偉大神靈，更被虔誠先祖的後代崇敬。

「賈米克，」他說。「我知道你是神的使者。我知道上帝改變了你的人生，但我希望你再為我做一件事。我很傷心，悲痛欲絕。我甚至提不起勁，只有在我妻子回來後，我才會得救。」

儘管他此時知道他早已失去她，雖然他感覺自己已經處於精神錯亂的邊緣，但他仍因賈米克臉上的驚愕而憂心。

「是的，」他激動地說，咬牙切齒，更加牢牢抓住賈米克瘦弱的雙腿。「她是我的妻子，賈米克。她是我的。我們原本打算結婚的。我為她受盡一切的苦。」

他朋友顯然不知道該說什麼。他凝視我宿主，宿主已經鬆開他了。他繼續說，「大約一週前，我在她家大門找上她，賈米克，我看見她了，還有她兒子，你知道他叫什麼名字嗎？他叫奇諾索。」

「你的名字？」賈米克問，我那最理智的宿主更是激動，因為他看出他已經撼動這位他尋求協助的好友內心。

「是真的，男孩就這個名字。」

「我真不敢相信，兄弟。」

「我想，」他說，但沉重的呼吸使他一時說不出話，然後他又開始說，「我想一定有理由，我很想知道。她以為我死了嗎？所以才將小男孩取我的名字？還是因為別的原因？」他咳嗽，把痰吐進手帕。「那個男孩，我見過了，我心裡有聲音說，那是我的兒子。」

「真的嗎？」

「真的，」他口氣激動。「你能看看那男孩嗎？他看起來至少五、六歲了。她什麼時候嫁給這個男人的？你說不久前嗎？」

「倒是真的可以去看看。但什麼時候呢？」

「我不知道。我不知道。我不知道。喔，只有神知道了，但是，我的兄弟，我的心碎了。死人都贏過我現在的狀態。我不能睡，不能吃。我不知道自己的人生怎麼變成這樣。但我很想知道為什麼她兒子會取我的名字。」

「你說得很對，我的所羅門兄弟。祖先說過，大白天時，蟾蜍不會莫名其妙亂跑，絕對是有東西在追牠，要不就是牠在追什麼東西。」

真的，加加納奧格武，這就是博學先祖的智慧！

「我懂的，所羅門，」賈米克繼續。「你只要開口，我就會照做。我想幫你。」

這時我宿主抬起頭來，在那一刻，他看見自己跪在地上，抓著朋友纖細的雙腿，他這可憐的好友已經四十個日夜沒有進食了。朋友的枯瘦使他大吃一驚，他急忙鬆開手，坐在朋友對面的床上。

「幫」這個字，埃格布努，為我宿主帶來了暫時的承諾與希望。他坐起來，搖搖頭說道，「我想要你再去找她丈夫，告訴他，『神要我來找你，奧格邦先生，警告你他們可能有危險。』」

他等賈米克開口，但他朋友只是用手抹著嘴角。

「這不是原罪，」他說。「你只是要知道她是否——她是否安全。上帝不會禁止。而且，你是牧師。這不是謊言。」

賈米克搖頭。看起來他似乎花了很大的決心才開口，但他沒有回答，「可是主沒有要我到他面前。這全是在說謊，」我宿主原本擔心他會如此答覆。相反地，賈米克用著彷彿能切割空氣的語氣說，他會照做。他似乎不確定我宿主聽見了，再次重複。

我的宿主平靜了，彷彿有隻隱形的手，要他起身。

✣

丘烏上神，偉大的先祖們常說，陰囊腫脹的羚羊，對獵人是一大優勢。因為帶著毒箭的獵人——即使他是個虛弱的老頭子——也能輕而易舉抓住羚羊。奧格邦先生，我宿主愛人的丈夫，那個利用他不在而偷走他新娘的邪惡男子，那個毀了他的人——為了他，我宿主現在生不如死——還把我宿主的孩子視如己出，其實，他的陰囊已經開始腫脹了。他將自己交給了一位假意良善的牧師，一個為我宿主的崩毀王國工作的間諜。現在，第二天的晚上，地平線蒙上一層薄薄灰紗時，我宿主和朋友開車到妲莉丈夫的工作地點。

賈米克走進銀行後，他就在一處修車廠附近等待，修車廠位於一棵油豆老樹下，我立刻認出它了，它在那裡很多年了。兩百多年前，無情的人們拖走我的宿主雅加齊與其他奴隸，用鐵鍊綁住他們的四肢。俘虜們被迫前進時，一名女子昏倒在這棵大樹下，其中一位壯漢向其他人示意，說這女人可能病了，或許連海岸都走不到。那該怎麼辦呢？他把她鬆開，但女人沒有動。他們把她丟在那兒，就這麼躺在這棵樹下的空地。

宿主下了車，跟修車廠師傅一起站在樹下，他的眼睛被比亞弗拉旗幟吸引，它被綁在建築物的一塊木頭上。它被煙塵薰得很黑，角落破了個洞。大家要他坐在一處骯髒長凳上，旁邊是個大輪胎，上面堆滿了工具。但他選擇站著，雙手交疊胸前，望著街道。

他剛從小販那裡買了一杯冰水，賈米克走回來時，他正在喝水。賈米克刻意沉默，似乎某件事讓他無法開口。「我們去其他地方談，」他匆匆說，朝汽車點頭。

他們開車回到公寓，兩人坐定後，賈米克才開始。

「我的兄弟，我去那裡時，感覺他等我很久了。他跳起來說道，『牧師，牧師，我麻煩大了。』我問發生什麼事了，他說，『牧師，我的妻子，我的妻子。』他很煩惱。他說妲莉見到了她幾乎要嫁的那個男人，那人也發現小男孩是他的兒子。」

我的宿主倏地站起來。

「是的，是你的兒子，我的兄弟，」賈米克抬頭看著他。

「怎麼會？怎麼會這樣？」

「男人說，你離開奈及利亞之前，她就懷孕了。你離開後，她沒有你的下落，她試圖找到你。還打電話給大學。」

依揚戈—依揚戈，祢一定想知道，聽到這裡，我的宿主有什麼反應。

「什麼？再說一遍。Isi gini（你說什麼？）」

「她打電話到大學找人，也跟黛荷講到電話，我的所羅門兄弟。」他安靜坐下，我在他腦海閃過兩個畫面，她緊抱著他，要他射在她裡面。然後，還有另一次，如今感覺已經許久之前了，他忘情地射在裡面，雖然最後抽身，但大部分的精液都已經進入她體內。他沒有告訴她，怕她會罵他。後來，她要他開燈，讓她拿衛生紙擦乾淨。他開燈之後鬆了一口氣，因為她沒有問他是不是沒有及時抽出來。開燈後，他發現有一根潔白羽毛飄在空中。妲莉被它迷住了。她問他它是哪來的，為什麼會這麼飄著。他說他不知道，這只是我提醒他的幾個回憶之一。但連我宿主也想起來，當他打電話告訴她，未來充滿希望時，她也說有事情想告訴他，但以後再說。多年後，我仍然能聽見她當時的聲音，「這是天大的消息，就連我也很訝異。但我好開心！」

「她完全沒有你的消息，非常擔心，我的兄弟，神之子。她有了你的孩子，突然間，你失去音訊，又是好幾週過去了，她左等右等，仍然沒有消息。她手上有你給她的錄取通知書影本。她打電話給學校，被告知你做了什麼。」

他準備開口，但賈米克繼續。

「他們告訴她，你強姦了一名白人婦女，要坐牢二十六年。事實上，他們告訴她，這已經對你很寬容了，因為在大多數穆斯林國家，強姦罪的唯一懲罰就是死刑。」

「是誰告訴她的？」

「他沒有告訴我，但我認為是黛荷說的。他不知道整個故事的來龍去脈；我也認為他不了解。但她的確曾經嘗試要找你，也想盡辦法幫你。他說她不相信你會做那種事，甚至找上奈及利亞駐土耳其大使館，但沒人可以幫忙。這我記得，我的兄弟，我打電話給住在凱里尼亞的朋友，也就是你去過的那間公寓時，朋友們也說，奈及利亞駐土耳其大使館打電話給大學。我相信她試過了，我的兄弟，這是我的錯，但她確實努力過了。」

「後來呢？後來怎麼樣？」我宿主問道，那古老的怒火再度延燒了。

「她的家人，」他的朋友已經開始啜泣。「他們非常震怒，她非婚生子，還出面營救一個在海外被判罪的男人，搞得國際皆知。所以他們才要她去拉哥斯。奧格邦沒有多說什麼，但我的兄弟，我相信她努力了。最後，還是放棄了。」

依揚戈—依揚戈，此時此刻，彷彿有東西在我宿主的腸子移動，他感到一股溫暖，似乎某種溫熱的東西緩緩滲透，她放棄了。這是什麼意思？阿卡他卡，一個人嘗試多方管道，最終還是收手放棄。或許是因為此人一直奮力想要舉起什麼東西，最終卻意識到自己怎麼樣也搬不動，就這麼鬆手放棄了。

我的宿主呆坐原地，這個他出生、生活、做愛、睡覺、受苦、療癒，然後又受苦的世界，似乎成了幻象，那是眼盲老者突然看見的幻覺：前一刻光彩四射，璀璨明亮，下一刻，它便猶如海市蜃樓，轉瞬蒸發消散。

第二十六章　人類屋內的蜘蛛

胡克烏，祢的耳朵一直耐心傾聽，讓我在神聖天庭轉述所有過程，而這裡的每棵聖樹也吟誦迷人的曲調，彷彿穿上了閃亮新衣。甚至在我說話時，美妙音樂也不時如皮膚毛孔的汗水般，從明亮大廳汩汩湧出。四周都是守護靈，大家都準備呈現自己的各種陳述。所以我現在必須趕緊補足我故事中的罅隙，不會太久的，加加納烏，我就快說完了。

長話短說，我必須提醒祢，我們那些精於作戰與打仗的偉大先祖常說：必須將人殺死的兇手，不需要知道受害者的名字。我的宿主就是如此。賈米克發現事實真相的幾天以至於幾週後，我宿主的沉痛難以言喻。但我必須將他的改變，以及隨後的結果告訴祢，因為這就是我到此懇求的原因。埃格布努，我的宿主成了遊魂，行屍走肉，說話時令人不知所云，有如墮落的流浪漢，又像是在灌木叢中爬行的生物，自我放逐，不問世事。他拒絕朋友的勸告，賈米克苦求他不要堅持，但他卻發誓一定要把兒子要回來。他堅持，兒子是他在世上唯一值得奮戰的事物，任何人，甚至我，他的守護靈，都無法令他違背心意。

於是他又開始潛伏在她家附近的灌木叢，當她開車回家時，他試圖找上她。她不願下車，只是繞過他將車開走。這些舉動都失敗後，他上她的藥局大吼大叫，說他想要自己的孩子。但她將自己鎖在屋內，從鎖上的窗戶要求鄰居幫忙。三個男人跑進藥局把他拖出來，將他揍得鼻青臉腫，左眼骨都裂了。但這並沒有阻止他，埃格布努，他到男孩就讀的學校，試圖強行把孩子帶走。至此，我認為讓我最困擾的人類暗夜就要萌芽了，因為我已經見證許多次了，奧色布魯瓦。我已經知道，回去自己靈魂被粉碎之地的人，絕對不可能輕易原諒那些將他拖回去的人們。我說的是哪裡？就是人們停止生存的地獄，在那裡，他彷彿沒了生命的物體，有如街上拿著鼓的雕像，或是在警察局旁邊，張開嘴的孩童雕像。

儘管這次獄警對待他的態度不同，多半只是言語侮辱與巴掌，但那些天馬行空的記憶折磨他。他在牢房裡痛哭。他詛咒自己。他詛咒世界。他詛咒自己的悲慘。然後，丘烏上神，他詛咒了她。那天晚上他睡覺時，往昔某段時光出現了，他聽到她的聲音說，「諾索，你為了我，毀了你自己！」在地牢的粗糙地板，他狂亂坐起，那些話似乎花了好幾年才傳到他耳中，這是他第一次聽得一清二楚，過了四年後，他又首度聽清楚了。

✣

衣佐育瓦，賈米克第三天早上來保釋他。「我已經告訴你，不要打擾她了，」他們離開警察局後，賈米克說。「你不能強迫她回到你身邊。把過去拋在腦後，繼續前進。搬去阿巴或拉哥斯。重新開始。你會找到一個好女人的。看著我，我在賽普勒斯度過的這些年，我找到誰了嗎？我在這裡找到了史戴拉，如今，她就要成為我的妻子了。」

賈米克跟他說話，但他無法回應，賈米克的勸告向來出自其肺腑之言，全是他個人之前的經歷。等到計程車停在他家公寓時，他感謝朋友，要求讓他獨處。

「沒問題，」賈米克說。「我明天來看你。」

「明天，」他說。

✣

歐巴席迪內魯，偉大先祖憑藉他們圓滑的處世智慧，曾經說過，吹笛手無論吹什麼曲調，舞者都能隨著節奏跳舞。但是，一面聽另一首曲子，一面跳舞，那也太瘋狂了。人生讓我的宿主體悟了這些艱難的真理。我勸他，他仰賴的賈米克也認真開導他。心裡帶了這些話，他打開大門，回到公寓。他鄰居的妻子跟他打招呼，她正在挑豆子，他喃喃回應。他打開門鎖進了房間，一進屋，他就被幽閉恐懼症襲擊了。鬧哄哄的蒼蠅四處亂飛，他看到原因了：他被抓走的前一天買的黑豆布丁，在他被抓走時只吃了一半。蛆蟲爬滿塑膠袋，腐壞的食物還滲出一種乳狀物，全都流到桌上了。

他脫下襯衫，把布丁包進去，這讓蒼蠅抓狂了，他將桌上的髒污擦乾淨，把襯衫丟進垃圾桶。然後他躺在床上閉上眼睛，雙手放在胸前，試圖什麼都不想。但是，埃格布努，幾乎是不可能的，因為人的心智猶如荒林中的田地，無論多麼渺小，都必須耕耘播種。他無法排開自己的思緒時，他的母親出現了。他看見她坐在院子的長椅，用研缽敲打胡椒或山藥，他站在她旁邊聽著她的故事。她的頭包著頭巾。

他就這麼安頓於這種狀態，在意識與無意識中漂浮，直到夜幕降臨。然後他坐起來，讓離開烏穆阿希亞的想法開始萌芽開花，他想要擺脫一切。他在監獄曾考慮過這個問題，甚至在賈米克提到之前就想過了。我已確保它深植於他的腦海。於是，這想法如一位不放棄的客人般，在他坐牢的三天內來來去去。如今，看見他的母親，即使他不知道為什麼，似乎讓大局底定了。她死後，他自己不是也多次告訴父親應該盡早忘記她嗎？他跟父親吵了好幾次，告訴他只有小孩才會對自己失去的東西時時難忘。特別是他父親喝醉，走進他房間的那一晚。當天稍早，他們剁了一隻雞要給一個年齡與他妹妹相當的女孩，她即將結婚了。或許是因為這樣，他父親心情低落。他在深夜踉蹌走進我宿主的房間，淚留滿面地說道，「兒子，我沒能力，失敗得離譜。你媽在產房時，我沒能保護她。無法讓她復活。現在又是你妹，我沒能保護她，我現在過的是什麼人生？難道就是一連串的挫敗？我的人生只能用我失去的東西定義嗎？我究竟惹了誰？Kedu ihe nmere?（我究竟做了什麼？）」

思忖這段回憶時，他曾認為父親軟弱無能，不能承受苦難艱困，不知道該如何扭轉局面。現在，他才發現，原來自己也執著於失去的人事物，那些再也無法擁有的東西。

他會離開的，他會回到阿巴找叔叔，將一切拋在腦後。他無法改變那些已經重塑變形，不願改變的事物。他的世界——不，他的舊世界——已經重整，他無力改變。唯有繼續前進，找到動力才是轉機。賈米克遠離自己的可恥過往，與我宿主講和，繼續自己的未來。妲莉也一樣，她將寫在靈魂上的銘文一筆抹淨，再刻上全新的內容，不再回憶過去。

他清楚意識到，並非只有他在人生道路上曾經有過仇恨或怨懟，在這險阻崎嶇的旅程，人們多多少少也曾經對生命中的人事物有過憤怒或不滿，就算是點滴小事也有可能。許多人，或許在伊博國度或甚至每一位奈及利亞同胞，都已經蒙上雙眼，不能言語，驚慌恐懼，困鎖於那牢不可破的心牢，大家可能都對電力匱乏、設施破敗、政府腐敗忿忿不平。例如上週那群在歐窪力被槍殺，或在阿里亞利受傷的「實現比亞弗拉主權國家運動」抗議者，他們大聲疾呼，只為了想讓凋零的民族重生復甦——當然，他們也為了死者的犧牲義憤填膺。還有那些失去親友的人呢？總之，人人內心深處必然都有怨，沒有一個人是徹底平靜安寧的。任何人都辦不到。這段省思如此漫長，思緒又是這麼真誠，身為他的守護靈，我非常肯定，他一定得離開，而且馬上離去。正是這一點，讓他心情穩定了。第二天，他立刻去尋求可能買主，看有沒有人願意頂下他的店面，買下店裡所有東西，承接他的房租。他心滿意足地回家了。隨後他打電話給叔叔，告訴他近來發生在自己身上的所有事，也說他必須逃離烏穆阿希亞。老人深感不安。「我就告……告訴過……過你，不要回去找……找那個女人，」他一遍又一遍地說。然後，他命令我的宿主立刻到阿巴找他。

他將自己的少數物品收拾了幾天，努力不去想妲莉或兒子。將來，等到他重新建立自己的人生後，他會回來的。他會這麼做的，他心想，他站在空蕩蕩的房間，如今，只有舊床墊躺在地板上了。雅古傑比，他當晚就要離開，再也不回頭。他會離開的！他已經告知賈米克，等這位朋友過來看看他，他就要開始自己的旅程了。他等待牧師結束福音工作，為他祈禱，接著他就要打包上車了。

丘烏上神，就在這一刻，我再次擔心了，我就怕賈米克來了之後，為他祈禱，為他哭泣，擁抱他，然後，那古老的憤怒、恐懼，那曾經吞噬一切的複雜情緒，會再次湧現。他不知道那是什麼，但它緊緊抓住他，將他再次拖進他曾經被捲入的迷宮。埃格布努，只消一段回憶，就能辦到了：正如一根火柴足以燒毀整棟大樓。他想起自己第一次與她做愛的那一天，她跪在院子的地上，吸吮著他的陰莖，直到他癱倒在長凳上。他們後來大笑，談論那群禽鳥是如何在一旁觀看。

依揚戈—依揚戈，請聽好：我宿主這種人，無法就這樣離開戰場；他的心靈無法滿足，歷經一場慘烈挫敗之後，他不能就這麼站起來，對那些看著他倒在沙場的人，對所有目睹他屈辱的人，宣布他準備停戰，追求和平了。這很難做到的，丘烏上神，因此，儘管他信誓旦旦對自己說，「我要永遠離開她了，」片刻後，當夜幕降臨，他又對暗黑思緒屈服了。它們蜂擁而至，威脅著要占據他整個人，最後它們說服他走進廚房，拿走一小罐煤油，及一個火柴盒。直到那時，它們才會離開他。不過，這魔鬼交易已經結束了。他將罐子緊緊封好，放在前座乘客位的地板。然後，他回到屋內，等待等待再等待，靜候時間過去。當一個人的靈魂著火時，等待是最困難的。

✣

埃格布努，他發動車子時已經接近午夜，他開得很慢，因為車上有可燃物，而且他所有的財產已經都裝上車，準備出發。他開車在空蕩蕩的公路上，途中還經過一處檢查哨，一名男子用手電筒閃過他的車，並揮手示意他繼續前進。

最後，他抵達藥局。

他把車停了下來，拿起火柴盒。

「我失去了我擁有的一切，姐莉，全為了妳，結果妳這樣對我？」然後，他打開車門，拿了煤油罐與火柴盒，走進深夜，今晚比任何黑夜都還要漆黑。

「我為妳所付出的一切，妳以邪惡回報，」他頓了一下，喘口氣繼續。「妳拒絕了我。妳懲罰了我，妳讓我進了監獄，妳羞辱了我，妳欺凌了我。」

他站在建築物前，周圍一片寂靜，只有一些不知從何而來的教堂歌聲。

「妳就要知道，失去東西是什麼感覺。妳會知道的，我會讓妳感受我的苦。」

此時此刻，他的聲音，以及他的心裡，埃格布努，我看出來了——有一種人類行為從遠古以來就讓我困擾不解：男人可以愛女人，擁抱她，與她做愛，為她而活，一起生兒育女，但隨著時間的流逝，所有的痕跡都消失了。憑空蒸發！依揚戈—依揚戈！結果，祢會納悶，剩下的是什麼呢？是輕微的懷疑嗎？或是些許的憤怒？都不是。留下的是仇恨的子孫，它最可怕的種子：蔑視。

在他說話時，由於害怕他要做的事，我脫離了他的肉體。我立刻被震耳欲聾的惡靈叫囂嚇呆了。這些靈體分布在屋頂或車頭，或是閒晃或是吊掛，大家都看著他，彷彿已經事先被告知他要做什麼。我跑回宿主身上，將思緒放進他的腦子，要他回家，或打電話給賈米克，或出發去叔叔家，或回去睡覺。

但他不聽我的，而他的良心——那嘴巴最厲害的說服者——此時甚至沉默不語。他繼續上前，確定沒有人之後，便開始在藥房周圍澆灌煤油。倒光之後，他走到汽車的後車廂前，拿出一小罐汽油，繼續朝屋子四周淋。最後，他點燃火柴，將它扔進昏暗的建築物，等到大火一點燃，他便跑回車上，啟動引擎，衝進暗夜，他沒有回頭。

加加納奧格武，我知道，現在沒有靈體會尋找肉體，因為遊魂的食物出現了：熊熊燃燒的火焰。因此，我出來作證，看看他究竟做了什麼，當祢詢問他最後一天是怎麼過的，我就能充分說明宿主的行動。我站在著火的建築物外面，宿主開車離開了。等到我們看不見他時，幾乎有十幾個靈體聚集在火場，大家興奮地振動飄浮。一開始，我從遠處觀賞這美麗奇景，因為那些靈體衝過我身旁，其中一個更熱烈地爬上建築物，在高處飄懸，此時一股黑色煙霧往上盤旋，大家歡呼，因為煙霧讓靈體時而現身，時而消失。

在我旁觀時——我簡直不敢相信——我看見妲莉的守護靈跑出著火的建築物，哀號哭喊。它一眼就看見我，隨即急促大喊，「你這個邪惡的守護靈和你的宿主！看看你們做了什麼！很久以前，我就警告你不要再來了，但他一直追著她，窮追不捨，更擾亂了她的人生。兩天前她終於讀了他那封愚蠢的信後，心神不定，一直跟丈夫吵架。今晚，這個殘酷的夜晚，她又在激烈的爭吵中離家出走到這裡來……」

妲莉的守護靈突然轉身，因為她聽見燃燒的樓房裡傳來一聲刺耳尖叫，它立刻消失在火焰中。我也衝了進去，在大火中，我看見一個人試圖從地板上站起來時，天花板一塊燃燒的木頭落在她的背上，讓她瞬間痛苦到喪失任何知覺。這一擊讓她倒地不起，但她很快再次站起來，望見熊熊烈焰如高山般矗立在她面前。架上藥品悉數掉落，緩緩被火舌吞噬，一道火焰點燃地毯，如今正朝她所在的房間迅速前進。她摸了摸脖子，發現頸背上都是血。直到那時，她似乎才意識到剛才那塊木頭有根釘子敲進她的肉，也讓火鑽進她的身體了。她發出來自地獄的尖叫，背上還卡著那塊木頭，衝過紅黃色的火場，那裡已經全是倒塌的桌子、融化的窗戶、亂舞的窗簾，以及碎裂的瓶子了。當她快走到門口時，一塊燒焦的磚頭掉落，她一打開門，燃燒的木頭全數崩落。灼熱的疼痛使她當場跪下，看起來就像是個無處可逃的牧師開始禱告，她此時心想，最好不要站起來，於是，她開始爬出藥局，就像一隻在火焰中吃草的動物。

等到她逃出來時，人們已經聚集在火場周圍——義消、鄰居和其他人。大家趕緊朝她身上澆水，她立刻癱在地上暈過去了。

我趕緊離開，跑去找我的宿主。他在高速公路上，黑暗中飛馳開車，一面哭泣。他不知道自己做了什麼。依揚戈—依揚戈，我今晚已經說過很多次關於人類和守護靈這種奇特的缺陷：他們無法知道自己看不到或聽不見的。因此，我宿主不可能知道一切。他完全沒概念。現在，當他開車時，他腦海的姮莉，就是那個曾經愛他又拒絕他的女人。那是他失去的姮莉。他還不認識那個已經被大火吞噬的姮莉，一無所知，她奄奄一息躺在曾經是自己藥局前面的地上。他繼續開車，想像著她屬於她丈夫，回憶自己怎麼樣也無法將她要回來。他繼續開車，一面哭喊，嘴裡唱出了屬於邊緣人的合奏曲。

埃格布努，他怎麼會想到，一個有房子的女人，會選擇睡在店裡呢？不。她何必呢？他沒有理由這麼想。所以一個剛殺死人的兇手，也有可能在渾然不知的情況下，自顧自地忙著自己的事情。莊嚴先祖將這種現象比喻成人類家中的蜘蛛，就讓自認是萬能的人類，環顧自家周遭，看看能否得知蜘蛛開始織網的確切時間。所以，即將被殺害的死者，有可能走進一間裡面早就躲著殺手的屋子，無視對方的詭計，也渾然不知他的結局已經到來。他甚至可能會和這些人一起吃飯，我以前有位宿主以西格就讀過一本小說，故事主角是統治管理一個叫羅馬的白人國家。但何須去看那些遙遠國度的例證呢？畢竟在這裡，在智慧先祖的土地上，我已經見證許多次了啊！

那人走進室內，不知道死神何時降臨——這便是萬物運作的方式，一切的變化與衰敗的速度並不會有絲毫暗示，萬物循環就是如此恰如其分，但死神終將到來，不會事先宣布，只是突然無聲棲息在祂的世界舞臺之上。祂總是出乎意料，但四季不會因此中斷，時間更不會就此擾動，李子的口感也一如往昔。祂如毒蛇般滑溜鑽探，人類看不見，但祂總會耐心等待時機降臨。檢查牆壁也沒有用：上面沒有出現裂痕，標記或縫隙，因為祂可能早就成功鑽進去了。人類熟悉知曉的人事物，也不會有任何更動：世界的脈搏也不會因此改變節奏，鳥兒的吟唱也完全不會變調。滴答作響的時鐘仍然恆定轉動。時間持續，不受阻礙，遵循大自然的慣性，於是，當結局出現時，人才會有所領悟意識，深深撼動。畢竟，因為它猶如一道不知從何而來的疤痕，毫無預警，突如其來。他其實不知道，它早已醞釀許久，只不過一直在耐心等待他注意罷了。

作者小記

《邊緣人的合奏曲》是一本深深紮根於伊博族宇宙學的小說，那是一個揉合複雜伊博傳統與信仰的體系，曾經引導——部分至今仍在左右——伊博族的人民。既然我將一本虛構小說建立在這種現實架構上，好奇的讀者或有可能會決定開始研究宇宙學，特別是它與守護靈的關聯。因此，我必須聲明，正如奇努瓦．阿契貝在他的一篇關於守護靈的文章也提過，我在此書一開始也曾表述，「我在此並非試圖填補空白，而是希望能藉此拋磚引玉，以文學而非宗教、哲學或語言學的論點，引起有志者的關注。」

所以這本書才是一部虛構的作品，並非基於伊博族宇宙學或非洲宗教的明確文本。但我希望，它仍然能成為相關題材的主要參考資料。因為《邊緣人的合奏曲》援引許多關於伊博族宇宙學與文化的書籍，包括John Anenechukwu Umeh的《神之後，就是巫師》（*After God Is Dibia*）、Emmanuel Kaanaenechukwu Anizoba的《上神》（*Ödïnani*），以及奇努瓦．阿契貝的《伊博三部曲》（*The Igbo Trilogy*）——通常也有人稱為《非洲三部曲》（*The African Trilogy*），還有他關於守護靈的文章；Catherine Obianuju Acholonu的《尼日蘇美的伊甸園》（*Eden in Sumer on the Niger*）、Nze Chukwukadibia E. Nwafor的《魔幻破曉中的花豹》（*Leopards of the Magical Dawn*），還有Northcote W. Thomas等人撰述的《奈及利亞伊博族人類學報告》（*Anthropological Report on the Igbo-Speaking Peoples of Nigeria*）。我父親也曾獨立進行的實地研究，加上我個人在奈及利亞阿比亞州恩克帕的家鄉進行田野調查也是本書參考。

由於我遵循嚴格的文體風格，我選擇將眾神的名字、稱呼等等寫成一個字，而不是日常可見的複合詞。例如ndi-ichie在我書裡指的就是「祖先」。儘管我認同伊博人聯盟使用連字號的協定，但我必須對恩克帕人民發音的方式表示忠誠：他們總是不間斷、流動似地發音。丘烏上神等各色名稱也是如此。同樣地，我知道一般大眾會說成加加—納—奧格武，但我仍寫成加加納奧格武。還有其他名字如埃格布努——讀者可能到哪裡都找不到。對伊博人聯盟拼寫方式感興趣的人，我建議他們可以去參考《神之後，就是巫師》，以及Nicholas Awde和Onyekachi Wambu等人編纂的《伊博字典與短語》（*Igbo Dictionary and Phrasebook*）。

Ya ga zie.（祝大家好運！）

奇戈契．歐比奧馬
二〇一八年四月

謝詞

本書由許多珍貴經歷啟發。但它最早的來源必然來自我童年時期用過的名字，一定是我童年時的名字Ngbaruko，我深信我就是這個人的轉世。因此，我必須感謝我的父親；我的叔叔Onyelachiya Moses；我的母親Blessing Obioma；以及其他讓我對守護靈與來生轉世充滿好奇的人們。

我最感激的就是我的第一位讀者暨幫手Christina，我的妻子；她的慷慨與體貼，知道我需要隱居，沉浸在浩瀚的寫作汪洋。還要感謝我的經紀人Jessica Craig，她也是我最早的讀者之一，向來熱烈擁戴我的作品，在我纏著她時，也從來不抱怨。給我的兩位編輯Judy Clain與Ailah Ahmed，他們讓此書從沉睡中復活了。如果沒有他們以及他們在美國與英國的利特爾布朗（Little, Brown）出版社團隊，《邊緣人的合奏》將永遠不可能問世。

Kwame Dawes與他妻子Lorna的支援是無價的，唯有他們和我才能真正體會。多謝Isa與Daniel Catto提供他們城堡的寶貴空間，讓我修改這本書，也要謝謝亞斯本機構（Aspen Institute）的各位。熱烈支持我的粉絲團Camilla Søndergaard、Beatrice Mancini、Halfdan Freihow，與馮佛拉出版社（Font Forlag）的Halfdan Freihow與Knut Ulvestad、Thomas Thebbe及Pelle Anderson，還有其他出版社的支持。謝謝內布拉斯加大學林肯校區的同事鼓勵我創作，校園本身便已經創造出最棒的寫作氛圍。此外，也要感激Karen Landry、Barbara Clark、Alexandra Hoopes，大家或多或少都對本書以不同的形式助益良多。

最後，我要深切感謝我在我〈作者小記〉中列出的所有作家，以及那些確保伊博宇宙學及哲學不會滅亡的人們。在此，我一定要再次感謝我的父親，這位偉大的研究員、編審暨先驅，總是對我時時刻刻提醒先祖所言：Oko ko wa mmadu, o ga kwuru mmadu ibe ya. Oko ko wa ehu, o gaa na osisi ko onweya o ko.（當一個人身上發癢時，得找另一個人替他抓背；當一頭山羊身上發癢時，牠必須靠著樹皮抓癢。）

國家圖書館出版品預行編目（CIP）資料

邊緣人的合奏曲 / 奇戈契.歐比奧馬(Chigozie Obioma)著；
陳佳琳譯. -- 初版. -- 臺北市 : 大塊文化, 2020.04
面；　公分. -- (to ; 117)
譯自 : An orchestra of minorities
ISBN 978-986-5406-58-5(平裝)

874.57　　　　　　109001949

LOCUS

LOCUS

LOCUS

LOCUS